跨民族视域中的性别书写与身份建构

——新时期以来少数民族女性创作研究

王冰冰 著

浙江工商大學出版社
ZHEJIANG GONGSHANG UNIVERSITY PRESS

图书在版编目(CIP)数据

跨民族视域中的性别书写与身份建构 ：新时期以来少数民族女性创作研究 / 王冰冰著. —杭州 ：浙江工商大学出版社，2015.12

ISBN 978-7-5178-1155-8

Ⅰ. ①跨… Ⅱ. ①王… Ⅲ. ①少数民族—女作家—文学创作研究—中国—当代 Ⅳ. ①I206.7

中国版本图书馆 CIP 数据核字(2015)第 156319 号

跨民族视域中的性别书写与身份建构

——新时期以来少数民族女性创作研究

王冰冰 著

策划编辑 郑 建
责任编辑 刘 颖 何小玲
封面设计 林朦朦
责任校对 周晓竹
责任印制 包建辉
出版发行 浙江工商大学出版社
(杭州市教工路 198 号 邮政编码 310012)
(E-mail:zjgsupress@163.com)
(网址:http://www.zjgsupress.com)
电话:0571-88904980,88831806(传真)
排 版 杭州朝曦图文设计有限公司
印 刷 浙江云广印业股份有限公司
开 本 710mm×1000mm 1/16
印 张 16.25
字 数 283 千
版 印 次 2015 年 12 月第 1 版 2015 年 12 月第 1 次印刷
书 号 ISBN 978-7-5178-1155-8
定 价 42.00 元

浙江工商大学出版社营销部邮购电话 0571-88904970

浙江省社科联省级社会科学学术著作出版资金资助出版
(编号 2015CBB08)

序

新时期以来少数民族女性作家写作的文学地图

白 烨

王冰冰很早就发来她的《跨民族视域中的性别书写与身份建构——新时期以来少数民族女性创作研究》的电子文本，我收存之后，因诸事羁绊，一直未及细看。前不久，王冰冰很是客气地询问此事，说论著出版在即，望能抽空看看。我赶紧打开来认真拜读，这一读不要紧，既让我有颇多收获，又令人为之惊喜。

先说“收获”。这“收获”在于经由她的这部论著，王冰冰精心描绘了新时期以来少数民族女性作家写作的文学地图，既让我们微观地看到了分布在不同地域的少数民族女性作家各有千秋的写作与春兰秋菊的风姿，也让我们宏观地领略了中国少数民族女性作家三十多年来的写作演进与前赴后继的整体风貌。

对于不专门从事民族文学研究的人们来说，哪些女性作家属于哪个少数民族，平常不太在意，情形不甚了了，更较少从族群角度去打量和琢磨她们的写作。

而王冰冰精心绘制的这幅文学地图，不仅把那些值得注意的少数民族女性作家潜心又细心地发掘、遴选出来，而且经由文本细读和语义分析，悉心揭示出她们在民族身份、族群意识和性别角度诸方面各各不同的精神内涵与自出机杼的艺术个性，同时也多方面地折现出本民族的历史文化，当代中国的社会变迁，乃至全球化进程中的本土困境等诸多社会问题在她们作品中的寄寓与呈现。可以说，这份沉甸甸的文学地图，从个体上看是姚黄魏紫，从整体上看是色彩斑斓，称得上是新时期以来当代文学写作的一道格外靓丽的风景线。

再说“吃惊”。之所以“吃惊”，是因为“意外”。之前对王冰冰的了解比较有限，只知道她在攻读博士学位和撰写论文期间，特别认真，特能吃苦，尤其是敢于选择具有难度的课题，表现出“初生牛犊不怕虎”的锐气。但看完这部书稿，我发现她不只有勇气，不只能吃苦，在这份学术成果的字里行间所显现出来的，还有一种深藏不露的理论功力，游刃有余的批评才气，而这显然超越了当下青年学子的一般水准，而具有一种新锐批评家的可贵素质。

很显然，王冰冰的《跨民族视域中的性别书写与身份建构——新时期以来少数民族女性创作研究》，在对作家创作的爬梳与把握上，在对作品文本的解读与评析上，不仅具有宏阔的大视野，而且具有深厚的历史感，更重要的是，她的研究具有一种理论风骨与批评气质的内在糅合，对于女性文学和民族文学涉及的理论元素都有自己的领悟与化合，同时在作家作品的研读上，注重在文本细读中抓取其主要的艺术特色，常常在寥寥数语中画龙点睛。这使她的文学研究减敛了书斋气，而卓富新锐女性批评家的鲜明个性。

中国当代文学研究的深入发展，既需要包括女性文学在内的少数民族文学研究的长足崛起，又需要新一代研究人才的脱颖而出，并以新的姿态担当起新的任务，这是时代的呼唤，也是现实的需要。因为这样的缘由，我看好有备而来的王冰冰，并对她寄予殷切的厚望。

2015 年于北京朝内

目 录

绪　论

一、研究现状及其存在的问题

20 世纪 80 年代以来,文学创作与批评实践呈现出多元的整体景观,文学多元化与文化多元化成为大势所趋。在这样的社会及文化语境中,少数民族文学创作日益受到关注。相比之下,对少数民族女性写作的关注,尚不能与她们创作的丰富程度相匹配。作为一个数量可观,且具有民族身份、民族意识和女性意识的作家群体,少数民族女作家已成为当下少数民族文学创作中不可忽视的组成部分,她们的创作无疑丰富着当代少数民族及整个当代文坛的文学实践,她们的贡献有目共睹。同时,她们的创作又与 20 世纪后期以来的女性写作(包括西方与中国)思潮形成一种彼此呼应和对话的关系,使其在呈现民族特色的同时,又具有某种现代文化批判思潮影响下的"先锋性"特征,本身就使以多重视角和路径研究少数民族女性写作成为可能和必要。但综观 20 世纪 80 年代,特别是近 20 年来的文学批评领域,对少数民族女作家创作实绩整体的理论研究尚显缺乏。

随着少数民族文学创作与研究日渐受到关注,目前已有一些学者,尤其是女学者开始关注并对少数民族女作家的创作进行持续的研究,这无疑与新世纪以来少数民族女作家的创作日趋繁荣有关。有些研究侧重从地域,如鄂西、云南等多民族聚居的地带进行。如袁美华的《云南少数民族女作家笔下的少数民族女性形象》(《滇池》2004 年第 3 期)和黄玲的《别具特色的云南少数民族女作家群》(《民族文学》2010 年第 3 期),对云南境内的少数民族女作家的创作情况进行了梳理,发现了少数民族女作家的民族身份认同、民族意识与女性意识之间的矛盾之处。黄玲的《高原女性的精神咏叹——云南当代女性文学综论》(云南人民出版社 2007 年版)是一部以云南地区女作家为研究对象的专著,对云南境内的诸多少数民族女作家的作品进行了较为详尽的厘清与整理,有很强的资料性价值;该著作从女性主义理论的角度对其中重要作品进行的解读，不失为一种有益的尝试。戴宇立的《盐水女神——几位鄂西女作家的小说解读》（《民族文学》2004年第4期），则将目光对准苗族、土家族、瑶族聚居的鄂西境内，重点解读了土家族女作家叶梅、田平和苗族女作家杨彦华的作品，突出了鄂西女作家的悲剧意识及日渐鲜明的现代性与先锋性。一个值得关注的现象是，新世纪以来，对新疆及西北部少数民族女作家的研究逐渐增多，研究者自觉将性别研究、文化研究作为理论工具，试图从民族意识、宗教意识、性别意识等多个角度与面向切入，显示了理论介入现实的阐释能力和活力。这些成果主要包括王志萍的《他者之镜与民族认同——简析新疆少数民族女作家作品中的民族意识》（《民族文学研究》2009年第4期）、《伊斯兰宗教情怀与新疆少数民族女作家创作》（《昌吉学院学报》2009年第4期）、《新时期新疆少数民族女作家之女性意识》（《西北民族大学学报（哲学社会科学版）》2007年第6期），陈鸿雁的《用爱漂染的生命之色——浅论西部少数民族散文女作家叶尔克西·胡尔曼别克、白玛娜珍的生命阐释》（《兰州学刊》2009年第10期），任一鸣的《多元视角的文化优势与困惑——从哈萨克女作家哈依霞、叶尔克西的创作谈起》（《民族文学研究》2006年第2期）、《双语创作的文化优势——从哈萨克女作家哈依霞、叶尔克西的创作谈起》（上、下篇，《昌吉学院学报》2006年第4期与2007年第1期）①，张华的《新疆少数民族女作家叙事策略之比较——以哈丽黛〈轨道〉和哈依霞〈魂在人间〉为例》（《吉昌学院学报》2008年第3期），以及孙桂芝《以文字构建女性角色的历史长河——论当代新疆少数民族女作家作品中的性别角色反思》（《昌吉学院学报》2007年第2期），等等。

还有一些研究者选择对某个少数民族及重点作家进行持续的研究，这些研究成果除了对少数民族女性文学进行整体性、综合性的回顾外，还对个别重点作家作品进行了个案总结。如亚嫱的《新时期藏族女性小说发展轨迹》（《民族文学》2003年第9期）、刘大先的《高原的女儿：藏族当代女性小说述略》（《民族文学》2008年第3期）、耿予方的《央珍、梅卓和她们的长

---

① 任一鸣的一系列文章将叶尔克西的作品置于双语创作的坐标系之中，定位其对少数民族文学创作的价值与贡献，阐释叶尔克西这样用双语写作的少数民族作家的多元视角，以及由身份认同所带出的文化优势与文化困惑，发现其在本民族与汉民族文化心理的选择中，既有融合、同化，又有矛盾、困惑的复杂心态，但她的创作最终成为多元文化视角在当下创作中拥有积极意义的成功范例。任一鸣从一个较新颖的视角与层面阐述了少数民族女作家日益丰富的创作，类似的还有徐其超的《少数民族女性文学之花——论彝族双语作家阿蕾创作》（《西南民族学院学报（哲学社会科学版）》2000年第7期）。

篇小说》(《民族文学研究》1996 年第 3 期)、吉米平阶的《藏族女性的心灵秘史》(《西藏文学》2006 年第 4 期),对藏族女性小说及重要作家的创作实绩予以梳理;而张懿红以《生死爱欲:梅卓小说的民族想象》(《南方文坛》2007 年第 3 期)、《梅卓:民族立场与民族想象》(《青海社会科学》2007 年第 2 期)对梅卓进行了持续的研究,探讨其作品中性别意识与民族想象之间的互动与关联。朝鲜族研究者吴相顺在《中国朝鲜族女性文学的特点》(《黑龙江民族丛刊》2001 年第 2 期)、《朝鲜族女性文化与女性文学》(《满族研究》2001 年第 1 期)这两篇文章中详细介绍了新时期以来朝鲜族重要女作家的代表作品,为更深一步的研究奠定了基础。托娅的《试论崛起于新时期的内蒙古女性文学》(《内蒙古大学学报(人文社会科学版)》1999 年第 5 期)、黄晓娟的《女性的天空——现当代壮族女性文学研究》(《民族文学研究》2007 第 2 期)、黄玲的《玉龙雪山的精灵——两代纳西族女作家的文学之旅》(《边疆文学》2007 年第 8 期)、刘迁的《达斡尔族女作家群一瞥》(《民族文学》1998 年第 8 期)、王松的《傣族文学的新起点——评长篇小说〈南国情天〉》(《民族文学研究》1991 年第 3 期)等等,都以各自不同的视角对各个民族女作家创作群体的成果与贡献做出了中肯的总结、评价与展望。蒙古族作家兼文学评论家黄薇的《性别的文本和文本的性别——对三位女性作家作品的解读》(《广播电视大学学报(哲学社会科学版)》2003 年第 3 期)、托娅的《试论崛起于新时期的内蒙古女性文学》(《内蒙古大学学报(人文社会科学版)》1999 年第 5 期),从性别及女性主体性的角度检视自新时期以来蒙古族女性文学创作的实绩;而高明霞的《浅论新时期内蒙古女性文艺批评的旨向》(《内蒙古大学学报(人文社会科学版)》2003 年第 6 期)则表明,对当代蒙古族女性文学的研究,已经迈入了一个更加学术化的阶段,研究者已不再局限在对文学文本及实践的单纯的反复考究上,而是拓展到对文学研究的研究中来,开始反思文艺批评的意义、价值及旨向,为内蒙古地区的女性文学研究开拓了一个新的视角。

值得注意的现象是,一些研究者跨越了单一的地域与民族,开始试图把少数民族女作家作为一个群体,研究其创作体现出的倾向与特征。如姚新勇的《多样的女性话语——转型期少数民族文学写作中的女性话语》(《南方文坛》2007 年第 6 期)、王芳的《论少数民族女性文学女性意识的蒙昧和觉醒》(《广西民族学院学报(哲学社会科学版)》2000 年第 4 期)、田泥的《可能性的寻找:在民族叙事与女性叙事之间——20 世纪 80 年代以来少数民族女性小说的叙事追求》(《民族文学研究》2007 年第 4 期)、张燕玲的《回归之路与理性自觉——中国少数民族女作家创作论》(《民族文学》1995

年第11期)、潘超青的《艰难掘进的女性主体性建构——从三部满族女作家的家族史小说谈起》(《民族文学研究》2007年第1期)、蒙古族刑莉的《呼唤石破天惊的力作——谈少数民族女作家的创作》(《民族文学》1988年第3期)等等,在试图给少数民族女作家的创作做出阶段性总结的同时,着重于这些少数民族女作家的性别意识与性别自觉。对于少数民族女作家而言,她们最为重要的身份是其民族身份与性别身份①,而这两重身份之间时而分裂,时而融合,其间的张力可以使她们的作品成为一个多重话语纠缠与协商的场域,而正是对这两重身份的关注与侧重,构成了诸多批评文章的不同面貌。虽然一些批评者试图在少数民族女作家创作实践中的民族身份与女性话语这两者之间寻得相应的平衡点,但相信在日益多元混杂的文化语境中,少数民族作家与女性作家这两重身份之间不间断的冲突、协商与耦合将为她们的创作实践带来更多的生机与活力。

自20世纪90年代起,随着全球化进程的加剧,文学也开始呈现相应的转变,即"多元并存的发展格局,都市文学的繁荣和表现领域的扩展,个人化写作倾向的加重,新生代作家群体的形成,大众文化的繁荣"②等等,这些现象一定程度上也在少数民族文学中散播,表明少数民族文学已融入了全球化的进程当中。孙桂芝的《游弋在民族意识与城市现代性之间——试析哈丽旦·依斯热依勒小说集〈城市没有牛〉》(《昌吉学院学报》2007年第5期)表明研究者开始关注现代性及城市化进程在少数民族女作家创作中的体现。严英秀的《照亮灵魂的智性之光——论赵玫写作的知识分子特质》(《扬子江评论》2009年第4期)与周静的《优雅的背后是虚弱——论赵玫的小说创作》(《南方文坛》2002年第5期)则开始关注在逐渐物质化的时代,少数民族女作家如何坚守自己的知识分子身份这一问题。相似的情况也出现在对另一些以现代都市为创作背景、关注女性知识主体身份的少数民族女作家创作的评价中,这些批评文章相应地调整了方向,并采用了不同

---

① 如拉祜族研究者杨春的《民族艰难迁徙历史的真实写照——读拉祜族女作家娜朵长篇小说〈母枪〉》(《民族文学研究》2005年第2期)以拉祜族的民族迁徙这段伟大、艰难的历史定位娜朵长篇小说处女作的价值。托娅的《试论达斡尔族女作家阿凤小说的女性意识》(《民族文学研究》2002年第4期)、黄薇的《性别的文本和文本的性别——对三位女性作家作品的解读》、陶淑琴的《〈绿茶〉中的男权意识》(《贵州师范大学学报(社会科学版)》2005年第3期)、董芳的《男权在女性世界的消解——读金仁顺长篇小说〈春香〉》(《佳木斯大学社会科学学报》2011年第1期)、黄柏刚的《一部标志女性意识流变和女性文学发展的力作——读赵玫小说〈上帝也知道梦不可追〉》(《当代文坛》2003年第3期)及李自雄的《赵玫盛唐历史小说中女性意识的文化意义》(《当代文坛》2004年第3期)等论文则更为关注少数民族女作家文本中体现出来的女性意识与女性主体性。

② 李晨:《2001年大陆台港文学研究综述》,《华文文学》2003年第2期。

的方法与视角切入文本，以还原其文本本身的丰富性与多义性。

可以说，这些研究成果既有对少数民族女作家创作实践之发展历程的总结性陈述，同时也关注到与批评理论发展过程结合，为我们展示了一幅该领域学术研究发展整体脉络的全景，在方法论和对材料的处理上有所突破，为对少数民族女作家的研究奠定了基础。

当前学术界对少数民族女作家的研究基本采取多元视角，呈现了多元视角研究的开阔视野，显示出在全球化的时代中，不断演进的批评话语与创作能量正以充满活力的方式互相驱动。研究者逐渐开始跨越单一的地域、民族的阈限，而注重将少数民族女作家作为整体现象，倾向性地给予某种程度上的总体研究。随着理论与方法论意识的不断增强，更富有创造性和批评精神的研究成果不断地被生产出来，但我们也可以明显意识到，这一研究领域存在的问题。少数民族女作家的文本中所包含与体现的多重话语空间、多重文化因素及多重身份的交汇冲突，应该是一个非常值得深入研究的问题，某种意义上，其为从女性经验和民族记忆"互文"的角度进一步探讨少数民族女性写作提供了有待拓展的空间。但在一些研究者的成果中，对女性经验与民族文化身份认同之间的处理却存在着某种将问题简单化的倾向。田泥的博士论文《走出塔的女人——20 世纪晚期中国女性文学的分裂意识》（中国社会科学出版社 2005 年版）是将女性主义理论用于少数民族女作家作品的一次较为成功的尝试。此文以 20 世纪晚期中国大陆女性文学的"分裂意识"为主题，"走进心灵的诉说"整章论及近期少数民族女作家的创作。她认为与汉族女作家相似，当代少数民族女作家的写作亦出现了某种分裂状态，原因在于文化语境之繁复。[①] 可以说，作者发现了内在于少数民族女作家作品中的诸多话语或立场间的矛盾，但相对于在汉族女作家处被发掘出的分裂意识，作者在此处却更为经常地发现少数民族女作家作品中出现的"胶合"现象，即女性立场与民族身份、民族文化的认同与融合之间是不存在问题的。

在其他一些试图从女性经验与立场的角度对少数民族女作家的作品进行阐释的评论文章中，这样一种相近的思路也是存在的，即认为她们的写作在完成女性身份认同的同时，亦完成了对民族文化的体认及追寻，最

---

① 其认为"民间话语、政治主流意识形态话语与女性话语的彼此胶结……而真正女性分裂意识的内因，则体现在女性的自我意识与民族意识的胶结，女性身份自觉意识与男性文化中心意识之间的矛盾"，见田泥：《走出塔的女人——20 世纪晚期中国女性文学的分裂意识》，中国社会科学出版社 2005 年版，第 169 页。

终实现了对人类共同生存意义的关注与表达。如田泥的《可能性的寻找：在民族叙事与女性叙事之间——20 世纪 80 年代以来少数民族女性小说的叙事追求》，张燕玲的《回归之路与理性自觉——中国少数民族女作家创作片论》，托娅关于内蒙古女性文学研究的一系列文章，李佳俊、马丽华、马燕、张懿红、刘大先等人对藏族女性文学研究的诸多篇章，都在一定程度上存在着类似的思路及表述。① 那么，在少数民族女作家的作品中，尤其是在一些民族特色较为鲜明的历史书写中，女性身份与民族身份之间的认同是如何发生与重叠的？其间是否存在矛盾与冲突？在文本中这样的冲突怎样显现？这些亟待厘清及深入追问的问题应该受到足够的重视。因为对部分研究者来说，身为少数民族女作家，对本民族文化近乎毫无保留的认同是不存在太多问题的，或者说面对少数民族女作家的文本，批评者更愿意寻求的是多重话语之间的整合而非分裂，尤其是女性话语与民族话语之间，女性话语的边缘立场与少数民族的边缘地位之间，似乎获取了某种共谋的可能。因此，在文本中它们更多的是联合或至少在某种程度上获得了别样的和谐。这样较为单一化的倾向一定程度上会将少数民族女作家多元丰富的创作实践简约化，且会遮蔽或悬置某些更为复杂的问题，因此这样的研究方式可能存在着某些不足，且有改进的必要。② 其实通过具体的阅读实践就可以发现，在一部分少数民族女作家的叙事文本中，女性话语与民族话语之间的关系是十分复杂的，或者说女性经验、性别身份与民族话语之间的落差与张力，应该是一个需要被认真关注的问题。其间民族、国家、性别、文化的合力对少数民族女作家们的写作构成的综合性作用，一定程度上会使某些作家的文本成为一个充满张力的、斗争着的流动场域，场域中各种话语上演着名目繁多的冲突、交缠、接榫、耦合的戏剧。这些女作家作品中所涉及问题极为深刻与繁复，其多重话语的交织与冲突需要多重理论视界的介入与把握。笔者认为关注文学生产机制，关注多元文化背景下多重身份与话语的冲突、对话及交流，是写作、研究进入更深层次的表现。对文化身份、文本本身表现出的日益多元的方式，多重文本与批评场

①② 姚新勇在《多样的女性话语——转型期少数族文学写作中的女性话语》（《南方文坛》2007 年第 6 期）中针对少数民族女性写作提出的问题与笔者此处的思考相近：重要的或许不是发现没有族裔色彩的少数民族写作，而是要思考，难道少数民族写作就是特例，就不存在女性意识与族性特征相冲突的情况吗？难道因为是少数民族，其族性文化就会具有天然的女性抑制的免疫力吗？当然不是。不仅众多少数民族的传统文化与汉族传统文化一样，对女性具有相当的抑制和束缚性，而且由于转型期以来文化多元性的发展，一些族裔文化对个体束缚性的传统，也随之得以强化。

域的形成与拓展的研究，在当下的文化情境中将更有价值，更值得进一步考察，也更能体现出女性主义文学与文化批评的意义。因此，本书不是在现有研究基础上做一次更为系统、整体性的研究，而是关注文本中体现的身份冲突与对话，力求书写出一部较为丰满繁复的当代少数民族女作家主体身份建构史，并将其还原为一个多重话语竞争、冲突、对话的场域。

二、概念界定与问题意识

随着全球化进程的加快及世界各国文化、文学交流互动格局的形成，少数民族文学写作，作为中国文学写作的一翼，也日益显示出国际化的特征。在这种语境下，仅仅专注于从民族化、地域性及民俗生态等角度对少数民族文学进行阐释与研究，似乎就显出几分力不能逮了。新时期尤其是新世纪以来，少数民族女作家的创作涉及面十分广阔，无论是本民族的历史、传说、神话，还是当代中国的社会/文化变迁，甚至是全球化进程中的本土困境、跨国资本的剥削及劳动力的跨国旅行等等丰富庞杂的历史、现实问题，都内在于她们的创作实践。因此，通过对她们堪称丰富的文学实践进行厘清、考察与阐释，不仅可以对少数民族文学特有的族群经验、多元复杂的文学传统和文化想象方式进行系统挖掘与整理，且有助于激发其间应时而生的某些极具当下性的书写，比如对现代性及全球化进程的质询与反思等，某种程度上将对我们在全球化语境中应该采取的文化立场及策略有着极大的启示意义。

1. 概念界定：女性与民族的“共同经验”

在当下少数民族女性创作中，虽存在多重话语及多重身份，但细细考察，不难发现，其间并非没有某种贯穿始终的“共同经验”，而也恰是这种“共同经验”的存在，为研究提供了可以切入的角度与路径。这一“共同经验”既是一种理论上的预设，某种程度上也是事实上的“存有”。它并非可以精确限定的概念或范畴，同样也不是一个能具体描述的事实，但正因为它的存在，才使得多重话语之间的交流成为可能。这样一种“共同经验”，某种程度上类似于“集体无意识”，但“集体”在这里其实被赋予了新的含义，这一“集体”既是民族的，也是国家的；既是人类普遍的，又是区域性的；既是传统的，又是现代的；既是为两性所共有的，又是为女性所独有的。简言之，这是一种集普遍性及特殊性于一身的“共同经验”和“集体记忆”，其往往在女性经验和民族身份等具体而微的话语类型中有所表征。本着这样一种理解，本书首先试图阐释像女性经验和民族身份这样一些复杂的范畴,尝试重新赋予它们一种全球化语境下的新的理解。

(1)女性经验

具体到少数民族女性写作而言,“女性经验”可以说是一种若隐若现却贯穿始终的制约性因素。这一“女性经验”,在全球化的语境和现代文明的冲击下,往往与民族、地域、传统等因素结合在一起,表现为一种“共同经验”特征,而这一事实其实是赋予了“共同的女性经验”以新的内涵。所谓“共同的女性经验”,是英美女性主义理论的一个基本观点①,即指女性作为一个亚文化群体,有其共有的、集体性的记忆与经验,这一经验的相似性在女性创作、书写过程中有相应的呈现。这一范畴无疑为我们研究少数民族女性写作提供了重要借鉴,但在实际创作,特别是全球化时代的女性写作中,这一纯粹的“共同的女性经验”无疑已经不再可能。而且,是否存在一个基于女性特定生理、心理及历史、社会、文化境遇的共同且共通的女性“经验”这样一个问题,已遭到质疑与追问。实际上,预设这样一种属于全体女性的、相似的共同经验,无疑会遮蔽存在于女性间的种族、族裔、地域及阶级差异,将“女性经验”视为一种整合性的、无差异的本体性存在,而非充满裂隙与差异的场域。

因此我们认为,虽然不存在纯粹的“共同的女性经验”,但作为一种混杂的集体记忆,“女性经验”其实是一个不断变化、始终处于动态建构中的过程,是一种不断打破自我边界的存在。这种意义上的“女性经验”无疑更为符合理论上同时具备解构性与建构性力量的思想资源价值。如果说“后结构主义认为主体的经验是散播式地产生的,经常需要重新界定”,那么女性经验也可以散播,从而融入其他话语的生产,在不同的文化场域、不同的文本中重组为新的经验,形成新的主体/身份。笔者认为以这样的思路理解“女性经验”这一概念,将更具包容性与开放性,而非将女性经验作为权威来源的经验式理论话语,并且一定程度上可以兼顾不同话语思想资源间的不同脉络,是对一个可以包容差异的全新空间的发现与想象,从而也许能够更好地发现诸多文本内部所潜隐的张力、假设和潜力。在这种意义上使用“女性经验”这一范畴,也类似于佳娅特丽·斯皮瓦克所说的“策略上

① “英美派注重社会批判,强调女性本身的文化传统。她们发掘、研究女作家的作品,尝试从女性主义的角度建立一个女性文学模式,注重从实际出发,投身妇女运动,从女性的切身体验上升到一个理论的高度,以妇女为中心的批评观是英美派的主流。”参见林树明:《多维视野中的女性主义文学批评》,中国社会科学出版社2004年版,第43页。

的本质论”[①]，既脱离了将这一概念本质化的危险，又避免了彻底否定其存在的历史性与政治能见度。以此反观当下少数民族女作家的文本实践，可以发现，“女性经验”与其说是一个超稳定的能指，毋宁说是一个多重话语争论与协商的场域，在日益多元化的文化氛围中，逐渐散布到不同的文化场所中，与民族、国家、阶级、地域、全球化/现代性等范畴交互作用，上演多重话语与多重身份间的协商、论争、耦合与交换。

此处需要强调的是，在借用欧美女性主义资源的过程中始终不能忽略这一事实：西方理论只是开启思维与视野的方法与中介，而不能成为最终目的。产生于其他社会文化语境与历史脉络中的理论资源，始终只是“他人的话语”，借重与引用的目的最终是为解决本土文化语境之中产生的理论及文化困境提供某种有益的方法与借鉴，即本土/民族的文化语境与困境，本土实践领域的需要才是最终的目的。具体到当下的少数民族女性创作，当女性意识与少数民族的文化身份相联系时，其产生的表述与问题，便显然不同于欧美女性主义的话语动员与现实实践。

(2)民族身份

如果说纯粹的“共同的女性经验”不存在的话，那么纯粹的民族身份和经验也同样难以想象。随着现代性及全球化进程的加剧，各个民族之间、各个民族国家之间的交流已渗透到每一个领域，纯粹的属于少数民族的、具有“原初”性质的经验似乎只能是一种理想化的想象。不可否认，“民族经验”这一范畴有其自身的历史及社会性，但这一“共同经验”同样不能脱离具体的社会文化语境。随着时代的变迁，特别是全球化进程的加快，在“一切坚固的东西都烟消云散了”的今天，任何“原初”意义上的东西都已经变得难以为继的时候，“民族身份和经验”这一范畴也势必发生内涵及外延的改变。这时，我们只有把它放在多重话语的网络中，才能更好地把握它。

如果说，在文化日益全球化及多元化的今日，已不存在任何一种单一的、具有统摄性质的经验、身份与话语，一切文本都是各种身份、经验之间的对话、交流、互渗、协商的结果，那么相应文本的阐释也应该成为对女性经验、性别、民族身份这些范畴的去自然化实践，在阅读、分析的具体过程中发现这些概念本身如何允许了一些重新流通的可能性。面对多元混杂的文化语境，民族身份认同已体现出日益多元化的趋势，少数民族主体的

① 斯皮瓦克提出女性主义者需要坚持“策略上的本质论”，即 strategicessentialism，这样既使女性主义脱离从生理上界定“女性”的本质论，同时也避免了解构主义否定历史妇女的存在的做法。见张京媛主编：《当代女性主义文学批评》前言，北京大学出版社 1992 年版，第 13 页。

经验一定程度上也已经散布到各种全新的文化经验与体验当中，因此，在现代/传统、全球/本土、阶级、性别等坐标轴上对其重新定位就显得很有必要。事实上，民族身份认同和民族共同的经验，也在散布、融合的过程中，被重组和不断更新。从这个意义上说，少数民族女作家的创作一定程度上成为女性经验与民族经验在多元文化语境中散布与重组的例证。新世纪以来，少数民族女性写作往往表现出更为个人化及性别化的创作倾向，她们开始更为关注自己现代女性及都市知识分子的身份，或作为后现代社会的孤独个体的更为私人化的感受，这在一定程度上也淡化了作家自身的民族身份，同时也可以看作她们个人的女性经验对民族记忆的渗透和某种程度的改写。这无疑是一个值得深究的文学甚至文化现象，对我们研究日渐多元的文化语境中身份认同的混杂，与主体身份及位置的多元等问题提出了挑战。

因此，在进入具体的、由少数民族女性创作的文本与话语场域之时，如何避免将任何一种经验、话语作为具有整合性的“元话语”，而兼顾各种差异性的元素，将是批评过程中始终需要深入思考并不断反身质疑的问题。只有这样，才能令文本中的各种经验在被纳入理论视野之时不会丧失其自我表述、自我拓展与更生的可能性空间，不会丧失其复杂的多元性与丰富的差异性。但需要强调的是，虽然对于一切本质话语与整合性叙事的警惕是必需的，但同时需要认识到，无止境的警惕并不是目的，或者说如果缺乏一种建构的激情与责任感，则质疑和警惕只会沦为不负责任的智力游戏与智识操作。因此，建构一个真正可以包容差异、允许文化交流的多元化的全新空间，才是最富有想象力的理论与最具力度的文化实践所要追求的目标。

2.少数民族女性创作：多重话语的协商与耦合

对于少数民族女作家而言，民族身份与性别身份无疑是构成其身份认同的重要两极，这两重身份之间时而分裂，时而融合，其间的张力可以使她们的作品成为一个多重话语纠缠与协商的场域，而正是对这两重身份的关注与侧重，成就了诸多批评文章的不同面貌。虽然一些批评者试图在少数民族女作家创作实践中的民族意识与女性话语这两者之间寻得相应的平衡点，但相信在日益多元混杂的文化语境中，少数民族作家与女性写作者这两重身份之间不间断的冲突、协商与耦合，可能会为她们的创作带来更多的生机与活力。

由此可以说，少数民族女作家的文本中所包含与体现的多重话语空间、多重文化因素及多重身份的交汇冲突，应该是一个非常值得深入研究的问题，某种意义上，其为从女性经验和民族记忆“互文”的角度进一步探讨少数民族女性写作提供了有待拓展的空间。从女性经验的角度探讨少数民族身份，发现少数民族女作家的创作实践如何将少数民族的文化身份认同与女性经验相糅合，在全球化、现代性、社会政治话语所交织形成的复杂话语网络中重新寻找自己的定位，正是一个值得认真思考的问题。在一部分少数民族女作家的叙事文本中，女性话语与民族话语之间的关系是十分复杂的，或者说，女性经验、性别身份与民族话语之间的落差与张力，应该是一个需要被认真关注的问题，其间民族、国家、性别、文化的合力对少数民族女作家们写作构成的综合性作用，一定程度上会使某些作家的文本成为一个充满张力的、斗争着的流动场域，而场域中所涉及问题之深刻与繁复，多重话语的交织与冲突，需要多重理论视界的介入与把握。本书将结合具体作品，在两个层面上论述这些问题，并始终关注文本中体现的身份冲突与对话，力求书写出一部完整的当代少数民族女作家主体身份建构史，并试图将其还原为一个多重话语竞争、冲突、对话的场域。

(1)民族·女性·国家：多重话语的协商

新时期以来，女作家的历史写作在主流文学实践中无疑占据着一个颇为重要的段落，可以说，其中的代表作构成了新时期女性书写中的重要篇章，并带出了某些十分重要的意识形态症候群。因为女性与民族国家、民族及历史或曰主流历史的认同，始终是内在于女性文化中的一个深刻且充满裂隙与矛盾的命题。在某些主流汉族女作家如王安忆、铁凝的笔下，个人与社会/历史、女性与民族国家认同之间，始终存在着某种深刻的认同与分裂相交织而构成的张力，其间不乏诸多悖论性情境。对于少数民族女作家的创作实践而言，女性话语与民族国家叙事及民族话语之间的关联更为隐秘繁复，其间产生的纠缠与张力，似乎应该是一个更为复杂的命题。

民族国家叙事虽然并不是少数民族女作家广泛涉猎的主题，但也出现了一些内蕴复杂深厚的优秀之作，如蒙古族女作家乌兰、韩静慧的一系列以反侵略战争为题材的作品(《额吉与罂粟花》《玛涅格尔部落》《遥远的阿穆哈河》《弯弯的老哈河》)及回族女作家白山的长篇小说《冷月》。其间乌兰、韩静慧的写作，尤为鲜明地体现出面对主流及宏大叙事之时，女性话语及经验的某种游离特征。韩静慧《额吉与罂粟花》中的草原母亲以她源自民族精神的巨大人性魅力直面现代侵略战争的残酷及非人本质，从而以属于草原、母性的博大、悲悯与强韧彻底改写了“弱肉强食”的现代“丛林法则”及主流民族国家的叙事逻辑。乌兰则让文本中的玛涅格尔部落的女性以自己女性化、个人化的情感体验拒斥属于男性的政治话语与逻辑，执着关注那些不能发声的、作为侵略战争的代价而存在的“被侮辱与被损害的”女人们，从而彻底解构了这一建立在对女性压制之上的话语/权力机制。在韩静慧与乌兰以反侵略战争为背景的作品中，性别话语与民族国家的政治话语间的关联呈现隐晦而复杂的面目，其间女作家的视角与民族国家的话语之间总是显现出一些意味深长的不协调。少数民族裔女性作者将侵略战争、革命历史等宏大历史命题作为被叙事件，却最终借助女性意识与女性经验的表达逾越甚至消解了这些权威叙事，以此重新建构更为合理的叙事空间，以取代原本具有压抑性的、追求整合性与连续性的民族国家叙事，体现了女性作为叙事、历史能动者的视野与力量。其间作者借助对女性声音、经验及女性私人空间的强调与探索，探究了性别与主流权威话语的关系及女性主体性与民族国家、民族、阶级间的复杂关联。当民族国家话语不得不面对由女性个人话语开启的女性欲望与个体选择的问题之时，个人、女人与历史间的某种难以言说的隐晦关联便同时被凸显出来。身为女性的作者们借此思考及暗示女性个人体验与民族话语、主流叙事之间其实始终存在另类想象的空间及可能。

如果说对民族国家话语，乌兰、韩静慧的写作体现了某种疏离的特征，其间女性以对自己女性经验的执着而拒斥属于男性的民族国家的宏大叙事的话，那么当少数民族女作家将笔触伸向本民族的历史叙事之时，她们的文本将呈现出一种怎样的面貌？不可否认，作为少数民族女作家，其对本民族的强烈归属感使她们在面对民族文化传统与历史之时，更多地体现出认同而非质疑，或者说她们对本民族文化所体现出的近乎无保留的热爱与忠诚，使她们作品中的女性意识与民族意识基本上呈现出融合而非分离的状态，但通过对一些女作家文本的具体解读与分析，则不难发现，其间仍然存在某些独立的、未曾融入的女性主体意识，它们以一种更为微妙的方式隐身在这些少数民族女作家的文本世界中，令这些民族后裔充满文化认同感的“寻根”之作一定程度上成为女性意识与民族意识不断协商、对话、交流的高度流动、充满变数的空间与场域。

在更多的女作家那里，女性话语以更为隐晦的方式潜隐在文本深处，女性意识、性别话语与民族意识及身份认同的关联以更为复杂的方式凸显与呈现。庞天舒与白玉芳是从白山黑水间走来的满族作家，其长篇小说《落日之战》《秋霄落雁女儿情》大气磅礴，充满“寻根”的渴望与激情。她们以对前现代语境中的族群历史、起源神话的描写，传达出强烈的民族认同感及寻根执念。如果说面对民族国家话语与主导叙事时，乌兰与韩静慧的作品显现出具有鲜明女性意识的抵抗与疏离，那么在面对本民族的民族文化与集体叙事之时，庞天舒与白玉芳的作品则更多地体现出认同、协商而非解构的策略，且她们对本族文化那近乎无保留的热爱与忠诚，使她们作品中女性意识与民族意识基本上融合无间，但其间某些独立的、未曾融入的女性意识及女性主体性却以更为微妙的方式存在，反而使这些文本成为女性意识与民族意识间不断协商、对话、交流的场域，从而更具分析与考察的价值。她们对本族传统文化所体现出的热爱与忠诚，使她们作品中的女性意识基本上被压制到了底层，但其间女性意识以更为意味深长且微妙的方式潜存，反而使这些文本更具症候性与分析价值。或者说她们的文本一定程度上成为多重叙事施动穿透的空间，成为女性意识与民族意识不断对话、协商与流通的场域，成为更为复杂的、多重话语与主体位置对话的场所。这些热爱本民族历史传统、文化习俗的女作家，在对民族历史、神话传说及各种仪式礼俗的书写中流露出的民族认同，与女性意识之间或清晰或隐秘的关联，为我们勾勒女性话语与民族身份认同之间的复杂脉络提供了可贵的个案。

可以说当下少数民族女作家与汉族女作家的创作所体现出的一个非常鲜明的区别，就在于她们对本民族的强烈归属感与认同感，且这样强烈的文化身份认同一定程度上会使她们忽略本民族文化传统内部的父权、男权中心意识，以及集体性、民族性的男性逻各斯中心主义话语，这无疑会削弱源自女性立场与女性意识的批判力。但通过具体的阅读行为可以发现，在很多少数民族女作家的创作实践中，源自女性、边缘立场的批判力度并未彻底消失，而是潜隐在文本的深层，构成某种“文本无意识”式的存在。于是对少数民族女作家文本的阐释工作，将不仅在于发现浓墨重彩的民族文化身份认同、强烈的寻根冲动背后隐藏着的一副女性的面孔，一份源自“第二性”的天然边缘立场的不无痛楚的清醒、自知与自嘲，更在于试图描绘出多元文化语境中女性话语与民族意识、文化身份认同之间的不同脉络，以及当下少数民族女作家主体身份的多元性与混杂性。

(2)本土·记忆·全球化:边缘/女性的反思与讲述

随着现代性及全球化进程的加剧，关于民族传统如何存续的问题，已逐渐成为当下少数民族作家文学创作中的重要主题，而当这一主题存在于少数民族女作家的文本实践中时，则呈现出不尽相同的文本样态。在多数少数民族女作家的笔下，女性视点与其对民族传统的固守相纠缠，构成一条真切的处于时代变迁中的民族女性心灵风景线。

鄂温克族女作家杜梅与白族女作家景宜在其作品中呼唤着现代化进程可能带来的希冀与拯救的同时，又始终为一份乡愁般的怀旧感所缠绕，表达了对逐渐消逝的民族文化、传统与习俗的某种深切痛楚的怀恋与怅惘之情。在怀念那份渐行渐远的、属于民族传统内在组成部分的久远宁谧的过往的同时，她们的创作试图在民族的历史/记忆中寻找批判现代性后果的记忆，寻找内在于民族文化中的另类历史想象——对民族过往历史及神话的眷顾、迷恋，对前现代的民族生存的田园牧歌式的书写。虽然这种浪漫派式的构想无疑暗含着对现代性的批评，表达了对日益冷漠机械的现代社会的抵抗与抗衡，但这样将民族传统全然浪漫化的方式也有其自身的保守性与局限。并且作为少数民族女性，她们既是本民族传统的遗产，一定程度上又被排除在传统之外，这种二重性将如何重塑她们与传统之间的关联？或者说身为少数民族女作家，她们的性别立场将赋予她们怎样的清醒与自觉？在用写作实现回溯一个民族的想象性过去的时候，如何在回避内化于传统之中的男性中心主义的同时又避免对女性经验做出某种自我物化式建构？具体到佤族女作家董秀英，土家族女作家叶梅，纳西族女作家和晓梅、蔡晓龄，哈尼族女作家黄雁，拉祜族女作家杨金焕等人（其间大部分人从 20 世纪 80 年代就开始了文学创作）的作品，她们的文本有着寓言式的模糊与多义，其间话语构成的复杂在不断地游离或质询一种对现代与传统间化约式、简单化的指认。或者说女性记忆与传统资源之间所产生的矛盾与困惑，在激活了传统中对现代性进程有所助益的因素的同时，也在警惕着男权及父权文化的内在结构对女性所可能产生的压抑与围困。

在一个日益全球化的空间里，本土性问题开始被关注并逐渐提上日程，藏族女作家白玛娜珍、梅卓、丹增区珍、永基卓玛等清醒地意识到商业化、现代化及工业化的进程对民族文化及宗教传统极具破坏力与威胁性的改写甚至是涂抹。面对现代性与全球化进程中民族文化生存空间的萎缩甚至消失的困境，她们不再仅仅专注于对女性命运与境遇的书写与体认，而开始关注在现代化进程中日益被边缘化甚至商品化的本民族记忆、历史、文化与生存。梅卓的一系列以藏区都市作为背景的作品，试图在民族传统与过往中寻求历史记忆与文化资源，以立足本土的写作作为抵抗全球化的反抗空间，以一种独特且充满想象力的方式为藏民族传统在都市语境中重新被发现、记忆与重写另辟蹊径，写出了都市藏族人在应对不可遏抑的全球化进程时，如何借助、调用民族传统与个人记忆做资源以调整个人化的本土经验，显示出民族主体在一个迅速改变的环境中维护与重构身份的努力，为我们思索全球化时代民族生存空间及文化传统的保存与拓展提供一种不同的视域与可能的路径。

在日益多元的文化语境中，当下少数民族女作家的文学创作由一系列充满活力的复杂协商运作构成，其间充满了多种话语及身份认同的矛盾冲突。可以说，比之“主流汉语写作”和“主流少数民族写作”，少数民族女性写作的复杂程度有过之而无不及，但也正是这种繁复之处，对我们考察全球化语境下多重身份、多重话语的交流与融合，提供了某种便利，对我们研究全球化语境中身份认同的混杂及主体身份与位置的多元等问题提出了挑战。

三、新时期以来少数民族女作家的创作概论

自新时期以来，少数民族女作家的创作日益繁荣，在诗歌、散文、报告文学等领域均取得不俗的成绩，由于篇幅所限，本书只选择少数民族女作家的叙事作品作为考察对象，重点展示她们在小说创作方面的实绩，以期打开少数民族女性写作版图中的一角，发现一处别样的风景，一个不断拓展与生长中的空间，亦从一个重要侧面考察少数民族文学所达到的高度。本书集中于考察少数民族女作家的汉语叙事文学写作，但对于一些母语写作机制较为完备且大多数作家选择母语写作的民族，如朝鲜族，本书将选择一些优秀译作作为分析对象。

如果对少数民族女作家的叙事文学创作实绩做一次粗略的检视与概览的话，会发现，自新时期以来，少数民族女性作家的人数逐渐递增，她们的文学实践在数量和艺术质量上达到的高度与水准，都一再使其成为少数民族作家群中令人瞩目而不可忽视的力量，尤其是进入新世纪以来，女作家在民族文学创作中的比例更是有增无减。她们重要的文学阵地除了《民族文学》以外，还有《边疆文学》《鹿鸣》《草原》《骏马》《草地》《西藏文学》《四川文学》《湖南文学》《广西文学》《金沙江文艺》《滇池》《朔方》《西部》《鸭绿江》《大理文化》《大西南文学》等。此外，《山花》《长城》《长江文艺》《青年文学》《杉乡文学》《北京文学》《上海文学》《厦门文学》《山东文学》《安徽文学》近几年刊登的少数民族女作家的小说作品也逐渐增加。叶梅（土家族）、钟晶晶（满族）、萨娜（达斡尔族）、孟晖（达斡尔族）、王华（仡佬族）、肖勤（仡佬族）、金仁顺（朝鲜族）等已受到主流批评界关注的作家的作品已逐渐打入《人民文学》《钟山》《中国作家》《收获》《大家》《百花洲》《作家》《当代》《中国文学》等刊物。如自20世纪末至今，备受关注的土家族女作家叶梅的一系列作品先后在《中国作家》《当代》《十月》《小说选刊》等高水准的文学刊物上登出。据笔者不完全统计，从90年代初至今，少数民族女作家在《民族文学》上发表的中短篇小说作品超过200篇，在《边疆文学》上超过30篇，在

《草原》上超过40篇，并生产出近百部优秀的长篇小说及中短篇小说集、作品集。除了早已跻身主流文学场域的叶广芩与霍达，越来越多的少数民族女作家开始受到批评者的关注，如蒙古族的齐·敖特根其木格、乌兰、韩静慧、额特鲁·珊丹、萨仁图雅，达斡尔族的孟晖、萨娜，藏族的梅卓、白玛娜珍、央珍、格央，回族的白山、陈玉霞、马忠静、讴阳北方、马金莲，满族的钟晶晶、庞天舒、白玉芳、赵玫，朝鲜族的"70后"作家金仁顺及资深作家许莲顺、李惠善，纳西族的和晓梅，彝族的段海珍、冯良，佤族的董秀英与袁智中，等等。

与作家、作品数量的激增相伴生的是，当下少数民族女作家的创作题材也极为宽泛，这与全球化时代日益多元的文化语境是不可分的，可以说，她们始终也以个人的创作呼应着社会及文化环境的变迁。本部分将以历史/个人、现代/传统、全球/本土、生态、底层及女性写作几个方面入手，对当代少数民族女作家丰富的创作实绩做一次简要的梳理与介绍。

1. 少数民族女作家的民族历史叙事

对少数民族作家来说，本民族的社会生活与历史记忆，以及源远流长的民族神话、传说、寓言、歌谣、讲唱、史诗、叙事诗等，往往是他们的创作过程中取之不竭的资源，也是构成他们明显不同于汉族作家的地方。[①]因此，在少数民族女作家的创作中，对民间文学与文化传统的借鉴往往能成就那些极具社会学、文化学、人类学、民俗学、宗教学及史学与文学价值的部分，可以说，这是本民族独特的、辉煌的历史赋予她们的得天独厚的优势，因为"就本质而言，任何优秀的文学作品都深植于特定的地域空间和民族传统文化的土壤，文学创作的丰富性正是地域空间多样性和区域文化多元性的具体体现"[②]。

满族女作家似乎尤为偏爱宏大厚重的历史题材及历史叙事，有着强烈的"史诗"追求。钟晶晶与庞天舒将女性之笔伸向军事战争领域，无论是《昆阳》《李陵》《落日之战》中金戈铁马的古代战场，还是《战争童谣》《生命河》中的现代战争场景，都在她们笔下焕发出不俗的新意。白玉芳的《秋霄落雁女儿情》则以解放战争为背景，讲述东北满族青年们献身解放事业的一段可歌可泣的历史，其间浓郁的满族风情、精细的民俗描写与《神妻》颇多一脉相承之处，却无疑有着更为热切与当下的文化诉求，即还原那段染血悲壮的历史，再现英雄的满族儿女为缔造共和国这一事业所付出的青春

① 李鸿然：《中国当代少数民族文学史论》，云南教育出版社2004年版，第60—62页。

② 丹珍草：《藏族当代作家汉语创作论》，民族出版社2008年版，第3页。

与热血、牺牲与奉献。军旅女作家庞天舒写起战争题材来自是有着得天独厚的优势，代表作有长篇历史小说《王昭君》《落日之战》及中篇小说《战争神话》《控弦之士》。作者通过对古代各民族、部族之间战争场景的描写——汉朝与匈奴间的战争、北宋末年辽帝国与崛起的金王朝之间的频繁征战——传达出民族后辈对祖先们功业与成就的崇敬，对那段金戈铁马的历史的向往；同时体现出一个军旅作家、现代知识女性对人性及战争充满责任感的思考、追问及质询，身为满族后裔对祖先曾经骁勇血性的追慕，以及对与之相伴生的穷兵黩武的反思与批判。擅长晚清宫廷题材的女作家京梅，其长篇历史言情小说《藤萝花落》在描写晚清贵族生活的礼仪行止、衣食住行的细腻之处颇有几分"格格作家"叶广芩的风范，更有着师法《红楼梦》的用心。作者在其架构宏大的作品里以晚清末年的衰离乱世为背景，以恭王府为空间，敷衍铺陈清末的历史风云、人事纷扰。作者采用双线叙事的方式，以恭亲王奕䜣的宦海浮沉带出晚清末年内忧外患、不堪回首的历史，以其女爱新觉罗·雨儿无望的爱情悲剧穿插王府中的生活轶事，令人于历史风云、政治风潮与绝世情恋之侧，得以一窥清朝贵族的衣食住行、礼仪行止。作者显然做足了历史功课，大量铺陈罗列史料掌故、逸闻雅事，在纷繁人事、旖旎言情之外闲笔侧写满人的风俗礼仪、衣食住行。

除了那些以民族历史为题材的作品，还有一部分满族女作家从事革命历史题材的创作，如其作品跻身"新历史"小说行列的钟晶晶、资深且多产的赵玫等等。在钟晶晶笔下，"文革"成为形形色色的背叛者出演的舞台，其以《空坟》《家谱》《拯救》《红鸟》《桂花雨》等一系列优秀的中短篇作品，构造了一部叛徒、叛臣的历史。其间革命历史交织着信念与人性的残酷激战，而理想主义与政治抱负不过是激情欲望虚弱的政治投射。同样热衷于"文革"叙事的赵玫却将"文革"想象成青春叛逆的少男少女们上演的一幕幕"青春残酷物语"，在长篇《秋天死于冬季》《漫随流水》《朗园》，中短篇《随风飘逝》《裸露的往事》《野草莓》《子规》等作品中，作者始终延续着这一思路。著名的满族女作家叶广芩的转型之作——长篇小说《青木川》，在诸多历史题材创作中可谓独辟蹊径，写惯了老北京大宅门的"格格作家"此次改为替深山密林里的"响马"——民国时期威震川陕鄂的土匪魏辅唐——作传。其叙述间虽一如既往地透露出某种怀旧感，却不再是对深宅大院、急管繁弦的皇族贵胄生活的某种回瞻中的眷恋，而是抒发对民间本土的非官方文化传统的一种缅怀，并在无形间质疑了官方的正史书写，并试图再现某种为正史所忽视、压抑与抹杀的边缘文化与民间生存。可以说，在这部关于"响马"的作品中叶广芩完成了一次突破，她用自己独特的方式对那个繁复而动乱的时代重新进行想象、铭记和思考，对历史展开了不同面向及维度的考察，并以此作为一种策略来质疑已确立的历史叙述规范。

著名的回族女作家霍达在20世纪末出版了长篇历史小说《补天裂》，被刘白羽称为献给香港回归的“千钧之重”的礼物，它“关注国家与民族的命运，捕捉时代脉搏，‘慷慨悲壮，撼地震天’”[①]。早已跻身主流文学界的霍达，其历史视野的恢宏与历史态度的严肃自然受到诸多好评；而另一位回族女作家白山也有着宏大的历史抱负及驾驭鸿篇巨制的才具与想象。她以自己母亲的家族——滇西明姓人家在抗战中的经历为蓝本，写出了中篇小说《日月痕》及长篇小说《冷月》。文本中那些经历抗战历史的“回族”家族的女人们，被历史直接地、缺乏任何过渡地抛入了民族战争的战火硝烟之中，不得不以尚未长成的单薄之躯背负起难以承受的重负，负载起一个民族的血泪斑驳与颠沛流离。但作者的野心不止于对家族史的撰写，更在于“对故乡那一片边地（山地）思考、体验和总结，更是对那一方土地、一方人所经历过的抉择和苦难的总结”[②]。作为纪实文学《血线——滇缅公路纪实》的作者，白山无疑掌握了诸多抗战时期滇西的第一手资料。滇缅公路（“抗战输血路”）修建过程中诸多不为人知的细节，彼时中美“桐油协定”的签署（中国用桐油与白银换取美英的军用物资），都内化为其作品的有机组成部分。

在另一些少数民族女作家的历史题材创作中，宏大的历史场景更多地与个人化、女性化的私密体验相关联，以不同的方式实现了民族历史场景的“个人化”呈现。如极为高产的蒙古族女作家包丽英，其代表作有长河系列小说、五卷本《蒙古帝国》、《蓝色天轨：大元帝国开国风云》和《纵马天下：我的祖先成吉思汗》。身为蒙古族乞颜部孛儿只斤后裔、拥有成吉思汗“黄金家族”血脉的作者，包丽英痴迷于祖先的丰功伟业，对蒙古帝国的辉煌历史充满了不能已于言的冲动与热切，这些具有强烈史诗追求的“长河”小说，意欲呈现“蒙古史的繁复、沉重、冗涩”与斑驳厚重的历史及战争场景，并试图借助戏剧化的方式对传统英雄史诗及正史叙事做出一种更为个人化与情感性的改写，还原出更为真实、更具人性的成吉思汗及其他蒙古帝国的英雄儿女。新世纪以降，作者开始了《蒙古王妃》系列的写作，在写罢

---

① 刘白羽：《一份迎接香港回归的厚礼——霍达著长篇历史小说〈补天裂〉出版》，《文艺报》1977年6月10日，转引自李鸿然：《中国当代少数民族文学史论》，云南教育出版社2004年版，下册第657页。

② 白山：《冷月》，云南人民出版社2001年版，第523页。

草原男性英雄的铁马金戈、弯弓射雕的雄性历史之后，作者有意为这些雄才伟略的男人身后默默无闻然而不同凡响的女人们作传。

在《雪域文化与西藏文学》中，藏族女作家格央、央珍、梅卓与唯色被作者马丽华称为“容貌俊美，文章锦绣”的“美丽女神”，她们为藏族当代文学事业添上了笔酣墨畅的一页。毕业于北京大学中文系的央珍写作功力深厚且视野开阔，长篇小说《无性别的神》自问世以来一直被誉为“一部西藏的《红楼梦》”。而之所以赢得如此高的声誉，是因为作者以一个西藏贵族小姐的人生命运为线索，“展现了20世纪20至50年代西藏的社会历史变迁和藏族文化的独特风貌，塑造了官员、贵族、僧侣、尼姑、佣人等不同阶级、不同阶层、不同职业的人物形象，表现了作者对西藏社会历史的深入思考和对藏族文化的自省意识，以及对真善美的热烈追求”，其“对当年西藏不同人物的生存状态、人性特征和藏民族心灵历史的描写相当成功”。[①] 来自青海的梅卓，也以长篇小说创作见长，其代表作《月亮营地》和《太阳部落》是两部具有连贯性的作品，讲述了20世纪初青藏高原的藏区部落在军阀马步芳的残酷统治之下的遭际与反抗，其间穿插着藏族几代青年男女的爱情悲剧。作为热衷于本民族历史叙事的作者，央珍与梅卓的成功之处，不仅仅在于她们的创作充满浓烈的地域色彩——无论是神秘美丽、粗粝丰饶的青海藏区还是神圣高贵的圣城拉萨，都在她们的笔下栩栩如生地复现，也不全在于作者于叙述的间隙匠心独具、不着痕迹地以闲笔侧写藏族宗教礼俗、风土人情，更重要的在于她们以女性及边缘立场思索民族历史文化，在“识解到藏民族历史命运的玄机”的同时令其作品透露出“严峻幽邃的历史感”[②]。可以说，这两位女作家在处理宏大历史题材之时举重若轻的功力令人叹为观止。与央珍、梅卓对宏大历史叙事的偏爱不同，更为年轻的格央与永基卓玛则擅长编织家常的小故事，正如对于格央而言，那些“寻常人家的喜忧恩怨，平平常常的女儿心”才是构成她作品的“动人之处”[③]。即使在涉及具有传奇色彩的历史题材之时，格央也可以将其处理得平淡如水，《小镇故事》《天意指引》及《一个老尼的自述》，都将一份属于藏族普通女性的人生及情感经历娓娓道来，萦绕其间的是一种渗透着淡淡忧郁气息的温情，以及源自宗教情怀的慈悲与淡定，她的叙事即使在面对混

① 李鸿然：《中国当代少数民族文学史论》，云南教育出版社2004年版，第709页。

② 马钧：《澄明与镇定——〈太阳部落〉序言》，梅卓：《太阳部落》，中国文联出版公司1995年版。

③ 马丽华：《雪域文化与西藏文学》，湖南教育出版社1998年版，第147—148页。

乱、惨淡的生命时,也能传达出诗意的镇定。

与格央、永基卓玛相似,朝鲜族女作家李惠善的优秀长篇小说《红蝴蝶》(李玉花译),是一部女性意识与民族意识都十分鲜明的作品。作品讲述了一个发生在大时代中由“借腹生子”所导致的家庭伦理惨剧,这部关于人性及伦理的悲剧被放置在一个特殊的历史时段,让一个普通的朝鲜族家庭的生活戏剧化地联系着大时代中民族、国家命运的历史变迁。在文本中,抗美援朝、“文革”年代的疯狂武斗、上山下乡、改革开放及20世纪80年代风行的“出国热”等等堪称宏大的历史事件,都与一个普通朝鲜族家庭的日常生活,与朝鲜族的饮食、节庆、礼俗等民俗描写妙合无间地叠加在一处,建立了一种看似家常,实则匠心独具的交织与相遇。千华创作于90年代的系列小说《高丽女人》以一个朝鲜族知识女性的口吻,娓娓讲述着一个个或传统或现代的“高丽女人”的故事。她们善良、温顺、极富牺牲精神,却总是无法收获属于她们的爱情与幸福。通过对这些伟大然而不幸的“高丽女人”的命运充满同情的书写与体认,作者试图在历史情境中思索朝鲜族女性的传统美德及拥有这些美德的女性的命运与遭际,并以此为契机,追问与质询内在于民族传统中的男权文化因素,在继承传统的同时亦在质疑传统。

2.全球化时代的民族与本土

在这个全球化的时代,已定居欧洲的满族女作家洛艺嘉以欧洲为背景的长篇小说《马德里美人帮》《资本爱情现在时》与旅美壮族女作家晓牧的《旧金山的新移民》,直接为我们呈现出一幅全球化时代的世界图景,但对于那些土生土长的少数民族女作家而言,她们立足于本土及民族的写作中却已然渗透着全球化的因子。

有幸生长在圣地拉萨的白玛娜珍是一个女性意识与民族意识都十分鲜明的作家,在长篇小说《拉萨红尘》《复活的度母》中,作者以一种“西藏的女儿”的责任感,写出现代文明对拉萨的冲击与渗透,体现出一种本土民族文化在与全球化直接相撞之时产生的震惊与焦虑。丹增曲珍的长篇小说《狼毒》则以另一种方式表达了对全球化进程中藏族面临的各种危机的忧思。作者以一个藏族知识女性与外籍华人的婚外情事为引子,引出全球化时代跨国资本对藏族地区的渗透与剥削,以及本土民族文化不得不随之做出的因应与改变。在文本中,受挫的藏族女性欲望与全球化过程中被边缘化的藏区本土城市之间寻得了有效的结合点,体现出作者鲜明的女性意识与民族身份认同。同时,其对当下生活中积极进取的藏族新女性形象的塑造,体现了对全球化进程中某些积极正面因素的发现与争取。梅卓的小说选集《麝香之爱》中一系列都市题材的小说创作，尤其是《幸福就是珍宝海》《曲桑与洛洛》《麝香之爱》《护法之约》《佛子》，以一种独特且充满想象力的方式塑造了一群时尚、边缘的都市藏族人，他们为藏民族传统在都市语境中重新再现、记忆与重写另辟蹊径，成为藏族传统的都市守望者。作者借此写出了都市藏族人在应对不可遏抑的全球化进程时如何借助、调用民族传统与个人记忆作为文化资源以调整本土经验，以及作为一个现代藏人如何在一个迅速改变的时空中维护与重构民族身份，为我们思索全球化时代民族生存空间，以及少数民族文化传统的保存、拓展与更生，提供了一种不同的视域与更具想象力的路径。

因为母语写作机制的完备，当代朝鲜族女作家大多坚持母语写作，因此，不懂朝鲜语的读者及批评者只能借助翻译这个文化中介来熟悉她们的文本。近年来，许多具有较高文学素养的本土翻译者如金莲兰等的出现，才让不谙朝语的读者有机会一睹诸多名声在外的朝鲜族女作家如许莲顺、李惠善等的文采与匠心。因为地缘及语言的关系，新时期，尤其是新世纪以来的朝鲜族女作家的母语创作，多涉及与韩国之间的跨国情感及劳动力旅行关系，在一定程度上为思考全球化及流散者问题，提供了极具症候性的文本。其间著名女作家许莲顺发表于《民族文学》的《都市伤痕》《跟屠宰场里的肉块儿搭讪》《往地漏里掷石子》等作品，以中国朝鲜族底层人民尤其是女性的跨国打工为主题，带出全球化时代跨国殖民风潮、跨国劳动交易问题，在一定程度上将全球化时代的民族传统文化的危机与底层平民的遭遇相联系，从少数民族女性的边缘立场，开启对全球化及现代性问题的另类质询与反思，并真正从弱势群体的立场审视及思考全球化对于底层尤其是“属下女性”而言究竟意味着什么。李惠善的《礼花怒放》、赵星姬的《蛤蜊料理》、朴草兰的《当心狗狸》都从不同的面向及维度对这一问题进行了个人化的表述。她们以自己的方式探讨着在全球资本涌入的情形下，后殖民剥削的无处不在、后现代都市人文价值的失落，以及本土文化、传统社群纽带解体等令人触目惊心的残酷真相。这些作品基本上立足于底层及“属下女性”的弱势、边缘立场，以别样的清醒实践着对现代性及全球化的反寓言式书写，体现出一种真正意义上的现实主义的无奈。

3.现代语境中的民族传统

土家族的叶梅、田平，苗族的龙宁英，彝族的段海珍，纳西族的和晓梅，白族的景宜，这些来自鄂西及西南的少数民族女作家的文本呈现出强烈浓郁的地域色彩。叶梅笔下的湘西世界续接着沈从文开创的文学传统，那充满土家族风情的龙船河与龙船寨成为现代世界的一处“桃花源”。其以土家族男女之间的爱恋情事作为因由，引出湘西独特的风俗、宗教与人情，代表作有《撒忧的龙传河》《青云衣》《最后的土司》《山上有个洞》《黑廖竹》等等。在《花树花树》《五月飞蛾》《乡姑李玉霞的婚事》等当下题材的作品中，作者在以乡土女性的人生追求与遭遇凸显现代化进程中乡土世界命运的同时，亦显露出日益鲜明的女性意识与女性立场。生长在云南楚雄地区的段海珍，在《桃花灿烂》《鬼蝴蝶》《红妖》等作品中以盛行“巫蛊”传说的彝族山寨的女性命运，透视传统女性的生活状态；《杏眼》则以一个花灯艺人的一生串联起一部楚雄地区花灯艺术的历史，其文本一定程度上成为对花灯艺术史的民俗学考察。有幸生活在古城丽江的纳西族的和晓梅，则用她精致空灵、充满诗意的文字将丽江打造成一座如梦如幻的“高原姑苏”，以《深深古井巷》《情人跳》《女人是“蜜”》《雪山间的情蛊》为代表的一系列作品，将纳西族的民风民俗与生活在其间的纳西女性的情感世界紧密牵连，“情死”风俗成为作者探寻古老的东巴文化的一个入口与契机，也透露出身为女性的作者对民族女性命运的思考、同情与体谅。并且和晓梅在她的近作中开始触摸全球化时代民族/个人的历史记忆这样一个宏大且紧迫的命题，在《女人是“蜜”》《是谁失去了记忆》中，她婉曲地表达了对全球化进程给古城丽江的冲击与改变的忧虑，对民族传统与记忆可能被遗忘的警惕。生长在苍山洱海边的白族女作家景宜在现代文明的语境中展开了对白族传统文化的思考，其意义复杂丰富的文本表述，在一定程度上构成白族“新女性”的心路写真。从《骑鱼的女人》《是哪姑娘的小红船》《雨后》《月晕》到《谁有美丽的红指甲》，作者写出了白族农村女性面对传统依然滞重的存在时的失落与痛楚，女性生命受到限制之时的呐喊与彷徨，并热切地呼唤着现代文明的莅临。但在《岸上的秋天》《洱海，飘着一只风筝》《雪》《古代传说和十四岁的男孩子》这一系列文本之中，作者则开始关注民族文化在现代世界的传承、发展及所面临的困境，并以写作的方式试图完成从现代性中挽救民族文化的记忆痕迹的工作。可以说，这位白族女作家在体味着新时代给女性及个人带来的自由与机遇之时，也逐渐清醒地意识到商业化、现代化及工业化的进程对民族传统极具破坏力与威胁性的改写，因而其不再仅仅专注于对女性命运与境遇的书写与体认，而开始关注在现代化进程中被日益边缘化甚至商品化的本民族记忆、历史、文化与生存。这些来自美丽的西南边地、立足于本民族传统的少数民族女作家，面对现代性与全球化进程中民族文化生存空间萎缩甚至消失的困境，试图在民族传统与过往中寻求历史记忆与文化资源，将立足本土的写作作为抵抗全球化的反抗空间，同时又以一个现代知识女性的视角对民族传统做出某种可贵的质询与反思。鄂温克族女作家杜梅的《银白的山带》《风》《那尼罕的后裔》，拉祜族女作家娜朵的《绿梦》，壮族女作家芩献青的《逝月》《蝗祭》《天孕》，哈尼族女作家黄雁的《樱花泉》《胯门》，拉祜族女作家杨金焕的《狗闹花》《厥厥草》，等等，其间启蒙意识、对民族传统文化的怀旧意识与女性立场、经验的复杂交织，使她们的文本成为多种话语竞争、对话与协商的场域，传达出少数民族女作家对传统与现代这组命题的深刻思考与质询。

佤族女作家董秀英及其作品的价值正在于其"第一次为读者展示了一个民族真实、生动的历史过程和鲜为人知的民俗生活画卷"[①]。她的长篇小说，也是佤族文学史上第一部长篇小说《摄魂之地》，可贵之处在于"对佤族的神话、宗教、婚姻、丧葬、节庆、礼仪，以及衣食住行各方面的习俗等有生动形象的描绘。小说在鲜活的感性呈现中，也不断地进行着理性诠释，使作品获得了相当丰富的文化人类学内涵"[②]。《马桑部落的三代女人》则体现出较为鲜明的女性意识，作者以质朴的真淳将本真、原始、粗粝的，只属于马桑部落的真实生活推到读者面前，让我们看到剥离出理想主义及浪漫想象之后某种不尽如人意的、斑驳的历史真相，以及为其所掩盖、忽视的属于自然的暴力与残酷。而这样一种没有掺杂任何怀旧与自恋色彩的画面只能来自真正"马桑部落"的女人的自述——对在如此恶劣的自然条件下挣扎着求生的同类那饱含切肤之痛的深情与悲悯，进而迸发出丰富、深刻、振聋发聩的文化质询与追问。佤族第二代女作家袁智中《落地的谷种，开花的荞》《奔流的血》《最后的魔巴》等作品，在渗透着浓郁佤族风情的民族写作中，尝试探讨全球化时代女性经验与边缘立场如何打破民族文化之间的界限，从而使一种建立在主体间性之上的文化交流成为可能。

4.少数民族女作家的生态关怀

少数民族身份及本民族独特的历史、文化、宗教传统赋予少数民族女作家的特殊的经验，使她们的文本呈现出与主流汉族女作家不同的风貌，比如她们出于本民族的宗教信仰而对生态问题产生的近乎"天然"的关注。当对生态的关注与女性经验连接在一起时，或者说当生态关怀呈现在女性视域中时，她们涉及生态问题的作品较之男性作家的同类作品显现出别样的力度与深刻。蒙古族与"三少"女作家在这方面的成就尤其突出，创作了一大批优秀的作品，如乌兰的《滩狼》，萨娜的《达勒玛的神树》《拉布林达》《兔斑，跑吧》《巴尔虎草原》《诺敏河》，苏莉的《达斡尔女人》，苏华的《今夕

---

① 黄玲：《佤族作家文学的第一声木鼓——董秀英小说论》，《职业大学学报》2008年第2期。

② 李鸿然：《中国当代少数民族文学史论》，云南教育出版社2004年版，第815页。

何夕》《母牛莫库沁的故事》《偷猎》，昳岚的《霍日里河啊，霍日里山》《太阳雪》《母亲的家族》，安娜的《静谧的原野》，阿凤的《猎村悠悠》《胎动》，包建美的《生灵》，敖蓉的《阿尔塔姨妈》《一个家族的故事》，杜梅的《银白的山带》《那尼罕的后裔》，等等。

蒙古族女作家额特鲁·珊丹的中篇小说《遥远的额济纳》，以叙事长诗的笔调，讲述了生长在额济纳草原上的传奇女子珠拉跌宕起伏的一生，自然——曾经美丽丰饶的沙漠绿洲额济纳草原在文本中不是背景化的存在，而是有血有肉的生命。文本中珠拉成为额济纳草原人性化及女性化的化身。美丽、勇敢、智慧的珠拉与曾经无比丰饶的额济纳草原共同经历了青春、衰老，经历了漫长的等待与绝望的反抗，最终如一对相依为命的伴侣共同走向预知的死亡，并希望在另一重现实或者梦境中再度获得青春、活力与生命。达斡尔族女作家萨娜的《金色牧场》《巴尔虎草原》《兔斑，跑吧》《诺敏河》等一系列作品成为对蒙古草原及其孕育的草原文化精神的深情礼赞，以满溢着诗情与忧郁的笔调，讲述着生命、生育与死亡的故事。在草原这个吸引、寻找、渴求生命的地方，自然成为不可抗拒的神力，受到所有人的敬畏与膜拜。《诺敏河》中草原妇女与自然无比优美诗意地交融在一起，成为草原上一道最美的风景。她们是母亲，是生命最初的养育者与守护者，她们是温情与诗意的，同时也是强壮与智慧的。其间女性与自然的联系，不是源自于其自身受制于自然的匮乏状态，而是通过梅斯这个坚强美丽的达斡尔女人的形象，让我们看到一个自主命运的女人，如何如同选择自己的前途与命运一般选择与自然交融，打开曾经被封死的生命之门，并用生生不息的生命奉养、报答、回馈自然。《兔斑，跑吧》有着与阿云嘎的《黑马奔向狼山》相似的主题，以一匹渴望奔跑而不得的骏马的遭遇带出整个草原传统生活方式的改变及整个草原生态的危机。更令人感动的是，贯穿全文的情感线索——一个男人与一匹马之间隐秘然而温馨神圣的情感交流。《巴尔虎草原》中也正是动物——似乎从天而降的灰马成为人与自然之间的中介与向导，成为长生天派来的使者，为一对身陷丧子之痛无法自拔的夫妇带来生命的讯息。在故事的结尾处，当男性与女性如此完美地融合之时，当两性自身的理想性格都得到健康、自然的孕育与成长之时，同时圆融无间的还有人与自然、人与草原之间的关联。

5.痛苦的现实主义：少数民族女作家的“底层写作”

在今天，全球化进程已经变得不能再被忽略，“底层”作为一种结构性的存在也已日益构成我们经验性的内在因素，因此“底层写作”作为一种创作倾向，成为全球化时代的产物及表征。在今日的中国文学界，“底层”已日益成为各路作家竞相争夺、言说乃至建构的对象，而20世纪90年代以来，尤其是进入新世纪之后，少数民族女作家们也逐渐加入“底层写作”的大军，向我们展现了一种极具批判力度的写作方式。新世纪以来，诸多少数民族女作家发表在《民族文学》上的作品，很多可以纳入“底层写作”的范畴，构成了颇具规模的“底层写作”场景。如梁志玲（壮族）的《虚设桥梁》，陶丽群（壮族）的《恍惚之间》《起舞的蝴蝶》，严英秀（藏族）的《玉碎》《决不向美丽妥协》，石竹（土家族）的《山路弯弯》，讴阳北方（回族）的《生活让你沉默寡言》《穿过歌声的门》《好好活着》，肖勤（仡佬族）的《我叫玛丽莲》《云上》，马金莲（回族）的《庄风》，冉冉（土家族）的《妙菩提》《离开》，王华（仡佬族）的《紫色泥偶》《一只叫耷耳的狗》，雪静（满族）的《城里没有麦子》，许连顺（朝鲜族）的《往地漏里掷石子》《都市伤痕》《跟屠宰场里的肉块儿搭讪》，雨燕（土家族）的《旺子的后院》，田平（土家族）的《我的冬儿》《伪证》，等等。

与仡佬族著名作家鬼子相似，仡佬族知名女作家王华与肖勤都坚持一种现实主义立场上的“底层写作”，尤其是王华堪称“底层写作”中的佼佼者，她发表于《当代》的长篇小说《傩赐》《桥溪庄》《黑溪门》都堪称乡土及底层小说中的力作。作为一个生长于贫瘠、偏远的云贵山区的知识女性，王华熟知那里的人们为生存所付出的全部挣扎与代价，因此她总是将目光投向那些沉重、艰辛的生活场景。《傩赐》是以一个地处云贵高原的少数民族聚居地为背景的作品，但作者故意弱化民族色彩而意欲使其具备某种寓言的力度，其间民俗与“底层”之间构成了某种意味深长的对接与耦合。作者描写边缘地域中的蛮荒生存状态，并不仅仅是为了揭示这些地区的落后与愚昧，而且是试图探询那些看似荒诞且原始的神话与传说在今时今日仍持续存在的某些不为人知的原因，让我们看见民俗/传统与现代是如何奇异地纠缠、融合并构成左右当下生存经验的力量。

这些少数民族女作家的“底层写作”，以对现实的敏锐关注与把握，凸显出一份难以自弃的人文情怀，以及对下层社会及底层人的悲悯。此刻她们或许并不昭彰自己的性别身份或反叛的立场与方式，女性写作之于她们，更多在于将其作品建筑于真切而非理念的女性体验之上。如萨斯卡娅·萨森所说，妇女在当今的全球资本主义，包括第三世界的资产阶级和国家资本主义在内的经济运作中，成为劳动资源的主要提供者，而不是占有者和获益者。[①] 当今中国底层女性在全球化进程中所经历的这一切无疑都

① 王丽华主编：《全球化语境中的异音：女性主义批判》，北京大学出版社2008年版，第25页。

将造成当前女性经验的积累与变更，同时成为女性写作新的文化资源，随之而来的还有女性写作者思考方式的转变与突破。可以说新世纪以来少数民族女作家对“底层写作”的积极介入，正是尝试以个人的、女性的方式触及当代社会症结的一种努力，为当下的少数民族文学创作、女性文学创作开拓更多的空间、寻找更多的可能。

6.少数民族女作家的女性写作

在全球化时代，处于多元文化的渗透与都市文化影响之下的少数民族女性创作，出现了一股更为个人化及性别化的创作潮流，即关注自己的女性体验及都市知识分子的身份，或作为后现代社会的孤独个体的私人化感受，而一定程度上淡化了民族身份。可以说，这是在全球化时代日益多元混杂的文化语境之中，民族身份认同呈现多元化趋势的表征，也是少数民族女作家女性意识日益鲜明的体现。

自20世纪90年代始，中国的女性写作呈现出的一个显著特征是性别意识的日渐鲜明，其间女性生存与体验作为共同的书写对象，自觉而有力地开始对经典的男性叙述与关于女性之话语的越界。[①] 少数民族女作家也以自己的创作实践加入了这一文化进程，为当下中国的女性写作社会、文化空间的拓展做出了自己的努力与贡献。朝鲜族金仁顺的《春香》、满族雪静的《红肚兜》及赵玫的《我们家族的女人》都是典型的女性家族史写作。赵玫的“唐宫系列”及达斡尔族孟晖的《盂兰变》则是以女性视角切入武则天王朝的长篇历史小说。回族女作家陈玉霞的知识女性三部曲《心约》《心祭》《心斋》是献给从事高端科技研究事业的知识女性的一曲颂歌与挽歌。满族女作家阿满的《双花祭》与回族女作家马忠静的《夏天，没有诱惑》这两部中短篇小说集则另辟蹊径，将小城市中的机关女办事员（“机关花”）作为自己的写作对象。苗族女作家贺晓彤则对从事文化产业及媒体工作的都市白领情有独钟，《美女如云》这部长篇小说以“选美”这一都市流行风潮作为写作题材。朝鲜族“70后”女作家金仁顺、满族女作家钟晶晶、达斡尔族女作家孟晖，以自己充满智性的女性写作提示着女性记忆与经验在当下语境中重新流通的方式及其构成女性写作实践重要资源的可能。金仁顺的《春香》、雪静的《红肚兜》所构成的“女性家族史”写作不仅在更为复杂的面向及维度上探寻了女性身体、生命与经验、记忆、历史的关联，更以一种极为策略的方式在尝试推进、拓展女性写作的限度及可能。

---

① 戴锦华：《涉渡之舟——新时期中国女性写作与女性文化》，陕西人民教育出版社2002年版，第521页。

新时期尤其是新世纪以来，少数民族女作家的创作涉及面十分广阔，无论是本民族的历史、传说、神话，还是当代中国的社会变迁，甚至是全球化进程中的本土困境、跨国资本的剥削及劳动力的跨国旅行等等，丰富庞杂的历史、社会问题都内在于她们的创作实践。因此，通过对她们堪称丰富的文学实践的考察，对诸多文本的厘清、阐释与解读，不仅可以对少数民族文学特有的族群经验、多元复杂的文学传统和文化想象方式进行系统的挖掘和展示，而且其间应时而生的某些极具当下性的书写，比如对现代性及全球化的质询与反思等，在某种程度上将对我们在全球化语境中应该采取的文化立场及文化策略有着极大的启示意义。

第一章 少数民族女性的民族历史书写：多重话语的协商

本章将集中分析少数民族女作家作品中女性话语与民族话语之间的复杂关联，此处首先需要做的是对民族国家、民族及少数民族这些范畴进行界定，以免在集中使用的过程中出现混淆。在汉语中，民族概念的内涵在主流话语中基本上仍采用斯大林在1913年提出的定义，即“人们在历史上形成的一个有共同语言、共同地域、共同经济生活，以及表现于共同文化上的共同心理素质的稳定共同体”①，并认为“民族是以共同的地域、共同的经济生活、共同的婚姻范围等联系为形成条件，以共同的语言、共同的物质和精神文化特点为客观特征，而以自我意识和自我称谓为根本要素的一种具有相当稳定性的社会共同体”②。“其外延大致可分为两类，一类是指56个民族单位，另一类是指全体中国人”③，这里作为现代民族国家意义上的“民族”，与中国境内少数民族意义上的“民族”之间容易产生概念上的混淆。民族国家是指一个独立自主的政治实体，是20世纪主导的现代性民族自决和自治概念及实践，而“民族”则是共同体的认同概念，其来源可以是共享的体制、文化或族群。本书中，尤其是本章中，为了区分“民族国家”意义上的“民族”和“文化族群”意义上的“民族”，使其在本书中不致产生混淆，将不采用简略的“民族”表示现代民族国家概念，而是使用“民族—国家”或“民族国家”的全称，视具体语境而略做改变，但直接使用“民族”之时则是指中国境内的“少数民族”。

新时期以来，女作家的历史写作在主流文学实践中无疑占据着一个颇为重要的段落，可以说其中的代表作构成了新时期女性书写的重要篇章，

---

① 斯大林：《马克思主义和民族问题》，《斯大林全集》第二卷，人民出版社1953年版，第59—117页。

② 贺国安：《刘克甫谈汉民族研究与民族理论问题》，《民族研究》1987年第4期。

③ 陈心林：《族群理论与中国的民族研究》，《贵州民族研究》2005年第6期。

并带出了某些十分重要的意识形态症候群。因为女性与民族国家、民族及历史或曰主流历史的认同,始终是内在于女性文化中的一个深刻且充满裂隙与矛盾的命题。在某些主流汉族女作家如王安忆、铁凝的笔下,个人与社会/历史、女性与民族国家认同之间,始终存在着某种深刻的认同与分裂相交织而构成的张力,其间不乏诸多悖论性情境。对于少数民族女作家的创作实践而言,女性话语与民族国家叙事及民族话语之间的关联更为隐秘繁复,其间产生的交缠与张力,似乎应该是一个更为复杂的命题。

虽然民族国家叙事并不是少数民族女作家广泛涉猎的主题,但也出现了一些内蕴复杂、深厚的优秀之作,如蒙古族女作家乌兰、韩静慧的一系列以反侵略战争为题材的中短篇作品及回族女作家白山的长篇小说《冷月》。其间乌兰、韩静慧的写作尤为鲜明地体现出面对主流及宏大叙事之时,女性话语及经验的某种游离特征。韩静慧《额吉与罂粟花》中的草原母亲以她源自蒙古族民族精神的巨大人性魅力直面现代侵略战争的残酷及非人本质,从而以属于草原、母性的博大、悲悯与强韧彻底改写了"弱肉强食"的现代"丛林法则"及主流民族—国家叙事逻辑。乌兰则让文本中的玛涅格尔部落的女性以自己女性化、个人化的情感体验拒斥属于男性的政治话语与逻辑,执着关注那些不能发声的、作为侵略战争的代价而存在的"被侮辱与被损害的"女人们,从而彻底解构了这一建立在对女性压制之上的话语/权力机制。藏族女作家梅卓,在她著名的长篇《太阳部落》中,以缠绵婉约的笔触勾勒出藏族女性的爱情故事,那些罗密欧与朱丽叶般的爱情成为民族历史悲剧或曰浩劫的前奏。那些灾变前的藏族女人以及个人的创痛与恍惚似乎只关乎情爱,无涉历史,但历史灾变的阴云早已笼罩一切,如古希腊悲剧中的"命运"一般,成为无所不在的"惘惘的威胁"。正如《太阳部落》中的女性都沉溺于爱情一般,梅卓也沉醉于对男女情事的描摹而不时遗忘她的关于民族历史叙事的书写任务,但正是这般的"不经意"反而成就了一种特立独行的民族历史写作:历史的灾难场景个人化及女性化呈现。在更多的女作家那里,女性话语以更为隐晦的方式潜隐在文本深处,女性意识、性别话语与民族意识及身份认同的关联以更为复杂的方式凸显与呈现。庞天舒与白玉芳这两个来自白山黑水间的满族女作家,其文本成为一处繁复丰盈的话语场域。如果说面对民族国家话语与主导叙事时,乌兰与韩静慧的作品显现出具有鲜明女性意识的抵抗与疏离,那么在面对本民族的民族文化与集体叙事之时,庞天舒与白玉芳的作品则更多地体现出认同、协商而非解构的策略,且她们对本民族文化那近乎无保留的热爱与忠诚使她们作品中的女性意识与民族意识基本上融合无间,但其间某些独立的、未曾融入的女性意识及女性主体性却以更为微妙的方式存在，反而使这些文本成为女性意识与民族意识间不断协商、对话、交流的场域，从而更具分析与考察的价值。

第一节　性别与族别之间：女性后裔的“寻根”之路

姚新勇在对转型期少数民族写作中的女性话语进行分析时指出：“转型期主流女性话语表现为女性、女性的身体逐渐由集体、人民、革命、民族的归属摆脱出来，获得女性意识和身体的‘自我’拥有，可是在彝族汉语诗歌和藏族汉语写作中，我们看到的不是女性话语从集体性、民族性的男性逻各斯话语中逐渐摆脱并成长起来，而是女性意识同民族意识、族属意识，大致同步地强化、增长。”[①]不可否认，作为少数民族女作家，其对本民族强烈的归属感使她们在面对民族文化传统与历史之时，更多地体现出认同而非质疑，或者说她们对本民族文化所体现出的近乎无保留的热爱与忠诚使她们作品中的女性意识与民族意识基本上呈现出融合而非分离的状态，但通过对一些女作家文本的具体解读与分析，则不难发现其间仍然存在某些独立的、未曾融入的女性意识及女性主体意识，它们以一种更为微妙的方式隐身在这些少数民族女作家的文本世界中，令这些民族后裔充满文化认同感的“寻根”之作在一定程度上成为女性意识与民族意识不断协商、对话、交流的高度流动、充满变数的空间与场域。

一、从女人心事到民族史诗：藏民族历史叙事的弥合之路

长篇小说《太阳部落》《月亮营地》是藏族女作家梅卓的代表作，这是两部具有连贯性的长篇小说，讲述20世纪初青藏高原的藏区部落在军阀马步芳的残酷统治之下的遭际与反抗，其间穿插着几代青年男女的爱情悲剧。军阀马海买觊觎安多藏区安宁富足的伊扎部落，遂用尽卑劣手段挑起诸多部落间的矛盾纷争，从而坐收渔利，并最终痛下杀手，分而袭之，各个

---

① 姚新勇：《多样的女性话语——转型期少数族文学写作中的女性话语》，《南方文坛》2007年第6期。

击破,彻底将这些部落的财富与土地据为己有。于20世纪初频繁发生于安多藏区的诸多灭族惨剧似乎已成为作家梅卓心中固置的伤痛,那份不能已于言的冲动驱使她不停地重复,而其间那些美妙而哀伤的爱情故事,那些青藏高原上的英雄美女、天灾人祸阴影下的情欲争逐,虽然令人目眩神迷,但也许并非那么重要。如有批评者敏锐地指出,那些青藏高原上的一段段曲折婉美的爱情故事,不过是“洁净的纱布”,“轻轻缠缚住残破的手指,历史的隐痛”①。藏民族的历史命运、藏区部落曾经的惨烈遭遇才是她念兹在兹、不忍或忘的“隐痛”,而那些美丽的爱情也许不过是一种止痛或曰麻醉的药物。此处要紧的并非厘清文本的重心究竟是男女情爱还是民族大义,而是在梅卓的作品中,爱情叙事是如何成为遮掩历史伤痕的“纱布”的?作者为何要重复一个故事?是否在借重复寻求一种历史创伤的弥合及意义的完满?而在重复过程中,是否存在互相诠释的情节及话语接榫?其间性别话语及民族话语都经历了怎样的异变?二者之间存在着怎样的关联?其间爱情—女性究竟履行了怎样的功能?

1.“太阳”之下:藏族女性的故事

《太阳部落》与《月亮营地》这两部长篇无论从情节结构还是人物设置来看,连贯性及互文性都比较明晰,其间藏族青年男女间的“生死爱欲”往往成为结构故事、推动情节的叙事原动力。梅卓以她女性的敏感与多情不懈地勘探与触摸着那蛰伏的原始恐惧与伤痛、禁忌与渴望,那些跨越阶级与生死的激情爱欲成为民族大义之侧的动人传奇,以至于书评家们要给《太阳部落》冠之以青藏高原上的“罗密欧与朱丽叶式的爱情悲剧”之美名。《太阳部落》以伊扎及相邻的沃赛部落几对男女间扯不断理还乱的情事为主线,连缀起这个以太阳石为圣物的部落的兴衰起落。这看似老套的历史、阴谋加爱情的情节模式在梅卓的笔下却翻生出诸多不俗的新意,但这绝不仅仅因为故事的背景设在神秘美丽、粗粝丰饶的青海藏区,也不全因为作者于叙述的间隙匠心独具、不着痕迹地以闲笔侧写藏族宗教、风土人情,而在于那些缠绵悱恻的男女情事的渲染描摹中所透露出的作家对两性关系的某种思索,一定程度上成了启动叙事的另一重契机。可以说,这是一部女性意识较为鲜明的作品,作者对历史与战乱中本民族女性爱情、命运的关注与想象,对她们性格及心理,尤其是性心理的揣摩刻写,一笔一画都是小心翼翼、深情款款,非身为女性不能有如此的理解、体谅与懂得。这

---

① 马钧:《澄明与镇定——〈太阳部落〉序言》,梅卓:《太阳部落》,中国文联出版公司1995年版。

是一群美丽而不幸的女人，也是一群耽于爱欲不懂抽身的女人，她们不惜代价地追逐爱情或婚姻的完满，却总是会在现实的厚障壁上撞得头破血流。从祖母辈的阿多到孙女辈的香萨，无论是被不负责任的男人轻易抛弃，还是因遭遇不可捉摸的命运、灾变与死亡，佳偶易失、鸳梦难成总归是她们最终的宿命。诸多评论者也都认为这部作品的女性意识体现于对女性位于历史边缘处的尴尬境遇、悲惨命运的揭示，"女性的宿命在藏族女性中一再演绎，故事中的几代女性，无一例外地受到了轮回的悲情遭遇"①，"还原了女性生存的历史处境，展示了女人在父权制文化压制下的隐忍与无奈"②。但不要忘记，在文本伊始，叙事者正是向我们描摹了一则真正美好的爱情——伊扎部落老千户和他的妻子爱欲交加、生死与共的夫妻之爱，那是怎样的一种相濡以沫、琴瑟相谐，而这一段美好得令人窒息的爱情的出现使得原本应该是本章重点的紧锣密鼓的篡权阴谋成了某种无足轻重的陪衬与闲笔。可以说，这起首的一章已为全书的叙事定下了基调，即两重话语之间的张力与较量：对完满和谐的两性关系之可能及困境的探询与对民族创伤及痼疾的触摸之间的离合与分殊，对属于女性的不具侵犯性的爱之话语与男性的、关于民族历史的宏大叙事之间的交缠与分野。

如果说在《太阳部落》中，女性写作及微末琐碎的女性情感经历与某种至为崇高的写作形态——民族历史叙事被并置一处的话，那么在文本中正是那些弱质纤纤的女人而非豪气干云的民族英雄占据着叙事的中心。并且，与人们所期待及想象的青藏高原男子那本应粗犷放达、快意恩仇的血性形象不同，小说中的男性却是温存细腻、忧郁敏感，无论是曾经为权力泯灭亲情的千户索白、纠缠于无奈的婚外情事的千户府管家完德扎西，还是敏感多情的佃农洛桑达吉，甚至是落草为寇的头人之子嘉措，都生就一副情肠，面对所爱的或爱他的女人们，总是英雄气短、百转愁肠。这些分属于不同阶级的男性，性格却都与郁达夫似的浪漫才子有几分神似，这明显的不合常情之处所透露出的意味深长与暧昧，其实正是暗示着某种两性角力之可能。换言之，正是他们作为情人显示出的软弱、平凡甚至是微末，才使那些与他们相知相恋的女性获得了自我表达及书写欲望的某种可能且足够的空间。我们同样也是群平凡的女人，却内蕴着不同凡响的欲力，在文本中与其说她们是在被动地承受，不如说她们始终是在主动地索取，索取

---

① 田泥：《走出塔的女人：20世纪晚期中国女性文学的分裂意识》，中国社会科学出版社2005年版，第183页。

② 朱霞：《当代藏族女性汉语文学浅论》，《民族文学》2010年第7期。

爱与被爱的权利，索取原本属于自己的平凡微末的幸福。她们并不过分掩饰她们的欲望及对男性身体的渴求，在索取的同时给予，被欲望的同时也欣然展露矜持然而热烈的欲望。她们的坚贞与决绝、热情与疯狂都见证了女性在追逐情爱的征程上的勇气与挫折、坚忍与脆弱。其中最值得玩味的人物形象便是尕金了，这是书中唯一一个女性"反角"，或者说相较于对其他女性角色的爱怜有加，作者在尕金处却是极尽嘲讽揶揄之能事，而这反倒成就了一个粗俗无文却精彩无比的藏族女性形象，有着令人过目难忘的艺术魅力。她的贪财好利、庸俗无行虽然令人鄙弃不屑，但那百折不挠、永远兴致勃勃的生命力却也让人好笑之余又颇感心酸。她的矫揉造作与歇斯底里，对男性及婚姻自以为是的控制欲，构成了丈夫的厄运与自己的不幸（她灌醉家中怯懦温顺的长工完德扎西以实施引诱计划的一幕简直成了虎妞与祥子的藏式翻版）。她与母亲二人在被丈夫彻底遗弃后，以鞭打白氈（婚礼用品）泄愤的举动则是一个极富意味、堪称精彩的细节，那由狂怒间的泄怨到兴奋刺激再到专心致志、酣畅淋漓的过程不啻是小说中的一神来之笔。[①] 且她与情敌桑丹卓玛的乡间偶遇与交锋、与相好丹增才巴之妻间的遭遇与较量，都是小说中极为精彩的场景与细节，其间作者以含讥带讽、略显嘲谑的笔触点染出传统女性们工巧善饰的柔情与心计、敏感与妒意。作者那既婉约又讽刺的笔触，倒与张爱玲描摹那些小奸小坏的"不彻底"的精明女人有几分神似。正是因为这些鲜活而真实、为诸多简单琐碎的欲望所充实的小女子的存在，梅卓原本书写民族历史的雄心才于不期然间成就了一幅惟妙惟肖、逼真鲜活的藏族女性日常生活及与其相关的风俗礼仪的浮世绘。

但无疑，《太阳部落》中没有一件完满的情事，无论那些美丽聪慧的女子怎样坚忍与柔韧，却都逃不开凄凉甚或惨烈的命运，而也正是因为她们的爱情对象或曰对手并非总是郎心似铁，她们的悲剧才更具有某种震慑力与启示性。如果说在文本中她们始终耽溺于情爱的醉人气息无法自拔的话，那么那些与她们爱恋痴缠的男子又何尝不"耽"呢？痴恋桑丹卓玛的索白，以千户之尊夜夜在小女子的廊檐下徘徊不去、苦苦等待，即使落花无意也不改初衷，甚至在鬓发斑白之际还能为了卓玛的一句承诺而不惜以部落的安危为代价引狼入室，赔上自己靠巧取豪夺苦心经营了一辈子的身家事业；老千户弱水三千，所爱却只有妻子一人，夫人的美丽温存是他不能须臾

---

① 参见戴锦华在《刘索拉：狂舞中的迷茫与痛楚》中对"歇斯底里"女性形象的分析，戴锦华：《涉渡之舟——新时期中国女性写作与女性文化》，陕西人民教育出版社 2002 年版，第 386 页。

稍离的人间仙境，相濡以沫、至爱无言、执子之手与子偕老，当妻子香消玉殒时，他的生命力竟一日散尽，朝如青丝暮成雪。这真是群耽爱易感的男人，曾经沉溺于温柔乡难以自拔的男人，只是“士之耽兮，犹可说也；女之耽兮，不可说也”，爱情之外，尚有广阔的天地可供他们大展身手、驰骋横行，经书佛卷也好，圣贤文章也罢，当然还有令多少(男)人孜孜以求、叩问不倦的危险而迷人的政治/权力游戏，他们甚至可以落草为寇、刀头舔血、快意恩仇。这个世界为男人们提供了太多的选择与可能，因此，女人与爱情成不了他们的全部，而女人们却早已赌下了全部身家性命，一意孤行、退无可退，行到尽处，唯有成就一番毁身忘死的残酷试炼。这自然彰显了一种勇气、一种至为丰饶的欲力与能量，但又何尝不是出自一种无奈，一种对自身与全部女性历史宿命的某种清醒与自知——“玛冬玛岩洞，母亲闪现着湿润的眼睛，她说，就这样，好吧，女人家，还能怎样呢?”因为丈夫是她的影子，“没有影子的人是什么？是鬼。鬼没有灵魂，没有希望，鬼深陷在痛苦中不能自拔，并且就此永无出头之日……”[①]这发自女性之口的至痛之言或许就是同样身为女性的作者，在关注或尝试表现女人真实的经历与创痛时，不得不面对或曰正视的关于女人的残酷真实，以及对女性献身或曰陷身爱情与情欲的深切反思。这才是《太阳部落》的重心所在——书写女性遭传统男权文化镇魇住的回忆与欲望，书写独属于女性的别样痛切繁复、往往令人欲说还休的历史与“真实”。

2.“月亮”背面：藏族男性/英雄的史诗

如其题目所昭示的，如果说太阳/月亮在某种意义上构成了男性/女性的象征物的话，那么“太阳部落”与“月亮营地”仅从字面上索解，便指涉着分属于男性与女性的不同的权力/统治，那么部落与营地的不同之处是否在于女性权力及女性话语力度的增强？从表面上看，太阳部落最终的覆亡与月亮营地的获救是因为女性力量对男性统治的渗透与救赎，是女性的充满爱意的智慧与公正成了对男性统治不乏温情的纠正(如果不说篡改的话)。因为在《月亮营地》中，最有力度的女性形象是阿·吉，某种意义上她成了文本中唯一的女主角，且不同于《太阳营地》中众多把爱情当信仰、沉迷于一己私情不肯自拔的小女人，阿·吉则是个把民族大义、部落命运当作信仰的奇女子。故事伊始，她便是一个先知先觉者，对营地未来的走向、可能的危机都了然于胸，如果说男主角甲桑尚是个成长中的英雄的话，她则是从一开始便显现出“众人皆醉我独醒”般傲然的明晰与决绝。或许可

① 梅卓：《太阳部落》，中国文联出版公司1995年版，第375—218页。

以说她扮演了一个通常由男性扮演的"启蒙者"的形象,而她所要重点启蒙的对象不是别人,正是甲桑——营地唯一的男性英雄。如果说启蒙者/被启蒙者这组权力位阶与性别秩序之间的某种暗合无疑内在地规定着男性与启蒙者位置的"天然"相契,那么在《月亮营地》中,这样的性别/权力秩序无疑经过了某种反转与倒置,而这是否意味着相较于《太阳部落》,其续篇《月亮营地》中女性权力及话语力度在增强并逐渐取得主导地位呢?事实远非如此。因为在文本中女性的力量或曰阿·吉的力量并非来自性别,而是她们所属的意识形态话语所具备的正义性与整合力。正如批评者所言,"如果说《太阳石》[①]因线索零乱,尚未明确勾勒民族复兴的觉醒过程,那么《月亮营地》探索民族出路的自觉追求显然卓有成效,清晰描绘出一幅睡狮觉醒、民族振兴的光明前景"[②],此处至关重要的是民族及集体话语,而这也决定了历史舞台的合法占据者是为她们启蒙的男性而非她们自身。因此,她们虽然拥有千娇百媚的女性身体,但作为性别成人的身体—欲望却是基本缺失的。阿·吉与茜达尽管貌似拥有无尽的自由,可以无所顾忌甚至胆大妄为地行事与纵情,但在文本中,她们实际上仍然仅仅只是充当着男人的诱惑、男人的伴侣及男性的理想之镜的角色与功能。阿·吉的爱情,成为对甲桑的询唤,而他们最终消除误会后的彻底融合——那次堪称完美的性爱,在文本中获得了某种仪式性的表达,成为某种出生及重生的隐喻,成为他完全放弃他所一直执着的"个人"而成长或曰被改造为主体的时刻。但那无疑是英雄男性的成人式而非女性的欲望表述,因为整场性爱最终的目的是以女性完美的身体与博大、悲悯的母性情怀,使一个部落的英雄成功诞生并于危难之际挽大厦于将倾。如果借用拉康的精神分析理论阐释的话,美丽的贵族/女性阿·吉其实一直充当着一份强有力的社会、历史询唤,一面理想完整的"镜像",而男性主人公甲桑正是借助这个"虚"且完美的"她者"/镜像,进入某种主体格局。在《月亮营地》中,民族利益、神圣化的女性("父"的取代者)和原"男性主体"三者分别占领了拉康笔下的主体三角——大他者、他者与"我"。正是这个完备了一切条件的主体模式,构成了某种新主体秩序的建构表达。以女性、性别表象体现的法则、律法虽以男性人物作为被教育者或曰被启蒙者,却并不意味着一个女性话语模式的建立,也并非证明了男性权威的缺席。相反,"父之名"尽管让位于民族精神与血性的历史与神话,却仍然是一套男性话语,这套话语一如既往地

---

① 《太阳部落》又名《太阳石》。

② 张懿红:《生死爱欲:梅卓小说的民族想象》,《南方文坛》2007年第3期,第87页。

把女性表象安插在必要的位置，这套话语也一如既往地以男性为话语对象。不过，它所要传达的已不是如何统治女性，它说的是作为整整一个性别，男性话语作为一套体系如何臣服于民族话语。在这套话语里，女性表象被用来创造了“男性臣服”的奇迹。[①]

由此可见，在《月亮营地》中，民族话语而非性别话语才是文本中压倒一切的重心所在，而在开篇处被甲桑杀死的那只美丽孤傲的雪豹无疑是一个隐喻或是预警，所谓“孤独无助的个体生命汇入浩浩荡荡的群体生命”才能“成为不可战胜的民族的洪流”[②]。作者对集体话语及民族男性/英雄的热情的赞美与借重，虽然体现了民族后裔对民族历史及历史中的英雄的敬仰与追慕，但一定程度上也会削弱女性、个人、边缘话语的批判力度与能量，那么当我们发现在作为《太阳部落》的续篇或曰姊妹篇中，那些辗转于父权、男权的残苛统治之下的可怜女人，尤其是底层女人如雪玛、毛措的缺失与不在，便也在预料之中了。她们与代表着从“太阳部落”中延续下来的女性真实的生存困境、至深的情感及历史无意识的尼罗（甲桑之母）一起，在开篇伊始便莫名地死去，或者说借“死亡”而被放逐到文本之外的幽冥处，而为更为“重要”的权力/话语留下足够的叙述空间。而当位于甲桑之畔的光彩照人、雍容高华、深明大义的阿·吉成为叙事及凝视的唯一焦点时，阶级、性别及个人等边缘话语均被合理而有效地纳入民族及集体话语那“浩浩荡荡”的“不可战胜”的“洪流”当中了。

由此可以说，在《太阳部落》中，因为女性话语与民族话语还是处于某种势均力敌的状态，尚能够保持某种均衡，因此历史中女性的悲剧性、悖论性的生存情境还在一定程度上是可见的话，那么随着《月亮营地》中民族话语逐渐占据压倒性的优势，女性，尤其是民族中的底层女性那等而下之的生存困境，在男性欲望及强权的剥夺挤压下的悲惨处境，便被放逐到叙事之外的幽冥，成为一处“在场的缺席”。与《月亮营地》中英雄儿女的豪气干云相比，《太阳部落》中的怨女痴男无疑是不彻底的甚至有些卑微懦弱的零余者，他们的相恋失恋、爱欲交缠，只是彰显或曰泄露了他们作为平凡人的缺憾与奢望。他们的情感更多是物质性、琐屑微末的，这反倒可以使作者

---

① 此处的分析借鉴孟悦在《性别表象与民族神话》中对“十七年”及“文革”文学中性别修辞及表象对主体建构功能的分析，见孟悦：《人·历史·家园：文化批评三调》，人民文学出版社 2006 年版，第 248 页。虽然藏族作家梅卓的作品与孟悦所分析的“十七年”文学文本之间存在着巨大的源自民族文化及具体社会语境方面的差异，但笔者认为其间的女性形象存在着某种结构功能上的相似性，因而这样的借鉴应该是可行的。

② 张懿红：《生死爱欲：梅卓小说的民族想象》，《南方文坛》2007 年第 3 期。

在更加具体而微的层次上,对一个部族的衰败与一种文明的颓散展开另类的思索。其间对女性情感与命运的关注,无疑与作品的宏大历史命题起了冲突,而因此显露出的种种裂隙甚或悖反处反倒使《太阳部落》昭示出一种更为边缘的民族历史叙事的契机及可能。或者说作者在女性及个人的文化认同与文化位置上,在历史的边缘与角隅处,尝试一种新的、远为繁复多重的民族/历史叙事的实践或曰实践的可能。

3. 失落的珊瑚:弥合的裂隙与无效

在这一系列的重复叙事当中,较之于《太阳部落》《月亮营地》这两个长篇中对男女间缠绵情事的浓墨重彩之渲染,中篇《珊瑚在岁月里奔跑》(以下简称《珊瑚》)则无疑粗粝平实得多,其中马步芳政府对藏区部落肆无忌惮、惨绝人寰的屠杀与劫掠因细腻繁复、回肠荡气的情爱描写的缺失而显得过于真实,真实得让人不忍卒读。并且作者运用了双线叙述的方式,以过去与现在、浩劫与回忆相交织的叙事手法,让读者得以一窥当年伊扎部落四散飘零的后裔们经过近一个世纪的漂泊,于今时今日的生存状态。文本中的主人公巴马与茜若,无疑是当年的嘎嘎与阿琼、甲桑与阿·吉的现世化身,而他们之间不再会有爱情甚至没有宽谅。如果在前两部长篇中,爱情间或可以成为一种救赎的力量或曰可能的话,那么在《珊瑚》中,最终连爱情也逃脱不了被贩卖的宿命,它终将失却神圣的光环,而屈从于残酷而丑陋的现实。伊扎部落的圣物——红珊瑚,被部落仅存的拥有高贵血统的后人——拉甲活佛的女儿茜若卖给了马海买的后人,曾经血洗伊扎部落的罪魁祸首马海买的孙子,现在成了在沙特定居的外商。而为伊扎部落带来灭族之灾、受部落众多英雄烈女拼却性命护卫的红珊瑚经过半个世纪的"奔跑",最终仍是在劫难逃地落入了最初的觊觎者那得意扬扬且无比贪婪的手掌,只不过现时的他已改换了身份——不再是国民政府支持下贪婪嗜血的军阀势力,而成了衣冠楚楚的跨国资本集团的代表。而如果说红珊瑚是伊扎部落精神的象征,那么它最终的失落或曰"堕落"也一定程度上暗示了《太阳部落》中的"太阳石"及那一对原本象征着苦难深重的部族最后希望的青年男女——阿琼与嘎嘎的宿命。于是,因爱情的最终失落、拯救力量的彻底缺失,《珊瑚》一定意义上成了对《太阳部落》《月亮营地》所精心构造的神话的一次撕裂与解构。

可以说,从《太阳部落》到《月亮营地》是一次从女性话语到民族话语的转变,完成的是一则关于民族精神的寓言或曰神话,在其间,女性由袒露欲望与伤痛、坚强与脆弱的真实存在退却为一种精神、一面理想之镜,英雄成长过程中的一个有力有效的询唤者与引路人,类似于但丁的比阿特丽采——源远流长的男性想象中的女性神话。如果说作者将关注的目光由民族历史中的女人转移到传说中的民族英雄身上是为了完成一个心愿：以文字形式对一度被剥夺的民族生机做出某种拯救，对历史及历史中的悲剧做出的某种至为无望的拯救，对那无以填补的缺憾、不堪回首的记忆和埋葬在记忆中的刀光剑影的一次改写的话，那么写作对于作者来说，无异于一次“疗伤”与自救，是族群飘零的后裔们的“伤痕写作”。但如果说第二次重复成就的《月亮营地》是一次成功的改写，使一段不堪回首的血泪史成了一则民族英雄的史诗的话，那么第三次的重复《珊瑚》便成为对《月亮营地》的一次撕裂与解构，曾经无比珍贵、值得那些执着的男女们甘愿以性命相搏的一切——爱情或者作为民族精神之延续的圣物太阳石/珊瑚，在今天却都无可挽回地沦为商品。在资本主义全球化及消费主义的大纛下，所有的记忆以及内在于记忆中的“意义”均已失效，爱情不再是救渡的一叶方舟，甚至连这爱情都已成为“麝香之爱”，但有毒的并非爱情所携带的颠覆力与威胁性，相反这些正是爱情的应有之义——可怕的是今日的爱情丧失了所有未知的威胁与力度，而沦为纯粹无害的商品，可以流通与出售的、明码标价的“商品”。并且与爱情、圣物同时沦落的还有部族的“孩子们”，《太阳部落》中的索白力排众议决议在伊扎开设汉学堂之时，曾有一段深情的心理独白：“孩子们会回归的，总有一天，他们会以自豪的情怀更加热烈地投入伊扎的怀抱——这将是索白努力达到的目标。他们懂得冷静，懂得对方，懂得分析，他们不会受了欺负还不知道，他们不会遇到狡诈而不知应对，到那时，他们应该拥有足够的智慧面对一切。”甚至在他预知兵临城下、大限将至之时念念不忘的还是部族的“孩子”：“可我们还有年轻人哪，还有阿琼哪！……这戒指应该和她在一起，她能让它重新放射光芒。”[①]如果说在《月亮营地》中，他们曾化身阿·吉/洛桑和云丹嘉措/茜达，成功地拯救部落于水火之中，那么在《珊瑚》或者在《麝香之爱》中他们在哪？在做什么？那些千百年前殉情的幽魂，辗转在漫长的阴间之路上，不肯脱轮回之苦，辗转投胎，如今都游走在新世纪的高原都会中。但他们无疑不再追寻“理想”与“意义”，而是热衷于好莱坞与西餐厅，热衷于布拉德皮特的俊脸，热衷于所有去美国的机会，于是取代了太阳石/红珊瑚成为“圣物”的是金钱与美国梦。

因此，对作者而言，叙事的完成带不来欲望或意义的生成与完满，反倒是又一次暴露伤口的自虐。重复没有带来救赎，反而证实了救赎的缺失与

---

① 梅卓：《太阳部落》，中国文联出版公司 1995 年版，第 126、382 页。

虚妄，而当读者在《珊瑚》的末尾处最终得知伊扎部落的遗物——那染血的红珊瑚/太阳石被伊扎仅存的后人茜若/阿琼高价卖给了当年血洗部落的国民党军阀马海买之孙，被锁进跨国资本家的保险箱里时，岂止作者/叙事人一人会感叹情何以堪？一个被重复了三次的故事，却无法从历史中打捞与拯救任何"意义"。徘徊在新世纪灿烂而刺目的高原阳光下，作者一腔历史深情所能成就的无非是深化一种刻骨的荒凉与寂寞。

二、从"寻根"到"性战"：蒙古女性的"寻根"之旅

与梅卓类似，蒙古族女作家黄薇也是一个执着于本民族历史书写的写作者，一个"寻根"者。在黄薇的一系列追寻蒙古族的历史文化之根、体现出鲜明的民族身份认同的作品中，与其鲜明的族别或曰寻根意识相比，女性意识更类似于隐藏在其文本表层之下的一脉暗流，构成一种"文本无意识"式的存在，但正是其间女性话语与强烈的民族身份认同意识之间的冲突、对话、交缠、分殊产生的张力使其作品充满了力度。

1. 血缘与性别："自省小说"的变调

作为一个同时从事文学批评工作的作家，黄薇的小说与批评之间存在着某种对应与互文，或者一定程度上可以说，她在以自己的作品呼应着创作理论。在她发表于20世纪90年代的一系列较为重要的论文中，黄薇自创了"自省小说"这一类似于题材界定的名词，用以指称于"九十年代中前期我区出现……一类完全不同于以往人们认识中的民族题材小说，它描写的是被城市铁律改变了的蒙古人，他们的感觉、情绪及情感"①，这类小说"强调和凸现这群人对由于失去民族显性标志而感到的惶惑和失落，以及对无以表现和证明自己民族身份的反省与忏悔"②。如其论文题目所标识的，"自省小说"聚焦于传统/现实、原乡/现代这组现代性内部典型的二元对立，而在黄薇的理论表述及创作中，对民族传统与"原初"的追寻是一种来自"血缘血脉"的本能，而对纯粹的蒙古血统的执念则无疑联系着对本民族真正的"初始"的执着。然而相对于理论界定的明晰与理性，创作无疑是一个无法排斥、无意识及非理性参与的复杂心理、生理过程。笔者通过对黄薇具体文本的分析与考察，发现在创作过程中，其女性意识的流露与女性视角的参与，一定程度上使其作品偏离了其理论预设

---

① 黄薇：《关于描述文学历史之我见》，《草原》1994年第4期。

② 黄薇：《自省小说的反省意识：传统与现实的冲突》，《草原》1996年第8期。

与阐释，而发出了某种变调的异音。

《演出到此结束》《血缘》与《流浪的日子》都是较为典型的“自省小说”，在叙事架构、人物塑形上亦颇多相似之处。这都是些费解与晦涩的故事，充满了语焉不详的暧昧，但那对“血缘”的反复言说与迷念，以及与其相伴生的关于噩梦、死亡、情爱、家族隐秘的书写或曰探秘却是愈演愈烈。这也都是些关于爱情的故事，且总有着两男两女的角色设置。其中的女性叙事人“我”总是将情感倾注到蒙古族男子身上，可“我”的一往情深却总是被无情辜负，而令“我”产生欲望的男人总是将欲望的目光投向文本中的另一个女人。而每当“我”为那些负心薄幸的草原男人痛不欲生之时，却总是忽略伺守在身旁的汉族男子的深情凝视。如此，在诸多文本中不断变换姓名的两对男女便在典型的四角恋爱模式中展开一幕幕爱情角逐，经过一系列情感错位与纠缠，最终的结果却是难得善终——出走、失踪、死亡、疯狂总是这些爱情的最后归宿。可以说，这种四角恋爱模式的反复出现与人物族别身份的恒定设置有着某种意味深长的意涵，也暗合着黄薇关于“自省小说”特征的界定，即那些因自觉丧失民族归属感而不断陷于反省与忏悔中的“城市蒙古人”，总是选择“以婚姻或肉体结合的方式来表明自己的民族归属”。在文本中，热衷于追求同族男性的女性叙事者似乎就是这样的“自省者”。有趣的是，在黄薇的笔下，总是女性而非男性对“寻根”有着难以自已的渴望，对丧失“血缘”“血脉”之纯洁的可能有着不可遏抑的恐惧与焦虑。她们强迫症式的自苦与自虐总是令那些“理性”的、安然享受着城市生活的同族男人们无法理解。和新时期以来诸多具有女性意识的作家积极从事解构为父权/男权所掌控的正史、家史的努力相比，黄薇似乎在反其道而行。但不管作者是无意掉进了男权话语的陷阱，还是有意推行一种以退为进的另类解构策略，在其文本中，这些“自省”的女人总是以爱情作为手段、以身体作为试图铭刻民族“初始”意义的场所。但悖论的是，无论目的为何，女主人公一旦陷入两性之间的爱欲征逐，便无法不被卷入古老而现代的性别之战。于是在“自省小说”这样的另类“寻根”文学中①，在传统/现实、原乡/现代这样必不可少的经典二元对立之侧或之下，另一组更为原始的二元对立——男/女于焉浮现，并抢滩夺地、喧宾夺主，逐渐占据文本的中心。这在《演出到此结束》与《血缘》二作中有着最

① 黄薇在《自省小说的反省意识:传统与现实的冲突》(《草原》1996 年第 8 期)中提及“可以把自省小说看作是一种‘寻根’小说，因为它始终在人魂灵和精神之中拷问自己血统、血脉的‘根’，始终茕茕不息着关于‘我是谁’的诘问和反省”。

为明晰的体现。

《血缘》中的"无根"是一个典型的或曰称职的自省者——忧郁、自虐、神经质。作为一个生长在城市中的蒙汉混血,她毫无保留地认同着来自父亲及草原的那一半血统。她的姓名及常年困扰她的噩梦——身体被撕成两段——都是再明显不过的隐喻,喻指在两种血缘及文化之间辗转、迷失、分裂的状态。故事开启处,无根已经自杀,而"我"出于对亡友的复杂情感而开始追查她自杀的原因或曰动机。可以说,这是呈现在"我"——一个外人——视域中的"自省者"的形象与心理:她们那难以索解的矛盾与痛苦,无时或忘的反省与忏悔,如影随形的焦虑、恐惧和绝望。从这个角度看,《血缘》可以说是一篇典型的"自省小说"。但此间一个不容忽视的事实是,故事的叙事者是"我"而非无根,我是文本中唯一的声音,无根所有的秘密与谜底说到底都将由"我"来索解与阐释。随着故事的推进,"我"与无根的关系逐渐变得微妙繁复,某些曾被隐匿的真相一一浮现,"我"发现,原来无根才是一直潜伏在自己身边的情敌。由此,整个故事由对一个自省者、寻根人的心理探秘变成了两个女人之间的"生死"较量,成为一个生者对死者的祛魅与声讨,而"我"的最终目的不过是赢回爱情。但当"我"由一个温柔的小女人一变而为疯狂的复仇女神时,作为一个叙事者,"我"已不再可靠,对情敌的嫉妒、怨憎,对背叛者的切肤之爱与切肤之恨,对沦为爱情游戏中弃卒的难堪、不甘与愤懑,种种复杂情感的密集充盈使得整个文本成了一个关于女性受挫欲望的扭曲、变形的隐秘表达或曰"化妆"后的呈现。

如果说在《血缘》中对女性欲望的表述还一定程度上为过分密集的类似"血缘"与"寻根"这样的话语遮蔽了的话,那么在《演出到此结束》中,女性话语却取得了或曰占有了更为显在的支配性地位。《演出》发表时间早于《血缘》,且与其存在诸多相似之处,可以看作《血缘》的"前戏"或曰一个对应性的文本:生活在城市中的蒙古族姑娘的寻根渴望、被层层隐匿的家族谋杀、家族两代女性之间的宿命循环。故事始于"我"对一桩家族远年往事的探寻,"我"的姥爷——一个曾经的日伪军官在日占时期的内蒙古离奇地死于谋杀,据说与一个日本女人有关。与《血缘》中的"我"一样,此处的"我"也因一桩命案而开始了不无荒诞的侦探生涯,而与侦破工作平行的则是情窦初开的"我"对英俊的蒙古族男性巴图的追求。但随着故事的推进,历史与现实却发生了某种"短路"或曰"对接","我"陷入了宿命的怪圈与陷阱——"我"和情欲对象巴图、情敌路梅将发生在姥姥、姥爷与一个不知名的日本女人间的恩怨情仇如实重演了一遍。在文本中,作为一个不会说蒙语的城市姑娘,"我"也是一个不快乐的"自省者",为一种从"民族的花盘中”跌落出来的“无根”的漂泊感所困扰。[①] 而“我”试图自救或曰“寻根”的方法有二：一是上溯家史，试图厘清家族前人的情感纠葛及他们充满血性的情爱方式；二是主动追求心仪的蒙古男人，试图以爱情与婚姻的方式为自己寻得哪怕只是极为有限的一点归属感。在这个意义上，可以说，“我”是另一个“无根”，但无疑是一个更为血性、张扬、纵情的“无根”，然最终仍不免全线败北的终局：为“我”看重的家族中的男性长者“姥爷”只是一个身份可疑的日伪，并因与日本女人有染而被刚烈的姥姥手刃；“我”的情欲对象巴图也只是个徒有其表的登徒子，为汉族女子路梅轻易地丢弃了“我”，并最终死于纵欲与酗酒。“我”陷入如此不堪的境地，面对历史/欲望的双重溃退而陷入疯狂与歇斯底里。可以说，此处试图“寻根”的“我”，却寻出了家族几代女人的宿命：那是男性的背叛与女性的复仇、男性的欺骗与女性的创伤，是男性依靠传统/现实赋予他们的巨大的特权与优势对女性的剥夺与挤压，更是女性于不甘中的隐忍、隐忍后的爆发。

不同于《血缘》之中只知自虐的“我”与无根，《演出》中的“我”不是省油的灯，“我”与姥姥隔代呼应、唤生杀机，固执地要将男权、父法施之于自我/女性的“律法”回赠给男性，换言之，“我们”的忠贞是有条件与前提的，那就是男性必须付出等值的忠诚，否则便要刀兵相见——“违背诺言的人，人人皆可诛之”。可以说，不论这些女人是温柔还是刚烈，当她们以一己女性之躯实践着她们的“寻根”梦想时，“性战”的场景却总是如“原画复现”[②]般于不期然间浮现。

---

① 黄薇：《演出到此结束》，《民族文学》1989年第7期。

② 出自美国剧作家莉莲·海尔曼的自传的名称，指“一幅油画间或会在年深日久之后剥落其油彩，于是，或许在大海的波涛中显露出一片青山，在浓密的树叶后面出现了一个孩子”。学者戴锦华用这一术语指称20世纪90年代女性写作的重要特征之一，即多个层面上的“原画复现”，“它不仅指在种种经典叙事或伟大叙事的浓墨重彩剥落之后，色彩各异的个人化叙事的呈现，而且指自觉、不自觉之间的女作家对女性写作传统的承接与伸延”，见戴锦华：《涉渡之舟——新时期中国女性写作与女性文化》，陕西人民教育出版社2002年版，第517—518页。笔者认为“原画复现”用来描述当下少数民族女性写作的实践同样十分贴切，少数民族女作家与汉族女作家的创作体现出的一个非常鲜明的区别就是她们对本民族的强烈归属感与认同感，这样强烈的文化身份认同一定程度上会使她们忽略本民族文化传统内部的父权/男权中心意识或曰集体性、民族性的男性逻各斯中心主义话语，这无疑会削弱源自女性立场与女性意识的批判性，但笔者认为，在很多少数民族女作家的创作实践中，源自女性/边缘立场的批判力度并未彻底消失，而是潜藏在文本的深层，构成某种“文本无意识”式的存在，于是批评工作就类似于尝试将她们的作品“原画复现”的过程，即发现在浓墨重彩的民族文化身份认同、强烈的寻根冲动背后隐藏着的一副女性的面孔，一份源自“第二性”的天然边缘立场的不无痛楚的清醒、自知与自嘲。

2."无根"的梦魇：女性"寻根"的困境

可以说，黄薇的作品在"自省小说"序列中的特出之处就在于其鲜明的女性意识，她讲述的始终是女性的"寻根"故事。但正如笔者上文的分析，黄薇笔下的女主人公们总是在不无酸辛的寻根旅途上不期然遭遇爱欲，从而陷入"性战"的旋涡中难以自拔，于是文本的重心便于不经意间开始偏移，女性爱欲的表达一定程度上弱化了"自省"的力度，从而使得"自省小说"发出了某种变调的异音。如上文提及，黄薇还曾将"自省小说"看作是"一种'寻根'小说，因为它始终在人魂灵和精神之中拷问自己血统、血脉的'根'，始终茕茕不息着关于'我是谁'的诘问和反省"①。有意思的是，"寻根"这个词仅从字面意义上去索解的话，无疑带有某种男性权威的特征，暗示着菲勒斯崇拜。那么，类似"寻根"这样的带有男性强权色彩的叙事/话语召唤与暗示的无疑是一个男性主体。于此我们不禁要问：对女性而言，"寻根"是否可能？那些试图"寻根"的女人是以怎样的方式加入"寻根"行列的？是彰显了女性的主体性还是只佩戴着男性的"假面"？如果她们成功，她们最终会寻到怎样的"根"？

如上文所述，作为称职的"自省小说"中的主人公，那些生活在忏悔中的"城市蒙古人"总是试图将对民族原初的渴念投射到具体的爱欲对象上，试图以爱情或性关系的完成来达到"寻根"的目的。但黄薇笔下的女主人公们却往往夙愿难偿，因为她们的欲望对象似乎总是以背叛为乐事——背叛族属，也背叛爱情。检视黄薇为数不多的几篇"自省小说"，则可发现其间同族男女实现完满性关系的可能总是微乎其微，而《血缘》中的无根与宝育还算是较为成功的一对，那么从二人处入手也许可以探究无根在与同族男人实践了情爱及性关系之后，是否寻到了"根"或是寻到了怎样的"根"这样的问题。如其题目所昭示，"血缘"是文本中一个至关重要的意象，而在文本中，对女性爱欲的描写总是与对血缘的执念相伴随，血缘似乎化身成了冥冥中的定数、随时可能悄然掩至的一股宿命般的魔力。联系上文的引言中黄薇"拷问自己血统、血脉的'根'"的表述来看，如果说关于"根"及"寻根"的话语是一种象征男性权威及菲勒斯崇拜的话语的话，那么将"根"与"血统""血脉"并置，则是否暗示着此处的"血缘"并非是自然与生理意义上的概念，而是经过文化建构的内在包含等级秩序的权力/话语系统？在《血缘》中，无根的寻根渴望总是落实在对"血缘"纯洁之追求或曰苛求之上的。她最为怪异的习惯是情欲总是与恐惧相伴生，而她对情欲的惧怕正是源于

① 黄薇：《自省小说的反省意识：传统与现实的冲突》，《草原》1996年第8期。

对纯正“血缘”丧失或曰流失的隐忧。她在怀孕后选择堕胎并与汉族丈夫离婚，可以说，她所惧怕的正是异族、混血及生殖的威胁，是情欲所带来的混血可能及民族原初之丧失的威胁。而她之所以会产生这样的非理性恐惧正是因为一则关于“血缘”的古老成规，这在文本中有着很清楚的表述：“我曾听宝育半开玩笑似的讲，蒙古男人可以娶其他民族的女人，因为生的孩子还是蒙古人。可蒙古姑娘却不能嫁出去，否则不仅孩子是其他民族，连姑娘也会因丈夫和孩子这双重关系而稀释了自己的血。当时我曾冷静地分析说这违背民族政策，是民族主义思想。宝育却一笑，那么意蕴深长的一笑。”[①]此处重要的当然不是“民族主义思想”，而是其间凸显出的两性关系及权力位阶，是男性与女性之间因经济、政治方面的不平等状态所必然引申与附带的文化、血缘及爱欲上的不平等。或者说，血缘与爱欲都不过是文化建构出的内在包含等级秩序与权力分野的话语/权力体系，在此体系的内部，男性血缘才是民族血缘的正宗，他们的血缘是神圣的、纯洁的、强大的，可以抵御任何异族血缘的入侵并将其顺利同化或曰驯服。而女性的血缘却是弱性的，其纯洁性时刻会有被玷污的危险，因此她们无时不需要提防其他异质性元素的侵略，她们甚至没有能力抵御，遑论争逐与角力。她们的血统犹如她们的身体时刻需要强大的同族男性的保护，以抵御异族的入侵。在这样的一种血缘/爱欲经济学的操控下，男女两性的性资源及权力的获取无疑是极不对称的，或者说男权/父权社会对女性的身体与性的策略向来双管齐下：既要严密监管、防范，又要合理或非合理地剥削、利用。而面对如此不平衡的爱欲收支与双重标准，女性欲望的受挫与萎缩便是不可避免的了。在此意义上，我们可以说，无根的梦魇与其说是来自“无根”的、脱离族属的恐惧与迷惘，不如说是源自对自身女性弱势的血缘—爱欲地位的深刻体认与拒绝，而她最后的自杀也并非因寻根理想的受挫，而是因其将“寻根”话语系统内部的父权/男权律法高度内化而最终只能以身殉“法”。女性“寻根”，却最终寻到了父权/男权之根，寻到了“根”这一话语体系内部井然森严的性别/权力秩序，寻到了自身女性欲望受挫的罪魁与源头，寻到了一处真正的噩梦或曰所有噩梦的“初始场景”。如无根的遭遇所昭示的那样，女性的寻根故事只能是以噩梦始，以噩梦终，类似于一场自我争逐的循环与内耗。这也证明了面对“寻根”及“寻根”话语，女性主体位置的尴尬与边缘。但边缘无疑也意味着一种权力与能力——洞穿的权力与能力，批判及解构的权力与能力。那么，黄薇是否意识到并在

① 黄薇：《血缘》，《民族文学》1990年第11期。

一定程度上利用了这样的权力呢?

3.血缘/原乡的离散:文化身份的混杂

在《血缘》之后,黄薇又先后发表了《樱》和《流浪的日子》,继续着她对"血缘""寻根"及民族"初始"问题的探索,但在《血缘》与《演出》中所潜隐或弥散的那种因女性欲望受挫而产生的愤怒、绝望与复仇渴望,以及与其相伴生的种种关于噩梦、谋杀、死亡、情欲的描写,在《樱》和《流浪的日子》里无疑得到了遏制与弱化。故事的女性叙事人"我"仍然是个不快乐的、始终在"流浪"的自省者或曰寻根者,但无疑不再那么暴烈、激情与极端,甚至在故事的结局处,她们都选择了妥协,向一种不尽如人意却也无法拒绝的现实妥协。可以说,在以《血缘》揭示或曰证实了女性"寻根"的悖论情境之后,黄薇开始以一种更为平和的态度重新结构她的叙事。在这两篇小说里,她对"血缘"的态度有了某种微妙的变化,一种淡淡的疏离与清醒冲淡了先前的执着与迷念,或者说这是她作品里一以贯之的一脉暗流,只不过在这两篇作品里得到了更为明晰的表达而已。

《樱》以更为寓言化的方式继续着"拷问自己血统、血脉的'根'"的工作。这是一篇最为纯粹的关于"血缘"的故事,其他自省小说中对民族归属的追寻与焦虑在这里被置换为对家族血统的质询与反思,或者说,黄薇以对家族血缘的离散与内耗的描写作为她思考与追问民族"初始"的另一种途径。这仍是一个复杂与晦涩的故事,为盘根错节又暧昧不明的人物关系、血缘纠葛所充满。故事的女性叙事人樱是一个私生女,她因自己可疑的身份与血缘而被家族排斥且无视,但不无荒诞的是,这个家族中唯一给过她关爱与庇护的男性长者"爷爷"也是一个私生子。这样的情节设置无疑意味深长——如果说家族中现存的最具权威的男性长者的血缘来历已是语焉不详的话,那么追究孙女的血缘来历还有多大的必要性呢?可以说祖父祥与孙女樱完成了一个循环,不纯的血缘却组成了一个完整且不无和谐的"圆",这类似于某种宿命或曰轮回,而他们在这个家族中的相遇最终证明了所谓正统家族血缘无可挽回的离散与内耗。但此间一个重要且不容忽视的事实是,使这个家族血缘崩毁与播散的"罪魁"却是那些不安分的女人——家族内部真正的叛逆。如果说在《血缘》中无根对自身欲望的恐惧源自对情欲所可能带来的混血与生殖的惧怕的话,那么在《樱》中,这种恐惧被落到了实处,一对血缘暧昧不纯的私生子女已然诞生。那么这个故事中必然存在的一个更为"罪孽深重"的无根该以怎样的面目示人呢?在文本中这个女人是祥的母亲——秀秀。她是所有疑点的源头,不洁血缘的制造者,一个应该身佩"红字"的女人。但此间一个颇富意味的转变是，秀秀并非像无根们那样沉溺于无法自拔的痛苦而走向疯狂与死亡，相反，她如《红字》中的海丝特一样有着异样的坚忍和柔韧，虽从未停止过忏悔与自责，但更不肯放弃自尊与责任。这是个真正叛逆的女人，对她而言，对爱情的捍卫远胜对家族的忠诚，她甚至为了保护自己的私生子而不惜操刀杀夫。但她最终为了孩子而选择了无爱的家庭，成了这个衰朽家族的唯一支柱，并最终赢得了自己后人的尊重与谅解。作者似乎是在借秀秀这样一个特殊且颇有力度的女性形象来传达某种试图质疑血缘及原初的意图，而这样的质疑无疑是与女性话语及女性意识的显影和流露相伴而生的。或者可以说，一旦作者的女性、边缘立场在叙事中占据上风，对主流/特权话语的撕裂与解构便成为一种可能或曰本能。

在《流浪的日子》里，黄薇回归了她惯常的情节设置与叙事模式——二男二女间的复杂情感纠葛与一股莫名的乡愁相交缠，如宿命般不请自来的发疯与死亡仍是主人公们必须承受的情感炼狱，但其间所流露的对血缘及民族原初的质疑及解构意图却与《樱》一脉相承。在这个故事里，与两对男女间的情事相平行的是一个极为复杂纠结的远年往事、一桩关于家族与血缘的公案，而其中牵扯到的人物间情感、血缘关系的繁复错乱简直到了足以令人瞠目的地步。作者在此显然对拉美魔幻现实主义的技法颇多借鉴，死去的人成为神通广大的鬼魂，不仅会衰老，还可以与生人交合并留下后代。其后代成人后误杀汉族盲流并娶其遗孀，结果生下身份存疑的孩子。而直到故事结束，这个来历不明、去向成谜的孩子究竟是谁，读者仍是一头雾水、不得而知。但这个孩子是谁也许并不重要，重要的是其象征的一种错乱纠缠、难以言说的血缘关系。如果说《樱》中血缘的流散因以追逐爱欲的女性为媒介而显得有悖伦常的话，那么《流浪的日子》里血缘之延续的方式更堪称耸人听闻——蒙古族鬼魂与汉族女人在一个汉族男子的梦境中交合而为自己留下后人。然而，鬼算不如天算，他费尽心机才得到的儿子却仍没有帮助他完成夙愿：延续掌握母语的、生长在草原上的真正的蒙古族血脉。可以说，在这个充满魔幻色彩的故事里，试图延续血脉的努力却使血缘以最为离奇的方式播散，而其所指涉的原乡的意义亦无可挽回地离散与内爆。从《演出到此结束》到《流浪的日子》，黄薇以笔墨一路追寻，原初与血缘的"真相"却都在千百年来无数的离乱与融合间，在无数口耳相传的符号间腾挪推衍、不知所终。它们被化约为被抽空指涉物的符号，自行衍生与繁殖新的意义，它们成为一种最为迷离的恐怖与"诱惑"——此处的"诱惑"是指法国学者波德莱尔的概念："诱惑乃是作为现实的死亡，并重新以幻象组成自己。”①于是在《流浪的日子》的结尾,黄薇让她的女性叙事者从疯狂中清醒,并接受自己所不爱的男人及可能与之相伴的庸常人生。这与其说是一种对现实的妥协,不若说是最终了悟了“流浪”的真意。书写与记录漂泊者无根的苦痛与焦虑并非是为了告别流浪,而是要默许将流浪作为某种人生的常态。或者说,流浪作为一个流动的过程及状态,并不必然指涉或暗示着一个归宿的存在,流浪的尽头并没有一个原乡在温柔地等待着历尽劫波的游子/女,甚至于这个原乡也许从未存在过或只是存在于叙事中。

至此我们似乎可以说,正是黄薇的女性意识及边缘立场使她在处理有关寻根及原乡的题材时独具一种疏离的清醒。她在试图建构的同时又在不停地解构,逐渐以反讽与内省消解着自己“寻根”的激情与冲动,同时被消解的还有她对“血缘”与“血统”的执念,承认在日益全球化的社会进程中,在日益多元化的文化语境中,对于任何一个民族来说,似乎都是不可逃避的大势所趋。正如欧阳可惺在他的《当代少数民族文学批评理论的整合与边缘性批评姿态》这篇文章中对“文化混血”问题的分析,他认为“在当代中国社会的空间交往过程中,任何边缘的自我封闭和对中心、他者的抗拒都是无意义的。……现在的‘混血’没有其文化重心和文化政治倾向,是不同空间下文化力量能动的积极创造,是超越了‘合法性危机’之后的一种知识态度,二元对立的内在模式已被打破。这些‘混杂的’和‘中间的’所在正是不同力量相互推碰的创造性的空间所在,……应把它看成是本身自有意义的,一种复杂的多元身份的状况——它越来越能反映全球人类处境”②。

从《太阳部落》到《月亮营地》,梅卓完成的是一次从女性话语到民族话语的转变,成就的是一则关于民族精神的寓言或曰神话。而黄薇的一系列以“血缘”“寻根”为主题的作品却总是陷入两性之间复杂的欲望与权力之争,最终跌入女性宿命的陷阱而无法完成“寻根”的重任。可以说,她们二人的创作构成了一组对应的偶句,其间女性意识与民族意识、作为民族后裔的寻根渴望经历了一次交叉的“逆旅”,但无论是经由女性意识到达民族认同,还是由寻找本民族纯洁的“原初”经验出发,却最终回归到对“第二性”边缘体验的默认与固守,她们的创作都以一种深切、真诚的痛苦传达出身为少数民族女性在当下社会、文化语境中身份认同的困境。

---

① [法]波德莱尔:《诱惑》,转引自周蕾著,孙绍谊译:《原初的激情——视觉、性欲、民族志与中国当代电影》,远流出版公司 2001 年版,第 222 页。

② 欧阳可惺:《当代少数民族文学批评理论的整合与边缘性批评姿态》,《当代文坛》2008 年第 5 期。

第二节　神话与史诗之间:女神传说与英雄史诗

如果说面对民族国家话语与意识形态的主导叙事,乌兰与韩静慧的作品显现出具有鲜明女性意识的抵抗、疏离与解构,那么对于梅卓与黄薇这样执着于本民族历史叙事的少数民族女作家来说,她们的文本则成为女性意识与民族意识之间冲突与协商的产物。但如果说在梅卓和黄薇的作品中,对民族传统文化内部父权、男权中心的话语及意识形态尚持有一定程度的自觉批判意识与解构意图的话,那么在面对满族的民族文化与集体叙事之时,庞天舒与白玉芳的作品更多地体现出鲜明自觉的认同渴望。她们以对前现代语境中的族群历史、起源神话的描写,传达出强烈的民族认同感及寻根执念。如有评论者发现,“民族叙述是民族意识的表达,而女性叙述则始终与女性悲剧命运与自我内心世界的敞露紧密联系在一起。作者在小说中不断变换叙述视角,使‘民族意识’与‘女性意识与无意识’联系在一起,形成叙述情感两极中的互融”①,虽然将二者“交融”是写作者的意图,但这无疑是两种截然不同的话语型——集体、理性的与情感、经验的,分属于主流与边缘话语,它们之间的交融如何发生?其间是否存在无法弥合的裂隙?如果有冲突,又是否存在协商的空间与耦合的可能?正如姚新勇的分析,“文化之所以是文化,之所以有力量、有生命力,相当程度上正是因为它们作为习俗、传统、规则,规范着与之相关的个体与群体,各种规范也并非没有强制的约束力,对于女性来说,尤其如此。因此,不难想象,个体性、解放性的女性话语,同族性传统之间的冲突,也一定会在少数族文学写作中存在,哪怕是以非直接的方式”②。在庞天舒和白玉芳的作品中,个体性、私密化的女性话语与集体性的族性传统之间,冲突与矛盾一定程度上也是存在的,但她们对本民族传统文化所体现出的热爱与忠诚,使她们作品中的女性意识基本上被压制到了底层,其间女性意识以更为意味深长且微妙的方式潜存,反而使这些文本更具症候性与分析价值。或者说她们的文本一定程度上成为多重叙事施动穿透的空间,成为女性意识与民族意识不断

---

① 田泥:《可能性的寻找:在民族叙事与女性叙事之间——20世纪80年代以来少数民族女性小说的叙事追求》,《民族文学研究》2007年第4期。

② 姚新勇:《多样的女性话语——转型期少数族文学写作中的女性话语》,《南方文坛》2007年第6期。

对话、协商与流通的场域，成为更为复杂的、多重话语与主体位置对话的场所。这些热爱本民族历史传统、文化习俗的女作家，在对民族历史、神话传说及各种仪式礼俗的书写中流露出的民族认同，与女性意识之间或清晰或隐秘的关联，可以为我们勾勒女性话语与民族身份认同之间的复杂脉络提供可贵的个案。

一、白山黑水间的“女神”：满族女性的“史诗”书写

长篇历史小说《王昭君》与《落日之战》是庞天舒的代表作，这两部战争题材的作品不仅涉及纷繁复杂的中国北方少数民族史，不同历史时代中的重大历史事件——汉朝与匈奴间的战争、昭君和番之举及北宋末年辽帝国与崛起的金王朝之间的征战，而且引入了迷宫般的中亚史及突厥史，显示了军旅作家庞天舒广博的军事历史学养及深厚的民族文化知识储备。作为一个生长在白山黑水间的满族作家，作者将自己对满族传统文化的热爱渗透到文本中，字里行间皆透露出一股浓郁的“寻根”气息。另一位满族女作家白玉芳的长篇代表作《神妻》，则是一本“以一个女萨满的爱情，以一个古老真实的部落历史，去诠释古老神秘萨满文化的长篇情感小说”[①]。在这两部同样具备宏大历史抱负的“寻根”之作里，女性作者写满族古代部族的历史，写满族先民——那些生活在白山黑水间的肃慎人——如何在战争、洪水、风雪、瘟疫等各种灾变与浩劫的间隙，依靠胼手胝足、兢兢业业的奋斗而成就了一个民族辉煌的“前史”，让我们看到一个部族的兴盛、一个民族的兴起需要多少代人付出怎样的代价与努力。白玉芳以她女性的细腻婉转且不乏生活情趣的笔致书写了三千多年前生活在长白山下的肃慎人的生活，书写了他们的劳作与狩猎、信仰与禁忌、爱情与战争，并借助一个美丽的女萨满的传奇人生编织起满族先民部族在三千年白山黑水间的传奇往事，具有史诗的气魄与力度，大气磅礴、雍容舒展，堪称成熟及成功之作。另外，作者在叙事过程中“将满族萨满传承的族源神词、神歌、神舞，秋祭、人头大祭、雪祭等文化元素，巧妙地糅合在野合、婚育、斗兽等满族先民部落原生态的书写中”[②]，浓墨重彩地渲染萨满文化、先民传统及诸多礼仪祭祀等，一定程度上使作品具备了民俗学及人类学的价值。按照当代满族

---

① 尼杨尼雅·那丹珠（白玉芳）：《神妻》，重庆出版社 2006 年版，第 341 页。

② 田泥：《可能性的寻找：在民族叙事与女性叙事之间——20 世纪 80 年代以来少数民族女性小说的叙事追求》，《民族文学研究》2007 年第 4 期。

文学在民族风格上的形态划分，庞天舒与白玉芳这两个同样来自白山黑水之间的满族作家的作品基本上可以归属于关东味的"本土文学"这一类[①]：

> 关东是满族发祥地，白山黑水是满族的本土。满族人民世代在此生活、繁衍、奋斗。这里同样是满族文学生长的沃野。……当代满族作家大部分也分布在关东本土。他们继承了现代东北作家群的阳刚之气，创造了雄浑豪放的关东文学。……立足本土，面对现实，崇拜自然，广漠雄浑是关东文学突出特点。满族作家像他们的祖先一样，把大自然视为生命的摇篮。在创作中总是把先祖遗留的传统习俗，从饮食起居到婚丧嫁娶、从接人待物到宗教信仰都与本土自然环境融为一体，创造浓重的环境氛围。[②]

在这样充满民族传统文化气息的氛围中，两位满族女作者尝试着将她们的女性主人公置于民族历史初启之时的恢宏时刻，试图使她们成为可以堂皇地介入民族历史进程的"女神"。庞天舒在《王昭君》与《落日之战》这两部堪称架构恢宏的长篇历史小说中，借女性命运思索历史上源远流长的各民族、部族之间的战乱及融合这一历史命题，试图以女性命运透视古代中国各个民族之间的战争与融合，思索民族文化交流的途径与可能。她笔下的女性主人公——王昭君与苌楚，则成为被作者赋予神圣使命的、平息战乱开启交流进程的"和平大使"。于是作者将她们塑造成集美貌、智慧、德行与幸运于一身的"女神"，并且通过对这些历史上的传奇女性的人生及爱情经历的描写，充满深情地讲述着与民族传统相关的浪漫传奇与神话传说。更为可贵的是，作者以充满诗情的浪漫笔法书写战争中的女性，那些浮出或尚未浮出历史地表的女人在诸多名目繁多的战争或战乱中，如何自守，如何在竭尽所能地保全她们身为女人的情感幸福的同时，成为穷兵黩武的男性政权之外充满温情与善意的拯救力量，并始终凭借属于女性及母性的坚韧与能量试图影响甚至改写战争与历史或曰战争中的历史。但作者让她笔下的女性主人公们以娇美柔弱的女性之躯在战火烽烟的人世间从容穿行，在遭遇爱情与寻找归宿之余尚有心力哀叹民生之多艰，思索战

① 当代满族文学创作在民族风格上大致显现为三种形态，并初具流派特征：京味的市井风情录；关东的"本土文学"；不具备明显满族特征而是尝试融合各民族文化、文学风格的融合性作品。见王春容：《当代满族作家的民族意识及在创作中的表现》，《满族研究》1994 年第 1 期。

② 王春容：《当代满族作家的民族意识及在创作中的表现》，《满族研究》1994 年第 1 期。

争之本质，令读者在赞叹之余也要质疑这一切是否太过理想化，太过浪漫了。其实作者庞天舒正是试图借助这样高蹈的浪漫主义，表述女性介入民族历史/正史的可能与可行。

《王昭君》虽然以两千年前匈奴与汉朝之间的征战为背景，但是对民族战争的思考与质询，对彪悍骁勇、充满血性的远古游牧部族的追慕，却与《落日之战》一脉相承。或者说对匈奴这一早已消失的北部强悍种族的好奇与探索、对民族战争的质询与反思才是作者的宏大文化构想。在漫长的中国古代历史中，充斥着各民族、部族之间绵延不绝、名目众多的争战，和平的获取与维护是那样的艰辛，战争却永远是一触即发、防不胜防。在作者笔下，王昭君这个以身和番、"分明怨恨"的荆门弱女有着不让须眉的气度与抱负，慕苏武，师屈原，"用她的一生维持了汉匈六十年的和平局面，尽管也许六十年在历史的长河中只是短短一瞬，历史却因这一瞬而永远铭记这个女人"[①]。在文本中作者以诗一样的笔触尽情书写着王昭君的一生，写她如何由一个纤细荏弱的汉家女子成长为一位称职的匈奴母亲，一个草原上的女人，一个拥有饱满身体和强健生命力的圆熟女子；写她如何以草原母亲的博大与悲悯，一次次地宽恕与赦免施于自己的敌意与伤害，一次次在战争一触即发之际力挽狂澜。在这片杀伐不断、战乱频仍的草原上，一个异族女子竟然创造了超过半个世纪的和平，而她的所有武器，不过是爱与宽恕。这是一个奇迹，也是一个启示。《落日之战》中的苌楚，无疑是另一个王昭君，为反对穷兵黩武的金王朝的各种战争暴行，不惜牺牲属于女性/个人的爱情与幸福。作者借助苌楚这一女性人物形象，传达了对不同民族文化之间交融、交流的可能性及可行性的探讨，正如在文本中每一次的"变身"，对于苌楚而言，都是一次"新生"，那是痛苦中的蜕变与成长，是沉寂、绝望之后的复苏与更生。并且她改变的不仅仅是社会政治层面上的身份，更是完成了一种真正源自深切、真诚的情感投入的文化身份认同：

> 汉人苌楚是一个民族身份始终漂移与不能确定的女性，而这一切都是因为生活所迫。为了生存她的身份发生了多种改变，经历了从汉人——契丹——女真——汉人的身份置换，是战争改写了女性的命运，是历史修改了女性自身族别的划定。
>
> 这过程是女性命运被塑造、改写的一个轮回，也使女性成为种族冲突中的牺牲品。但从另一个角度来理解，苌楚成了一个多

---

① 庞天舒：《王昭君出塞曲》，上海古籍出版社 2002 年版，第 319 页。

种民族文化、身份的载体，尽管她是被迫接受的。在《落日之战》中，作家通过女性命运的遭际来反观民族发展的事实：融合与排斥。……作家对民族精神、民族气质、民族性格心理的理解与象征，不仅仅是对满族文学遗产的单纯继承，也是多民族文化的吸纳。①

王昭君与苌楚这两个被民族战争的残酷历史所裹挟的女性，却在异族文化的氛围中一次次完成文化身份认同的转化，并且在一次次身份认同的转化与转变中，同时完成自身女性主体性的确立与成长。可以说她们的人生及情感历程构成了作者对多民族文化融合的某种颇为乐观的想象与希冀。

白玉芳的《神妻》则为我们提供了另一种关于女性介入民族宏大历史、起源神话的叙事与想象。小说以一个出身奴隶的女萨满的一生作为统摄全篇、一以贯之的主线。虎尔哈部的女奴、美丽的芍丹与英俊的奴隶富察相爱，却因拒绝了酋长穆克什喀而遭到对方丧心病狂的强暴与凌虐，被残害与毁容的芍丹在炼狱般的痛苦中诅咒上天将在十六年后给穆克什喀降下“最恶的报应”，这个悲惨可怜的女奴在生下女儿之后便结束了自己短暂而不幸的一生。确如芍丹的预言，十六年后小芍丹获得了神秘的力量，成功地启动了穆克什喀父子之间的矛盾，在一出父子相残的惨剧之后，十六年前的报应如约而至，降临到日薄西山的穆克什喀身上。芍丹沉冤得雪后，小芍丹开始了自己的生活，她与穆克什喀的独子纳汉泰和东海窝极部的逃亡兽奴舒穆禄这两个充满血性的英俊男子之间产生一系列的情感纠葛。这一女二男间的情爱争逐与各部族之间的合纵连横、角逐较量一同展开，构成结构文本的主线。经过一系列的转折变故，神迹降临，使小芍丹成了虎尔哈部的新一任女萨满。这个身世堪怜的孤女、卑微女奴的后代，终于苦尽甘来，成为一个强大富饶部族的新一代精神领袖，与自己昔日苦恋痴缠的爱人、今日并肩携手的战友纳汉泰一起，为开创部族的美好未来而奋斗，并最终为成全纳汉泰与安车骨部女酋长的联姻而退隐远行。可以说，在这部作品中，作者尝试将女性主体意识的成长通过女主人公的萨满身份而与满族的民族历史的发展、民族意识的强化紧密勾连，体现出“少数民族女性作家基于女性经验对女性叙事做了富有个性的建构，侧重在民族

①田泥：《谁在边缘地吟唱？——转型期中国当代少数民族女性写作》，《民族文学研究》2005年第2期。

叙事与女性叙事之间，在历史与现实之间，叙事想象在民族发展的脉动上展示女性的生存事实与生命力，揭示民族文化的同时也在发掘存在的文化痼疾，寻找女性生命本体与民族延续之间的关联所在，在女性与民族的发展上寻找精神的同一性"①。或者说这些满族女作家在回溯本民族历史之时，以塑造女神并令其介入本民族发展的神话叙述及历史轨迹的方式，从而在民族发展的历史中为女性话语争得宝贵的空间与位置，在本民族起源文化的背景上尝试建构女性的主体性。即通过对本民族文化资源的重构，重新确立与定位民族女性在民族历史中的主体位置。

二、流动的女性身份：族别认同的多元与混杂

通过上文的分析可以看出，在庞天舒与白玉芳的作品中，对于那些凭借自身的美貌、智慧、激情、忠诚而试图介入本民族历史/社会进程的女性或曰"女神"而言，她们的女性经验、女性意识一定程度上与民族意识形成了某种和谐与统一。于是她们以自己女性主体性的成长印证着满族民族意识及民族历史的日渐鲜明与丰盈，并且以女性—母亲充满温情与善意的智慧成功而有效地制止男性—英雄的尚武冲动，为民族的发展贡献出了属于女性及母性的柔韧且博大的力量。但正如上文所指出，女性话语与民族话语毕竟分属于不同的话语型，少数民族女作家在书写本民族历史、宗教及文化传统之时，应该如何面对传统内部的负面因素或曰痼疾，如何面对可能内在于民族传统深处的父权/男权中心的意识形态及权力结构？她们女性的、现代知识分子的立场将如何赋予她们更为鲜明的洞察力，使她们在面对传统文化之时，在表达出作为后裔的敬仰、认同之余，同时不放弃女性知识分子这一身份、立场所赋予的批判意识及能力？这些都是需要写作者与批评者共同思考的问题，而在这些女作家的创作中，这样的思考无疑也是存在的，并以一种或清晰或隐晦的方式显影在她们的文本世界中。具体到庞天舒与白玉芳的作品中，她们的女性意识与经验更多地投射到女主人公身上，这些女性形象在体现出与民族历史进程相契合与融入的同时，又产生了某些无法化解的"文本的剩余"，或者说她们的女性特质及女性经验使她们在近乎无保留地认同民族传统的同时又始终存有一些疑虑与反思，始终保持着部分未曾彻底融入民族意识与民族经验的女性主体性。

---

① 田泥：《可能性的寻找：在民族叙事与女性叙事之间——20 世纪 80 年代以来少数民族女性小说的叙事追求》，《民族文学研究》2007 年第 4 期。

1. 从耶律苌楚到伊尔哈格格：多元文化语境中的文化混血

正如上文所分析，苌楚这一形象的过分复杂或曰过分单纯之处在于她的政治身份及文化身份认同里看似不可思议的多变性及流动性。作为一个遭契丹军队劫掠而沦为契丹女奴的汉族平民的后裔，在有幸成为契丹贵族的妻子之后她近乎毫无保留地认同并拥抱自己的另一重身份，随养父耶律大石的姓氏更名耶律苌楚，并遗忘了自己由生父的血脉承传而来的汉族姓氏。但在辽国为大金所灭之后，为乱兵裹挟的耶律苌楚与丈夫肖挞不野失散并为金国大将斜也看中，从而成了女真贵族的福晋，于是在第二任丈夫的温情呵护之下并非艰难地完成又一次身份认同的更新与转化，从契丹的耶律苌楚成为女真的美丽格格伊尔哈。

不可否认的是苌楚的每一次"变身"，都需要一个男性引导者的在场，或者说她是在男性/权力者引导下完成身份认同的转换的，在这个意义上，苌楚之所以可以不断地变换姓氏与身份，正是因为她的女性或曰少女的身份所给予她的特权或曰馈赠。因为在经典的主流文化语境中，纯洁的少女身份成为一处"空洞的能指"，以负载形形色色的社会、政治的象征意义。她作为少女与女性的毋庸置疑的"可塑性"，可以使她成为民族文化交流与融合之可能性的象征，不同民族及文化间谈判、妥协的空间与场域。但作为"空洞的能指"，一种符号与隐喻，苌楚的女性主体性则可能无从建立，而只能如空洞的陶器一般等待着被男性/权力灌输或曰赋予"意义"。但文本中一个不可忽视的事实却是，耶律苌楚在与斜也相识即第二次"变身"之时已是一个已婚女子，一个拥有成熟的身体及欲望，对自己女性的性本质有着熟识、聪慧的领悟与洞悉的女人，并且作为一个忠诚的妻子，她的操守并非源自对传统贞操观的认同，而更多源自对丈夫肖挞不野的爱情。因此在这种情形之下，她对斜也最终的接纳才更具某种意味深长的复杂与暧昧。正如另一位评论者用略带诙谐的语调传达耶律苌楚委身或曰失身于斜也时的矛盾且莫名的女人心境：

> 伊尔哈说不清楚了。是因为感激元帅的救命之恩？还是因为她所思念的挞不野的男性魅力同样出现在斜也的拥抱里？她在准备抽剑自卫的时候突然接受了他。青春的躁动人性的呼唤，祥林嫂无法抗拒的事苌楚也没能守住。天地造化，誓言变成谎言常出于无奈。她做了斜也的福晋而且她不能不承认她也爱

斜也。[1]

无疑,此处耶律苌楚的情感表达当中含有明显的情欲成分,可以说,正是对自我女性身体及性本质的遵从使她接受了丈夫之外的男性的情爱及性表达,并且她最后选择离开斜也并非因为对前夫“失贞”的愧疚之心,更多是因为对斜也及其代表的金政权穷兵黩武的某种厌倦与失望。可见正是在此时苌楚开始逐渐突破作为文化及政治隐喻的符号化身份,而使她溢出这样化约性的符号化存在的,正是她成熟的女性身体及女性本质的强烈悸动,因为身体作为“文化生产活中活动的可变的范畴”,它“总是从企图包含它们的框架中延伸出来,从企图控制它们的范围中渗透出来”。[2]《落日之战》中作者对女性声音、身体及女性私人空间的强调,与女性身份作为符号化的文化、政治表征的策略之间构成了一种张力,从而使女性身体与性别政治之间的关联更为隐晦复杂。或者说各种文化及政治话语不得不面对由女性、个人话语开启的女性性欲与个体选择的问题,而提示着在历史、文化想象与欲望实践之间其实存在着诸多欲说还休、繁复暧昧的多重选择的空间及余地。女性的身体与性表达总是试图逃逸出各种宏大叙事、权威话语的整合与规训,而在逃脱与落网间的游离、暧昧、反抗与颠覆往往更具考察的价值。虽然她们的身体及性意识与个体选择常被用来作为某种文化隐喻,但她们女性身体的暧昧性与流动性最终可以超越被限定的边界,并拥有与权威、集体话语展开对话的能力。此处的文本效果无论是出于写作者有意为之的策略性选择,还是源自一种女性意识及情感体认的无意识流露,都为读者开启了一处思考、暗示女性身体及爱欲与主流民族、政治话语及叙事之间另类想象的空间及可能,而在此,女性的身体及性成为一处可以协商的空间。

如果说作为一个逐渐成熟的女性苌楚的性本质与她作为传达文化隐喻的符号之间存在着某种距离,但这样的距离在苌楚身上还只以某种不甚明晰或较为隐晦的方式存在的话,那么在《落日之战》中另一位个性鲜明的女性人物美雅身上,这种距离或曰差异则得到了更为清晰的表达与体认。作为一个颠倒众生的风流女子,美雅在女性欲望与个体选择的问题上无疑比苌楚更为激进与热烈。如果说苌楚还不时地会进行一些类似于“战争与

---

① 康启昌:《落日的思辨——读长篇小说〈落日之战〉》,《民族文学》1996年第2期。

② [美]刘剑梅著,郭冰茹译:《革命与情爱——二十世纪中国小说史中的女性身体与主题重述》,上海三联书店2009年版,第304页。

和平”之类宏大的主流文化命题的思考与质疑的话，那么美雅则毫无保留且颇具自知之明地将自我定位在一个“小女人”的位置之上。在文本中，美雅这个极具传奇色彩的女性形象充满了不可言传的魅惑，较之苌楚，她对民族意识及各种权威话语的无视，使她更具一份社会/文化的边缘人及“第二性”的某种清醒的自知。在文本中，美雅与苌楚的一段对话十分耐人寻味：

> “苌楚，”美雅笑够了，拍着她的手，“我笑世间竟有这等傻女子，为了不相干的人舍弃自己的情。”
>
> “不相干？难道大宋与我不相干吗？难道惨死的父老乡亲与苌楚……”
>
> “有何相干？听着，苌楚！”美雅霍地站起，双目放光，“……你既已与斜也结为夫妻，彼此恩爱，就不要在乎他是谁，管他去讨伐哪里，去斩谁杀谁，只要同他在一起，享受到他给予你的爱！至于护卫大宋，那是男人们的事……女子的心太弱太小，只消情就能将它盛满！……”
>
> …………
>
> 苌楚挣脱开她的缠绕：“不！苌楚如果仍然沉醉在斜也的怀抱里，任他去舔食大宋母亲的血，才叫无情！”①

其间体现的正是民族意识与女性意识之间的冲突，而苌楚与美雅则分别成为民族意识与女性意识的表征。此时的苌楚在对无可挽回的宋金之战忧心忡忡的同时，又陷入了对金将斜也与前夫肖挞不野之间的情感纠葛而难以自拔，民族文化身份认同、女性的情感及爱欲、伦理规范的约束之间的矛盾及纠缠，使她成为一个被诸多价值与意义交相投射与铭刻的场域，一个为各种“意义”所充盈满溢的超载客体。因此不难理解这个一直为作者所偏爱的人物却在此时陷入濒临崩溃与失语的情境的原因了。可以说苌楚这个人物形象至此成了作者试图调和伦理规则、政治话语、复杂的民族文化身份认同及女性的性本质之间辩证关系的一个力不胜任的尝试，面对这样一个几乎是不可能完成的任务，作者将潜在的紧张与焦虑投射在苌楚身上，而将一份独属于“第二性”的自知与清醒交付给了这个在文本中如此不重要且边缘的、飘忽不定的神秘女人美雅。如果联系作者庞天舒满族

---

① 庞天舒：《落日之战》，人民文学出版社 1994 年版，第 478—479 页。

女作家的多重文化身份——女性、知识分子、军人,似乎可以说苌楚这个近乎完美的女性形象一定程度上成为作者自我意识投射的场域,是其自我的一个化身或曰“假面”。在文本中苌楚所具备的理性与自律、经常性的思考及反省无疑使她更多地体现出一个现代知识分子的特质。身为一个军旅作家与知识分子,对人性及战争充满责任感的思考、追问及质询;身为满族后裔,对祖先曾经的骁勇血性的追慕与对与之相伴生的穷兵黩武的反思与批判;作为女性,对情爱表达及欲望疆界的勘探与跨越、对战争及政教的厌倦与疏离……这一切都被作者刻写在苌楚这一人物形象之上。于是分裂的多重主体身份之间互为镜像与他者,使苌楚这一女性人物形象成为文化身份谈判的主要场所及一则主体想象的寓言。

2.从女奴到“神妻”:消失的“女人”

在《神妻》中,女性意识、女性话语与部族的宏大历史叙事、集体诉求所产生的微妙碰撞,更多地体现在芍丹这个人物身上。

芍丹作为一个可以被任意凌虐的女人与女奴,无论在性别还是在阶级的意义上,都是至为边缘性的存在。正是文本中她的悲惨遭遇与被放逐的命运在时刻提示着一个清晰而残酷的事实,那就是部族社会内部同样存在不可僭越的权力位阶与等级。一个为作者所极力渲染的其乐融融的大家庭的表象其实掩盖着一个尊卑有序的权力结构,这个结构也与其他形形色色的权力结构和体系别无二致,需要建构与生产出足够的“底层”与需被放逐的“边缘”及“冗余”,才能维持自身的顺畅运转,而类似于芍丹这样的底层女人与女奴无疑会成为首当其冲的代价与牺牲。女奴芍丹所承受的非人道的暴力剥削既是身体和性上的,也是劳动与生产上的,都在叙事及神话中成为某种达到神圣境界而必须承受的炼狱,因此那些来自男性强权的、强加的暴行却因成了一种必要的工具而被赦免,正如文本中对所有悲剧的源头、暴行的始作俑者穆克什喀——男性与强权及暴行的化身——的宽恕一样。当小芍丹从一个被男权社会、男性暴力侮辱与损害的女人变为被男性群体膜拜的女神及萨满,其间芍丹的悲剧,那属于普通女人、女性的困境——遭遇男性暴力的掠夺、剥削,社会习俗、舆论的攻击对象与牺牲者——都成为不可见的文本空白,而在被压迫的女奴与被崇拜的女神之间,是不可见、遭放逐的女性的真实、记忆与历史。当这样体现出男权文化“诡计”的文本出现在一个女作家的笔下之时,无疑提示着一处女性文化及女性写作的困境与裂隙。

但对于这些同时拥有少数民族文化身份的女作家来说,这样的写作方式并不能仅仅归结为女性意识的薄弱及男权文化规训力量的过分强大,而更可能是出于一种策略性的考量,即以塑造女神并令其介入本民族发展的神话叙述及历史轨迹,在民族发展的历史上为女性话语挣得宝贵的一席之地。正如有批评者分析《神妻》时认为:"从根本的叙述视点来看,以寻找民族之根脉的文化精神为基本立足点,而完成对女性母性与民族性的精神同一性才是作家最终的诉求。"[①]虽然这样的策略性选择不可谓不用心良苦,但当作者沉浸于"面对自己祖先浩瀚的历史"时的虔诚、敬畏及热切的文化寻根之旅时,其女性意识却陷入了话语的重重雾障与陷阱。这样圣化及神话历史中的女人的作品,其实是以牺牲女性自身的复杂性为代价而试图加入男性及男权社会与历史,反而会成为女性主体性匮乏与暧昧的表征。从女奴而神妻,一个被修正了的女性形象,将不再携带任何由母系血缘承递下来的被侮辱与被损害的创伤记忆。因此与作者的本意相违,当我们的女性主人公必须以牺牲自己欲望的真实而臣服于具有部族与民族集体的力量,遵从这一共同体所要求的社会角色时,女性本质并没能冲破过去的故事而再生为一个新的定义。

三、"战争神话":还原民族战争中的女性生存

在庞天舒与白玉芳的长篇代表作中,追寻本民族历史的冲动总是与对历史中民族女性的再现紧密勾连,她们塑造的一系列女性形象,虽然身份各异,但都有一个共同点,那就是具备鲜明的"神性"特征,即说她们是女人不如说她们是女神更为合适。但将女人"神话"化同样也是男权文化命名、塑造,进而从社会、历史中放逐女性的诸多诡计之一。在男性主导的历史叙事中,"女神"不过是变相表达、投注男性的幻想与欲望的符号,在文化惯例中完成"空洞能指"的功能。[②] 因此文本中虽然有不少篇幅服务于浪漫爱及欲望的描写,却并未给女性的声音及自我表达留下足够的空间,但这并不意味着其间女性视角与意识的缺乏,相反却使关于女性问题的叙述声音

---

① 田泥:《可能性的寻找:在民族叙事与女性叙事之间——20 世纪 80 年代以来少数民族女性小说的叙事追求》,《民族文学研究》2007 年第 4 期。

② 波伏娃在《第二性》中的一段论述则以更为直接的方式道出"圣化女人"这一男权社会"诡计"背后的意识形态陷阱——"说女人是他者,就是说男女之间并不存在相互关系:大地、母亲、女神——在男人心目中她根本不是他的同类。她的力量被认定是超出人类范围的,所以她在人类的范围之外。社会始终是男性的,政权始终掌握在男人的手中。列维-斯特劳斯在研究原始社会结束时宣称:'公众的或纯粹的社会权力始终属于男人。'"参见[法]西蒙娜·德·波伏娃著,陶铁柱译:《第二性》,中国书籍出版社 2004 年版。

呈现出一种混杂与繁复的状态,因为女性身体的象征意蕴在权力传输的同时也在一定程度上扭曲了意识形态话语,从而为女性及性别话语留下了一定的空间与余地。这些女作家的“女神”写作也许正是证明了女性写作无所不在的困境,以及与之相伴生的随处“突围”的游击战式的智慧与策略。虽然性别差异与女性主体性之间似乎没有难以重合的困惑及裂隙,但女性的主体位置也并非预先设定的,而是“作为永远需要重新协商、重新需要清晰表达的话语建构的一部分”而存在。联系作者的另两篇重要作品《控弦之士》《战争神话》,则不难发现其对“女神”的想象与书写亦经历了一次微妙的转换,其间显现的是主流的民族叙事中的主体位置与女性生存的具体经验之间存在的深刻的裂隙与悖反。

如果说庞天舒、白玉芳的作品中,“女神”的出现与塑造不过是女性介入民族历史、公共空间的努力与代价,“女神”也许不过是滞留在历史之外的女性的另一个称谓,那么在此意义上也许只有非神圣化的女性躯体才能够成为书写自我的笔墨。联系庞天舒的《控弦之士》与《战争神话》,满族女作家再度开始了将神话历史化的实践,并在还原战争残酷性的同时,暴露了其间民族女性真实的生存状态,在解构战争神话的同时消解了由自己创造的“女神”神话,从而为非圣化的民族女性赢得了可贵的话语空间,让我们看见她们是如何以自己柔弱的女性之躯承担与背负着民族战争的苦难。

《控弦之士》是一个看似浪漫美丽,实则忧伤而残酷的故事,是关于一个出身贵族的匈奴武士呼衍涂孤与冒顿单于的阏氏——美丽的别鲁姐妹之间的情感悲剧。两千年前的匈奴帝国,朔风猎猎的草原之上,孤独忧郁、英俊高贵的武士,红颜薄命的阏氏,残酷而野心勃勃的冒顿单于,他们之间的爱怨纠葛原本可以为善于编织罗曼史与英雄神话的庞天舒提供绝好的题材。但在此处,作者却用她一如既往的诗意笔触书写了一个无比残酷的故事,其间男权与战争显现出了别样的残酷与狰狞,毫不遮掩地亮出他们至为可怖也是至为真实的一面。《控弦之士》有着与《王昭君》相似的历史背景与情节设置,却无疑不再有温情脉脉的情感与人性。在这里,不复是尊贵的单于父子对王昭君的敬爱有加、手握重兵的斜也大将对耶律苌楚的万千宠爱,而是头曼、冒顿父子对别鲁阿娜、阿浑姐妹“劫掠撕掳”式的占有、剥夺与凌虐,是对她们身体与尊严的肆意践踏与残害。因为在那些拥有权力的男人的眼中,即使是贵为阏氏的女人,也不过是可以随意转让、赠送与毁弃的物品,与珠宝、马匹别无二致。正如别鲁阿浑清醒且悲愤的质问:“单于的阏氏们被允许有这样的感情吗?悲伤或欢乐、愿意或反对,都是我们可以有的吗?我们不过是您的一件物什,像牛羊、马匹、珠宝,您想赏给谁就给谁。”①于是，在真实的男性/权力祛除了他们温情脉脉的“爱女人”的假面之后，一份独属于女性生存的朴素然而残酷的真相也在庞天舒的笔下逐渐浮出水面。别鲁阿娜、阿浑无疑是王昭君与苌楚的精神姐妹，属于同一个“女神”系列，她们有着如出一辙的美貌、德行，并试图用女性、母性的力量去阻止战争，为草原唤回和平、安宁与爱。但无疑，别鲁阿娜姐妹却不再具有王昭君与苌楚的能力与幸运，虽然在文本中，别鲁阿娜两次以冰雪女神的形象出现在陷入绝境的呼衍涂孤的幻觉中，成为一种强大的拯救力的象征，但这样的力量也只能以虚幻的方式出现于一个濒死男性的幻觉中。在现实生活里，她们只是一对可怜的女人，无助地承受着被侮辱、被损害的命运，遭受着来自男性的诸多无耻的掠夺与叛卖，有来自权力的，更有源自爱情的。事实上，来自冒顿所代表的男权及历史暴力尚不能彻底摧毁她们心灵深处对梦想与爱的执着，为她们所深爱的呼衍涂孤射向她们胸膛的飞箭才是命运给予的至为残忍、致命的一击。她们尚且无力从悲惨的现实中拯救自己，又如何拯救整个即将陷入杀伐征战之旋涡中的草原？如果说在《王昭君》中，王昭君是依靠自己的美丽与善良换得了男性/权力的垂青与爱慕，从而获得成为草原女神、和平使者的力量，那么在别鲁阿娜姐妹处，美貌非但不能给她们带来爱情与权力，反而使她们陷入由男性的贪婪与欲望所掀起的那无休止的争逐与剿杀，并最终成为权力祭坛上鲜血淋漓的牺牲与献祭。正是她们堪称惨烈的不幸——被在权势者之间转让、流通、消耗并最终成为冒顿训练“控弦之士”的人体箭靶——使王昭君与苌楚无与伦比的幸运暴露出了难以自圆其说的虚假与矫饰。试图以美貌、姿色换取男性权力者的庇护，在他们充满爱意的凝视之中确立自我的主体性，从而获取行动及思考的权力及空间——这样极具理想色彩的策略在离开了单于父子、斜也那难以想象的深情与专一而遇上冒顿这样深谙权力/欲望逻辑的野心家时，便会彻底暴露出其幼稚与自恋的面向。因为冒顿以他属于统治者的冷酷、精明的理智将美丽女性从被膜拜的女神光环中彻底剥离出来，将其还原为纯粹的物质性、符号性存在，并且聪明而清醒地明了，无论怎样的国色天香，这样符号化的身体都不是独一无二的，而是具有无穷的可复制性与可再生性：“这并不是稀世珍宝，这奶油一样洁白，羊羔一样柔软的皮肤在匈奴土地上，在东、西方那些广阔的未来注定属于匈奴的沃土上都会寻到，森林里的小白桦有千棵万棵，蓝湖上的白天鹅有百只

---

① 庞天舒：《控弦之士》，《民族文学》1998 年第 7 期。

千只。”[①]正是在身怀六甲的匈奴阏氏别鲁阿娜为密集的箭雨穿透、血肉模糊的尸身之畔,庞天舒精心营构的女神的迷人故事被毫不容情地还原为一个彻头彻尾的神话与谎言。

在此处遭到解构的不仅仅是女神的神话,同时受到质疑的,还有爱情神话。文本中两个女人毫无保留的牺牲奉献式的“无我”之爱,并未印证呼衍涂孤作为男性的无与伦比的魅力与风华,反而愈加使他冷峻、英武的表象下掩藏的苍白、脆弱、彷徨、绝望暴露无遗,见证了他深刻的虚弱、匮乏与自恋。在此处,无论是男性英雄还是“女神”都显现出难以掩饰的苍白与耗弱,并被还原为在强权之下辗转挣扎、苟延残喘的边缘化的男人和女人。他们遭受着诸多有无名目的剥夺与榨取,当丧失所有的利用价值之后便会被当权者毫不怜惜地弃置不顾。对于权力的至高掌控者与象征者冒顿而言,无论是别鲁阿娜姐妹的美貌,还是呼衍涂孤的忠勇,都不过是可资利用的资源与工具而已。呼衍涂孤作为边缘化的男性,在与冒顿的关系中无疑只能占据阴性及女性化的位置,但他对冒顿那交织着恐惧与迷恋的复杂暧昧之情,与其说是出于对强权的臣服,不如说是企盼匈奴强盛的渴望才使他一次次地在冒顿的淫威与狡诈之下妥协,甚至为了满足冒顿对控弦之士忠贞的考验,两次亲手射杀自己深爱的且正孕育着自己骨血的女人,在她们的苦苦哀求下无奈却决绝地用利箭穿透她们身怀六甲的身体。这惨绝人寰的一幕成为庞天舒“战争神话”中至为可怖的场景,这是一个撕裂神话的瞬间,并由此抵达了作者的追问:难道一个部族的兴盛、一种文明的崛起必须建立在女性的尸身之上,必须以人性的泯灭作为必要的前提与代价?

与《控弦之士》不同,《战争神话》在讲述与民族传统相关的浪漫传奇时,不时插入信而有征的史实,使用交叉叙述的方式将战争与和平、男性与女性分隔开来。一面是后金军队在皇太极的英明统领下千里奔袭、问鼎中原的光辉历史,一面是两姊妹松吉尔哈与扎木尔哈在大洪水后的废墟之上重建“嘎珊”[②]库伦卡勒的艰辛历程。前一则叙事属于历史或曰正史,作者在其间插入了许多有据可考的史料及典故,旨在还原出那一段辉煌过往的雄浑壮阔、气宇磅礴之处;后一则叙事则类似于神话——两个据说是千年人参转世并由白鹿抚养长大的小姊妹,在大洪水的浩劫之后肩负起重建家园的使命,在诸多神灵的庇护之下成长。其间点染穿插着诸多满族古老的传说、神歌、风俗,使这个生长在白山黑水间的古老民族的诸多图腾与禁

---

① 庞天舒:《控弦之士》,《民族文学》1998 年第 7 期。

② 满语,意为“村子”。

忌,在叙事中以充满诗意的方式转化为两个女孩具体而微的生存实践。而所谓"战争神话"并不是神话或曰美化战争的又一次实践,犹如作者在《落日之战》与《王昭君》当中曾有过的部分倾向,而是以一种特殊的方式将关于战争的历史与起源神话的讲述并置在一处:一个是关于男性、权力与正史,是征服、征战、反抗与杀戮,是一个民族的辉煌与隐秘,气象万千背后是残忍与恐惧;另一个则属于女性与自然,关于生存、繁衍、苦难与劳作。

在《战争神话》中,战争夺走了库伦卡勒部族仅存的两个阿哥,这两个原本被赋予厚望的、被赋予重建部族使命的男性,离开了需要他们保护的女人与土地,远离了繁衍、生产、重建家园的使命,加入了掠夺性的战争,从而远离了祖先与神话的庇护,从神圣的、独一无二的部族之根沦为战场上丧失人性、面目模糊的"二甲兵",并在杀戮与抢掠的欲念与贪婪中毫无尊严地死去。两姐妹在原本残酷艰辛的生存困境当中却为神话滋养与庇护,反倒成就了至为美妙的神话想象;而两兄弟却汇入扰攘纷乱的战乱与人事,成为战争阴影、历史梦魇的牺牲品。将男性与历史、女性与神话并置,体现出作品的复杂性及作者思考的深度。男性加入了历史与战争,而女性则皈依与守护神话与家园,正是战争使神话成为必需。如同在文本的结尾,丧失了最后的阿哥的库伦卡勒将如何避免"死灭"的命运?既然被战争历史裹挟的部族男性们早已无暇顾及生养自己的"嘎珊"的未来,那么神话将成为超越历史的另一重拯救力:两姐妹在白鹿讷讷的指引下,于千年古柳边吞下神龟与天蟒相交而生的"龟蛇雾",便有了身孕,为失去了所有男性的库伦卡勒播下了希望。那么究竟是神话滋养了历史,还是历史造就了神话?男人在非常态的历史场景中制造战争、杀戮、征服与反叛,缔造着历史,而女性则只能在传统的空间场景中从事日常状态的生产、劳作、繁衍。男性在社会历史场景中荣辱沉浮,而女性则拥有稳定的空间与日常生活,从而得到传统与神话的庇护。虽然"女神"也许不过是滞留在历史之外的女性的另一个称谓,但是这样的滞留给她们带来的也许是另一种自由、充实的生命。

可以说,《战争神话》在完成解构战争历史的同时,以女性生存方式及对其在历史与神话中位置的体悟,为"神话"赋予了另一种意义与价值。那是一种属于女性的日常生活与劳作,这些琐碎、辛劳、重复性的劳作是无法进入宏大历史及正史叙事的,但无疑这种日复一日的、具体而微的劳动过程才是一个部族兴盛、一种文明兴起的必然前提与秘史。这种不被正史及线性历史接纳与认可的空间性、循环性的劳作,在作者看来,才是真正属于女性的历史或曰神话。正是对这种神话式的历史过程的占有,才使这些满族先民中的伟大女性成为当之无愧的历史主体，因为一个民族兴起与强盛的真正根基，是她们胼手胝足、兢兢业业的劳动与积累，而不是正史中连篇累牍的关于男性/战争及与其相伴的杀戮与劫掠的记录。这是身为满族女性的作者对民族历史与神话的深刻反思，以及对民族起源传说与英雄故事具有创造性的再解读。

田泥在论述当下少数民族女作家的创作时曾总结："女作家大多有两种叙述视角：民族的叙述与女性的叙述，其叙事立场往往坚持在民族与女性叙事之间做出有效的统一。"而白玉芳的《神妻》正成为一个有效的叙事探索，将"民族叙事与女性叙事的复杂妥善地结合在一起，讲述出久远的满族族众内心世界的秘密"。[①] 但在笔者看来，这些少数民族女作家的创作与其说体现了"有效的统一"，不如说更为深刻地体现出某种分裂，或者说其文本世界并非一个高度整合的无差异的本体，而是一个充满差异与裂隙的集合，一个动态建构过程中的历史暂存。而过分追求与强调有效的整合性的表述与阐释，则可能会压抑遮蔽文本中多元的差异性因素。正如在历史写作中将女性的过去、历史记忆神圣化与理想化，无疑类似于一种"怀旧"倾向，过分的美德与强烈持久的道德信念会使历史中的女人们作为"他者"即绝对的差异性而存在。这些女作家的历史创作其实提出了一个对女性写作而言十分重要的问题，那就是女性写作在回溯一个想象性过去的时候，如何在回避男性中心铭写的同时，又避免对女性经验的自我物化式建构？而相对于文学创作，批评与阐释的工作也并非旨在还原文本一个统一、透彻、具有逻辑上的连贯性的"意义"，相反是在于"最能清晰地说明文本的多样性——这种多样性表现为文本中明显地存在着多种潜在的意义，它们互相有序地联系在一起，受文本的制约，但在逻辑上又各不相容"[②]。

---

① 田泥：《可能性的寻找：在民族叙事与女性叙事之间——20世纪80年代以来少数民族女性小说的叙事追求》，《民族文学研究》2007年第4期。

② ［美］J.希利斯·米勒著，王宏图译：《小说与重复——七部英国小说》，天津人民出版社2008年版，第57页。

第二章 少数民族女性写作与“新启蒙”叙事：另类现代性的发现与重写

随着现代性及全球化进程的加剧，关于现代性与全球化进程中民族传统如何存续的问题，已逐渐成为当下少数民族作家文学创作中的重要主题，而当这一主题存在于当代少数民族女作家的文本实践中时，则呈现出不尽相同的文本样态。在多数少数民族女作家的笔下，女性视点与其对民族传统的固守相纠缠，构成一条真切的处于时代变迁中的民族女性心灵风景线。随着现代性及全球化进程的全面开启，古老的地平线已然沉没，新的契机与可能无疑随着古老世界的倾圮而缓缓打开，但未必就会允诺一个更为明朗开阔的未来。于是在鄂温克女作家杜梅与白族女作家景宜的部分作品中，她们在呼唤着现代化进程所可能带来的希冀与拯救的同时，又始终为一份乡愁般的怀旧感所缠绕，表达了对逐渐消逝的民族文化、传统与习俗的某种深切痛楚的怀恋与怅惘之情。在怀念那份渐行渐远的、属于民族传统内在组成部分的久远宁谧的过往的同时，她们的创作试图在民族的历史/记忆中寻找批判现代性后果的记忆，寻找内在于民族文化中的另类历史想象。

虽然对民族过往历史及神话的眷顾、迷恋，对前现代的民族生存的田园牧歌式的书写，这种浪漫派式的构想无疑暗含着对现代性的批评，一种对日益冷漠机械的现代社会的抵抗与抗衡，但这样将民族传统全然浪漫化的方式也有其自身的保守性与局限性。并且作为少数民族女性，她们既是本民族传统的遗产，又在一定程度上被部分排除在传统之外，这种二重性将如何重塑她们与传统之间的关联，或者说身为少数民族女作家，她们的性别立场将赋予她们怎样的清醒与自觉，在用写作实践回溯一个民族的想象性过去的时候，如何在回避内化于传统之中的男性中心主义的同时，又避免对女性经验的自我物化式建构？具体到景宜、杜梅，以及佤族女作家董秀英，土家族女作家叶梅，纳西族女作家和晓梅、蔡晓龄，哈尼族女作家黄雁，拉祜族女作家杨金焕这些优秀的少数民族女作家（其中大部分人从

20 世纪 80 年代就开始了她们的文学创作)的作品中,她们的文本有着寓言式的模糊与多义,其间话语构成的复杂在不断地游离或质询一种对现代与传统间化约式、简单化的指认。女性记忆与传统资源之间所产生的矛盾与困惑,在激活了传统中对现代性进程有所助益的因素的同时,也在警惕着男权及父权文化的内在结构对女性所可能产生的压抑与围困。叶梅、段海珍、和晓梅的作品都呈现出强烈、浓郁的地域色彩,以边地男女之间的爱恋情事作为因由,引出鄂西及西南地区独特的风俗、宗教与人情。在她们的一系列充满民族风情的作品中,作者巧妙地将民风民俗与生活在其间的传统女性的情感世界紧密牵连,其间世代承传的礼仪风俗在成为探寻古老传统文化的入口与契机的同时,也透露出身为女性的作者对民族女性命运的思考、同情与体谅,并借此以一个现代知识女性的视角对民族传统做出某种可贵的质询与反思。

在一个日益全球化的空间里,本土性问题开始被关注并逐渐提上日程,当少数民族作家将他们所生活的本土城市及蚁居其间的都市人作为书写对象之时,他们的文学实践将会出现怎样的情形?本章选择藏族女作家作为分析的重点,探讨在她们的作品中全球化时代是以怎样的面目出现的,她们又如何以自己的文学创作凸显与探索全球化时代中所产生的新的界限与欲望。其间白玛娜珍、梅卓、丹增区珍、永基卓玛等作家清醒地意识到商业化、现代化及工业化的进程对民族文化及宗教传统极具破坏力与威胁性的改写甚至是涂抹。因而她们不再仅仅专注于女性命运与境遇的书写与体认,而开始关注在现代化进程中日益被边缘化甚至商品化的本民族记忆、历史、文化与生存。面对现代性与全球化进程中民族文化生存空间的萎缩甚至消失的困境,藏族优秀女作家梅卓的一系列以藏区都市为背景的作品,试图从民族传统与过往中寻求历史记忆与文化资源,以立足本土的写作作为抵抗全球化的反抗空间,以一种独特且充满想象力的方式为藏民族传统在都市语境中重新被发现、记忆与重写另辟蹊径,写出了都市藏族人在应对不可遏抑的全球化进程时,如何试图借助、调用民族传统与个人记忆做资源以调整个人化的本土经验,显示出民族主体在一个迅速改变的环境中维护与重构身份的努力,为我们思索全球化时代民族生存空间及文化传统的保存与拓展提供一种不同的视域与可能的路径。

第一节 讲故事的鄂温克女人:“现代”与“乡愁”的博弈

鄂温克女作家杜梅与白族女作家景宜自20世纪80年代初便开始了她们的文学创作,那些产生于中国现代化及改革开放进程初启之时的文本实践,其对待现代性与民族传统的复杂态度,已成为可以发掘的、内在于中国现代性进程中的另类蹊径与想象,为看似整一、宏大的现代性历史进程提供了流动的、多层次的、充满了弥合与断裂的叙述。

一、讲故事的女人:鄂温克女人的记忆

本雅明曾经说过,“讲故事的人已变成与我们疏远的事物……讲故事的艺术已经消亡。我们遇见一个有能力而地地道道讲好一个故事的人,机会越来越少”[①],而讲故事的功能则是可以提供一个“可信服、可以与其共存的过去图景,为今天奉献意义,他们希望通过叙述过去恢复人人应有的归属感和植根群体生活的身份感吗?”[②]如果说“讲故事”是恢复意义与连续性的一种手段,是一种重新命名和界定与“过去”关联的需要,通过这个体系提供的文化资源,“我们能够叙述故事,在日常经验中见出意义和价值,维系文化实践的延续,更重要的是,能够书写历史”[③],那么“讲故事的人”在民族文化及传统的继承中无疑占据着重要的位置。作为鄂温克民族的“讲故事者”,自幼生活在注重传统文化的家庭,熟悉鄂温克民间传说与故事的女作家杜梅,无疑具备得天独厚的优势。在杜梅的一系列作品中,那些民族历史文化及记忆的讲述者与守护者也都无一例外地拥有女性身份。《木垛上的童话》《留下那美好的……》及《烟雾在升腾》中,讲故事者都是一些普通的女人、主妇甚至女孩。在《烟雾在升腾》这个看似简单稚拙的小故事中,作者勾勒出鄂温克民族传统文化在历史/社会进程中的断裂与续接,曾经被“文革”历史中断的民族/民间文化传承的纽带在浩劫之后被再度接

---

① [德]汉娜·阿伦特编,张旭东、王斑译:《启迪:本雅明文选》,生活·读书·新知三联书店2008年版,第95页。

② 王斑:《全球化阴影下的历史与记忆》,南京大学出版社2006年版,第76页。

③ 同上,第81页。

起,而在文本中,这源自“我”——年轻的后辈对本民族文化传统、民间故事的珍惜与热爱。对于那些在鄂温克猎村里长大的孩子来说,“文革”时代的可怕不是源自各种肆虐的非理性暴行,而是在于“故事”的失落与记忆的中断,是娜丹倩乌嬷被夺走了讲故事的权力,而正是她的故事——那些美妙的鄂温克民间传说,滋养了孩子们的童年,成为他们建构童年记忆最为宝贵且最具想象力的文化记忆资源:“我就是这样长大的。伴随我成长的无论是勇敢、正直的莫日根,美丽、善良的乌娜吉,还是聪明、机智的艾克库,都为我今后的文学道路奠定了基础。”[①]等到成年以后,这些被故事滋养的孩子将用浸润着深情的语言与文字把这从祖先处承传下来的记忆、经验与情感承传与维系。正如文本中的叙事人“我”在长大后成为整理鄂温克民间故事的文化工作者,以文字记录下对娜丹倩乌嬷及属于本民族的故事/传说的热爱与敬仰。但如果说在《烟雾在升腾》中,作者在书写了十年浩劫对民族民间文化的破坏的同时,也对年轻一代之于民族文化遗产自觉且充满热情的传承充满信心,从而对在一定程度上将年轻的、富有活力的生命汇入传统文化的浩浩长河,使民族传统在承传之际再获蓬勃的生命力有着极为乐观的期待的话,那么在《留下那美好的……》中,作者在面对现代化进程中民族文化遗产流失的现状时却无法再度乐观。犹如退休旗长特斯和那些层出不穷却又理不清的疑问:“为什么我们民族代代相传的那些纯朴高尚的美德在年轻的鄂温克身上产生了动摇?为什么……?是年轻人的过错吗?当然,他们确实受到一些不良社会风气的影响;诚然,他们应该接受新鲜的事物,新的潮流,但是,但是……他自己也说不清楚了!”[②]随着现代化进程的加剧推进,随着社会的发展与前进,人们无疑“也丢弃了不少好的、值得继承和保留的东西……”,那些“古老的民族遗风”将逐渐无迹可寻。在祖父的“色勒贝”[③]与儿媳的“佳佳”之间,民族传统语言、习俗、文化与“迪斯科”、都市时尚之间,日益占据上风的无疑是后者。当文本中年迈的祖母在“孙悟空三打白骨精”的间隙艰难、力不胜任地试图唤起孙子对“满盖”与“爱莫日根”的兴趣之时,作者不无焦虑地认识到传统之流将随着那些满腹故事与传说、歌谣的垂暮老人一起消失于现代文明的流沙之中。

但正如上文的,在作者笔下,这些民族故事与传说的讲述者都有着女性身份,如《留下那美好的……》中斯特和的妻子艾坤,如娜丹倩乌嬷一般

---

① 杜拉尔·梅:《银白的山带》,作家出版社 1999 年版,第 100 页。

② 同上,第 90 页。

③ 鄂温克语,钢铁巨人。

有着永远讲不完的传说与美丽的民间故事的头脑，同时还是一个极为称职的妻子与母亲，“具有一个鄂温克女人所具有的一切美德”，始终“按照一个鄂温克女人的心，在要求自己的行为”。这样源自民族传统文化的“美德”与“要求”，正是对家族/家庭无保留的牺牲与奉献的精神，如斯特和对妻子的赞美：“要好好地服侍自己的男人，她只希望自己的丈夫能有出息，她心甘情愿地把自己的那一点希望，融进丈夫的事业中去。只要他能生活得好，她就满足了。”[①]可以说，在这篇小说中，作者在让鄂温克女性成为本民族文化记忆与经验的传承者，成为受人尊敬的“讲故事的人”的同时，也让她们成为传统美德的承载者，成为一个合格且优秀的鄂温克女人，那么此间一个需要被提出的问题是：当女性成为民族文化及传统美德的化身与载体，成为需要被保护的文化传统的人格化身之时，民族传统是否便与女性自身的利益与诉求并行不悖？如果说在《留下那美好的……》这些作品中作者对本民族文化遗产、民间文化的热爱及抢救的焦虑与迫切之感使她近乎毫无保留地认同民族传统，并以继承者与维护者自居，赋予民族传统女性传承民族文化及记忆的责任，使其成为“讲故事的人”的话，那么在她的其他几篇小说如《风》与《银白的山带》中，则以同样的女性形象质疑了传统文化与民间伦理，探寻那些作为“鄂温克女人美德化身的女人”，那些永远“毫无怨言”的女人的“真相”，她们一如既往地牺牲与付出、坚忍与背负背后那不可见的泪水与辛酸，那不可示人的压抑与伤痛。在《风》中，寡居且多事的道呼勒与伊那肯奇老太太成为失去丈夫的年轻女人花热的情感及身体严厉而苛刻的监控者，正是她们无所不在的窥视与管控扼杀了花热与道吉勒尚在萌芽期的爱情，并最终将花热这个原本健康善良的年轻女性逼入濒临崩溃与疯狂之绝境。在文本中她们承担了“无主名无意识杀人团”的角色，这两个寡居的老太太成为父权文化对女性身体与性之“洁净”的要求或曰苛求的极为合格的“代言人”。在《银白的山带》这篇为一股淡淡的却挥之不去的忧伤甚至绝望所充溢的作品中，作者再度延续着《风》中的困惑与思索。这个伤感的爱情故事有着《孔雀东南飞》一般的主题，那一缕莫名却深刻的哀愁，那青年男女心灵中无法弥合与平复的创伤，使文本成为一个古老、凄美的爱情及家庭伦理悲剧的复沓与回声。在文本中，令卓勒格特这个粗犷的爱莫日根——神枪手愁肠百转的，正是寡母对妻子的不满，是面对尽人子之孝与人夫之责这一古老的两难境地之时，所陷入的那份虽家常却无比深重的无奈，而这对婆媳之间矛盾的根源竟也是“不孝有

① 杜拉尔·梅：《银白的山带》，作家出版社1999年版，第86页。

三无后为大”，这不禁要让我们感叹，历史究竟是在前行还是在溃退？虽然文本中强悍的鄂温克现代猎手卓勒格特不会如前代的文弱书生焦仲卿那般“自挂东南枝”，但在文本中他无疑经历了一次象征意义上的“自杀”，为妻子那兰所珍视的、近乎视为唯一情感寄托的骏马灰依日的死亡在卓勒格特的心中唤起的巨大伤痛与悲戚，使其成为男主人公对自我的某种象征意义上的放逐：

> “灰依日！”卓勒格特高喊了一声，一直保持着沉默而冷酷的山带也颤抖地转述着他悲凄而绝望的呼喊，灰依日……灰依日……传到很远的地方……
>
> 灰依日回过头来，深情地凝视着卓勒格特，随即，它迈着艰难的步子，迎着群山的回声走去……
>
> 雪地里，留下了一行深深的足迹，那足迹上洒落着红色的鲜血……
>
> 山带，一片银白。一位鄂温克族年轻的猎手，默默地站立在天地之间。[①]

那个被讲述了千年的前现代爱情悲剧的根源仍然是文本中无法解决的矛盾，而写作者此时也只能令读者在男主人公堪称悲怆的、象征意义上的“死亡式”中得到暂时的情绪缓解，并为现实中无法解决的问题寻找文本中想象性的解决方式。代替卓勒格特死去的灰依日负载着卓勒格特对妻子的负疚与亏欠，负载着作为一个男人、顶天立地的爱莫日根——神枪手却无法兑现的情感承诺与誓言，而这一切只是为了在现实与幻想中无所不在的黑暗间“母亲烟袋锅里一闪一闪的火光……”但无疑，等待这个传统家庭的仍是无可避免的离异与丧失，即使不会出现《孔雀东南飞》那般惨烈的结局，一对匹配的青年男女原本可以相濡以沫的夫妻之爱却注定了走向被消磨殆尽或被中途扼杀的终局。这是身为女性的作者对本民族文化体系中内在于传统道德与伦理体系的父权与男权话语的质询与反思。压制性的父权社会对女性美德的监视与管控，生产着符合父权及男权文化规定意义的女性，而这样的“生产”过程对民族个体女性而言，不啻是残酷的束缚、限定与迫害。如果说传统对女性的压迫是透过文本来运作，以及透过普遍

① 杜拉尔·梅：《银白的山带》，作家出版社1999年版，第86页。

文化教育的工具来运作[①]，如果说那些同样受到民族女性珍视与热爱的传说、故事及内在于其间的文化记忆、经验与历史同时蕴涵着压迫、规训、管控女性的部分，那么那些传承、讲述着故事的女人无疑将同时成为父权/男权文化的深刻内化者，甚至是父职与父法更为严苛的代行者甚或滥用者。可以说，作者在文本中所透露出的对"讲故事的女人"、那些年长的民族传统女性所做出的相反的、别如霄壤的评判，与文本中的暧昧游移甚至分裂的表述，正是女性作者试图将女性融入民族主流叙事之中，或者说当女性写作者企图采用属于父权的话语及叙事之时，所遭遇的文化与现实困境的症候式显影与浮现。

二、"现代"与"乡愁"：白族"新女性"的故事

1. 现代/传统·女人/男人：分立的世界

与杜梅相似，白族女作家景宜也是一个民族特色与女性特色都十分鲜明的写作者，20 世纪 80 年代因其中篇小说《谁有美丽的红指甲》成名，并成为与"新启蒙"时代颇为合拍的写作者。作为苍山洱海的女儿，那片美丽的土地赋予了她独特的灵性与审美感觉，西南边疆生活、"东方日内瓦"的情韵都化作她笔下魅惑而深情的文字涌流。如杜梅与梅卓那般热衷于本民族历史与传说的女作家在主动地承担起"讲故事者"、民族传统的继承人角色之时，却由于对历史及现实情境中女性困境的体认与发现，而无法完满地进行一种整合性的民族叙事。而对白族女作家景宜来说，其女性立场却是无可置疑的立足点，当她面对民族传统文化及伦理道德之时，对传统鲜明的批判意识与对现代性的呼唤构成其创作中似乎毋庸置疑的价值判断与情感取舍。在 80 年代，景宜塑造的那群漂亮活泼、大胆泼辣、敢想敢做的白族女性群像可以说"是一种大胆的文学追求"，但无疑"也正好切合和那个时代流行的人文启蒙精神"，"但这种精神追求体现在一群乡间妇女身上，却是作家对女性生命的大胆赞美，也是其理想精神的体现"。[②]《骑鱼的女人》《是哪姑娘的小红船》《雨后》等作品书写的白族农村女性面对传统依然滞重的存在时的失落与痛楚，成为女性生命受到限制之时呐喊彷徨与抗争的某种写照。《骑鱼的女人》中一个新婚的小家庭由一朵被新妇簪在鬓

---

① 参见周蕾：《原初的激情：视觉、性欲、民族志与中国当代电影》，远流出版公司 2001 年版。

② 黄玲：《高原意识与女性意识的坚守者——论白族女作家景宜及其创作》，《云南民族大学学报（哲学社会科学版）》2011 年第 1 期。

边的山茶花而起的“杯水风波”,给爱美要强的新妇带来难言的精神创伤,使其在原本幸福的蜜月中无端体察到无边的恐慌与难言的失落,“从那扇贴着红喜字的门后飘进来的那层灰蒙蒙的使人压抑、恐惧的雾”,可以说正是“那些起哄的人群和那些令人难以忍受的各种各样的眼光,带着善良与苛责、良知与愚昧、赞许和轻蔑”[①],构成了对那些“不安分”的、难以规训的女性那过分张扬的生命力的一次成功围剿与扼杀。《是哪姑娘的小红船》则让一个为生活与子女奔波操劳、疲惫不堪的女人在四月的苍山洱海间,在“绕山林这一天的阳光、空气和土地上必然产生出来的一种情感的激流”中,在一个卖油粉的女人歌声的诱惑下启动了被尘封、压抑了多年的天性,那爱美、爱歌声、爱生命的女人天性。如果说在景宜的笔下,民族传统是以压抑、管控女人的天性为己任,那么在现代性已占据绝对优势的当下,在改革开放之后的语境中,它无疑已不再能够拥有昔日的权威,曾被它压抑、禁锢的属于“不安分”女性的青春、生命力与所有鲜活的欲望将在“现代”的天空下被再度激活与释放。但作者的清醒之处,或者说她的作品的独特价值与贡献,正在于当现代化进程高歌猛进之时,她却以独特的敏感发现现代并非一个允诺所有希冀与渴望的乌托邦,而是被开启的“潘多拉的盒子”。女性作者在社会变迁的过程中体察到一个难以正视却不容忽视的事实,那就是随着现代化脚步的逼近,随之而来的竟是一种新的、更为“文明”与隐蔽的管控力量的形成与启动。正如《谁有美丽的红指甲》中,造成白姐人生悲剧的无疑是传统的习惯势力,是“无主名无意识杀人团”的再度获胜。但比之源自民族传统伦理道德的谴责,对白姐造成更大伤害的却是沾染了城市气息的丈夫的冰冷、乏味、虚弱与伪善,是口蜜腹剑、诡诈阴险的情敌月恩“公社女干部”的现代身份及其对“法律”“诉讼”等现代话语、律法的熟识与调用。正如作家冯牧发现的,这篇小说所揭示出的社会生活的深层结构正在于“传统的习惯势力是多么强大,而且与我们生活中看似积极的某些方面,又是多么巧妙地结合在一起”[②]。可以说,正是作者对传统与现代这两套话语的敏锐洞察,构造了文本中具有内在张力与冲突关系的对话场,在看似统一的叙述过程中涌动着两种甚或多种话语,它们彼此冲突、颉颃与消解,而多重语码之间的冲突与矛盾,成就了文本内在的多义与繁复,这在景宜的代表作《月晕》与《新船》中有着集中的体现。

《月晕》与《新船》是景宜在 20 世纪 80 年代的代表作,这两篇在彼时备

① 景宜:《谁有美丽的红指甲》,文化艺术出版社 1989 年版,第 14 页。

② 冯牧:《〈谁有美丽的红指甲〉序》,景宜:《谁有美丽的红指甲》,文化艺术出版社 1989 年版。

受好评的短篇小说具有某种内在的连贯性与互文性，它们从两个视角叙述同一个故事，因而产生了一种奇异的并置效果，从而提供了两种截然不同的意义模式。作者以巧妙安排的结构性对照引发出某些结构与意识形态上的对比矛盾，并且两个视点的占有者即蜜婉与老船匠的性别身份的差异，也使这两种讲述或曰叙事在不同的性别维度上呈现出某种意味深长的差别。《月晕》的女主人公蜜婉是一个颇具现代商业意识的渔家女，美丽、能干、精明，小生意人家的出身使她天生就具备精打细算、善于钻营的禀赋，而成为一个风光的商人是她至高的人生目标。当改革开放的气息传来，她敏锐地捕捉到了时代变迁所带来的机遇，对她而言，改革无疑是春风拂面，是“老天要叫我这棵缅桂开花”[①]。可以说，与时代或曰与新主流意识形态的契合使她毫不掩饰自己的热情、野心及“充满了新鲜感和征服力的激情”，对来自周遭的侧目与流言毫不理会。虽然在景宜的女性人物系列中，蜜婉与白姐、“骑鱼的女人”一道构成了具有反叛精神的白族“新女性”序列，但如果说“白姐”们面对舆论压力、飞短流长，面对来自“无主名无意识杀人团”时尚力不从心，最终只能成就一个受害者高傲、孤独且凄楚的背影的话，蜜婉却堪称一个真正的、现代意义上的强者。在文本中她的所作所为无不体现出一个纯粹利己主义者的精明、冷静、不近人情甚至是睚眦必报。因为她早已洞悉“如今这世道”中，“区别好人和坏人”的标准只是金钱及与金钱相伴生的权势，赤裸的物质主义已构成社会奉行的认知方式。在改革开放的语境中，在新主流意识形态的支持下，她的一切无视甚至蔑视传统伦理及人情的做法都被金钱这一“唯物主义的半神”赋予了绝对的合法性。在这个意义上，蜜婉与老船匠——传统社区的精神领袖、古老礼俗及道德的承载者——之间的冲突与区隔，正印证着 80 年代中国社会生活、文化语境中的常规命题：变革与守旧、现代与传统。但复杂之处或者说作者的匠心独具之处，在于当老船匠在文本中现身说法，成为叙事人而不仅仅是蜜婉故事的一个背景与陪衬时，整个故事叙事出现了某种结构性的颠覆与逆转。于是《新船》成为对《月晕》的改写，成为一个翻转式的文本，一次男性主人公的抗议与宣战，一个失败者虽败犹荣的呐喊与自叙。而当这两种关于现代与传统的叙事并置共处之时，一处文本的结构性裂隙便于不期然间呈现，同时指涉着一处鲜明的文化症候。在《月晕》中，透过现代的、女性的叙事者蜜婉的视界，老船匠所象征的乡村中国的传统伦理价值无疑与愚昧、守旧等负价值相联系，并且这样的价值判断对于 80 年代的文

① 景宜:《谁有美丽的红指甲》，文化艺术出版社 1989 年版，第 36 页。

化及社会语境并非一个新鲜的公式或命题。但其间的悖论或曰裂隙,在于《新船》中对老船匠那不可思议的惊人生命力的渲染呈现出一种魅人的力与美,一种独属于白族民族传统的质朴、强悍与真淳,一种人与海、人与船之间别样的和谐与完满。文本中,老船匠拖着弥留之际的身体迎接海浪冲击的一幕,他最终的“一个在洱海劳动一辈子的人,不可能被斗败”的失败宣言,使这则精巧的短篇具备了《老人与海》般的悲壮力度,而这个承载着古老爱心、生命及传统的白族老人一定意义上成了可以被打倒却无法被打败的、具有某种现代意义的孤独而倔强的失败英雄。可以说,《月晕》与《新船》所呈现的正是两套话语间的冲突,一边是关于进步与现代化,一边是民族的自然、民俗及传统。在今日的后见之明的视野中,改革开放所提供的历史契机,并非全然指称着历史及现实的救赎与希冀,并非一处拯救的许诺或乌托邦的莅临,而在这篇创作于80年代的作品中,作者已经在高歌猛进的现代化浪潮中开始敏锐地意识到,当一个熟稔的世界缓缓倾圮之时,将在民族后辈心上可能唤起的那难言的哀伤与忧郁,以及一种全然陌生的、异己的世界逐渐显影与莅临时那兴奋中所掺杂的几分无所适从的恐惧与慌乱。尽管女性作者无疑内在而深刻地认同着蜜婉的明快与果断、坚强与自信,却显然无法忽视那份义无反顾的果决之举背后的自私冷酷及不择手段。可以说,作者/叙事人在体味着新的时代给女性及个人所带来的或可希冀与企盼的自由与机遇之时,也逐渐清醒地意识到商业化、现代化及工业化的进程对民族传统的极具破坏力与威胁性的改写甚至是涂抹。

可以说,这样一组具有互文性的、对称的文本呈现出一种叙事结构的开放性,对其表现对象始终保持着暧昧不明的张力,且不同性别视角的选取必然带来看似截然相反的价值判断与伦理取向。其间女性神秘的、善变的、适应能力强的本质性特征与狡猾、残酷、适者生存的商品经济似乎更具备某种天然相似性及由此而生的认同感,而与商品经济及社会的逻辑相认同的现代女性成了传统社区及男性/英雄的“他者”,充满了异质性的、危险而陌生的“他者”。正是文本中那些自由而浪漫的女性成了现代化与商业化的共谋者,传统伦理及人际关系的不可饶恕的僭越者与背叛者。此处作者的女性立场似乎出现了某种偏差,但不可否认的是,当这一组对立的、分属于男性与女性的叙事同时出现时,作者超越了这组看似不可打破、泾渭分明的二元对立,或者说无论是面对民族传统还是现代化进程,作者都没有轻易地做出某种简捷有效的价值判断,而是试图还原出历史及现实情境的繁复与多重。在《新船》结尾处,老船匠的三处独白意味深长且极具症候性,大限将至的他将希望寄托在自己刚出世的孙子——西野(白语“新船”)

身上:“你要斗败她,让她趴下……洱海是男子汉的天地……”。[①] 由此可见老船匠所有近乎非理性的痛苦、迷惘与愤慨,不仅仅是因为熟悉的古老世界的缓慢陨落,更在于其败给一个女人或曰第二性这一“劣等”性别所产生的强大深刻且难以明言的屈辱感与挫败感,而这样的屈辱才是这个素来以洱海边上的英雄自居的老人所真正难以承受的,因此经过一系列的情感移置与转换,他最终得出这样的结论:“船,你听见了吗? 我会冒烟,独眼和蜜婉也会冒烟,你也会冒烟,只有洱海,洱海,她才永远活着!”[②]独眼——旧日的贵族——与蜜婉,分别指称着阶级社会与商品社会中的异己性他者,是老船匠过去及今日的敌手与对手。彼时,老船匠曾借助政党/国家之力击败并最终取代“独眼”——传统贵族而成为自身命运及洱海的主人,今日面临新一轮“战斗”的老船匠却无疑丧失了曾经的幸运,失去了主流意识形态及权威话语的庇护。作为传统社群伦理价值的护卫者及恪守者,他无力去解释并整合现代化的、具有破坏性的经验,这个逐渐显影与莅临的新世界足以令其疯狂,因为它将彻底摧毁他所有的认知系统。正如“船”于他而言,不仅仅意味着私人财产的一种形式,而是一种与传统价值相连的尊严与精神,一种身份的表征。因此,他无法接受与理解蜜婉由匠入商的“卖船”营利之举,在他看来,这无异于出卖传统与尊严,出卖一种源远流长的生存方式及习俗、成规。如引文中所显示的,从要斗败女性/现代的呐喊、宣言,到洱海与自然才是最具伟力的存在、最终的赢家这一不无自我安慰性质的感悟,这一系列情感否认与转移,使老船匠最终完全转向自然及洱海,以求得彻底的也是最终的庇护与解脱。无论是阶级、性别还是传统、现代之争,都将在时间的淘洗中丧失曾经的光彩,唯有洱海/自然才会是最终的幸存者与见证者,但在日益扩张的现代性力量面前,这样想象性的救赎与抚慰无疑显现出了几分虚弱与无力,正如支撑老船匠无比强健豪迈的斗志与精神的却是濒死的、摇摇欲坠的躯体一般。

2.讲故事的白族老人:传统的弥合与回归

如果说在《月晕》与《新船》构造的一组关于现代/传统、女人/男人的二元对立中,蜜婉与老船匠因分别占据着对立价值观的两极而成为无可非议的对手或曰敌手,那么在景宜的《岸上的秋天》《洱海,飘着一只风筝》及《雪》这三个充满温情与爱意的短篇中,年轻女人与老人及孩子的组合却构成一幅温馨、和谐的剪影,传达出一种寂寞中充满温情的理解、体谅与拯

① 景宜:《谁有美丽的红指甲》,文化艺术出版社 1989 年版,第 51—52 页。

② 同上,第 52 页。

救，一种民族文化的可贵传承或某种传承的可能与希冀。无论是醉心于将“祖先留下的灵彩”“放上天”的风筝老倌，在沉寂的老宅中孤独写作《白族居民建筑论》的老教授，还是遭儿子遗弃、在破旧的本主庙中身染沉疴的老歌手，更有那个“专爱翻弄古碑墓志”的有文化的跛子，都是那些行将逝去的古老而迷人的传统的化身。但他们无一例外地陷于孤独、凄凉的境遇中，渐渐地被世界遗忘，而他们无比凄凉的晚景则成为民族的文化及生存困境的一个表征。他们犹如杜梅笔下“讲故事的女人”，也是一群在边缘处讲述与歌唱的“讲故事者”，背负着古老的民族传统、记忆、传说与神话，在日益现代化、日益陌生的世界里踽踽独行，无比地寂寞与苍凉。可以说，在这些温馨而寂寞的故事里，作者开始从事从现代性中挽救民族文化的记忆痕迹的工作。在《洱海，飘着一只风筝》当中，正是贩卖民俗以求金钱名誉的某知名导演令白族女向导开始思考真正属于自己民族的“美”，并最终在做风筝的民间老艺人那里寻找到了“祖先留下的灵彩”。可以说，正是他者视点中民族边缘经验的再体认，使“她”这个白族女性知识分子不无痛楚地意识到现代化进程中民族文化、民俗无所附着甚至被商业化及庸俗化的危险，而作为一种弥补，一种叙事中的“想象性解决”，作者试图以营造记忆、梦想与童话连缀成的梦境或曰乌托邦作为对抗遗忘的“保留地”。于是在文本中，出现在黄昏中的美丽红萍海湾的扎风筝的老人与孩子的美妙剪影，将自然与人物构置为一种并置的“符号”，一种最为诗意的语言，携带着古老世界的真醇与质朴。作者及叙事人以一个女性知识分子的视点，自觉地将民族文化及民族生存置于现代化的背景之中，而自然/洱海、温情与爱，成为一种有效的文化拯救，构成对叙事困境的一种“想象性解决”。

似乎可以说，作者从对现代与未来的渴望转向了一种怅然回首的姿态，从叛逆的、与现代商业社会更为合拍的、属于未来的女人走向那些年已垂暮、已被高歌猛进的时代与转型期的社会逐渐彻底遗忘与忽视的老人、讲故事者。作者充满乡愁的叙事似乎成为其彻底转向民族传统的立场而暂时放弃女性立场的某种表征与证明，呈现出一种新的文化主体认同。或者说女性作者虽再度瞩目于拯救，但不再仅仅是女性命运与境遇的书写与体认，而是在现代化进程中日益被边缘化的民族的记忆、历史、文化与生存。于是在《洱海，飘着一只风筝》的结尾处，在“她”、流浪的孩子与迟暮的老人——现代社会中毋庸置疑的边缘者、零余人——充满深情的认同之中，传统与现代完成了一次温馨、宁谧的对接，年轻的一代精诚所至地获得了与祖先交流的灵感，最终得返传统的圣地。

但在《古代传说和十四岁的男孩子》这部独特的中篇中，存在于《月晕》与《新船》中的那种矛盾、游移的叙事基调再度出现，构成了对那些充满温情的基调的某种反转与裂解。这是一个较为独特的文本，其间作者对民族文化与历史的热情转化为对那些携带着远古记忆历史遗物的发现与辨识，对具有民族文化起源性质的文物遗址与神话传说的追寻与讲述，于是整个文本为浓郁的神话氛围笼罩，为远古年代的白族文化符码所密集充盈，因而成为一部极具文化气息的作品。文本中跛子弭氏这个极具艺术家气质，又具备考古学者学养的落魄知识分子无疑成为另一个"讲故事的人"，正是他源源不断的关于"古南诏国"及白王的诸多史实与传说，令男孩阿这陷入"寻根"的痴迷与渴望。但在这部内蕴复杂的作品中，对民族文化的怀念与认同，却并非只是发生在年轻人、孩子与老艺人之间充满温情与理解的"对视"中，而是经历了更为复杂的情感转化与移置。对阿这这个忧郁而叛逆的男孩来说，弭氏那些关于"古南诏国"的故事与白王的传说成为他心中最为美好的寄托，那些金光闪闪、生动迷人的传说织成的"幻象"成为他抵御日益灰暗破败的现实的最好屏障，但正是那些污泥浊水般的现实构成了围绕着阿这及其他族人的"真实而又可怕、无法挣脱的存在"，而这一滞重的生存现实在叙事语境中的化身便是朗早这个女性形象。这是一个饱经忧患却仍然强悍泼辣的女人，在文本中，她与其说是一个变异的"地母"，不如说是与蜜婉、白姐这样的"白族新女性"形象一脉相承，虽然她始终履行着一个传统的家庭妇女的职责，没有其他"新女性"那些高远的理想与玫瑰色的梦幻，但她那永远生机勃勃的生命力，对"负重而又热气腾腾的生活"的热爱，使她成为一个如蜜婉一般永不服输的强者，永远不会让困境榨干自己生命的"生机与水分"的强者。而与朗早强健的生命力相比，跛子弭氏这个生活在远古传说与神话中的讲故事者却显现出了几分难掩的苍白与虚弱，他的故事可以开启这个忧郁少年的想象力，却无力将他从现实的困境中拯救出来。在文本中，一旦脱离故事与神话的氛围，一旦面对阿这具体的、实际的求助，他便显出捉襟见肘的困顿与难堪，相反是朗早这个时刻令阿这感到恐惧、压抑与厌恶的女人成为阿这最终的庇护者与拯救者，并让他彻底读懂了那些美丽的神话传说的底蕴，最终领悟现实与神话的关联，并学会如何理智地协调现实与神话的距离。虽然朗早看似跌入了另一个关于女性表述的叙事窠臼，即一个关于经典母爱与女性的慷慨无私、自我牺牲的叙事套路/成规，但她过分的强悍、自我与独立却无疑使她的性格更为现代，并具备几分难以规训的、不规范与反秩序的特征。可以说，在这个文本中，作者延续着《月晕》与《新船》中两性之间的象征模式，而指称着虽不尽如人意却始终充满生机、活力与未知的现实的女人与“讲故事的人”，对阿这这个充满幻想及“寻根”渴望的男孩构成的相互对立的影响，正构成了文本的主线，暗中透露着作者对民族传统与文化远为复杂的思索，并象征性地呈现作者暧昧游移的主体位置。一旦那些极具独立意识的“新女性”出现在文本中，便成为文本内部不同层次的混沌光影与色调，一些不甚和谐的因素所形成的文本裂隙，正是女性作者的认同纠缠于不同的话语网络之时的某种表征。

可见在景宜的笔下，对本民族女性命运的关注及其对民族传统文化在现代社会中的境遇的担忧，共同构成了其文本世界的重心。虽然随着社会的发展，古老的社群及传统的人际关系网络对蜜婉这样的“新女性”而言，将逐渐不再构成羁绊，但作者却开始对那已然逝去的古老世界、已然沉沦的神话氛围、与古旧传神及谣曲相伴生的绵长亲情，怀抱着深沉的、难以自弃的追思与想念。于是她试图借助那些“讲故事的人”的人生轨迹与取之不竭的故事破解那些早被尘封的秘密，以及永恒沉寂下去的古老遗迹的幽幽回声。对彼时已成为主流的现代性，即将消逝的充满灵韵的传统世界逐渐成为一种“文物”式的存在，正如《古代传说和十四岁的男孩子》中的跛子弭氏，只能在断壁颓垣之中寻找及见证本民族往昔黄金时代的吉光片羽。但正是这些从现代历史中挽救群体记忆的书写、关于本民族历史叙述语言的寻找等微弱且暧昧的抗议之声的存在，才使现代化的历史进程中游移、困惑、凝重的时刻得以凸现与显影。在杜梅与景宜的作品中，对民族传统的情感始终复杂暧昧、欲说还休，但作为现代知识者，面对全球化时代历史与记忆的断裂，在民族传统文化日益丧失灵韵与魅力的时刻，她们开始以一种怀旧式的历史想象，发掘传统文化中具有正面价值的部分，以期作为抵御现代性空洞时间观的文化与记忆资源，成为她们共同的文化追求与写作实践。

对于景宜、杜梅这样在“新时期”初启之时开始文学创作的少数民族女作家而言，无论她们在表达对传统及现代的态度时有多么暧昧、犹疑，她们的文本与表述怎样充满了断裂甚或悖反，不可否认的是，她们拒绝了简单、直截、有效的对传统与现代世界的二元对立式描述。因为在她们的文本中，民族传统与女性经验都是无法化约的实际存在，是同样难以割舍的“过往”与记忆。作者对传统与现代这两套话语的敏锐洞察，使文本世界成为具备内在张力与冲突的话语场，无论是面对民族传统还是现代化进程，这些作为民族女性的写作者们都没有轻易地做出某种简捷、有效的价值判断，而是试图还原出历史及现实情境的繁复与多重。犹如杜梅笔下永远在讲述童话、传说的小妞妞，与故事中执着寻找或许从不存在的红蘑菇——理想——的小雪兔一般，始终在讲述及寻找这样的行为实践中拒绝被故事与叙事定型，而处于不断流动的开放状态，从而在黑白两立的二元对立之外寻得了一处近乎不可能存在的空间。因此这些"讲故事的女人"也许同时是一群隐秘的寓言家，而"对于寓言家来说，同历史对话并不意味着做道德判断和价值取舍。它不过是把握一种历史经验。讲故事的人不用厚此薄彼，因为她要做的是让所有过去的亡灵在语言的世界里安息"[①]。

第二节 "边城"新女性：对现代与传统的双重质询

土家族叶梅、彝族段海珍的文本呈现出强烈、浓郁的地域色彩。叶梅笔下的湘西世界续接着沈从文开创的文学传统，以土家族男女之间的爱恋情事作为因由，引出土家族独特的风俗、宗教与人情；生长在云南楚雄地区的段海珍，以盛行"巫蛊"传说的彝族山寨，透视传统女性的生活状态；有幸生活在古城丽江的纳西族和晓梅，则用她精致空灵、充满诗意的文字将丽江打造成一座如梦如幻的"高原姑苏"，以《深深古井巷》《情人跳》《女人是"蜜"》为代表的一系列作品，将纳西族的民风民俗与生活在其间的纳西女性的情感世界紧密牵连，其间"情死"风俗成为作者探寻古老的东巴文化的一个入口与契机，也透露出身为女性的作者对民族女性命运的思考、同情与体谅。此外，哈尼族女作家黄雁、拉祜族女作家杨金焕及佤族的董秀英、壮族的岑献青，这些立足于本民族传统的少数民族女作家，面对现代性与全球化进程中民族文化生存空间萎缩甚至消失的困境，在试图向民族传统与过往中寻求历史记忆与文化资源，以立足本土的写作作为抵抗全球化的反抗空间的同时，又以一个现代知识女性的视角对民族传统做出了某种可贵的质询与反思。

① 张旭东：《批评的踪迹：文化理论与文化批评：1985—2002》，生活·读书·新知三联书店2003年版，第331页。

一、遭遇现代的乡土[①]与湘西:土家龙船寨的命运

1.湘西世界的歌者:叶梅与沈从文

作为一个民族意识鲜明的写作者,在叶梅的大多数作品中,她始终在尝试建构一处文本内的土家“桃花源”。那是些关于土家山寨的浪漫传奇——青山耸翠、秀水长流的人间仙境,土风古拙、山民质朴,柔媚多情的水样女子与彪悍壮美的土家汉子爱恋着、痴缠着。这让我们想起了当年一心营造“湘西”神殿的沈从文,当北方中原文化所代表的政教传统不足以诠释或解决中国“人”的问题时,沈从文用他的“湘西”所代表的楚文化企图提供另一种出路。[②] 而在当今这个全球化的时代,本土/民族的文化资源似乎成为虽不能说是唯一但毕竟是极为重要的一处坚守与反抗的文化空间。在这样的时代背景下,作者以她渗透着荆楚文化特有的神秘灵异、重神尚情的魅力原乡和她的“龙船河”“龙船寨”,接过了沈从文的文学薪火,也接过了其为中国文学及文化想象另辟蹊径的赤子之心。

2009年在京举行的叶梅文学作品研讨会,与会诸多专家学者对叶梅的创作做出了极为中肯与精辟的概括:“叶梅既是一位优秀的土家族作家,又是一位现代文化的自觉守护者,她的作品运用浪漫主义的诗性笔墨一方面表达了对土家文化与巴楚文化的礼赞,对于集中表现土家族生存命运、深入发掘土家族文化与准确描画土家人民族性格与精神做出了独特的贡献,特别是塑造了一大批个性鲜明、血肉丰满与令人耳目一新的土家儿女形象;一方面站在文化学、人类学的高度,表现了对全球化背景下现代文明的自觉反省与深刻批判,从而继承了鲁迅、沈从文、萧红等我国文学前辈的创作精神,在实现多民族文化之间的交流与对话、融合文学的民族性与人类性等方面走出了成功之路。”[③]可见对民族性与现代性的追求与思索是内在于叶梅创作过程中的有机环节。其民族性的一面,在她的土家族文化小说如《撒忧的龙船河》《最后的土司》《青云衣》等作品中有着集中且鲜明的体现。在这些有着强烈、鲜明的民族文化追求的作品中,土家族的神话、传

---

① 此处乡土这一概念,“不仅是个历时的范畴还是个共时的范畴,不仅仅是一个地域的概念,更是一个社会的和文化的概念,承载着地方的、时代的、历史的、政治的、文化的多方面丰富内涵”。见杨玉梅:《中国新时期少数民族文学前言研究》,中央民族大学博士学位论文,2009年。

② 参见王德威:《想象中国的方法》,生活·读书·新知三联书店1998年版,第363页。

③ 吴道毅:《巴楚文化与女性书写的阐释——叶梅文学作品学术研讨会综述》,《民族文学》2010年第3期。

说、民间故事、民间歌谣妙合无垠地嵌入紧张跌宕、波澜起伏的情节，而那些展示土家族文化习俗、礼仪节庆的场面则透露出犹如“狂欢节”般的力度与美感。如《撒忧的龙船河》《最后的土司》中对跳撒尔嗬和舍巴日的狂欢场景的渲染，《花树花树》中对“哭嫁”这一土家传统婚俗的精细描摹，在使读者仿佛进入“激荡淋漓，异于风雅”、瑰丽狂放的“楚辞”境界的同时，又体现出厚重的文学内涵乃至人类学或文化人类学的意义。

可以说，对土家文化的发掘、继承与发扬，是内在于叶梅文本世界中的自觉追求，但作为一个具有社会责任感的知识分子，她的创作亦始终呼应着当下的社会情境与现实。从1979年的小说处女作《香池》到2008年的小说《街舞》，其作品序列中“镌刻着伤痕文学、反思文学、改革文学及寻根文学、新写实小说、新历史主义小说及新世纪出现的底层写作的痕迹，自觉不自觉中，不但实现了对祖国大陆转型期从乡村到城市一定范围内社会变迁的生动诠释还构成了新时期文学发展的缩影”①。在全球化进程全面开启、日益加剧的当下，现代性对乡土世界的入侵，对全球化进程中民族传统的失落的批判、忧虑与思考，便成为叶梅作品中重要的构成部分。对土家族民族文化的发掘、书写，以及对现代性及全球化进程的反思、质询与批判，在叶梅的作品中从来是交织互渗、相得益彰的两个声部，在这个意义上，可以说，叶梅以她的文本在一个更为深刻的层面上完成了与沈从文营造的“湘西世界”的对话与续接。②

2. 被现代“凝视”的乡土——龙船河

中篇小说《撒忧的龙船河》是叶梅土家族文化小说的代表作，文本中土家族民间文化的气息极为浓郁，并且充溢着一股不可遏抑的阳刚之气，有波澜壮阔、锐不可当之势。从表面上看来，这是一个颇为典型的关于男人的故事，且身为女性的作者在文本中亦不讳言“河里有祖先流动的精液”③。但如果从文本中一个颇有意味的“凝视”场景入手，以精神分析与女性主义批评理论对其进行细致解读的话，则会有不同的发现。作者似乎于不经意

① 杨玉梅：《中国新时期少数民族文学前沿研究》，中央民族大学博士学位论文，2009年。

② 王德威在《原乡神话的追逐者》这篇文章中，对沈从文《边城》《长河》两部作品做出了独到的分析，指出沈从文原乡叙述的复杂性，认为两部有不同侧重的作品其实包涵了自我质诘增替的层次，不能仅仅局限于历史/神话、现代/传统这样的二元辩证模式来阐释。参见王德威：《想象中国的方法：历史·小说·叙事》，生活·读书·新知三联书店1998年版。

③ 彭卫鸿：《论叶梅小说的女性意识》，《小说评论》2008年第6期。

间为我们描绘了一个围绕着乡土与现代、性别与阶级建构起来的权力矩阵[①]，其间一个土家族男性英雄被来自现代城市的眼光捕捉之时所产生的戏剧化的一幕，似乎成了现代性进程中乡土或曰传统世界无可挽回地失落曾经的尊严、信仰与价值的某种象征。

构成《撒忧的龙船河》情节主线的是男性主人公覃老大与妻子巴茶、情人莲玉之间的情感纠葛。这一男二女间几十年的感情线扯不断、理还乱。比之对妻子巴茶，覃老大对莲玉的情感无疑浓烈得多，对这个客家妹子欲爱不能、欲罢不忍的爱恋，使得这个原本不知愁滋味的莽汉柔肠百结、苦头吃尽。此处阅读的牵引力自然指向莲玉在覃老大心中的分量，特别是她在覃老大故事叙事结构中的“位置”。覃老大的故事是一个关于男性英雄的叙事，而莲玉在这个男性故事中占据着似乎“过分”重要的位置。覃老大的故事是这样开始的：“民国三十年秋高气爽的一天，对于覃老大一生来说，是一个不可忽视的日子。”[②]“不可忽视”的原因是他“进城”遇见了莲玉，也就是说，他的故事是以与莲玉相识开启的，而之前的光阴在覃老大的故事中被省略掉了，处于“历史”之“前”与“文本”之“外”。如果说他的叙事以二人关系为开端，那么这个小女子不可思议的魔力究竟在哪里？紧随其后的一幕是：小女子坐上了老大的船，路经险滩，老大下船拉纤，莲玉一抬头，惊见“桡夫子覃老大于岩壁上拖着纤绳，全身却是一丝不挂，那古铜色肉体在夕阳余晖映照的青翠之中格外突兀，厚实的脊梁、硕圆的扭动的屁股和粗壮的双腿在小城女子莲玉眼前烧起一蓬大火”[③]。此处重要的不是这充满原欲特征的情境所凸显的土家男子的刚猛与彪悍，而是这样赤裸与性感的男性身体是被谁“凝视”。如果说“凝视被认为是一种统治力量和控制力量，一种认知和能力”[④]的话，那么此处凝视的主体无疑是莲玉，是她充满欲望的凝视使得覃老大的身体成为“在场”。而在一个性别事实上并非平等的世界里，两性之间的权力分野先在地决定了看与被看的权力关系式。女人作为审美客体—奇观，历来被动承受着来自男性主体的凝视，迎合并指称着男性的欲望。但在此处，男性/看与女性/被看的经典权力关系式显然经过了反转与倒置：女性作为窥视者，其充满欲望的凝视将眼前的男性身

---

① 本文使用“现代性权力矩阵”这个词来指称文化理解的坐标图，其间现代性对传统/乡土的权力/霸权与性别话语互为隐喻与指涉，而性别模式中先在的权力分野则使现代性的霸权获得某种“自然化”表述。

② 叶梅：《妹娃要过河》，作家出版社2009年版，第47页。

③ 同上，第49页。

④ 吴琼：《凝视的快感——电影文本的精神分析》，中国人民大学出版社2005年版，第93页。

体“标记”或指认为可欲求的客体—对象。

以同样的分析视角，还会关注到另外两个场景。其一发生于二人一夜风流后覃老大进城寻访莲玉，此时的莲玉因为婚前失身而被夫家扫地出门，以待孕之身寄人篱下。在这样一种痛苦绝望的情境中，莲玉“撞见”了覃老大：“转过身来，见一呆头呆脑的乡下男人在门口打探……莲玉……才看清眼前男人是那河里的桡夫子，这时包一盘蠢蠢的黑帕，压得眉眼缩紧，胸前一溜蜈蚣盘底的布纽，黑裤又短又粗。”[①]这个不久之前与她有过肌肤之亲的男人此刻却被严重地陌生化与他者化了，可以说，她的凝视将他从土家文化、道德的承载者，力与美之化身的男性“英雄”形象中剥离出来，毫不留情地将其还原为一个“乡下人”。此处浮现的正是现代性的基本区隔——城/乡的分野。在现代性的内部逻辑中，因空间的置换被现代/前现代的时间秩序所规约，“乡”作为时间上滞后于“城”的存在，而在二元对立中处于劣势。莲玉正是因为占据了“城里人”的身份而获得了凝视的权力，或者说在现代性逻辑内部的现代与前现代二元对立的权力结构中，莲玉占据的恰好是有如男性之于女性的优势及特权地位。

第二个场景发生在覃老大因协助剿匪有功而成为解放军的座上宾时，面对已成为革命同志的莲玉，他激情复发，而莲玉因惧怕二人私情暴露勉为其难、曲意承欢。情炽如火的覃老大忽然于气氛中捕捉到了一丝不协和的冰冷——“那掩藏不住的一丝丝嫌恶使覃老大像走进冰冷的河水里，浑身一激灵。眼见那女子稳坐床头一件件脱去衣衫，雪白肉体摇晃起满屋诱人的光亮，但却如冰雪透着寒气”[②]。这一幕的意味深长之处仍在于实质上的主客体关系，表面上是男性的感受与需求构成两性关系再度发生的主导，实际上作为权力与控制的“凝视”出自女性，因为覃老大在此处看见的不是作为自己的欲望客体而存在的女性身体，而是看见了自己“被审视”的自卑形象。莲玉对他充满嫌恶的凝视如同一面镜子，使他从中辨认出了自我的镜像——城里/现代语境中的一个“异己”与“他者”。由此可以理解，覃老大何以产生如此强烈或曰“过剩”的屈辱感，以至于要发出“你覃老大是人……你是人”[③]这样具有“五四”意味的宣言。他者之镜的在场使他那原本完满/完整的“自我”无可挽回地丧失与分裂，他一度活跃和强有力的凝视冲动，臣服或驯化于来自莲玉或曰现代的凝视。虽然他选择了逃避，回归那如桃花源一般的前/非现代的龙船河，但精神（屈服于女性的凝视）

---

① 叶梅：《妹娃要过河》，作家出版社 2009 年版，第 70 页。

②③ 同上，第 84 页。

与肉体(失去了一只臂膀)的双重“阉割”注定了他无法回到从前。这是覃老大的命运,但也未尝不可将其解读为龙船河及其所象征的传统与原乡的命运,一旦遭遇现代性,那份原初的美好便会在异己的审美价值取向的碰撞中无可挽回地丧失。

同样的逻辑也出现在《山上有个洞》这部中篇小说中。对故事的主人公土司后裔田快活而言,父祖显赫的荣耀及他们强悍的激情与欲力,都已在历史/时代的风烟中消散殆尽。如果说田快活曾经还拥有一份不为物役的豁达与自在,那么,来自桃子——已经城市化的女友——的轻蔑眼神却使他丧失了所有的达观与自信。和覃老大一样,他也选择了逃避,或者说面对这样来自于他者的强大的、异己的凝视,他们别无选择。而他在男性自尊受挫后“进山洞”寻宝的举动则十分意味深长,深具症候性,我们不妨用女性主义批评理论和精神分析方法做一解读。这篇小说文如其名,整个故事几乎都发生在一个地处峡谷之上的千年洞穴里,在女性主义的阅读中,洞穴与峡谷常常被作为象征女性的景观,在文本中,这个封闭且安全的空间犹如母腹及子宫一般为那些企图隐匿于世界的男人提供了最后的庇护与慰藉,成了可以逃避围绕着父法与语言建立起来的象征秩序的处所,一个想象出来的前俄狄浦斯阶段的“母性”家园。

至此我们或许可以说,如果城市作为一个体现资本抽象法则的空间,是象征秩序的完美表征的话,那么原乡不仅仅是城市—现代性的对立物,同时也成为一处位于前象征秩序的逃逸之地。在此意义上,覃老大逃回龙船河与田快活躲进洞穴的举动在文本中便有着同构的意义,那是“还乡”之旅,即返回母体之行,返回象征/语言秩序之前,以实现保存自我的可能。如果说原乡是一个阴性的空间,是依赖于“母性”的前俄狄浦斯乐园,那么相对于城市这一对应着象征秩序的现代性空间而言,母亲、女性为喻体的原乡则成了一个处于时间之“前”的古老且沉默的存在,成为城市/现代性无可置疑的“他者”。如此可以说,莲玉与桃子这样的女人,之所以能获得凝视男性/传统的力量,是因为她们在现代性权力矩阵中占据了现代的位置,那么她们的某种权力掌控便很难被视作女性权力,相反却成了隐喻、象征男性特征——理性、秩序与抽象原则——现代性之绝对权威与优势的表征。

依照相同逻辑,原乡中的男性主体在被现代城市的色情凝视捕捉时,便被他者化为通常由女性填充或曰扮演的欲望客体的角色。如果说这样的逻辑并非简单的性别权力关系的体现,那么此处一个结构性裂隙在于,在原乡这个具有阴性特质的空间里,女性实质上处于什么位置,或者说在整个由现代性主导与规约的性别/权力矩阵中，被他者化及女性化的这个原乡中，女性的位置在哪里。在文本中，这样的女人有伍娘、妲儿、秀娘、竹女、巴茶……作者对她们有过深情优美的描述："巴山楚水间的人儿，那些美丽壮健或粗糙苍老的女人，那些浑身汗腥或刚强或狡黠的男人相守相角逐的辛苦的女人，那些心怀梦想却如风而去或顽强如草、代代延续的女人……"[①]此处身为女性的作者的情感流露无疑真诚而动人，但同时又透露出作者外在于乡土的位置及重新诠释乡土的行为所可能带出的"想象与原欲，文字与世界，回忆与'往事'间的罅隙"[②]，以及写实文学叙事形式内蕴之紧张。事实上，通过文本阅读我们可以发现，这些女性形象身上有着过分浓重的寓言色彩，如《最后的土司》中的伍娘与《黑蓼竹》中的竹女。伍娘这个美丽的哑女类似于某种传奇：与其说她过分神秘不如说她过分稔熟，因为这是一个在文本世界里源远流长的"空洞能指"——纯净美好的女儿，为爱情或信仰而献身的少女，神圣祭坛上的圣洁的祭品。伍娘们于此被化约成一种符号或客体，成为一种精神或信仰的化身。或者说，她们身上凝聚或曰背负的过分繁复的隐喻功能，在一定程度上消解或曰溢出了写实的真实与可靠，实质上成为原乡世界中男性英雄们的"补充"，补充着他们道德或情欲的完满与完整。如果说执着于原乡的男性是现代城市的他者，在由现代性所管控的权力及性别秩序与结构中居于"女"位的话，那么那些女性则成为他者的他者，被推向"所谓非结构内的外部……其本体状态摆荡在'自然'与'歇斯底里'之间"[③]。换言之，她们过分的美德与地母般无节制的奉献将其自身他者化为"自然"与"奇观"，一处"原初的激情"[④]投射的场域。

二、马帮与淘金队：边地小镇的现代变迁

虽然叶梅对湘西及土家族的描写极尽深情，但女性意识的无意识流露

---

① 叶梅：《妹娃要过河》，作家出版社 2009 年版，第 287 页。

② 王德威：《想象中国的方法：历史·小说·叙事》，生活·读书·新知三联书店 1998 年版，第 229 页。

③ [美]周蕾著，蔡青松译：《妇女与中国现代性——西方与东方之间的阅读政治》，上海三联书店 2008 年版，第 20 页。

④ "原初的激情"一词是周蕾用于分析中国文人对现代性入侵后所失去的民族本源的渴望，而他们往往将此渴望投射到某个弱势的形象上，如母亲与女性。[美]周蕾著，孙绍谊译：《原初的激情——视觉、性欲、民族志与中国当代电影》，远流出版公司 2001 年版。

让我们发现其原乡叙事中的桃花源毕竟是属于土家男儿的天地，他们才是其间当之无愧的主角与主人，而其中女性的位置则被双重边缘化与他者化了。无论她们多么美丽、聪慧与柔韧，在强悍、雄壮、伟岸的男人身旁，最终不过被化约成了符号性的存在，只占据了“景观”的位置。如果说叶梅对土家文化及传统的热爱与认同，使她一定程度上忽视了传统文化中的负面因素及其可能对女性形成的束缚、规训与管控的话，那么在来自云南楚雄地区的彝族女作家段海珍的文本世界里，那些为传统文化中的负面因素所压抑、迫害的彝族传统女性，则成为文本的主角与中心。在段海珍的笔下，彝族民族的历史与传统总是与“蛊婆”“蛊女”及“洗寨子”等传说、风俗联系在一处，而这些民风习俗、传说神话不过是父权社会对女性身体与自由实施压抑管控的冠冕堂皇的借口。作为一个有着鲜明民族特色的作者，段海珍以她的作品记录着发生在那片神秘土地上的战争、匪患、巫蛊及其他奇风异俗。比之土家族女作家叶梅将对湘西世界“桃源梦境”般的书写，作为抵御现代性及全球化入侵的手段，段海珍则从另一个面向上继承了沈从文的传统。云南边地的奇山异水滋养着无数的传奇与迷信，而其中至为可怖与压抑的，莫过于“蛊婆”与“蛊女”的故事。“现代作家蛊女叙事的大门是由沈从文那篇带有地方志色彩的《湘西·凤凰》(1938)开启的。作为一种独特的叙事传统，巫蛊文学在具体的作品书写中融进了南方民族原始宗教信仰的内容，使人感到陌生而又神秘，因而有它不可抗拒的迷人魅力。”[①]段海珍在她描写“蛊婆”的作品如《鬼蝴蝶》《蛊之惑》中，却以一种独有的含蓄、冷静甚至沉闷的笔调，将那些神秘可怖的“蛊婆”“蛊女”故事还原为一个个遭遇不幸的普通女人的庸常人生，在这个意义上，可以说，段海珍的这一系列作品与沈从文对湘西“蛊婆”的民俗学考察工作有着一脉相承之处。

有研究者指出：“云南的大部分少数民族居住在深山老林，经济、文化、交通等都比较落后，属于‘弱势群体’，女性更是弱势中的弱势。各少数民族的风俗习惯、思想意识有一定的差异，男人对女人的支配却是共同的……这种支配不一定赤裸裸地表现出来，很多时候是通过多种具体的民族风俗、传统观念来体现。”[②]云南少数民族女作家的创作则成为对这些内在于习俗、传统中的男权中心意识的发现、质疑、批判与反思。除了段海珍，从事这项文学实践工作的还有哈尼族的黄雁、拉祜族的杨金焕、纳西族

---

① 朱和双：《南方民族蛊女叙事中的拯救意识与悲剧情结》，《民族文学研究》2009年第4期。

② 袁美华：《云南少数民族女作家笔下的少数民族女性形象》，《滇池》2004年第3期。

的和晓梅等等[①]。而其中段海珍与黄雁的作品对民族传统女性悲剧命运的揭示与渲染极具力度与强度，其间男权文化与势力借助各种习俗、仪式与传统，施之于女性的压迫、管控甚至折磨、虐待简直到了令人发指的地步。与黄雁的《樱花泉》、和晓梅的《深深古井巷》相似，《桃花灿烂》也呈现出一幕惊心动魄的关于女人的悲剧，一个呈现在男性知识分子/艺术家视域中的“水样的女人”被毁的故事，且整场的毁灭是如此的彻底与惨烈，简直令人不忍卒读。如果说作者借《桃花灿烂》与《鬼蝴蝶》《蛊之惑》这样的作品，在实现对父权/男权文化迫害女性罪行的激烈控诉与谴责的同时，亦传达出对民族传统文化的反思与质疑的话，那么在另一篇看上去较为平静、平淡的作品《红妖》中，作者则在持续着对“蛊婆”——民族传统女性命运关注的同时，将对民族传统与现代文明的态度以一种更为繁复、微妙的方式传达出来，从而在传承了沈从文对湘西“蛊婆”的民俗学考察及现实主义的还原工作之外，同时延续着现代文学史上赫赫有名的女作家萧红于女性立场上批判国民性的主题。

在《红妖》中，作者以一则“红妖”的故事彻底地将那些关于“蛊婆”、妖女的传说还原为一个平凡女性的悲剧，让人们看见一个原本将印证“红颜祸水”之神话的女人，一个将带来某种不祥与灾祸的“红妖”，如何被死水一潭的小镇生活磨洗，还原为一个平常的、庸俗的主妇，一个除了“做太太”以外不具备任何谋生能力的女人，一个被难忍的贫穷与寂寞榨干的绝望而疯癫的老妇。

无独有偶，纳西族作家和晓梅的中篇《雪山间的情蛊》也讲述了一个相似的故事，在一个准武侠小说的框架下插入“蛊女”的线索，而母女两代“蛊女”不过是一则古老爱情叙事的复沓，再度上演所谓痴情女子负心汉的故事，而那些神秘莫测的“蛊女”也只不过是一些过分痴情不懂抽身的平凡女人。但除了对民族女性在沉重的传统桎梏之下的不幸遭遇“发声”之外，段海珍无疑还有着其他的、更为宏大的文化诉求。在文本中，叙事者始终渲染强调的一个事实是，秋水对麻湾小镇的威胁，不仅仅是其作为一个富有魅力的女人所唤起的“红颜祸水”的恐惧，更在于她异乡人的身份，她与本地女人稍有差异的生活方式（以泡木瓜醋而非纺麻线为生）与爱好（温和雅致且善于修饰），正是这些看似微不足道的生活细节，使她被确定了“异类”

---

① 云南地区哈尼族黄雁的短篇小说《樱花泉》《胯门》，拉祜族杨金焕的短篇小说《狗闹花》《厥厥草》，纳西族和晓梅的中篇小说《深深古井巷》《女人是“蜜”》《水之城》中，都对本民族传统文化中的负面因素及父权/男权中心主义对民族女性的压迫及造成的女性命运悲剧做出了批判与揭示。

的身份，一旦灾变降临她必然成为替罪羊与众矢之的的不二人选。由此可以说，秋水及其一双儿女是沉滞然而无疑处于变迁中的乡土社会、愚昧的“无主名无意识杀人团”的牺牲品。这不禁令人想起萧红笔下如死水一潭的小城“呼兰河”，其中那“死水式的社会病态文明的因袭”及其间孕育的“无主名无意识杀人团”。但作者的敏锐与清醒之处在于，她在批判乡土世界及本民族传统内部的负面、压抑因素的同时，也并未将外来的、现代文明看作可能的拯救力量。在文本的叙事语境中，酿成秋水悲剧的罪魁或许是封闭的乡土社会中传统、保守势力的强大及其滋生的庸众——“无主名无意识杀人团”的麻木冷漠，但剥夺掉她最后的希望、夺走她儿子与女儿生命的却是“淘金队”——叙事语境中外来世界、现代文明的指称与符码。可以说，在对一个外来的、与众不同的美丽女性的无声且无血的虐杀中，现代文明中可憎的、负面的部分与愚昧的传统势力暗中结成了潜在的共谋。在这一意义上，作者不仅仅延续着《鬼蝴蝶》《桃花灿烂》等作品中对女性命运的思考，将“红颜祸水”还原为一则父权与男权文化制造的关于女人的谎言与神话，还原那些“红妖”“蛊婆”“蛊女”的真相——她们不过是在严苛的父权与男权统治之下辗转挣扎的一群“被侮辱与被损害”的弱者/女人，更是成为一种以女性的立场与声音发出的对传统文化及现代文明的双重质询与反思，在试图还原内在于民族传统之中的历史惰性之源的同时，发现现代文明自身的痼疾与阴暗，从而继承了自萧红处传下的女性写作与历史反思的传统，体现出女性对历史的彻悟与悲悯，并以一种独特的方式延续着批判国民性这一启蒙主题。

正是这样多方位的文化诉求，一定程度上使段海珍的作品成为一种“超载的文本”，尤其是在《红妖》这篇寓意丰富的小说中，其略嫌杂糅、混乱的主题，成为云南边地乡土女性生存处境的复杂与滞重的某种表征，或者说其文本的超载之处，印证了历史与现实的繁复多元与歧义丛生。更为重要的是，作者在讲述秋水情感及命运悲剧的同时，花费大量笔墨描写小镇麻湾那颇具地域及民族特色的风土人情，于是边地小镇麻湾不仅仅成为秋水人生故事展开的背景、舞台或一种空间性的存在，更成为叙事中另一个主人公，犹如《生死场》中的“乡土世界”，代替其间的芸芸众生，成为文本中唯一的、非人且隐秘的主人公。[①] 同样，在《红妖》中，女主人公秋水只不过是一个引子，为的是引出真正的主角——乡土小镇麻湾。并且在作者的笔

---

① 此处的分析借鉴孟悦对萧红作品的分析，见孟悦：《浮出历史地表——现代妇女文学研究》，中国人民大学出版社 2004 年版，第 177—186 页。

下，这个边地小镇并非只是承受作者乡愁的浪漫投射，更多的是成为诸多文化、意识形态力量的辐辏点。其间作者一如既往地考察其笔下的女性人物如何在动乱的岁月及错综的社会经济关系中，成为身不由己的历史及命运的牺牲品。但秋水作为麻湾的不速之客所引起的骚动与混乱，比之文本中其他两位“外来者”——马帮与淘金队，则无疑显得有几分小巫见大巫。或者说作为一个外来者，秋水的到来正处于马帮与淘金队之间的空白处，或者说正是这个异乡的女人为小镇填补了一处“外来者”或曰异己暂时缺失的空白。更为意味深长的是，外来的及现代的经济因素在小镇这个微缩社会场域之中的播散，竟然都是以当地女性的身体作为必要的中介。具体言之，作者虽在文本中花费大量笔墨着力渲染马帮的到来带给小镇的冲击，而事实上受到外来经济直接影响的是由当地主妇主导生产的、静态的麻线经济。但随着马帮的频繁出入，小镇的传统经济并未陷入危机，相反却开始产生某种充满活力与暧昧的骚动，且小镇经济出现改变最为直接且重要的标志，竟然是妓女群体的出现——“小地方一繁华，一有男人落脚的地方，就有苍蝇蚊子一样的女人慕名来到麻湾做皮肉生意，麻湾就开始乌烟瘴气地成了一个名副其实的袖珍小镇”，而在麻湾首先得到开发，或者说首先加入商品化与现代化进程，进入经济循环链条的，竟然是当地主妇的身体及性：

> 小街上的暧昧气氛常常让那些小少妇们显得躁动不安，她们也会想入非非，因此，稍微有些姿色的女人都会被色大胆大的男人诱惑出去卖肉豆腐。那些姿色稍逊的女人们到田边地埂割一些油绿籽实的马草，一篮一篮地摆在村边的石坎上等待售卖。有时她们也会从那些色大胆小的男人那里得到一些小小的好处，比如一块花布、一把梳子、一瓶雪花膏之类的小东西。①

从此麻湾的主妇在纺麻线之外又开始了另一种性质的“生产”，作者让我们看见这一奇异的、发生在乡土社会当中的景观，看到正常、传统的生产活动如何与另一种异化的、属于商品社会的“劳动”在漠然且骚动的小镇中并行不悖、相得益彰地同存共延。或者说在小镇麻湾这个微缩的元社会的舞台之上，作者演绎着女性身体商品化的历史进程及性的政治经济学的本土化实践，让我们看到主妇的身体与劳动如何从“正常”且合法的家庭使用

① 段海珍:《红妖》,《边疆文学》2005 年第 9 期。

中被分离与异化。并且在作者的笔下，极具边地特色的小镇麻湾似乎从来不是依附土地、靠天吃饭的乡土社会，正如文本中从未有过耕耘与收获的场景，因此在这个半封闭的小镇，男性劳动力似乎丧失了应有的作用，而女性的手工劳动——纺麻线几乎构成麻湾本地经济的唯一来源。麻湾生产活动的主力正是那些看似慵懒闲散的主妇，而外来的“物质文明”首先导致麻湾本地主妇经济的变异，此间作者正是以一种极为智慧的方式不动声色地完成了对现代文明的某种深刻疑虑、质询、反讽与解构。在作者/叙事人的视域中，这个中国西南一隅的边城小镇，虽然在封闭自守的心态中绵延着艰辛麻木的生存，但无疑其内在的经济、文化生活“与其说是‘铁屋子’中的囚禁，倒不如说是西来的、已经打开的‘潘多拉盒子’中逃逸的恶灵得以自如出没的空间”[①]。其间传统文化与生存方式的瓦解与“消失”，“与其说造成了一处权力的空缺，不如说这处空白中充塞着原为繁复、丰富的内容物；与其说它是一处未死方生的空白与裂隙，不如说它是历史幽灵与现代魔鬼出没，同乐的空间”[②]。或者说传统、有效的社会体制虽然在外来文明的冲击之下逐渐解体，但其瓦解之后的空白却并未出现相应的现代文明的填充物。于是麻湾的小镇经济体现出一种明显的历史惰性，犹如萧红《呼兰河传》中所揭示的事实。正是群体生命目的的匮乏与盲目，致使外来经济的介入不仅不能激发本地经济及生产活力，相反却证实并加剧了本土生产与生命力的委顿。在《红妖》中，麻湾小镇的历史虽然不乏各种现代或非现代力量的入侵甚或骚扰，但小镇始终犹如一个封闭的世界，处于一种历史的惰性停顿之中，犹如作者及叙事人在篇末充满乡愁的感慨：

> 我听见沙河上传来咣当咣当机器淘金的声音，空气中弥漫着一股冷涩而浓艳的麻叶香味。我想着村人们说过的每一句话语，它们是那么简单，那么随意，以至于随口而出，不再期望有什么效力。[③]

可以说种麻、纺麻线与淘金队的机器，构成了本土经济与外来经济的某种对立与互补，如多年前往来的马帮改变了麻湾本地单一的麻线经济一

---

① 戴锦华：《雾中风景——中国电影文化 1978—1998》，北京大学出版社 2006 年版，第 337 页。

② 同上，第 276 页。

③ 段海珍：《红妖》，《边疆文学》2005 年第 9 期。

样，淘金队的进驻无疑也将对麻湾的本地经济造成冲击与改变。并且叙事人在文本的结尾告诉我们，随着国家禁毒委推行建设无毒社区，麻湾不准再种大麻了，"那年的冬修农田水利工程开始，麻湾被列为冷浸田重点改造区。村里的人说，开年的春天，麻湾就可以种稻谷了。村里的人还说，麻湾应该改叫沙湾了"①。犹如当年江上石桥的修建与马帮的改道，此刻的麻湾将再一次面临外力作用之下的改变，但麻湾之所以成为麻湾只是出自一种历史惰性，一种被动的因应、自守与封闭，可以想象，有朝一日即使麻湾真正变为沙湾，其固有的"内在"结构也不会发生任何实质上的改变。在这里，人们将要面临的仍然是绵延无尽却难有改观的日子；在这里，历史的变迁并不能成就任何个人命运的改善。这个因马帮与淘金队的先后进驻而始终处于流动变化之中的"袖珍小镇"，仍然只是一个非政治、非文化的"非主体"，而造成这一切的并非文明信息的匮乏，相反外来的、更为现代的经济形式，早已成为麻湾的经济生活结构中内在而有力的组成部分，但所谓现代与文明的糟粕足以令封闭的乡土小镇的经济愈加凋敝，并与内在于传统之中的惰性因素共同催生与制造出一种历史性的非主体性存在及"无主名无意识杀人团"。②

作者以"红妖"的悲剧为引子，深刻且成功地揭示出一种社会存在的样态，一种处于历史与时代的变迁进程之中却又不断游离出来的状态，而在这样的环境中，酝酿出类似各种"蛊婆"、巫女及"红妖"的传说或曰女性悲剧便是预料中的事。于是在段海珍的笔下，"文化记忆——过去存在的方式在当下的延续，不是呈现为普鲁斯特式的、唤起过往时光和旧物的时隐时现的温馨时刻，而是描绘成顽固僵死的传统神魔诅咒似的周而复始，在现代政治事件和日常生活中以行尸走肉姿态一再回复"③。看似恒久的宁静，是否仅是其惰性循环的标志，而这种意义上的内在自我磨蚀与消耗，比之外部世界的、线性历史的侵袭，无疑将构成更为危险的力量，而生活于其间的传统女性将更为直接地承受着历史与现实那依然故我的滞重。借助云南边地为种种神秘传说笼罩的"蛊女""蛊婆"故事，作者让我们看到历史的惰性结构如何与外来的现代文明共同编织成摧毁性的力量，构成对这些生活在乡土之中的彝族传统女性、那些被污名化的"蛊婆""妖女"坚壁清野

① 段海珍：《红妖》，《边疆文学》2005年第9期。

② 此处的分析借鉴孟悦对萧红作品的分析，见孟悦：《浮出历史地表——现代妇女文学研究》，中国人民大学出版社2004年版，第177—186页。

③ 王斑：《全球化阴影下的历史与记忆》，南京大学出版社2006年版，第13页。

式的网罗、围困与清剿。

三、“回看”现代/城市的女人：边城/女性的主体建构

通过对两位同样极具民族、地域特色的少数民族女作家作品中对“原乡”世界的不同展示，可以说她们分别触及了原乡情结的不同侧面。如果说叶梅对体现土家族传统文化、充满了“力与美”的土家男性英雄的描摹刻画中渗透着某些理想主义的因子，那么这也是一种应对当下具体社会现实情境的某种策略性选择，因为“她的土家族文化小说对土家人刚烈勇武、多情重义、豁达坦荡等民族性格与文化精神的展示，也正在于通过对一个中国西南山地少数民族地方与民间文化资源的发掘，来寻找救治现代文明之弊的某些有用的资源”[①]。但叶梅在将土家族的龙船河、龙船寨书写为心中的桃花源，将彪悍的、充满原始之美的土家汉子塑造为天神般的英雄之时，却不无痛切地意识到在现代性的权力体系内部，作为“原乡”的土家山寨只能占据边缘的位置，而其间顶天立地的土家族男性英雄，却在来自现代城市化的有力“凝视”中被化约成一个普通的甚至是卑微的“乡下人”。而与这些土家英雄相伴相守的女子们将在现代性的进程中经历些什么，她们的人生会有怎样的改变？无论是固守着本土山寨的传统女性，还是更为勇敢、向往着现代城市生活的年轻一代，都将在现代化、城市化的进程中沦为更为边缘的存在，于是，土家山寨不再只是一处桃源梦境般的存在，一处完整、纯净的“原初”世界，而是已经面对着无可挽回的丧失与不可测度的危机。在段海珍的文本世界中，传统的乡土世界、边地小镇，总是混乱、封闭的空间性存在，其间民族传统中的负面因素、男权中心文化与外来文明之中的糟粕相媾和，共同构成对传统女性的铁壁合围，并使乡土世界日渐凋敝、破败。不同于对乡土、传统怀抱纯真热切的赤子之心的叶梅，对于段海珍这样充满女性的悲悯与沉痛，又清醒到近乎悲观的作者来说，无论是现代还是传统，似乎都不能给那些在乡土世界中默默挣扎的民族传统女性带来任何拯救的可能与希冀。那么，对于乡土世界中的民族传统女性而言，该如何在现代与传统的罅隙间为自己赢得书写主体性的空间，为自己争取到“发声”与反抗的机会与可能？需要的也许不仅仅是对传统与现代这两套价值体系中存在的男性中心主义的清醒的洞察与体认，更重要的是以一

① 吴道毅：《寻索土家族文化的秘密——论叶梅的土家族文化小说》，《民族文学》2003 年第 5 期。

种对现代与传统之间超越二元对立的想象方式，探寻与思考如何在现代性的冲击中重建全新的女性及民族主体性的可能。在这个意义上，叶梅的《五月飞蛾》及另一位土家族女作家田平的《我的冬儿》以她们的文本世界为这一思考提供了开启想象的路径。

如果说叶梅作为湘西世界、土家文化的歌者，一定程度上继承了沈从文以文字构造湘西世界、原乡神话的文学传统的话，那么沈从文对待原乡与现代无疑有着明晰的价值判断。他对原乡桃源梦境般的书写，对现代城市入木三分的批判，以及对现代给原乡的侵蚀荼毒的痛切忧虑，都在表明一个立场：在现代/原乡二元对立中，沈从文认同的始终是后者，那是他念兹在兹、不忍或忘的精神家园。正是他对原乡与现代之间所持有的二元对立思维及道德、伦理判断，使他在面对“湘西”于现代化进程中无可挽回地“堕落”时备感忧虑与痛切。而叶梅与沈从文的差异似乎正在于其以自身的女性立场与经验放弃了对原乡/现代这样二元对立的思维模式与想象方式，因此反倒使她的“龙船河与龙船寨”成为一处更具活力与希望的空间，有着在蜕变中再生的能力与潜质，而这样的乐观与希冀则更多地由她笔下的女性人物——那些青春的属于新时代的“妹娃”体现出来。或者说正是作者的女性意识与女性立场，使她走出“原乡”失落或曰“陷落”的感伤与焦虑，走出现代/传统这样黑白两立的二元对立，而开始以更为积极的态度重新思考民族传统文化在全球化语境中的定位，因为困境同时也是一种机遇与挑战，撞击后复苏与更生的将会是更具生命力的传统与文化。于是在《花树花树》《五月飞蛾》《乡姑李玉霞的婚事》中，作者开始放弃原乡想象，让她笔下的女性汇入纷繁杂沓却无比真实的人世纠葛。

《花树花树》被评论界公认为是一篇女性意识鲜明的作品，故事描写一对乡村姊妹花的情感遭遇。两位女性主人公昭女与瑛女从母辈“太”那里继承了美丽与刚烈，同时也延续了女性的悲剧宿命。作为经历过酷烈时代的女人，“太”有过至为惨烈恐怖的遭遇：那是来自历史与男性的侵害与掠夺，是残酷的身体暴力。其年轻美丽的女性躯体曾成为两个利益群体对峙、仇杀的献祭，同时也是男性特权滥施的“领地”。但令“太”原本已是不堪的人生晚景倍添凄凉的是，她的两个孙女与她有着类似的苦难——遭遇着来自男性欲望的觊觎甚至直接、无耻的性掠夺与性剥削。祖孙三代女性，循环上演着男权的历史和社会为她们预设的“宿命”——一处历史文化的“鬼打墙”。无论是革命或后革命的社会情境，似乎都未能给她们带来真正的精神救赎与自由的希冀。但作者仍然留给读者一个希望的尾声，昭女离开了残忍地夺走了自己妹妹生命的乡村，她极为清醒和自信的表白使读者完全有理由相信,她的前途会是清朗的。但是我们却疑惑这并非文本意义阐释的终结,因为昭女的出走如果是出于对这片愚昧、麻木、不仁的乡土的认识和拒绝,那么选择出走与进城便是别无选择。然而昭女选择的现代城市,对女性而言,是形式不同的一类男权属地。因为瑛女的悲剧与其说源自乡土的愚昧,不如说是乡土的畸形和再沦丧。正是现代商品大潮的席卷,人们对金钱/商品的拜物教式的狂恋,使瑛女们的种种悲剧成为可能。在商品及资本的权力逻辑中,对女性,尤其是至为边缘弱势的乡村女性而言,身体可能已成为可以加入资源与权力再分配过程的“资本”。在这个意义上,可以说,瑛女的堕落不是因为她做“错”,相反是因为她做“对”了,她凭借女性的直觉从贺幺叔的禽兽之行中意识到,作为一个想要改变自己生存境况但又绝无任何权势背景的少女,身体是她唯一和全部的“资本”,可以“流通”与“兑换”的资本。她的“堕落”正是源自她的“清醒”,她对性别秩序与“商业”游戏规则的领悟与参透。她的失败在于她虽窥破了游戏规则,却过分依赖这一规则的有效与可靠,她败于自己的天真和对手的老道——一个惯于寡廉鲜耻、背信弃义的奸商。

如果说《花树花树》中倔强的昭女在某种意义上类似于当年的娜拉,以有悖时代道德戒律的行为,留给读者力量、疑问、悬念与牵挂,那么《五月飞蛾》中的二妹则将女性的抗争做了进一步的演绎与尝试。这是一个漂亮、要强、自尊自信的乡村女孩,作者放弃了那种对原乡女人的“原初”式迷恋,进行充分写实,既没有回避这个乡村女孩身上偶然流露的软弱与欲念,更企图构造一个真正意义上的女性主体,即女性主体的表述与观看:观看城市中可欲的物质与异性,观看自己诸多或无邪或“非法”的欲望,观看他者视域中自己的被看与被欲求。面对城市自由文明表象掩盖下的未必森严但依然井然分明的权力阶序,二妹体察到自己双重边缘(性别与地域)的绝对弱势处境及潜伏在身边的诱惑与陷阱。面对来自城市、现代性的强大可怕又充满魅惑的异己性凝视,处于绝对劣势的二妹却拒绝放弃或交出自己的主体性,拒绝成为现代性、城市的欲望客体,拒绝以自己的身体作为资本加入那个古老又现代的性别/权力游戏,拒绝现代城市与商品经济的潜规则。她转而认同甚至坚守自己的边缘身份:帮助曾经堕落的姐妹在亲情中寻找救赎。她不肯放弃在城市中寻找自己位置的努力,更没有放弃那一份背负命运的坦荡与自强自救的执拗。

可以说,续接着《花树花树》中关于乡土女性与现代性的思考,《五月飞蛾》体现出更为鲜明高蹈的女性意识。这是一个呈现在女性视界中的关于现代/城市的叙事,是一份来自女性经验的对现代性真诚的质询与反思。

现代都市作为迥异于传统/乡土的一处空间或许能为女性提供某种别样生存与反抗的可能，但无疑，“商品社会不仅愈加赤裸地暴露了其男权社会的本质，而且其价值观念体系的重建，必然再次以女人作为其必要的代价与牺牲”[①]。作者的女性意识与经验使她拒绝简化历史与现实困境的繁复与多重性，而让笔下的主人公直面女性希冀的效用与疆界、意义与限定。她们的命运与精神，在城与乡、男与女的矛盾对立、对抗与对话中，寻求自救与成长，关键不在于“涅槃”的途径，而在于如何重新书写与界定价值与意义的“自我”。

作为一部具有鲜明女性意识及现代精神的作品，《五月飞蛾》的价值正在于“显示了对当前城市化生活潮流的挑战，并在对乡村（土家）文化与城市文化的比照中展示出坚定的文化守望姿态”[②]。而《五月飞蛾》与《乡姑李玉霞的婚事》中，面对来自强势的“城市”的异己性凝视，自强自立、不放弃自我女性主体性的那些乡村女孩，在其他少数民族女作家的文本中也有她们坚定、要强的身影。那是拉祜族女作家杨金焕《厥厥草》中顶着巨大的舆论压力，为贫穷的寨子办砖厂、修学校的拉祜族新女性娜实，是董秀英《马桑部落的三代女人》中热衷于书本与县城，憧憬着有一天用自己的知识改变佤族落后面貌的妮拉。其间土家族女作家田平的《我的冬儿》则以一个知识女性的视角，为我们提供了一个真实的底层女性——小保姆的文学形象，这是一个不可被化约与简化的乡土女性的形象，这一现代/城市中绝对弱势的他者，却在文本中获得了主体表达的空间。田平笔下呈现在一个现代都市知识女性视域中的冬儿，是一个身世堪怜的孤女，饱尝人间冷暖的乡下女孩，同时也是一个倔强、敏感、执拗的个体，有着一份背负命运的坦荡与自尊。在文本中冬儿是一个拒绝示弱的“弱者”，一个不肯屈服于凝视的他者的倔强而自足的主体。这些敢于“走出去”的女性，在现代城市的压抑、规训力量的“凝视”之下坚持自我/女性的主体性，正体现出现代性及全球化进程中少数民族传统文化的出路与希冀。正如学者吴义勤的洞见：“叶梅为民族文化的表现、对现代性的批判和反思提供了另一种方式：温柔的反抗，这种反抗又主要通过极力展示民族文化本身的美感而得以实现。”[③]这些作为“民族文化本身的美感”的直接化身的乡土女性，这些来自

---

① 戴锦华：《涉渡之舟——新时期中国女性写作与女性文化》，陕西人民教育出版社2002年版，第528页。

②③ 吴道毅：《寻索土家族文化的秘密——论叶梅的土家族文化小说》，《民族文学》2003年第5期。

乡土世界的美丽、勇敢、智慧的女儿,无疑将会给乡土及传统的世界带来全新的希望与可能,同时体现着作家民族性追求与开放性文化身份建构的出色想象。

有批评者在评价新时期那些秉持“新启蒙”精神,加入批判民族传统文化中落后因素的少数民族女作家时指出:“新时期崛起的少数民族女性作家,更是站在边缘立场,……以鲜明女性意识反省和思考民族传统中的非人道因素,发出了启蒙最强音,如佤族女作家董秀英的《马桑部落的三代女人》、白族女作家景宜的《谁有美丽的红指甲》……壮族女作家岑献青的《逝月》、纳西族女作家和晓梅的《女人是“蜜”》……上述文本以种种隐喻或象征性书写从不同侧面、不同角度以新时期启蒙精神批判了传统文化中的落后或消极成分。正是有了批判性启蒙意识在场,催生出一批足以与汉族作家比肩而立的民族作家群。”[①]虽然说这些优秀的女作家对民族传统的批判力度的确源自她们的女性经验与立场,但与其说她们的文本实践是对这一批判话语与边缘视角的自觉选取,是一种对彼时处于主流的权威价值观即“新启蒙”意识的分享,不如说更多源自女性意识的不自觉流露与无意识显影。这些少数民族女作家的可贵之处,正在于女性及边缘立场所赋予的洞察力与批判性,她们对传统与现代这两套话语的敏锐洞察使其文本摆脱了二元对立的简单价值判断,她们文本内部多重语码之间的冲突与矛盾,在构成文本内在意义的多义与丰富的同时,印证着现代性及全球化进程中历史与现实的繁复多元与歧义丛生。

---

① 李长中:《当代民族文学启蒙叙事的现代性迷思——从新时期到新世纪的一个考察》,《北方族大学学报(哲学社会科学版)》2011 年第 2 期。

第三章 全球化语境中的“寻根”思潮：性别与族别主体的双重建构

自20世纪90年代以来，随着中国全面介入全球化进程，即使是边远的少数民族地区也逐渐被卷入这一势不可挡的世界潮流。少数民族文学中出现的本土意识已成为很多研究者关注的问题：“如何看待少数民族文学中的本土意识？在众多的少数民族作家和文化研究者看来，本土意识是衡量少数民族文学作品及文化现象的重要标志。少数民族文学中的本土意识是本民族由于生活地域的独特性和差异性而长期形成的。对许多人来说，本土意识不仅表明了自己民族强大的文化根系，表明了一种既亲切又熟悉的自然环境，同时，作为一个少数民族文化圈的标志，本土意识这个概念可以抵御种种其他文化的冲击，维护本民族文化的纯正传统，它是选择与判断一个少数民族文学是否具备民族性特征的坚硬尺度。”[①]在一个日益全球化的空间里，本土性问题被生产出来并被逐渐提上日程，而当这些少数民族女作家将她们所生活的本土城市及生活在其间的都市人作为书写对象之时，其文本会呈现出怎样的生态，她们基于性别视角与民族/本土立场做出的对全球化问题的思索将给我们带来怎样的启示？

第一节 拉萨—上海—澳洲：藏族女性的本土经验与跨国想象

有幸生长在圣地拉萨的白玛娜珍是一个女性意识与民族意识都十分鲜明的作家，在她的长篇小说《拉萨红尘》及《复活的度母》中，作者以一种“西藏的女儿”的责任感，写出现代文明对拉萨的冲击与渗透，以及本土民

① 欧阳可惺：《谈少数民族文学中的本土意识》，《新疆大学学报（社会科学版）》2000年第1期。

族文化在与全球化直接相撞之时所产生的震惊与焦虑。《拉萨红尘》以一对生活在圣地拉萨的“姊妹花”雅玛与朗萨不同的人生道路、命运轨迹描述拉萨的社会变迁史。在《拉萨红尘》中,最重要的角色与其说是雅玛和朗萨,还不如说是“拉萨”,或者说雅玛和朗萨不过是拉萨的二重身。雅玛热衷于凡尘俗世,耽溺于人间情爱,不愿也不能自拔,而朗萨在少女时代便幡然悔悟、厌倦红尘,追随虔诚的修行者莞尔玛,明心见性、修身礼佛。可以说,在文本中她们分别代表着拉萨世俗与神圣的一面,而由她们所表征的相互矛盾的道德、伦理准则在文本中交错出现,则指涉着拉萨的过去、当下及可能的未来。

小说的叙事者是洁净、虔诚的朗萨,但文本的重心却落实于雅玛俗世的人事纠纷与情感纠葛,并且不同于一意修行、守乡恋土的朗萨,玛雅的人生不乏交际旅行,从拉萨到成都再到上海,雅玛曾追随诸多恋人在一个个重要的本土城市之间穿行,而她的社会—性关系则成为牵连这些分别代表不同地域文化的城市空间的纽带,从而在文本中形成一种欲望地形学,其间价值与欲望的种种缠绕扭曲,带出全球化进程中全球性与本土性、民族性之间的纠结、对抗与协商。

在文本中,除了同族丈夫泽旦,雅玛一生最重要的两个情人是来自汉地的迪与徐楠。围绕着这三个性格、背景迥异的男性,文本建构了约束着的女主人公的社会—性关系网,而追随着这三个男人在拉萨—成都—上海之间穿行的雅玛,构成了一种跨地域空间的流动与旅行,带出全球化空间与本土化空间之间的遭遇及产生的震惊体验。在文本中,通过雅玛追随徐楠的上海之行,白玛娜珍一定程度上颠覆了自20世纪末始便通过电影、畅销书等媒介手段不断复制、再生产的关于上海的怀旧想象及国际化狂想。以一个来自藏地的他者那迥异、好奇与不安的目光将上海还原为一个在过度全球化的过程中丧失了几乎所有历史与记忆、支离破碎的空间,而徐楠在亭子间的窘迫生存也无疑标识着一个急速现代化、与国际资本接轨的国家及地区中那触目惊心的不平衡发展及底层人捉襟见肘的困境。透过这个“西藏的女儿”的眼睛,或者说通过来自圣城拉萨的“凝视”,已然国际化的大都市上海发现了自己充满末世感的荒凉恐怖的倒影。但并未内在于作者或雅玛的思考却无疑构成她们无意识恐惧的一个事实却是,对于同样被裹挟到全球化进程当中的拉萨(此处还可以加上朝鲜族作家许莲顺笔下的延吉与延边)而言,高度全球化的上海是否会成为它的将来?可以说,由雅玛作为媒介而传递的圣地拉萨与上海的“对视”及对话,开启了跨地域文化交流的可能。雅玛在上海的震惊体验,正是一种本土及民族经验在遭遇某种更为深入全面的全球化时刻的猝不及防。与作为全球本土性城市的上海表征的高度现代性或曰后现代性相比，拉萨无疑是一个更多地保留了传统宗教、文化及民俗的本土民族空间，因此在上海感到无所适从的雅玛确定而自信地相信拉萨才是仅存的净土，并由此充满了一种立足于藏民族传统文化的骄傲感。她确信只要回到拉萨，就能回到身体与灵魂的家园，在上海这个压抑的后工业都市中所产生的所有阴郁、不安及受虐恐惧都会在拉萨明净的天空下、在煨桑温暖神圣的氛围中烟消云散。然而，现实中的拉萨真的仍是存在于她想象中的那片毫无瑕疵的净土吗？当远离了上海这个参照系或曰他者之时，雅玛发现此时的拉萨已非彼时的圣地，某种不堪入目然而无法回避的真实却是“河的两岸再没有了流动的泥沙、卵石。铺了马赛克的路上，幽会的男女心怀叵测，在暗处的水泥凳上学着白天看到的狗交欢时的姿势！假若不再有转经的信徒经过，煨桑的轻烟漂移，谁还能相信这儿就是圣地拉萨！”[①]将上海视为堕落之城的西藏女儿批判起念兹在兹的拉萨之时竟也是毫不留情，但正是这份爱之深、恨之切的情感投入才更使她明确了与拉萨互为主体、互为文本、爱恨交织的依托关系。可以说，白玛娜珍对被全球化侵入的古城拉萨的描写犹如朝鲜族作家许莲顺笔下的延吉，其间居住了几代人的老屋上架起了国际空港，取代了金达莱的幽香的是四处弥漫着的物欲气息，在那里，黑市商人们眼中“闪着一色的绿荧荧的光，如梦中的白蛇吐着蛇信子时的目光”[②]。在这个意义上，我们或可理解雅玛甫一进入上海便不间断产生某种非理性或曰神经质的恐惧感及焦虑感的原因了，那是对拉萨命运的担忧，对已陷入全球化过程中的圣地拉萨的未来的忧虑，即对拉萨将会变成另一个上海——一个凶险凌乱、丧失记忆与传统的欲望及堕落之都——的忧虑。

如果说作者借助雅玛的上海之行，传达出一种本土民族文化在与全球化直接相撞之时产生的震惊与焦虑，从而表达了一种深层的、无意识的集体恐惧，即在跨国资本主义时代里古老的藏民族文化与传统将面临消失危机的话，那么透过始终未离开过拉萨、与雅玛相比更为传统与本土化的朗萨纯净的双眼，作者则让我们看到这样的威胁早已落实为部分的现实。拉萨街头那令人触目惊心的混乱、肮脏与混杂，四处弥散的物欲及金钱的气息，令虔诚的朗萨备感度日如年，以至于要与莞尔玛躲到山间才能寻到一点修行所需的清净与纯洁。然而现代性及全球化的脚步不会止歇，犹如一

---

① 白玛娜珍：《拉萨红尘》，西藏人民出版社 2002 年版，第 127 页。
② 许莲顺著，金莲兰译：《都市伤痕》，《民族文学》1996 年第 12 期。

台自动运转的庞大机器终将吞没一切可以吞没的，那么她们暂时的那点清净又能保持多久呢？如果说在这样一个全球化占据压倒性优势的时代，“全球化进程在生产出本土性空间的同时，也生产出一种等级上的秩序”①，那么按照各自全球化的程度，相应的权力位阶的排序应该是上海、拉萨、拉萨周边牧区及川蜀农村，即相较之国际性大都市上海，拉萨无疑属于尚欠“发达”的本土区域，仍然有着保存自己民族传统生活方式的可能，然而与周边经济落后的牧区及农村相比，拉萨无疑已经成为一个时尚且充溢、流动着各种全球化因素及符码的“欲望都市”。那么从这个意义上来说，拉萨与上海对于对方而言是否仅仅只是表征绝对差异性的他者空间，或者说作为被不同程度地卷入全球化过程中的本土城市，它们之间是否存在某些互动与共振的可能与关联？是否存在某些或可共享的历史记忆与经验，从而能够为共同抗衡全球化与同质性打开某种可能的路径与空间？但这一切并没有被写作者纳入思考或曰反思的范畴，而是仍然让女主人公陷入一种非此即彼的二元选择之中，执着于一种对未受过他者文化及外来文明“污染”的、纯净无瑕的民族原初的寻觅与想象，如此当求之不得时产生巨大幻灭与绝望之感便也在情理之中了。于是朗萨只能选择避世远遁的方式寻求暂时的清净与解脱，而雅玛则陷入日益混乱的情欲陷阱中不能自拔，她与丈夫泽旦似乎想要依靠纵欲与各种婚外性行为来为自己在末日般的氛围中建造一个力比多乌托邦，在意义沦丧、传统崩解的全球化进程中为个人寻求一点救赎与补偿的可能。但精神、信仰的价值能够在肉体狂欢中被召回吗？等待他们的仍将是无尽的虚空与难以填补的匮乏。如果说雅玛与朗萨或者说写作者自身的错误在于“对稳固而不变的本土价值体系的美化，其实同样忽视了真实的、发展中的历史，并且也不能回应巨大的社会变动。如此本质化的本土文化传统，不仅忽视了本土已经在全球化过程中被重构的事实，而且并没有真正形成批判资本主义全球化的力量”②，那么其他藏族作家的文本是否可以为我们思索全球化时代民族生存空间的保存与拓展提供一种不同的视域与想象呢？

如果说在《拉萨红尘》中，本土性与全球性之间的对立是通过拉萨与上海这两个城市之间的差异体现出来的，其间本土国际化大都市上海成为表征全球性的空间，对地方性及民族性空间构成某种压抑性及威胁性存在的

---

① 徐勇：《移民电影与香港的身份表达及其困境》，《电影艺术》2010 年第 4 期。

② ［美］刘剑梅著，郭冰茹译：《革命与情爱——二十世纪中国小说史中的女性身体与主题重述》，上海三联书店 2009 年版，第 249 页。

话，那么在另一部藏族女作家的作品中，全球化却以更为赤裸、直接的面目呈现，其间藏族女性主人公与澳籍华人的跨国浪漫史，成为资本与欲望跨国流动的象征，其间爱情、欲望与跨国资本及权力相互纠缠、互渗与交易，带出全球资本或曰资本全球化对第三世界的剥削问题。

《狼毒》是藏族女作家丹增曲珍写于新世纪的一部长篇小说，故事讲述了藏族女导游追安与澳籍华人吴星辰之间的一段跨国婚外情。已入不惑之年的吴星辰被清新脱俗、对生活充满向往与激情的追安吸引，归国后以帮助追安调动工作为由，以越洋电话的形式对追安发起猛烈的情感攻势。寂寞孤独、渴望激情的追安当然抵御不了吴星辰的狂热追求，一时难以自持而与其双双坠入情网，越洋电话、国际航班、各类星级宾馆……二人的跨国恋可谓耗资不菲。但日久见人心，随着二人关系的深入，吴星辰的刻薄寡恩、犬儒狡狯、自私无情逐渐暴露无遗，他利用追安对爱情的执着，对她进行无节制的剥削，不仅仅是对她女性的身体和性，更是对她那似乎用之不竭的智慧与激情。他让追安辞去安稳且有着良好发展前途的公职，帮助自己的公司开拓中国市场。过分自尊痴情的追安为了避开“二奶”这个侮辱性的名分而欲证明自己作为独立职业女性的能力与抱负，面对吴交给她的种种“不可能的任务”，可谓使出浑身解数。但无奈巧妇难为无米之炊，精明悭吝的吴星辰一不出钱、二不出力，只是躲在澳洲的豪宅里颐指气使、发号施令，既乏资金又无人脉的追安举步维艰、事倍功半，最终精疲力竭、家财散尽，沦落到带着儿子住进贫民窟的地步。

在文本中，可以说，二人之间的关系一定程度上成了跨国资本对本土资源觊觎、剥削的象征，吴星辰与追安的情感纠葛实际上带出了资本与性欲的双重跨国流动的问题。作为澳籍华人、跨国公司代理，吴星辰对追安的企图并不仅仅是情感及生理上的需求，更多的是将其作为开发中国尤其是藏区市场的前锋。对于在商言商的吴星辰而言，追安作为一个女人或情妇所带来的情欲满足远不如她作为一个合格的业务代理将产出的经济效益对他更具实在的价值。并且在文本中二人一面流连各色高档娱乐场所，偷情幽会、声色犬马，一面又在实地考察的名义下进入边远牧区。通过他们的旅程，城市中的纸醉金迷、人群及文化的混杂，牧区的贫困及落后，构成一幅全球化时代本土城市的浮世绘。从上流社会人士出入的高档酒店、酒吧与餐厅，到藏区底层人民困窘艰难的生存，作者描绘出处于急剧变化中的藏区本土城市那强烈的同时性与多样性的混杂，并且拓展了城市观，使之包含下层阶级的生存空间。正是这些贫困的地方成为跨国资本最先觊觎的对象，因为可以为它们提供廉价劳动力——女工与童工——及丰富且同样廉价的原料场地。借助这样的描写，作者对全球资本的掠夺性保持着必要的批判立场，同时“标志着这一新世界的，是同时性与多样性的混乱，是相互竞争的意识形态和生活方式，是跨越了全球性与本土性之间所有空间范畴的不断移动，是互有交叠的界限和不断变化的关系，也是现存体系中的裂痕与罅隙，它们预示着新的自由与新的机会”[①]。

时尚、现代的追安与白玛娜珍笔下那些“拉萨的女儿”相似，家庭、婚姻与民族传统文化对于她们而言，已基本不能构成明显的约束。她们拥有空前的自由与强烈的女性主体意识，可以自由地处置自己的身体及性，随着来自不同地域甚至国度的他者展开跨地域甚至跨国的游历。可以说，无论是白玛娜珍的雅玛，还是丹增曲珍的追安，这两个“西藏的女儿”的身体都被表现为一块流动的、高度欲望化的场所，在跨国意象中的文化经济中试图重新协商一种民族女性空间与主体性。但对于追安而言，其作为一个遭遇跨国资本的藏民族本土女性，所表现出的主体性更为强烈。她与吴星辰在社会身份上无疑相差悬殊，吴星辰借助自己的资本及性别优势对追安予取予求，极尽索取剥削之能事，一定程度上成为全球资本与本土资源之间不平等关系的某种隐喻，可以使人充分意识到全球关系中实际上存在的不均匀、不对称和不平等。并且吴星辰觊觎的目标绝非仅仅是追安的女性身体、爱情甚至于才华、能力，而是投资或曰掠夺的机会，是藏区玉湖地带丰富的腐殖土即“山机土”资源，对追安这样的本土女性的征服实际上是其对攫取藏区丰富资源的野心的某种影射，从而成为资本在全球寻找廉价劳动力、商品市场及能源的暗示与表征。作为本土女性，在面对跨国资本及男性的绝对强势时，追安的遭遇自然是预料之中，但其受挫的女性欲望却在无意间与全球化过程中被边缘化的本土城市寻得了结合点。[②]

但值得注意的是，虽然作为一个立足于本土的藏族女性，追安在与吴星辰的跨国恋爱中无疑是受害者，忍受着诸多来自男性及跨国资本的无耻掠夺与剥削，但她并不是一个纯然被动的、传统意义上的受虐、被侮辱与被损害的女人/弱者。在文本中，无论是面对爱情还是事业，她始终是一个行动及实践的主体，即使这样的行动也许并未越出跨国资本及男性欲望的规划与谋算，但毕竟我们从始至终都看见这个坚强能干的女人在水滴石穿地

① ［美］张英进著，胡静译：《影像中国——当代中国电影的批评重构及跨国想象》，上海三联书店 2008 年版，第 341 页。

② 此处的分析借鉴张英进在《跨国想象中的全球/本土城市——在中国城市电影中构画消失与重写》中对中国城市电影中对“重写”策略的评述，参见［美］张英进著，胡静译：《影像中国——当代中国电影的批评重构及跨国想象》，上海三联书店 2008 年版，第 290—363 页。

开凿现实的“厚障壁”，穷尽各种可能地尝试开拓自己的智慧、耐力及欲望。如果说她是一个掉进跨国资本及男性欲望陷阱的失败者，那么她无疑是一个虽败犹荣的失败者。并且，虽然在文本中追安那充满激情与挫败感的自述使她以一个纯粹情感受害者的姿态呈现自我，但读者也许不难发现她那潜藏的、私密的小小野心，她对吴星辰强烈的爱意其实并不能与吴的显赫身份区分开来，正如从始至终她都对吴在海外的奢侈生活表现出强烈的好奇与难以掩饰的欲望。追安作为一个复杂的本土女性形象，正在于其并非单纯地以牺牲品与受害者的面目示人，而在一定程度上已成为跨国资本与男性权力的共谋者与获益人，正如吴星辰当初借以亲近或曰引诱她的钓饵是要帮助她在大城市找到一份好工作的承诺。追安虽未从这段跨国恋中获得实际的好处与实惠，但吴星辰的实力与身份毕竟带给她不可替代的满足感，并为她的自我提升带来了充分的人脉资源及象征资本。甚至在吴星辰彻底抛弃她之后，她在怨憎自怜的情感涌流中仍然能够清醒地意识到自己能够离开不适宜发展的小城日月城而在大城市春城打拼出一席之地，这也不能不说是吴星辰的功劳。如果说雅玛的欲望以一种从本土到全球的轨迹穿越多重空间，却最终仍然被悬置并回归起点的话，那么追安则在由本土到全球的空间位移之中再度获取了定位自身的坐标系。可以说，比之白玛娜珍笔下那些在全球化进程中执着于本民族“原初”而陷于绝望与焦虑之中的女性主体，丹增曲珍塑造的藏族都市女性追安则表达了对全球化进程中某些积极正面因素的发现与争取。如梅卓《魔咒》中的达娃卓玛，典型的康巴男人康嘎对她而言，所代表的与其说是一个本土男性与爱情，不如说是启动她无止境的消费欲望的契机与触媒。正如他身体力行的“疯狂地挣钱，疯狂地花钱”这一及时行乐的法则，虽然体现了康巴人的某些传统特质，但无疑更是当下时尚的都市消费观的造就。可以说，康嘎启动了达娃卓玛身体内部暗藏的“魔咒”，开启了“潘多拉的盒子”，释放出曾被压抑的欲望，使达娃卓玛从一种安宁、平静、延续传统的生活轨道中被抛入大都市光怪陆离、被消费主义建构的欲望陷阱之中。但正如要强、不服输的追安，达娃卓玛在全球资本的围剿之下开始尝试“突围”，最终依靠自己的能力与坚韧，打破了康嘎所代表的男性及消费社会施之于她的“魔咒”，在欲望丛生的都市中重新发现并找到了自我，重建了自己的女性主体性，将消费欲望转化成对事业的投入，最终脱胎换骨成为一个“新人”，既能在欲望丛生的都市丛林中寻得一席之地，又不放弃自己的女性主体性。对于追安与达娃卓玛这样的现代都市女性而言，她们虽然立足于本土城市，但在面对全球性所带来的诱惑与挫败之时，却能够反败为胜，在挫折中努力实现自身的规划，为自己寻找到新的定位。面对全球化带来的危机与困境，她们没有消极逃遁或产生避世心理，而是试图重新想象、重新建构、重新书写新的身份。她们代表着全球化进程中本土民族传统的某种希望，因为作为藏区本土城市中的个体，她们“能够接受和适应其生活中的改变，并且将改变视为可能而非灾难的个体”，“能够接受和影响变化，而不是以一种末日的眼光去看待它们，因此这些变化可以有利于他们”。[①]

第二节　失去记忆的丽江：纳西民族/女性主体的欲望书写

生活在丽江古城的和晓梅是个以才气取胜的女作家，她的作品虽不多，但篇篇精致、出手不凡。从以《深深古井巷》震惊文坛始，这个纳西族女作家便一直在营构着那些极具地域特色的优美篇章。目前有评论者认为和晓梅的不足之处在于其过分单纯的生活经历一定程度上限制了她的视野[②]，但女作家叶梅却独具慧眼地指出：“和晓梅的小说以引人注目的民族特性和女性话语，在全球工业化时代里，追寻着爱和生命的快乐，力图抵达人类自由、社会自主和经济平等的美好境界。”[③]也就是说，和晓梅那些看似不食人间烟火的篇章其实始终与现实社会中的政治、经济状况暗通款曲。那是曾被行走于大西南各地的马帮挑起轻微欲望与骚动的丽江古城，在遭遇现代性与全球化进程之时所产生的“震惊体验”，是“改土归流”后土司家族的衰落与崩解，“是情死”风俗之下的纳西族女性命运。这些都被和晓梅以女性细腻婉转的笔致与飞扬缠绵的想象力写进她的文本世界。可以说，把民族文化习俗与关注女性命运的现代意识结合在一处，把地域特色同人文关爱融为一体，是她与霍达作为少数民族女作家所体现出的共同特征。

---

① ［美］科斯蒂·徐：《主体性文化与历史》，［美］张英进著，胡静译：《影像中国——当代中国电影的批评重构及跨国想象》，上海三联书店 2008 年版，第 307—308 页。

② 沙蠡曾委婉批评作家阅历过浅、生活积累不够（沙蠡：《想象力如何起飞——关于纳西族女作家和晓梅的中篇小说》，《民族文学》2006 年第 1 期）；黄玲也在其论文中指出与纳西族第一代女作家赵银棠相比，“和晓梅的经历显得顺畅，也比较单薄”（黄玲：《玉龙雪山的精灵——两代纳西族女作家的文学之旅》，《边疆文学》2007 年第 8 期）。有趣的是，大多数关于和晓梅的评论都对其丰富的想象力颇多赞美，似乎这是和最为出色的优长之处，但为这样的嘉许所掩盖的潜台词是：作为一个生活经历单薄的作者，想象力将成为一种有效但也毕竟有限的“弥补”，而支撑这样的价值判断的其实是颇为传统的关于虚/实这组暗含褒贬的二元对立模式。

③ 叶梅：《寻找爱和生命快乐的民族女性话语》，《民族文学研究》2008 年第 2 期。

一、叛逆女性的背后:土司制度的挽歌

作为一个女性意识鲜明的作家,和晓梅善写女人,她为数不多的几部中篇都是以女性视角讲述的女性故事。作者喜欢以第一人称叙事,但显然讲述的并非是“自己”的故事,而多以家族中的女性长者作为主人公或至少是推动叙事发展的关键人物。“奶奶”(《有牌出错》)、“母亲”(《水之城》)、“姑妈”(《水之城》)、“五姨”(《情人跳》),这些不同凡响的女人构成了一个家族女性的亲属链。在此,我们不妨将和晓梅的作品序列读作一部关于女性的家族史,而各篇之间的互文关系或许可以由此得以显影与呈现。这些女性虽然身份有异、境遇各殊,但几乎都有着共同的身份——土司小姐或曰纳西族的传统贵族女性,通过对这些叛逆的贵族女性人生及情感经历的描写,身为女性的作者既勘探与追溯了那些被正史压抑、放逐的女性的历史记忆、经验与关联,也透视了“改土归流”之后土司家族的命运及由此带出的变迁中纳西民族的历史/现实。

作为家族女性中最权威的长者,“奶奶”的故事当然是最为精彩的。《有牌出错》中的“奶奶”,一个美丽智慧、赌技超群的奇女子,却为了一个“著名的二流子”背弃了自己堪称显赫的身份——纳西族最权威的智者大东巴的孙女,并甘冒天下之大不韪,以赌术维持生计并为自己赢得声名。在最终成为一个称职的妻子与母亲之后却又心甘情愿在一场致命的赌局中“有牌出错”,从此放弃了自己胼手胝足建造的家庭与嗷嗷待哺的子女,追随一个彪悍阴冷、来历不明的马锅头,开始不为人知的流浪生涯。从背叛父的家庭始,到背叛夫的家庭终,可见“奶奶”所追求的并非只是自由自主的爱情,而是拥有能够自己掌控的人生,一如她始终能够掌控的赌局。

“我”的“奶奶”既是如此传奇,那么“母亲”又怎样?比起在赌场上叱咤风云的“奶奶”,“母亲”们(《水之城》《是谁失去了记忆》)则专司于情场的摸爬滚打,但那赌徒般的孤注一掷、执迷不悟却是青出于蓝,最终与“奶奶”一样在命运的轮盘赌上输得血本无归。《水之城》中呈现于小女孩“我”的视域中的出身贵族的“母亲”,高傲冷艳、识文断字,但为一个不值得付出的孱弱、卑微的男人付出了所有——青春、激情、名誉、地位,最终甚至不惜出卖色相为毒瘾发作的心上人换取鸦片。在常人看来,她的付出过于不值,甚至有着受虐狂似的耽溺,但她那九死不悔、执着痴迷的激情与爱欲,飞蛾扑火似的自焚与自毁的冲动,却也见证了女性欲望潜能的深邃难测。《情人跳》中的“五姨”是一个从“情死”中幸存的贵族女人,在世人的白眼与冷嘲

中苟活。作为出身高贵的女子,她拒绝门当户对的婚姻而选择了非理性的情爱,却又在“情死”的最后一刻退缩而让情人只身赴死。在借爱情背叛家族以后却又莫名其妙地背叛了爱情,这双料的“背叛”让她成为世人眼中谜一般的存在——可憎可惧却又难以捉摸、无从索解。

可以说,这是一群离经叛道的女人,她们长于且善于背叛,叛父也叛夫,甚至连子女都可以弃置不顾。她们其实是最为自恋的一群,只顾勘探自身那独属于女性的欲望与想象,以一己之躯见证女性欲力的强大与丰足。“奶奶”“母亲”于她们似乎只是无足轻重的称谓,她们其实是颇为纯粹的“女人”,不为妻母角色束缚,而总有着交际花般沧桑的凄艳与风情,总是过度且无节制地追寻着欲望与激情的完满。她们不被规训的人生在常人眼中看来未免过分纵情任性,甚至是纵欲败德,但她们的过激与疯狂未尝不是出自一种无奈,甚或是一种矫枉过正的“策略”。一个重要的文本及历史事实是,作者对那些土司小姐凄美爱情的描写总是伴随着对其所属贵族、土司家族的没落与颓败的渲染。在“改土归流”后漫长岁月中逐渐丧失了曾经的煊赫与权威的古老贵族,面对似乎无可更改的衰颓之势时,唯有通过将希望或压迫转移到具有某些交换价值的个体身上以寻求“缓解”。在此意义上,我们或许可以理解这群出身高贵、得天独厚的女人为何总是要选择低阶层的、孱弱的、注定无出路的男人作为自己的爱情对象并与之私奔或“情死”的原因了:这与其说是出自非理性的情焰,是爱情的力量跨越阶级,不如说是一种清醒与自觉的“选择”——这意味着对父亲、家族及其阶级为她注定的婚姻及人生模式的一次反叛,意味着将遭遇来自家族与她的阶层的全力阻挠甚或放逐。对她们而言,那些被禁止去爱的情人也许只是一个她所决定倾力出演与成就的悲剧所必需的“道具”而已,借助这件“道具”她才得以拒绝在家族中的传统角色,拒绝她对那些没落的贵族家庭的意义——在家族之间流通的一件珍贵的交换物或曰“礼物”。换言之,她们要拒绝的并非是哪个具体的男性,而是自己作为符号及客体的身份与意义,自己被父权宰制、管控的命运。而无论是私奔或情死,对她们而言都只是一种“逃脱”或曰离轨的方式,与其说她们向往的是世俗毫无沾染的纯粹爱情,不如说她们是在试图借用一种决绝过激的情爱方式来彰显自己作为主体而呈现出的欲望的能力。

二、和烟杨:社会变迁中的纳西/女性

在和晓梅的故事中,除了那些出身高贵、桀骜不驯的女人外,还有着另

一些低阶级的女性形象，她们以另一种方式存在于和晓梅的文本世界里。她们美丽，但是更为柔韧、坚忍，或者说她们更为贴近大地，她们是《水之城》中的“姑妈”，是《是谁失去了记忆》中的和烟杨。在《是谁失去了记忆》这部中篇小说里，和晓梅似乎于不经意间将渗透着空蒙水气的诗意笔触伸向了经济及社会领域。在文本中，变迁中的丽江古城的社会阶级获得了某种地形学似的表达，而这种表达是由主人公“我”——和烟杨的人生轨迹所体现出来的。和烟杨来自一个衣食不周的农家，但在幼年时便随改嫁的母亲进入古城里的一个士绅家庭。从踏进那“高大阔绰的门”始，这个小女孩便将这个弥漫着芝兰之香的古雅气派的庭院当成了自己唯一的“家”，那也是晚年的和烟杨在记忆衰退的状态中唯一能够记起的“家”。但事实上，这个“家”并不曾轻易地接纳过她，而真正成为这个家族的一员，却是出身低微的母女二人共同的梦想。但随着继父的死亡，这梦想变得遥不可及，无望的母亲与一个马锅头私奔。这个遭母亲遗弃的小女孩却绝非等闲之辈，其果决与主见简直可令须眉汗颜，甚至对兵法战术有着无师自通的能耐：先是以守为攻、以退为进，自己做主把自己嫁给了“隔壁卖凉粉的余家”，从此在“一墙之隔”的近处运筹帷幄，经过几十年如一日的筹谋策划、精打细算，最终得偿夙愿——成了那个幽美庭院的主人。此间一个不容忽视且意味深长的事实是，在文本中存在着多处关于“墙”的描写——“由它隔绝着两个不同状况的家庭，一边是兰意阑珊、雕龙画凤，而另一边则永远地弥漫着豆类的清香”，“虽然只有一墙之隔，但这个狭小逼仄的不规整院落再也不可能弥漫着兰花与缅桂的幽香了。四处墙基坍塌白壁剥离，但凡平坦的地方都堆放着柴木和簸箕”。[①] 这一系列关于“墙”及被“墙”所分割的空间的描述，暗示了某种地形学或是空间测绘，指涉着两个社会阶级之间的分野与界限。这道围墙分割出两个截然不同的世界，其间横亘着巨大的社会鸿沟，可以说，这是真正意义上的“咫尺天涯”。有趣的是，在文本中和烟杨更多的是以对气味的辨识来区分这两个空间，即兰桂之幽香与豆类的清香，它们暗示着两个阶级判然有别的生活方式——茶香墨浓与柴米油盐。和烟杨的一生几乎都在从事着艰苦的手工劳作，并以对墙那边优雅闲散生活的追忆与向往作为支撑与鞭策自己的动力。但吊诡的是，当我们坚强的女主人公把她所有的欲望都投射到围墙那一边的世界时，她也许并未意识到正是她及与她相同阶层的人们在围墙另一边日复一日、胼手胝足的劳作才使得那种貌似不食人间烟火的投闲置散成为可能，换言之，正是她们真

---

① 和晓梅:《女人是“蜜”》，作家出版社 2008 年版，第 255，245 页。

实的幕后工作把贵族或书香门第的优雅与超脱演绎成了幕前奇观。在此意义上，可以说，这个故事是一个关于低阶级女性的社会欲望的故事，为围墙所区隔的空间正暗示着女主人公欲望的地理场景。

从这个意义上可以说，《水之城》中的“姑妈”类似于另一个和烟杨。作为土司和一个没有名姓的女奴的后代，“姑妈”的身份是尴尬且暧昧的，她非主非仆、亦主亦仆，“这个原本不该姓木，却为木家承担了一切的女人”[①]孤身守护着早已是树倒猢狲散的破败之家，为这个家族仅存的后人——“母亲”和“我”提供着最后的庇护。她的劳作从物质和精神上支撑着整个家庭，然而，她与“母亲”——土司小姐、木家名正言顺的嫡传后人——的阶级关系的现实却一直是不可被言说的禁忌，因为那是“维系着我们感情的薄纸”[②]，它不能但终将被捅破。

如果说“围墙”象征着阶级的空间地理学，那么，和烟杨与“姑妈”这样企图“越界”的女人便和“奶奶”“五姨”“母亲”一样，成了传统的阶级秩序的离轨者与冒犯者。不同的是，她们是以相反的方向“流向”不同的阶层。对于那些高阶层的女人来说，她们将爱情，尤其是被禁止之爱当作反叛秩序及父权的最佳也是唯一的选择，于是那些作为禁忌存在的低阶级的男性便成了她们最好的欲望对象。可以说，她们正是要借助“禁恋”所携带的深刻的颠覆力来完成自己的反叛，成就自己的“被逐”。对她们而言，所要断然否定与拒绝的正是门当户对的婚姻——秩序的最佳维护与体现。如果说这些女“吉卜赛”是以爱情的名义从本阶级内部完成叛逃的话，那么，那些低阶级的女性是如何实现自己的“越界”或曰“向上爬”的渴望的？她们对待爱情和婚姻的态度又是怎样的呢？如上文分析，和烟杨是依靠自己女性无比的坚韧与耐力，依靠几十年如一日辛苦的手工劳作积累财富资本与子嗣联姻的方式，才最终成了那个象征着士绅阶级高雅品位的幽深庭院的主人。但此间一个不容忽视的事实是，和烟杨的成功与其说是其个人奋斗的结果，不如说是历史与时代的造就。在和烟杨的幼年记忆中，那个高贵家庭不可遏抑的衰颓之势便已清晰地显露出来，而苍白孱弱、丧失生育能力的男主人的自杀更是成为这个家庭崩溃衰亡的征兆。正是一个强有力的男性主人的缺席与整个家庭日复一日的内耗，才使得类似和烟杨这样颇有野心与心计的低阶层的女子拥有了“向上爬”、僭越那原本不可逾越的阶级界限的可能。但作为一个美丽且颇具魅力的女性，和烟杨并非通过婚姻与

① 和晓梅：《女人是“蜜”》，作家出版社 2008 年版，第 89 页。

② 同上，第 91 页。

性这样较为“常见”与“轻易”的手段越界，或者说将自己作为“流通物”而完成跨阶级之旅，而是依靠对这个没落家庭常年的金钱资助及与其相伴随的情感投资逐渐获取了支配与领导权。也就是说，在拒绝成为“流通物”或价值客体这一点上，和烟杨与那些贵族女性不谋而合。但此处更为重要的是，和烟杨是依靠财富或曰金钱换取进入上等阶级的资本，所以她的成功一定程度上暗示了一个新的时代的显影与莅临：一个以金钱作为唯一、有效的度量衡，奉行更为简单而残酷的游戏规则的时代，为这个时代尊奉或曰祭起的是一尊赤金真神。而正是因为那些古老的贵族与士绅阶层随着传统社会的缓慢倾圮走向衰亡，因为一个奉行完全相异的价值观的全新时代的到来，类似于和烟杨这样低阶级的女人才获取了依靠自我奋斗而成功的历史契机，才有幸成了一个于连或拉斯蒂涅的女性翻版。

但更为意味深长的是，文本并没有结束在和烟杨夙愿得偿的美满中，实际上，作为一个试图跨越阶级的僭越者，和烟杨最终还是失败了，而悖论性的事实是：正是她的成功导致了她的失败，正是成全了她的历史、时代最终将她彻底击溃与放逐。在文本中，这一切悖论的交织点是一场地震。而正是作者赋予这场地质学意义上的地震以历史文化内涵及鲜明的象征意义，才使《是谁失去了记忆》这个文本成为女性意识、阶级叙事及全球化时代的民族文化身份认同和焦虑协商及其耦合的结果。

三、地震之后：全球化时代的丽江古城

在《是谁失去了记忆》的后半部分，1996 年的那场大地震成为和烟杨生命中另一个重要的转折点。作者在文本中是这样表述的：“这场强达 7 级的地震给我们这个已经变得很庞大的家庭带来的最大震动是一条骇人的沟壑，它呈南北走向，将偌大的院落一分为二。我和我的儿子们都因此感到了不安，因为我们都没有忘记在这条清晰的裂纹之上曾经有过一面土基砌的墙，由它隔绝着两个不同状况的家庭。”虽然有着“不安”，但和烟杨还是“毫不犹豫地决定将两个院落间的围墙推倒，建立一个坚不可摧的大家庭”。[①] 如果说“围墙”曾经象征着两个阶级的“界标”的话，那么正是这场地震摧毁了此“界标”而使和烟杨的梦想得以实现。但与此相悖的是，对和烟杨这样不安分的、有野心的觊觎者与僭越者来说，“围墙”那一边的世界是她最终的欲望对象，作为一个女性，她之所以对爱情与婚姻都没有表现出

---

① 和晓梅：《女人是“蜜”》，作家出版社 2008 年版，第 255 页。

太大的兴趣,正是因为她把所有的欲望与热情都投射或曰铭写到了由“围墙”所阻隔与标识的属于高等阶级的生活空间之上了,可以说,她把属于女性/个人的欲望转换成了不同阶级间的社会欲望。但是,对于这样企图僭越阶级界限的欲望者来说,“界标”是必需的,因为正是类似于“围墙”这样形形色色的现实与隐喻层面上“界标”的存在,被其区隔与保护的另一个世界/欲望对象才会显现出某种难以企及、高不可攀的优雅、上等与难以言传的魅惑。一旦“界标”消失,欲望对象便也随之消失,于是僭越者的所有努力与行动都会被指认为是某种虚妄与无效,因为一旦没有了界限,也就没有了僭越。由此可以理解和烟杨在地震之后为何会产生巨大的虚无与幻灭感了:“大地震给我们的梦想带来的改变是谁都始料不及的,假如我们能够意识到梦想也能改变的话,就会发现曾经的努力显得多么的荒唐可笑。”[①]“我们的梦想”是进入那个兰桂飘香的庭院,那个标记着上等阶级优雅品位的生活空间,那个被各种“界标”所守护的安全的方舟,那个摆脱了可见的、无休止的物质性劳作的精致光滑的“幕前”。但“地震”在摧毁了所有的“界标”与“围墙”的同时,也彻底毁掉了那个“我们”梦寐以求的伊甸园。可以说,历史或曰时代与和烟杨们开了一个不大不小的玩笑,她们最终到达的却是始料不及或南辕北辙的终点。

可以说,和烟杨的失落源自试图僭越阶级界限的努力的失败、社会欲望的受挫,但在文本中,这一具体的原因却被另一个更为宏大繁复的命题置换或曰遮蔽了,那就是关于全球化时代个人与民族的历史记忆问题。或者说,这是两套话语在叙事中的交缠与耦合,是叙事人将关于女性/阶级欲望的表述与第三世界国家面对全球化时代的震惊体验在文本中耦合在了一起。在上文所引的那段关于倒塌的“围墙”所给和烟杨带来的失落的描写之后,叙事者开始列数那些让和烟杨感到难以适从的巨变:散发着特殊金钱味道的时代、大量涌入的外人和洋人、土地价格的可怕翻涨、大批善于经营的商人的进驻、本地人的陆续外迁,于是最终“一座崭新的城市正在快速地兴建,将这个古老的石砌的小镇稳稳地包围在中心”[②]。在叙述者的表述中,地震类似于某种“天启”或预警,预示着一个新的全球化时代的到来,这是一个传统将遭遇无所不在的围剿、解构、颠覆甚至被复制与消费的时

① 同上,第255—256页。

② 和晓梅:《女人是“蜜”》,作家出版社2008年版,第257页。

代，民俗与文化被庸俗化、量贩化的时代。[1] 类似于和烟杨这样只属于旧时代的“老灵魂”，显然再也无法适应如此激变的社会、文化空间，她那赖以立足的生存基地已缓缓碎裂。在文本的最后，已是风烛残年的和烟杨在日暮穷途中寻寻觅觅、不知所终。在遭遇巨大的历史裂变之后，和烟杨们成了“时间的逐客，历史的遗民”。在此处，叙述者已经将和烟杨源自僭越阶级欲望的受挫而产生的虚妄感转化或移置到了面对全球化时代个人、民族历史记忆丧失所产生的焦虑感之上了。当和烟杨如先知一般地说出“但我不知道这个世上到底是谁失去了记忆，是我，还是他们？”[2]时，她已经成了民族历史记忆的化身，忧虑着这个因全球化时代的莅临而日渐同质化、空洞化的现代或曰后现代时空中人们对民族历史记忆的彻底丢失与遗忘。至此我们可以说，《是谁失去了记忆》作为一个深具症候性的文本，其本身就是关于阶级差异和禁忌的表述与全球化时代作为世界文化遗产的丽江古城所遭遇的震惊或曰创伤体验这两套话语耦合的叙事结果。

通过上文对和晓梅笔下家族女性系谱中两类女性的分析，我们可以发现，透过那神秘的香格里拉风光及玉龙雪山不可言说的魅惑，在和晓梅貌似与社会、经济无涉的纯粹而唯美的篇章中，隐藏着有关社会阶层不平等的难以言说的内容及对其携带的深刻禁忌的描述，那是关于不同阶级之间社会欲望的地形测绘，是女性欲望与社会政治/经济话语的深刻交缠。作为一个具有鲜明民族意识并对她所生活的古城丽江充满了热爱的纳西族女性，和晓梅在她的创作中开始触摸全球化时代民族/个人的历史记忆这样一个宏大且紧迫的命题，在《女人是“蜜”》《是谁失去了记忆》中，她婉曲地表达了对民族传统的记忆可能被遗忘的忧虑与警惕，可以说，她的视野是越发开阔了。作为一个有良知的作家，对文化全面商业化的疑虑与忧思，对跨国文化工业对本土现实包装及生产的反感，对全球化所带来的巨大的失落与错置的创伤体验等诸多情绪的进入与记录，使和晓梅原本空灵的作品逐渐显现出了别样的沉重与繁复。在这个全球化的时代，人们不可避免地面临着“史实性的消退，以及我们以某种积极的方式来体验历史的

---

① 联系20世纪90年代末中国加快改革步伐、全面加入全球化进程的具体社会语境，则地震这一地理学概念的意识形态性修辞的政治意涵便得以更为清晰的显现。而我们的女主人公和烟杨在面对生存空间的骤变时所产生的无所适从不也可以看作是后发现代化国家中经济不发达、某种程度上保留着原生态状态的边远地域及少数民族地区在面对全球化时代骤临时的“震惊”体验吗？

② 和晓梅：《是谁失去了记忆》，《大家》2008年第5期。

可能性的消退”[①]，而作家则以她优美动人的文字试图使正在消逝的记忆成为在场，因为也许唯有紧张、努力地记忆而非遗忘才能帮助我们在这个不断城市化、全球化的社会和文化空间中定位。

第三节　延吉与首尔：朝鲜族底层女性的跨国之旅与身份建构

虽然在白玛娜珍、梅卓、央珍、格央、丹增曲珍的作品中，全球化进程对拉萨及整个西藏地区的渗透与威胁，是通过藏区中的都市空间这一本土中的全球化场域作为中介的，但在当代，尤其是新世纪朝鲜族女作家的创作中，全球化却以更为赤裸、直接的面目呈现。因为地缘及语言的关系，新时期，尤其是新世纪以来，朝鲜族女作家的母语创作，多涉及与韩国之间的跨国情感及劳动力旅行关系，一定程度上为思考全球化及流散者问题提供了极具症候性的文本。她们以朝鲜族底层女性的跨国劳动力及婚姻交易作为叙事主题，写出全球化时代朝鲜族底层民众所遭遇的剥夺与丧失，一定程度上成为全球化时代“底层苦难”的代言。其间著名女作家许莲顺的作品尤其以出色的想象力为全球化过程中内在于第一/第三世界之间的权力关系提供了某种私人化及情欲化的表述，成了第一/第三世界间性政治的文学化隐喻。

此处需要说明的是，因为母语写作机制的完备，当代朝鲜族女作家大多坚持母语写作，因此对不懂朝鲜语的读者及批评者，只能借助于翻译这个文化中介来熟悉她们的文本。近年来，因许多具有较高文学素养的本土翻译者如金莲兰等的出现，不谙朝鲜语的读者有了机会一睹诸多名声在外的朝鲜族女作家如许莲顺、李惠善等的文采与匠心。本节便是选取了几部这样的优秀朝鲜族翻译作品，试图从少数民族女性的边缘立场开启对全球化及现代性问题的另类质询与反思，真正从弱势群体的立场审视及思考全球化对底层，尤其是属下女性而言究竟意味着什么。

① 菲利浦·E.魏格纳：《空间批评：地理、空间、地点和文本性批评》，[英]朱利安·沃尔弗雷斯编著，张琼、张冲译：《21世纪批评述介》，南京大学出版社2009年版，第253页。

一、朝鲜族女性底层劳动力的跨国之旅:第一/第三世界的性政治

朝鲜族女作家许莲顺在她发表于1996年《民族文学》上的中篇《都市伤痕》中,以似乎不动声色的揶揄口吻讲述了一则不无残酷的黑色幽默:朝鲜族男子永茂为了能够到韩国投靠富有的亲戚,不惜重金求购有壮阳效用的白蛇以讨好人老心不老的堂叔,却被商贩所骗,竹篮打水一场空。十多年后,许莲顺在2009年《民族文学》上又发表了另一篇风格、题材都与《都市伤痕》颇为类似的作品——《跟屠宰场里的肉块儿搭讪》(以下简称《搭讪》)。这个有着古怪名字的中篇讲述了一个在韩国偷情旅馆"大林庄"打工的朝鲜族女人围绕着一枚偶然拾得的钻戒产生的一系列情感及心理波折。这两个文本的复杂之处在于作者借助梦境、回忆、臆想、幻觉与现实相交织的叙事手法将欲望话语与权力话语微妙对接,极为天才地写出了欲望的政治面向及政治的色欲维度,不仅为精神分析理论提供了操练的足够空间及余地,且于不经意间将跨国资本对底层劳动力的剥削及第一/第三世界间的权力分野做出了某种性欲化的表述或曰转译。在文本中,这般繁复暧昧的性政治表述主要落实与体现在两个极具隐喻意味的象征物/象征空间即"白蛇"与"大林庄"的描写之中。

"白蛇"与"大林庄"无疑是两个极具性意味的象征物:白蛇是延吉市面上稀缺的壮阳药物,为众多韩国富人孜孜以求;"大林庄"则是首尔城诸多幽会旅馆之一,且常有高级应召女郎出入其间,是个典型的风月窟。但无疑,这两种春意盎然的物品或空间却并非指涉着两位主人公的欲望,相反,对永茂和凤姬而言,它们只能带来可怕的困扰及噩梦,甚至是某种可怖的"阉割恐惧"。永茂为寻得上品白蛇而殚精竭虑、上下求索,在他的梦境中总有一条凶猛的白蛇攻击他的下体,令其在梦中"喷出撕心裂肺的凄厉悲鸣"。这无疑是某种象征意义上的"阉割式",而构成阉割威胁的,与其说是"白蛇",不如说是"韩国堂叔"的欲望。求购白蛇无非是为了恢复老迈堂叔的性能力,也就是说永茂近乎疯狂的奔波搜寻只不过是为了迎合与满足他人的欲望,或曰恢复他人欲望的能力。但对于永茂而言,构成他自我欲望的又是什么呢?这一点文本中交代得很清楚,那就是"赚大钱"的诱惑,去往富足的韩国淘金的渴望,这即是说,永茂对金钱与财富的追求必须以堂叔性欲望的满足为前提,而此间具备宰制性权力与绝对优先性的是堂叔的欲望。且此间至关重要的一点是,堂叔对永茂的权力与优越与其说是源于

其长辈的名分,不如说是来自于他作为一个富有的韩国公民的身份,是其身份所携带的对永茂/中国人而言无疑颇为丰富与诱人的资源与机遇。而来自韩国/发达资本主义国家的欲望机器已运转不灵的老人,需要来自中国/第三世界的补药来壮阳回春,这本身就是一个意味深长的隐喻——全球资本主义寻求第三世界的廉价劳动力与环境、资源,使因过度发展而呈现疲态的资本主义梅开二度,这无疑是对全球资本主义殖民风潮中第一、第三世界之间极不平等的权利义务分配、赤裸裸的经济剥削与掠夺之现实的情色化象征与讽刺。因此可以说,《都市伤痕》正是对内在于全球化进程中不平等的国际分工的一个文学性及情欲化阐释。对于自愿加入全球化进程的中国而言,在获得必要的资源与机遇的同时,也必然要面对全球化过程中诸多问题所带来的冲击,因为所谓的全球化"实际上意味着世界资源和财富的不断的再分配,也意味着文化和社会领域的国际性不平等,它既提供了巨大的期待和发展的可能,也存在着巨大的危险"①。在资本主义体系内部的权力位阶中,作为后发现代化国家的中国无疑处于低于韩国的位置,因此韩国/发达资本主义国家的欲望与满足才是优先性的,换言之,后发现代化国家/第三世界在资本主义权力体系内部只有在为第一世界提供欲望满足的条件下才能部分争取到极为有限的发展机遇与可能。

与此相似,《搭讪》中的凤姬在"大林庄"里从事清扫工作,她厌恶自己的工作,思念远在家乡——延吉的丈夫和女儿,但没有赚到足够的钱还债及养家她便无法返回,因此只能忍受着这肮脏且没有尊严的工作,在异国他乡艰辛麻木地苟活着。文本中,凤姬对自己工作的极度厌恶,使她将这个风月窟类比、等同于屠宰场,媾和中男女的身体与屠宰场上悬挂的盖着蓝戳的肉块别无二致,同样唤起她纯粹的生理恶感,甚至使她这个青春尚存的女人逐渐丧失了性欲望——"听着客人们肉欲恣肆的叫床声,清理她们喷出情欲的渣滓,却像烧青豆般一点点无声地燃烧着尚未衰败的自己的体内奔涌的热情,她害怕倾听一点点销蚀着自己体内的生命的呐喊了"②。与原本可以恢复韩国老人性机能的白蛇却构成了对中国中年男性永茂的阉割力一样,"大林庄"这个为他人欲望充斥的特殊空间却成为榨干凤姬那残存的女性欲望的可怕机器,或者说,对韩国人即他者而言是欲望或是可以恢复欲望的迷人"客体",在弱势的来自中国朝鲜族底层的男女这里,却

---

① 张颐武:《全球化:亚洲危机中的反思》,王宁主编:《全球化与后殖民批评》,中央编译出版社 1998 年版,第 85 页。

② 许莲顺著,金莲兰译:《跟屠宰场里的肉块儿搭讪》,《民族文学》2009 年第 3 期。

成为或可留下致命性精神创伤的阉割物。至此，这两个深具症候性的文本成了第一世界与第三世界之间性政治的某种表征。虽然同样是亚洲国家，但在后冷战或曰后革命的历史语境中，作为后发现代化国家的中国，在不期然间遭遇后殖民时代的东亚现代性——"亚洲四小龙"之一的韩国那丰裕的物质文明及似乎必然与其相伴生的所谓"自由民主"时，那种远为复杂的艳羡与自卑，在这两部篇幅不长的小说里，得到了某种隐喻性及象征化的表达。"白蛇"与"大林庄"这些富含充分性意味的物象——壮阳药物与偷情旅馆，在文本中成了韩国及资本主义的象征物，对来自中国的朝鲜族人而言，那正是携带着难以言说的复杂情感的欲望客体，在昭示或曰展示着一个看似迷人、充裕的世界，提供与保证着各种合法或非法欲望满足的可能的同时，却也携带着某种未知的威胁与可怕的杀伤力。

在《搭讪》中，除却"大林庄"，"钻戒"构成另一个至关重要的意义符码，钻戒的发现、隐藏与丢失构成了文本的主线。甚至可以说，钻戒而非在大林庄苟合的各色男女的肉欲表演，才是女主人公真正的欲望客体。作为财富与金钱的象征，钻戒在中国清洁女工凤姬处，唤起的并非贪婪的物欲，而是一系列极为实际的、不无酸辛的盘算。与其说钻戒这个商品世界的王族——象征着某种极为过度的满足的奢侈品，唤起了凤姬这个底层劳动者的消费欲望与想象，不如说它异质性的存在只是提醒了一个极为可悲的事实，并如放大镜般使一种等而下之的生存境况以百倍的清晰度被凸显出来。钻戒直接唤起了漂泊在异国的凤姬"归家"的渴望，对并不富足但不乏温馨的家乡，对丈夫与女儿不能自已、刻骨铭心的想念，使她一刻也无法忍受眼前的生活——清理他人即异国人"欲望渣滓"的工作，丧失全部尊严沦为"单纯赚钱机器"的生存。钻戒于她——一个流散的底层劳动者而言，从某种物恋化的商品迷魅中被剥离出来，还原成实在、简单却携带着真诚的未被异化的情感的物质——自家的热炕头，与丈夫不再两地分离且过度操劳的可能，女儿的便当、学费与一个或可期盼的更为明朗的未来。遗失在欢场中的钻戒作为一个寓意鲜明的象征物，不仅提醒着严重的阶级分化的可怕事实，更是跨国资本对底层、流散劳动力的赤裸剥削的见证，作为奢侈品，它所表征的欲望的"过度"满足正与凤姬及其家庭可悲、辛酸境遇的"不足"构成一组鲜明的对立。

永茂与凤姬，这两个遭遇国际资本并经历跨国旅行的底层小人物，最终回归一无所有的境地，似乎转了一个怪圈，然后回到原点。他们经历的所有试图改变自身境遇的奋斗与挣扎，最终都没有给他们的物质生活、社会境况带来任何的改变，但改变的，是留在他们内心难以言喻且刻骨铭心的精神创伤。跨国旅行的经历或想象中的跨国渴望,所带给他们的是竟是噩梦般的情感经验,致使他们在文本/故事的结尾处,都似乎是从一场可怕且荒诞的梦魇中惊醒一般,心力交瘁,并被一种彻底的虚无感击溃。跨国旅行或曰出国打工带给他们的与其说是机遇,不如说是遭遇,是放弃自我与尊严,无条件地迎合跨国资本与资本机器的欲望,但获得的却并非自己欲望的满足。作为来自第三世界的剩余劳工、非法越界者,哪怕一丁点欲望的权力对他们而言也是过分的奢侈,他们作为零余者的存在只能是为他者——资本与特权的拥有者——“清理欲望的渣滓”,而此间必须遭到放逐的,则是自我/女性/第三世界国家自身的欲望及欲望的可能。对于这些来自第三世界国家底层的男男女女而言,在遭遇各种有无名目的剥夺与丧失之后,所能做的也许只有无限低回地轻声哀叹:“已经没有什么可失去的,没有什么可以坠落的了。”①

二、可见的女性与不可见的劳动:阶级还是性别

如果说许莲顺的作品,尤其是《搭讪》提出了关于跨国殖民风潮、女性旅行及劳动/身体的跨国交易问题,那么同样由朝鲜族女作家所作的《蛤蜊料理》(赵星姬著,金莲兰译)这个短篇则提供了另一种截然不同的关于女性/底层劳动力跨国旅行/交易的叙事与想象。一个在家中“干惯了粗活”的朝鲜族底层女人来到韩国打工,为一事业有成的女时装设计师打理家务,该设计师脾气古怪、装束男性化、举止异于常人。面对苛刻挑剔的老板娘,厚道、木讷的女人起初颇感压抑,甚至为自己寄人篱下的处境伤感,但渐渐地,二人的关系出现了微妙的转机,老板娘醉酒后不加掩饰的孤独与对爱和体贴的渴望及索取,让女人看见了这个在社会上与诸多男性竞争的所谓女强人那风光背后的艰辛与孤寂,以及被世人包括自己家人毁谤与疏远的痛楚。最终,当老板娘要求女人和她“一起过”时,女人心动了,她们开始同榻而眠,肌肤相亲使她们“意识到彼此的生命。确认彼此的存在。尽管是有创伤的女人,但俨然是个女的。她们就这样无眠地抚慰着对方的创伤”②。故事便结束在这两(同)性相悦的其乐融融之中,比之凤姬的不无辛酸与惨痛的跨国经验,《蛤蜊料理》中的女人无疑极为幸运,不仅收获了可观的报酬,还得到了一位异国同性知音,并且放弃了回国与丈夫团聚的打

① 许莲顺著,金莲兰译:《跟屠宰场里的肉块儿搭讪》,《民族文学》2009 年第 3 期。

② 赵星姬著,金莲兰译:《蛤蜊料理》,《民族文学》2006 年第 10 期。

算，而选择和自己的“红颜知己”幸福地生活在一起。这似乎是对《搭讪》的一次不无温情幽默的喜剧式改写，是姊妹情谊战胜阶级与国族的偏见与鸿沟，在非人的异国都市丛林之中建造了一处温馨的“女性乌托邦”。

但事实并非如此简单，通过阅读，可以发现，在这个看似女性意识极为鲜明、某种意义上高扬国际姊妹情谊的文本中，阶级与性别经过了某种微妙的置换之后，传统性别模式仍成为结构叙事的原动力及潜在线索，并且第一/第三世界间的性别/权力分工仍是内在于两位女主人公之间的权力关系式。这主要体现在二人之间的劳动分工上，在文本中，未被强调但始终不言自明的事实是“老板娘”与“女人”之间主人—仆人的雇佣关系。而姊妹情谊的建立与表达，直接遮蔽的是二人之间阶级差异的现实。虽然作为女性意识及女性主义的一种表述或曰证明，作者刻意强调了这两个分属不同国家及阶层的女性之间的共同点，其中最为重要的是她们的“雄化”或曰男性化特征：在社会上从事男人的工作，并且无法或拒绝生育。老板娘甚至是一个因某种疾病而割除了子宫的女人，在文本的语境中，这无疑意味着一种自我“阉割”——以一种决绝甚或惨烈的自戕拒绝女性宿命的姿态。但对来自中国的朝鲜族女人而言，这样的“雄化”特质却逐渐发生了某种微妙的逆转与倒置。她在中国的家中是一直从事男人干的粗活的主外型女人，而正是她的工作赋予了她与丈夫平起平坐甚至是顶天立地的满足感，但来到韩国以后，作为老板娘的保姆，她却始终从事在家中向来令她不屑的琐碎的家务劳动，并逐渐适应了这样平庸无聊的家居生活。而有趣的是，在老板娘向女人表情的一幕中，她对女人的评价竟是：“我喜欢你这样纯粹的女人。”这个在中国曾被气急败坏的丈夫指斥为“哪里像个女人”的女人，在韩国中产阶级女性（不乏性意味）的“凝视”中竟然被还原与指认为一个“纯粹的女人”，这不能不说是一个意味深长的讽刺。可以说，在由国别、阶级、性别所标识的权力坐标内，韩国中产阶级女性所占据的位置将赋予她们高于中国男性的性别/权力，因此，她们的凝视远要比中国/第三世界的底层男性更为有力和“雄性”，因此也更具驯化力。而被“驯化”的女人，如果同意老板娘“一起过”的建议，那么在那个由两个女性组成的不乏温馨的小家庭中，终将占据男性位置的将是作为合法的韩国公民且拥有成功事业、高尚身份的老板娘，而女人则只能继续她的“保姆”（如果不说是“女佣”）的工作，而最终沦为一个真正的、纯粹的本质主义意义上的女人。

在文本中，除却尾声处老板娘对女人敞开心扉的一幕，这个引领时尚的当红时装设计师即使在家中也始终戴着墨镜，女人也一直感到老板娘对自己的“视而不见”。女人便在她的“视而不见”中完成自己周而复始的劳作——做饭、洗衣、清洁。一定意义上可以说，老板娘的墨镜及她的“视而不见”像一个意味深长的隐喻贯穿整篇小说，直接决定着阶级的可见与不可见。女人真实的劳作始终是在幕后进行的，她的劳动支撑着老板娘光彩照人的外在可见性，而自己与自己的劳动则始终处于幕后，这类似于工人为市场而进行的商品生产（在流通中的商品五光十色的物恋化的迷魅外表中，工人劳动的痕迹被完全抹去），而两个女人之间的关系，同时也是商品、资本和劳动的关系。可见的中产阶级女性背后不可见的女人，提示着对一种不可见然而无疑是真实存在的某种劳动的剥夺与占有。[①] 对老板娘这个富有魅力又时尚的中产阶级职业女性来说，女人的作用曾只是一个工人、不可见的劳动力，但当她最终摘下墨镜，她所发现的却并非遭无视的“劳动”，而是一个“纯粹的女人”。于是在两个女人心心相印的一瞬间，一种不可见的劳动被改写成了“奉献”，内在于姊妹情谊之中的无私“奉献”。因此与其说《蛤蜊料理》是以一种幽默温情的笔触、以国际姊妹情谊的力量而成为对《搭讪》的某种喜剧式改写，不如说正是在《搭讪》所展露的狰狞、丑恶的国际资本的剥削图景的映衬下，《蛤蜊料理》所成就的其乐融融的阶级和解式叙事才暴露出某种过分乐观的虚假与失真；并非《蛤蜊料理》构成了对《搭讪》的补白，而是《搭讪》以阶级叙事、跨国剥削的残忍与无情撕裂与解构着《蛤蜊料理》所构建的暖意融融的“女性乌托邦”。

如果说《蛤蜊料理》是以文学表述的喻说，试图从女性主义及情爱层面使阶级叙事寓言化，那么其间所凸显的问题也许远为繁复，因此对它的细读与批判，可以带出对女性主义及国际姊妹情谊的可能、限度及有效性的思考与质疑。笔者在此自然无法展开如此宏大的工作，而是仅仅想把以上的思索推进到书写与文化自身的困境之呈现。因为对底层女性劳动的无视，以及对她们进行定型化及理想化想象的，不仅仅是老板娘一人，也同样凸显了作为知识分子、中产阶级的女性叙事人对他者女性的幻想与建构：“真实的妇女、纯粹忠实于自身存在的妇女始终都是沉默的妇女、始终是他者妇女。而我们也从传统意义上将那些较少拥有知识和特权的人看成是保有更多真实性的存在。”[②]因此，文本的“失真”处其实提示着某种女性写作的内在困境，即“从某些女性本质的立场出发，对妇女之间的差异性进行

① 此处借鉴劳拉·穆尔维对电影《生命的模仿》的分析，见［美］劳拉·穆尔维：《恋物与好奇》，上海人民出版社2007年版，第46—50页。

② ［美］简·盖洛普著，杨莉馨译：《通过身体思考》，江苏人民出版社2005年版，第72页。

了消抹……体现为对阶级差异的消抹”[①]。

三、首尔与延吉:资本现代性的前世与今生?

如果说笔者上文的分析只不过证实了全球化时代或曰后资本时代,第三世界的底层劳动者这一属下群体只能面对被剥夺的命运,作为“代价”而存在,那么,当跨国身体及劳动交易或是淘金梦,只能给这些零余者带来某种精神创伤与阉割恐惧的时候,坚守与返乡对他们而言是否可以成为一种有效的救赎或至少是安慰?从永茂与凤姬在故事结尾处那近似绝望的痛楚来看,家园并不具备任何救赎的可能,因为故乡/本土对他们而言早已丧失了熟悉的宁静与亲切,即使这里有难以割舍的亲情与血缘。《都市伤痕》里聚集于黑市中的人群“那分明掩饰不住的物欲”直令人毛骨悚然,市场中充斥着各类迎合韩国人兴致的壮阳药物及补品,而不法商贩们“绿荧荧的目光”“如同梦中的白蛇吐着蛇信子时的目光”[②]。人们对物质与金钱那不加掩饰的贪婪与欲望成为弥漫在延吉上空的“惘惘的威胁”,并使这个本土小城成了一个真正的欲望之都;而对凤姬而言,老家的一切已荡然无存,且旧址上早已竖起了“国际空港”。如果说可归的家园意味着没有异化、没有孤独的人性,那么,它已然是现代世界一个遥不可及的梦想。事实上,故乡早已堕落,跨国资本及全球化的势力早已渗透进来,如学者张颐武所说:“‘全球化’既不是浪漫的梦想,也不是遥远的天外事物,而是在我们身边的具体存在。”[③]那么,在这个意义上,首尔,这个令中国朝鲜族底层人爱恨交加的浮华的欲望之都,也许并非一个外在、特异的空间,某种外来的拯救与威胁,相反,它也许就在延吉之内,早已成为“自我”内部的“他者”。或者说,韩国/首尔作为后现代东亚资本主义的“现在”,正预示着启动“改革”、全面加入资本主义全球化进程的中国/延边的“将来”。也就是说,它并非作为一个彻底的、携带着充分异质性的、可以被清晰指认的“他者”而存在,而已成为中国本土城市的另一重“自我”及镜像,另一种历史中可能遭遇的所有诱惑与威胁的化身。在这个意义上,朝鲜族“80后”女作家朴草兰的《当心狗狸》为现代性、全球化及本土之间的关联提供了另一种想象或曰提

---

① [美]简·盖洛普著,杨莉馨译:《通过身体思考》,江苏人民出版社2005年版,第274页。

② 许莲顺著,金莲兰译:《都市伤痕》,《民族文学》1996年第12期。

③ 张颐武:《全球化:亚洲危机中的反思》,王宁主编:《全球化与后殖民批评》,中央编译出版社1998年版,第85页。

示着一处想象的困境。

这篇题目有着几分童稚气的小说,讲述的却是一个颇为沉重、无奈的故事:一对在延边小城中长大的姐弟,在成年后选择了迥然有别的生活方式。姐姐"我"留在延边,守着老家的旧房,接替爸爸的工作——在一所本地中学任教,过着平静然而无疑有几分死气沉沉的生活;弟弟向往着都市的激情与挑战性及中产阶级生活的诱惑,去往广州成了一名上班族,并因为高额的房价而别无选择地成了不堪重负的"房奴"。在文本中,非人化的大都市广州取代了首尔成为表征全球化的空间,或者说这个中国城市成了首尔折射的"镜像"——一处国内的"首尔",或者说是本土中的"全球化"空间。

在文本中,作者借助纯真的童年回忆及想象资源,将"广州"比作一只巨大的、狡猾贪婪的"黄鼠狼",而在都市高速运转的齿轮下困顿挣扎的弟弟则成了一只"刺猬",但"我"知道,弟弟的防范在"黄鼠狼"面前不堪一击,因为它会对着他"正在艰难呼吸的鼻孔放屁,不久,弟弟陷入梦幻当中。先是房奴,然后是车奴,然后,再然后……"[①]现代性及都市生活只会唤起蚁居其间的人们诸多名目繁多的欲望或欲望的代偿方式,弟弟在广州的房子及房子里的漂亮妻子,与其说是他梦寐以求的成就,不如说已成为榨干他的梦魇。远在延边小城的"我"对弟弟的欲望、困境及无望且危险的前景无疑有着深刻的洞察,作为一个女性知识分子,"我"知道弟弟改变的必然性及其背后潜藏的深刻的社会变迁过程,以及人们注定要为整场变革与转变(如果不说蜕变)所要付出与经历的所有辗转、承受与挣扎。而"我"固执且近乎没有名目地坚守着,将青春妙龄消耗在那居住过几辈人的老屋子中,实际上是对早已开启的、不可逆转的社会变迁、历史进程的微弱抗议——拒绝卷入现代都市那轧轧运行的非人的欲望机器,把自己的一生典当给"黄鼠狼",并最终填充它健硕、贪婪的胃。但"我"的代价却是放弃所有的热情与幻想,消耗所有的青春与时间,如一只"狗狸",悄无声息地蛰伏在苍老的洞穴之内。但"我"的坚守能改变什么?"我"可以拒绝广州、上海、北京或是首尔,但"我"拒绝不了延边与延吉不可挽回的改变与"堕落"。金融风暴、韩币贬值、韩国人来了走了都不仅仅是作为奇观与谈资而存在,而是牵动延边、延吉内部神经线的重大事件。无论是响应全球化的召唤、献身/陷身欲望之都的弟弟,还是坚守故土——洞穴的"我",都只是没有未来的畸零者与漂泊者,如果说在这个后资本的"欲望号街车"无往不利的年代,

---

① 朴草兰著,张春植译:《当心狗狸》,《民族文学》2010 年第 7 期。

"我"的选择还显现出某种另类及边缘的清醒的话，那么，"我"同样毫无出路的人生则无疑提示着在这个全球化时代对本土社群及文化记忆的坚守或只是一份关于非资本主义历史想象的困境、艰难甚或无望。作为坚守者，"我"进退失据的悖论性情境实际上提示着一处清晰的意识形态症候，即面对全球化进程日渐真切与异样的面目，抗衡性话语或批判话语的缺席与无效，以及必然与之相伴生的想象空间及能力的封闭与萎缩。

新世纪诸多朝鲜族女作家的创作，尤其是个中翘楚许莲顺的作品，绘制出了一幅异样及另类的全球化图景。如果说《蛤蜊料理》的作者一定程度上是因为占据了中产阶级女性知识者的立场而部分削弱了其文本及题材应有的批判性的话，那么其他几部作品则基本上立足于底层及属下女性的弱势、边缘立场，因此她们以别样的清醒实践着对现代性及全球化的反寓言式书写，体现了一种真正意义上的现实主义的无奈。对当下生活的洞察，使她们的作品呈现出别样的痛楚、忧虑与真实，其间传达出的意义远为丰满而繁复。她们以自己的方式探讨着在全球资本涌入的情形下，后殖民剥削的无处不在，后现代都市人文价值的失落，以及本土文化、传统社群纽带的解体等令人触目惊心的残酷真相。

张英进在分析全球化时代中本土文化的抗衡力量时指出："在认同这种跨国意象对于在全球范围内产生和延续的这些不断变化的观念与城市景象所具有的重要性的同时，……注意各种本土文化力量，它们抓住每一个时机来协商自身跨地域、跨本土、跨文化、跨语言或者是跨个人的运作，以抗衡'新的美国符号帝国'的霸权性力量。"[①]这样的分析在当下藏族女作家如梅卓、永基卓玛、格央、丹增曲珍的创作中同样适用。新时期，尤其是新世纪以来，藏族女作家都市写作中本土化的藏区城市一定程度上成为罗兰·罗伯岑所说的"全球本土性城市"，在表达全球化时代本土文化面临的困境与威胁的同时，"还使得我们有可能去追回关于过去的意象、信息和记忆，并且重新想象、重新建构、重新书写新的身份、主体性和民族性"[②]。朝鲜族女作家的创作则从朝鲜族底层女性的跨国劳动力及情感交易的独特角度，写出了全球化时代朝鲜族底层人民的遭遇，真正从弱势群体的立场审视及思考全球化对底层，尤其是属下女性而言究竟意味着什么。她们的作品一定程度上成为全球化问题与底层困难的耦合，体现出了强烈的

---

① [美]张英进著，胡静译：《影像中国——当代中国电影的批评重构及跨国想象》，上海三联书店 2008 年版，第 290 页。

② 同上，第 291 页。

现实主义力度,为我们从一个全新的视角审视全球化问题,开启了可能的路径。虽然她们的作品中真正的救赎与或可想象的希冀并不在场,但由于文本内部历史及现实视野的开放与流动,反而产生了一种真切的呼唤——呼唤着某种拯救或少许改变的想象与可能,某种非资本主义的记忆、人性社群及文化联系的自我历史空间的出现。因此,她们的作品虽于不经意间成就了一次对资本主义全球化的"大同"想象的撕裂与补白,但在对本土、民族、民间文化不无温情怅惘与怀恋般回首的同时,亦呼唤着一种新的历史、记忆线索与想象资源,以及别样的社会/社群及民族文化形态的出现。

第四章 后现代都市语境中的性别主体：跨族别身份与跨文化写作

通过前几章的分析，可以看出，随着现代性及全球化进程的加剧，各个民族之间、民族国家之间的交流已经渗透到各个领域，纯粹的、具有原初性质的民族经验在全球化的时空中似乎只能成为一种具有理想化色彩的想象性存在。如同霍米·芭芭的分析："民族文化不再是固定于特定的地域与领土之上，它会进入他者的文化空间，同时，自己的文化空间也必然受到他者文化的渗入和影响，自身的文化身份也不得不通过在场的和不在场的他者文化重新界定，所有这一切造成了文化身份的杂交性或是混合性，对单一的本质主义民族文化身份概念提出了质疑与挑战。"[①]学者关纪新在《20世纪中华各民族文学关系研究》中也指出："每一位作家都有其先天生就的民族位置，又有其后天经过能动选择而再度打造的族别写作身份。当多民族文化剧烈碰撞、相互折冲的社会氛围降临的时候，有人选择了族别写作的姿态，也有人选择了跨族别写作的姿态，还有人选择了超族别写作的姿态，想来均为形势使然，也分别从各自的角度给这个越来越显现出文化大交流征候的时代，做出相应的注解和呼应。"[②]在日益多元的社会文化语境中，越来越多的少数民族作家从个人的经验出发，在多元文化语境中做出了独特的个人选择。在这样"去中心"的多元文化氛围中，少数民族女作家的创作同样呈现出多元的文化追求：仡佬族作家鬼子以淡化民族意识的"底层写作"享誉文坛；仡佬族女作家王华与肖勤同样在"底层"题材上深入开掘；满族女作家钟晶晶则以一系列优秀的历史及革命历史题材小说创作，跻身"新历史"小说写作的行列，并成为其间的佼佼者；满族女作家赵玫

---

① 贺玉高：《霍米·芭芭的杂交性理论与后现代身份观念》，首都师范大学博士学位论文，2006年。

② 关纪新：《20世纪中华各民族文学关系研究》，民族出版社2006年版，第59页。

的“唐宫三部曲”与达斡尔族女作家孟晖的《盂兰变》,成为书写武则天朝历史的鸿篇巨制;而朝鲜族女作家金仁顺、瑶族女作家纪尘、苗族女作家贺晓彤、满族女作家洛艺嘉擅长都市题材作品,其间作者的民族身份几乎完全消隐在现代都市人的生存体验及女性意识的彰显之中。从当下少数民族女作家文学实践的丰富性可以看出,随着全球化时代少数民族身份的逐渐淡化与作家文化追求及身份认同的多元化,其主体意识与文化身份建构也发生了改变,因此需要在更大的历史、现实视野中定位与考察当代少数民族女作家的文学创作。

对于少数民族女作家而言,其性别身份与族别身份始终彼此缠绕与相互借重。她们最为重要的身份自然是民族身份与性别身份,构成文本中两个重要的声部,而这两重身份之间时而分裂、时而融合,其间构成的张力使她们的文本成为一个多重话语纠缠与协商的场域,而对这两重身份的关注与侧重则构成了诸多文本的不同面貌,并且正是少数民族女作家这两重身份之间不间断的冲突、协商与耦合,为她们的创作实践带来更多的生机与活力。虽然当下少数民族女作家的创作呈现多元的态势,其间不乏纯粹的女性写作的范例(此处的“女性写作”这一概念,即由法国女性主义作家、学者埃莱娜·西苏在其《美杜莎的笑声》中提出的“身体写作”——强调女性写作在历史中的无可替代性,表现被以往历史和文化遮蔽的女性历史和文化内涵)。但比之对少数民族女作家民族写作的重视,那些淡化民族身份而专心从事女性写作的作者,则往往很少受到研究少数民族文学的学者及批评者们的重视。虽然在文学的一般属类划分中,少数民族文学的属类划分依据是作家身份和作品中的少数民族生活与文化内涵。但正如上文分析,这样的写作现象是全球化时代民族主体意识表达的多元化与个性化的表现,“并因此决定了这个时期少数民族小说景观的多元和文本精神指向的多元,也让九十年之后中国文坛多元化的个人写作变得更加丰富多彩”[①]。女性写作在20世纪后20年至新世纪日益发展,已经构成一股相当不弱的创作热潮,并且女性主义批评作为一种批评理论与后现代主义交接共融,转而影响到文学的阅读与写作实践。而少数民族女作家当下的文学实践,既是少数民族文学创作的重要组成部分,同时也构成了中国女性写作的一种现象。少数民族女性写作的整体面貌与20世纪女性写作(包括西方与中国)思潮的共涌,既为女性主义写作和民族化、本土化文学探索与文化追寻展现了一种途径,又呈现出其作为现代文化批判思潮影响下的先

① 罗四鸰:《当代少数民族作家的身份建构与小说创作》,复旦大学博士学位论文,2011年。

锋性特征。因此,本章选取了一部分少数民族女作家的女性写作作品,尝试通过对当代中国少数民族女性创作对女性及知识分子话语的思考,凸显全球化多元文化语境中少数民族文化与女性写作的丰富、多元与多义,凸显有限视野中当代中国少数民族女性写作经验与女性生命经验的表达,展示其间历史与现实表述的多元与繁复,并且试图使一种更具理论性及批判力的阐释成为可能。少数民族女作家的文本中所包含与体现的多重话语空间、多重文化因素及多重身份的交汇冲突,还没得到充分研究,且女性主义理论的运用在深度与系统性上有进一步拓展的空间。

第一节 民族女性的记忆/技艺史:少数民族女作家的“身体写作”

20 世纪 90 年代,以王安忆的《纪实与虚构》为代表,女性写作中的一个特殊脉络即“女性世序”及母系家族史的写作逐渐风行。可以说,这些作品使得那些原本遭到埋藏和压抑的女性隐秘经验,从历史的深处被以个人记忆的形式、女性写作的方式挖掘出来。

满族女作家雪静的《红肚兜》、赵玫的《我们家族的女人》及朝鲜族女作家金仁顺的《春香》这三部长篇小说,都以自己独特的方式探索女性(本民族女性)隐秘的历史经验与属于女性系谱的记忆方式,而在一定程度上构成了对“女性世序”家族史写作的某种延伸。通过女性家族史的写作,她们试图为女性重新界定自我的欲望,对如何在历史化及社会化的维度中书写与重构女性的自我历史与记忆,开启了想象及书写的空间。她们以女性自传体的方式,揭示在男性的权力和话语谱系中,女性的生存困境及为确认身份、重建记忆与历史所付出的努力与代价,可以说,她们的反抗衍生于其边缘及被压抑的历史地位,并在边缘处试图抵制整合,通过被贬抑的、口头且无记载的文化及艺术形式,保留对某种切身的记忆与历史的体认与追忆,这点在《红肚兜》与《春香》中有着极为鲜明的体现。

对于这些女作家而言,相似的是她们共同承担的历史文化潜意识,是她们对历史经验与记忆极为相似的探寻与挪用。金仁顺以《春香》的创作提示着女性记忆与经验重新流通,以及女性写作实践的可能,她通过戏仿、不协调、内在混淆及意义增衍的手段,以一种颠覆性的“重写”策略试图脱离男性权力话语,而尝试在话语/权力关系的框架中使一种逆转、解构与置换的叙事成为可能。但赵玫《我们家族的女人》却成就了另一种关于家族女性及女性宿命的想象,为我们追问写作行为本身的有效及有限提供了一个颇具症候性的文本:女性写作究竟是遮蔽还是越发彰显了女人的宿命与绝望,写作能否为女性提供一处皈依的净地与庇护的天顶,还是写作行为在实践中又将成为另一重假面,遮掩起欲说还休的女人/个人的生命体验?女性写作究竟是源自不能已于言者的冲动还是一份"假面的告白",即建构主体身份的一种策略?

一、"红肚兜"与"盘瑟俚"[①]:满族/朝鲜族女性的技艺/记忆史

满族女作家雪静的长篇小说《红肚兜》是一部典型的女性家族史作品,一个浮现在女性视点中的家族故事,类似于王安忆的《纪实与虚构》、徐小斌的《羽蛇》,构成"90年代女性写作中一个特殊的脉络'女性世序'/母系家族史的延伸"[②]的作品序列。但不同于王安忆及徐小斌等人宏大的文化构想,雪静的《红肚兜》仅止于说了一个好听的故事。其间女性生命经验的偶然流露,却使这个娓娓动听的好故事渗露出些许荒诞与苦涩的诗情。作者以民初至当下这百年历史为经,以三代女性生活为纬,编织出一幅活色生香的人间色相图。在这由三代风尘女性组成、无父且无夫的家庭里,女性命运的故事及女性的讲述、叙事成为唯一的记忆来源,女性的谱系与历史成为唯一的历史、家史。

在文本中,外婆温婉、母亲温晴、女儿温声,三代女性都逃不开以色事人的悲剧命运,无论付出怎样的心机及努力,最终都只能回到原点。她们都是美丽娇柔的女子,充满女性魅力的尤物,同时又都符合各个时代对"才女"的要求,作为女人,她们可谓得天独厚、色艺俱佳。外婆的女红巧夺天工,母亲的昆曲余音绕梁、书法自成一格,而生活在新世纪的"我"则能妙笔生花,遂成为时尚的"美女作家"。但这些为时代所青睐的技艺却并未给她们提供任何明朗的出路,相反却吊诡地成为她们"堕落"之旅的开端。外婆温婉原本希望依靠为大户人家小姐做针线活养活自己,却不料被无能且好色的姑爷看上,横遭非礼之后又被盛怒的大小姐卖入妓院。母亲温晴少年时便被一个古董商相中,善于投资及投机的商人在她身上大下血本,务必

---

① 朝鲜族特有的一种曲艺样式。是从李朝英祖时代开始,民间艺人在朝鲜唱剧中的一种形式,表演时艺人着民族服装,当代仍有流传。

② 戴锦华:《自我缠绕的迷幻花园——阅读徐小斌》,《当代作家评论》1999年第1期。

将其培养成秦淮八艳式的美妙交际花，为自己的古董架上再添一件珍贵的收藏。但当商人失势破产，温晴的境遇每况愈下、朝不保夕，甚至只能依靠出卖身体给某个工宣队长才能换得“文革”时代的短暂安宁。“我”温声成长在为商业大潮席卷的南京，原本的六朝古都早已被消费主义改写得面目全非，但一派纸醉金迷之气却似乎仍与六朝金粉的声色犬马一脉相承，而作为故事的叙事人，“我”的故事无疑更具代表性或曰总结性。温声为赡养母亲、改变母女二人窘迫不堪的生活境遇，以成为畅销书作家为己任，但“我”唯一的灵感来源却是外婆温婉年轻时代的身体及性经验，曾堕入烟花巷、一生流落烟尘的外婆竟然成了“我”的缪斯。并且在写作的同时，“我”遇到了“我”人生道路上第一位性启蒙者——卑劣无耻的流氓文人王可，于是对自我身体的开发与对尘封在历史中的外婆性经历的想象性开掘，成为“我”生活中并行不悖且相得益彰的两个声部。但始料未及的是，“我”最终完成处女作之时，却也是堕入历史及宿命陷阱的时刻。为求得小说的发表，“我”卖身主编，终于得偿夙愿，成为小有名气的“美女作家”，但随之而来的却是一发而不可收拾的各种情色交易。“我”的创作生涯始于那些实践“身体写作”的成功“美女作家”(如卫慧、棉棉)的现身说法，但无疑“我”将这一身体写作的原则贯彻得更为彻底。当写作与卖身在“我”的生活中可以如此地并行不悖时，作者不遗余力的女性自曝式写作便构成了对曾风行一时、无比时尚的“身体写作”[①]、“美女作家”潮流的最大讽刺与嘲弄。并且文本中更为意味深长的一个事实是，“我”的写作与外婆的女红、母亲的昆曲一起，构成了某种男权社会中女性技艺的历史。而这所谓的一技之长却不过成为出卖身体及性的引子或曰“前戏”，某种可以勾起男性欲望的无伤大雅的“小玩意”，男性社会购买并消费千娇百媚的女性身体时同时获取的某种可爱、迷人甚或是颇为性感的点缀或曰“赠品”。对这些始终挣扎着以“才艺”自立的女子，无论是父权/男权社会还是商品经济或消费主义社会，她们唯一的价值永远只是作为供男性欣赏与消费的性尤物而存在。在这个意义上，《红肚兜》中对温婉精致女红的细腻描摹，不由得让人联想起五四时代由女作家凌淑华创作的短篇小说《绣枕》，对于其间那个精于女红的“大小姐”而言，刺绣只不过是她成功推销自己的身体及性的某种手段，“绣枕”是她为成功地将自身变成在父权社会内部的传统家庭之间流通的

---

① 此处的“身体写作”并非女性主义理论家西苏的“身体写作”概念，而是指 20 世纪末以卫慧、棉棉等女作家为代表的，以露骨的性爱描写为噱头的，与消费社会合谋的商业化写作。

商品、礼物而制作出来以推销自我的一件“小礼物”。[①] 但对于《红肚兜》中的三代女性而言，她们甚至没有婚姻这层温馨且必要的包装，而不得不以某种更为直接、赤裸而残酷的方式出卖自己的身体及性。诞生于晚清末年的温婉、民国年间的温情、“文革”末期的“我”，再加上那个产生于五四时期女性写作中的“大小姐”，女性技艺的历史构成一个完整的脉络，但整场技艺的历史/记忆都不过被证明是男权社会为规训、形塑女性而设计的为数众多的诡计之一。有学者在对《绣枕》这篇小说进行象征主义解读时提出精彩见解：“绣枕”这个意象正是成了“女性”概念某种本质化的隐喻，“‘女性’的‘艺术化’与‘商品化’特征共融，而具有观赏性，以被评说、被欣赏来表现价值。从观赏者品位出发，满足观赏者的好奇，刺激观赏者的欲望和消费。女性以‘女红’（传统女性道德观）的实绩塑造社会（男性）给她们规定的角色后，绣品（女性创作的产品）的特点便成为女性本质的象征——向他者（男性）展示，获得欣赏与接纳”[②]。由此可见，《红肚兜》中分属于三代女性的“美德”及才艺——刺绣、昆曲及美女作家的“身体写作”，与“绣品”一样，都不过成了为刺激男性消费者的欲望而被批量订制与生产的工艺品/商品。

在此意义上可以说，《红肚兜》在某种程度上承袭了自“五四”女作家始的女性自省意识，如《绣枕》一样，作者以女性视点还原了女性生存中那些不为外人知也不足为外人道的尴尬、辛酸及无奈，那些隐蔽在她们身体里的肮脏，由“历史的尘迹和男人的放浪”所带来的无法拒绝的肮脏。并且那些在男性及正史叙事中被奉为“妇德”之表征的各种女子的技艺，在女性私密的历史、家史中不过被证明是某种无用的点缀，不仅无法改变甚至只能加深女子被消费、被商品化、被物化的命运。作为父权社会及文化形塑女性的诡计，整个过程的奇妙或曰阴险之处正是在于“女性在为表现自己价值所进行的创作活动中，最后把自己变成了产品”[③]。但历史及时代的吊诡之处更在于，今日为都市新女性热爱并身体力行的前卫“身体写作”与“大小姐”及温婉们的刺绣女红、温晴的婉转昆腔之间究竟有多大的区别？从中国女性开始“浮出历史地表”至今，历史前行了一百多年，然而蹀足其间的女性究竟走了多远，男女平权、妇女解放运动究竟走了多远？

如果说《红肚兜》以一份女性独有的清醒与自知，以一种深刻的反思与内省式的写作，将女性记忆/技艺的历史还原为被男权文化及历史暴力规

---

①②③　白薇：《对苦难的精神超越——现代作家笔下女性世界的女性主义解读》，民族文学出版社2003年版，第33页。

训、改写的痛史、泪史，并将女性写作在商品社会中的困境及有效性，以一种分外鲜明的方式凸显出来的话，那么，朝鲜族“70后”女作家金仁顺的长篇小说《春香》则提供了另一个截然不同的关于女性记忆/技艺的历史及对女性写作的想象。《春香》是朝鲜族作者对朝鲜古典名著《春香传》的一次颇为现代的改写，作者将笔墨集中于对春香及其母“香夫人”之间亦亲亦友的复杂关系的描摹刻画之上，从而将原本属于春香与李梦龙的爱情传奇改写为母女两代人的命运故事。其间春香的母亲由面目模糊的退妓（即改籍的艺妓）李月梅摇身一变为倾国倾城的香夫人，在富庶、繁华的南原府高张艳帜。她精心营造的风月窟“香榭”排场奢华、颓靡销魂，享誉南原府，一时名流云集、艳名远播，可谓玫瑰阵中、车马如云。而当香夫人取代了春香成为独一无二的女主角时，一个贞洁烈女以身抗暴的前现代爱情传奇便为两代名妓风流旖旎的神女生涯之写真所取代，由此“70后”作者后现代颠覆姿态与意图早已一览无余。同样是人尽可夫的欢场人生，但不同于《红肚兜》中的三代女性皆因生活所迫而沦落风尘的无奈酸辛，《春香》中的香夫人与春香却是自愿操持这一为人不齿的交际花生涯，并且将这一千夫所指的职业经营得有声有色。香夫人的风光八面、收放自如、于不经意间雨覆云翻的本领，直让人忆起曾朴的赛金花与白先勇的尹雪艳——这些出身欢场的传奇人物，堪称脂粉丛中的将军、“穿裙子的丈夫”，她们以历久不衰、日新月异的魅力与风华周旋于社会的各个阶层，且永远神秘莫测、游刃有余。而有这样的母亲言传身教，年少的春香自然也不会是等闲之辈，在春香与李梦龙的爱欲纠葛中，看似是风流轻佻的李充当着引诱者的角色，但实际上真正的主动者却是毫无经验的春香，是她依凭少女独有的沉静而轻巧的智慧，巧妙地以不动声色的默许、鼓励、引导与拒斥决定着每一步的推进或是回退，并操纵着这段爱情的最终走向。可以说，比之《红肚兜》中三代女性的随波逐流、俯仰由人，《春香》中的母女二人却对自我的身体、性及命运有着极强的把握能力。有评论者指出，《春香》正是通过“消解春香的‘传奇’把它置换给香夫人，从而《春香》的主题由《春香传》的爱情贞烈转变为春香、香夫人的女性解放寓言”[①]。笔者以为，在女性写作的意义上，说金仁顺的《春香》具有“女性解放寓言”的价值也许并非言过其实的溢美，但其价值却绝非仅仅停留在对女性身体及性解放的描摹探索之上，而是在更为复杂的面向及维度上探寻了女性身体、生命与经验、记忆、历史的关联，并以

---

① 洪永春：《从〈春香传〉到〈春香〉：传奇的消解与置换》，《通化师范学院学报》2010年第7期。

一种极为策略的方式在尝试推进、拓展女性写作的限度及可能。

在《红肚兜》中,如果说三代跻身风尘的女性各自拥有的、颇具时代特色的“一技之长”构成了历史进程中的女性记忆/技艺史的话,那么在《春香》中也存在着类似的关涉女性技艺的意义符码即盘瑟俚艺术。在《春香》中,作者最具匠心的改写便是将盘瑟俚艺人对《春香歌》的创作/虚构事业事无巨细地纳入叙事过程并使之成为推动叙事的内在动力,从而将《春香传》这一爱情传奇背后的运作机制从幕后移置前台,使这一前现代的爱情传说或曰神话的建构性及虚拟性得以彰显或曰暴露。换言之,作者让读者清楚地在文本中看到《春香传》这一在民间源远流长的古典爱情神话的生产过程,而这无疑也是一种自我指涉或曰自我暴露式的写作,因为盘瑟俚艺人的生产与虚构无疑可以让读者联想到作者此时正在进行的虚构及叙事工作,或者说作者金仁顺对《春香传》的改写即长篇小说《春香》的写作与盘瑟俚艺人对《春香传》的创作,获得了某种不言自明的对应性与同构性。因此,在文本中,盘瑟俚艺术作为至关重要的意义符码,无疑指涉着文学创作与虚构过程及作者的写作行为本身,而二者之间的互文性关系则要求(理想)读者关注交流与传达的问题。作为流传民间的口传式文学经典的代表,古典名著《春香传》正是在盘瑟俚艺人的百年传唱中逐渐成形并不断演变、修正的,可以说,正是不同时代的诸多出色的民间盘瑟俚艺人才是《春香传》当之无愧的创作者。经过金仁顺的改写,《春香》中的写作行为与盘瑟俚艺术之间的可类比性及指涉性生成,使得极具民族及民间特色的前现代的盘瑟俚技艺,为今日的女性写作提供或曰开启了另类的想象路径及可能。

具体言之,在《春香》中,于卞学道逼婚的经典桥段之后,香夫人的对策足以令人拍案叫绝:她并未向那些位高权重的恩客求助,而是请出了著名的盘瑟俚艺人太姜。经过两个不同凡响的女人——名妓与女艺人——一番私密的谋猷筹划,不久以后,关于春香与李梦龙的坚贞爱情,卞学道的荒淫无道、欺凌弱女,春香的贞烈不屈、以死御辱等传奇情节,以盘瑟俚说唱的形式在坊间不胫而走,并且太姜的精湛技艺与她在市井中的影响力更是带动了另一个阶层即“赁册屋写异闻传记的书生”的热情。这个善于把握市场走向、早已商业化的书生阶层以生花妙笔各显神通,由他们炮制的传记传奇纷纷热卖,使得南原府一时间洛阳纸贵,于是盘瑟俚说唱与传奇故事同时在南原府繁华的勾栏酒肆之间广为流传,蔚为大观,最终共同造就了春香与李梦龙不朽且经典的爱情传奇,并借助公众舆论的方式彻底挫败了卞学道的逼婚阴谋。在文本的叙事语境中,作者金仁顺以春香的口吻叙事，让这个古典传奇中的女主角始终以一种颇具现代或曰后现代感的残酷清醒与自知自觉，将自己嵌入一种尚待书写的文本状态，向读者坦言所有关于“我”——春香的神话，不过是一个出于不得已的苦衷而精心设计与虚构的“故事”，而这一叙事与虚构从酝酿、形构，到生产、传播、复制与增衍的过程在文本中均有着事无巨细的清楚表述：

> 太姜是香夫人为数不多的知己之一，她是第一个说唱香夫人故事的盘瑟俚艺人。在香夫人艳名远播的同时，太姜作为一名优秀的说唱艺人，也逐渐名扬四方。
>
> 在流花酒肆举行的这场说唱结束以后，太姜的名字又与我连在了一起，而且，《春香歌》宛若一场刚刚下过的大雪，遮蔽了以往故事的轮廓。
>
> 这是一次命中注定的传奇。是爱情的传奇，也是盘瑟俚艺术的传奇。太姜、香夫人、卞学道，他们三个人的名声叠加到一起，为我和李梦龙的故事增添了很多色彩。从《春香歌》在太姜嘴里诞生的最初时刻，春香的故事就不是一个年轻女子私人的故事了。
>
> 太姜说唱了三个时辰，从艳阳高照一直说唱到夕阳西斜，然后她走出酒肆，奔赴在以汉城府为目的地的说唱之路上。《春香歌》就像一棵树的枝干部分，它从太姜的嘴里生长出来以后，其他的盘瑟俚艺人和异闻传记的书生拿出各自编造细节的本领，迅速地把这棵树变得枝繁叶茂。然后是树树成林，树林又变成森林的过程。①

这段引文清晰地指出春香与李梦龙的爱情传奇的生产性，它源自香夫人、太姜与赁屋书生们的一次成功的集体策划与合谋，而在这个意义上可以说，《春香》中真正的主角是香夫人与太姜这两个奇女子，而她们在文本中的位置正相当或曰对应于写作者。或者说香夫人与太姜之于《春香歌》正如金仁顺之于《春香》，都是拥有创作或曰虚构特权的女性写作者，是有意识地生产出虚构/叙事文本的生产者。正是她们的合作与联手将春香这个彼时尚懵懂且冷漠的少女打造成了叙事文学与民间流行文化中九死不悔的痴情女子，并最终拯救并彻底改写了少女春香的人生。有趣的是，在

① 金仁顺：《春香》，时代文艺出版社 2014 年版，第 184 页。

男权文化关于书写行为的规约中,写作的主体无疑是男性作家,而女性则是约定俗成的“被动的创造物——一种缺乏自主能力的次等客体,常常被强加以相互矛盾的含义,却从来没有意义”,女性的人生与经验在男性的书写历史中只是被化约或“异化”为“文化之内的人工制品”①,扁平而单薄得如同剪纸。而在文本的叙事语境中,正是两个女人占据了通常由男性写作者占据的经典位置——拥有对一个如白纸一般的少女与处女的书写、改写及想象的权力,成为菲勒斯——书写之笔的拥有者。作者改写了女人与词语、女人与写作的关系,而这样的改写正是通过香夫人与太姜这两位经典书写这一男性权力的僭越者的人生轨迹体现出来的。

正如文本中所详细介绍的事实,香夫人与太姜的成名几乎是一次相辅相成的帮衬、共谋与双赢。在香夫人成为一个著名的交际花之前,太姜也只是一个生活艰辛的无名艺人,而正是香夫人的艳名远播给太姜创造了一个绝好的机会,她以香夫人为主题的说唱很快赢得了市井的关注与热情。于是在香夫人高张艳帜、香名远播的同时,太姜也逐渐成了一个获得公众认可的、出名且出色的盘瑟俚艺人。可以说,香夫人与太姜,这两个在世人眼中偏离“正轨”的不幸女人与艺伎,却在对方的存在中发现了自我的价值,她们的生命互相补充、造就与延续,并一同改写了另一个女人——春香的故事与人生。香夫人、太姜与春香,她们彼此在对方那里寻找到辨认、识别与记忆自我的机会与可能,并试图以一种全新的方式,将女性的记忆、经验与历史传承下去。而这样的方式,并非在男权文化所有的书写方式之外另辟蹊径,而是借助主流及民间文化当中的部分——为大众欢迎的盘瑟俚说唱与传奇故事的写作,通过巧妙、策略的改写利用,将其改变为女性手中的武器,不仅将女性从男权文化的苛酷统治之下解救出来,将女性形象及身体从男人编造的故事中拯救出来,还同时不着痕迹地暗度陈仓,将原本属于主流文化的写作方式改造为女性记忆与经验承传的工具与载体。于是,在《春香》中,作者让我们看见,女性不仅可能被男性化的故事陷害,沦为承受暴力形塑与刻写的“空白之页”,也可能被出自女性之思、之手的故事拯救与成就。而如果引入金仁顺以太姜为主人公的短篇小说《盘瑟俚》作为参照,那么女性之间的技艺/记忆传承与互救的历史与经验则会以更为清晰的方式传达出来。

《盘瑟俚》这个以盘瑟俚说唱般温情流畅的韵律讲述的故事,却有着至

① [美]苏珊·格巴:《“空白之页”与女性创造力问题》,张京媛主编:《当代女性主义文学理论》,北京大学出版社 1992 年版,第 165 页。

为悲辛凄楚的情节，这是一个关于无耻暴虐的男人、父亲与被侮辱被损害的女人、女儿，一个被压制欺凌到极限的女儿的反抗与弑父的残酷故事，但却又有着奇迹与获救的转折与结局。与《春香》类似，拯救并非来自代表正义与公正的男性英雄，而是来自同样生活在社会底层的女艺人。在文本中，正是盘瑟俚艺人玉花出演了一个劫法场的侠肝义胆的女侠，她用一曲催人泪下的盘瑟俚说唱将刑场变成了舞台，将麻木的围观者、"无主名无意识杀人团"改写为泪如雨下的理想观众。她犹如《一千零一夜》中的山鲁佐德，用讲故事的方式、用女性的智慧与创造力延迟死亡并最终获救，但她所要拯救的不是自己，而是苦难深重的同性姐妹，那些在父权与男权的严苛统治下辗转挣扎的卑微生命。正是盘瑟俚艺人玉花的仗义相救，才使遭遇堪怜、身陷囹圄的太姜逃出生天，并从此改变了自己被侮辱被损害的命运。玉花的能量与武器正是她炉火纯青、足以感天动地的盘瑟俚技艺，而她之所以拼死解救太姜，也是希望天资极佳的她能够继承自己的衣钵，将这一女性技艺/记忆传承下去。而在《盘瑟俚》中被玉花拯救的可怜的太姜，却在《春香》中成为另一个仗义执言的救助者，以自己的创作与表演帮助春香母女从卞学道的阴谋中脱身。正如前辈玉花期望的那样，此时的太姜不复是《盘瑟俚》中那个受尽凌辱、无言卑微的弱女，而是一个真正的深谋远虑的智者，一个与香夫人一般"穿裙子的丈夫"。如果说玉花当年在刑场上的一曲盘瑟俚是用太姜母女的悲惨人生作为蓝本，是一次女性经历与遭遇之"纪实"的话，那么太姜此时的《春香传》则成了一次真正意义上的"虚构"，或者说此时的太姜比之当年的玉花更为深切地体认与领悟了盘瑟俚——女性创作的技巧与策略，更为谙熟表演与虚构的本质与力量。因此她在创作中暗中置换了香夫人与卞学道之间冲突的实质，将两个强者之间不动声色的较量与斗法改写成一个大权在握却荒淫无耻的强者/男性对两个无辜柔弱、毫无防范能力的弱女子的觊觎构陷与任意欺凌。

如果说太姜是在利用自己成功艺人、女性创作者的身份巧妙地"虚构"，那么香夫人则是在聪明地"扮演"，扮演一个与自己性别、身份相契合的形象，一个符合男性文化对边缘、底层女性想象的"秦香莲"。一个柔弱无助、毫无自保能力又陷身阴谋与不幸的女人，无疑可以极大满足男性的自恋狂想并唤起他们的拯救欲。因此，作为一个有着丰富阅历的智慧女性，香夫人无疑窥破并成功利用了性别秩序与男权文化的内在裂隙与漏洞，成功出演了一个悲苦无告的母亲，并将彼时尚懵懂无知的春香装扮或曰书写为一个三贞九烈、为爱情挺身抗暴的烈女。可以说，她亲手制造并生产了一个罗密欧与朱丽叶似的爱情传奇，借助太姜高超的盘瑟俚技艺与在市井中的影响力而广为传播,从而使高高在上的卞学道成为男权社会关于女性话语虚构的牺牲品。①

因此,如果说《盘瑟俚》所成就的是一个女性“被侮辱与被损害”的故事,女性传统形象与命运的又一个有力、有效的文本化佐证的话,那么《春香》则是对这一过分稔熟的女人故事或曰话语的改写与消解,同时构成对男权文化中固定的性别秩序及叙事成规或曰滥套的揭示与调侃,而这一恶作剧式的调侃的始作俑者甚至不是“70后”前卫作家金仁顺,而是《盘瑟俚》中曾以生命注解女性故事、话语、成规的太姜。可见女性写作的方式也许不在于独创只属于女性的、独立于男权文化及语言的另一套话语,而是利用原有的艺术形式、叙事成规,通过输入、铭刻全新的意涵而使其改变,最终“为我所用”。换言之,对主流与大众文化形式的借重,并非对男性书写权力的屈从,也可以是巧妙的利用与篡改,从而使其成为封存女性记忆的“魔瓶”,以女性的集体智慧巧妙无痕地在一个屈从的形态中投注反抗的危险因子与潜能。因此,在《春香》与《盘瑟俚》中,正是盘瑟俚艺术给予了边缘与底层女性——那些原本无权发声的女性一个自我言说的机会,一个保留经验与故事的机会,一个辨认与记忆自我的机会,而历史与记忆的获取无疑是女性自我建构自身主体性的一个至关重要的契机。

正如上文所论述,在文本中,盘瑟俚艺术同时指涉着文学创作与虚构过程及作者的写作行为本身,或者说,《春香》中的盘瑟俚艺术与金仁顺的创作或曰虚构行为之间,无形中获得了某种程度上的可类比性或曰同构性。而当作者在《春香》中借“我”即春香之口向读者坦言相告,所有关于自我——春香的神话与传说,不过是出自几个拥有非凡智慧的女人的一次成功的集体“创作”时,躲在背后的叙事者、作者是否也是在用另一种隐蔽的坦诚向读者坦白自己的“改写”行为,也无非是一次彻头彻尾的“虚构”与无中生有?但正是在这样看似随性的“姑妄言之”当中,作者完成了对男权文化所界定与规约的写作方式的一次堪称华丽的戏仿与颠覆、僭越与解构。在这个意义上,作者金仁顺的写作是否就和太姜的盘瑟俚一样,成为一种试图延续女性记忆、经验与历史的方式或曰技艺?或者说,金仁顺是否也在写作过程中无意间将自己变成了另一个更为现代也更为犬儒的太姜?有评论者充满诗意地点评:“在我看来,金仁顺也是一位盘瑟俚艺人,在大家都很熟悉的南原府点上一盘迷迭香,淡定,然后在这令人心醉神迷的气

① 此处的分析借鉴戴锦华分析王安忆小说《岗上的世纪》中的方法,见戴锦华:《涉渡之舟——新时期中国女性写作与女性文化》,陕西人民教育出版社2002年版,第302、305页。

息中，微启红唇，吟唱出一段传奇。”①如果说在金仁顺的笔下，盘瑟俚始终是女人之间自救及互救的方式，情感联系及交流的方式，以及对父权/男权社会关于欲望与性的叙事道德权威的某种抵抗，那么可以说作者在女性的意义上，重新界定了写作行为本身。作者将盘瑟俚及写作构造成性别化的行为，将这一民间艺术发展为女性抵抗男权社会暴力压制与书写的富有潜能的抵抗行为，通过坚信女性之间理解、交流、互助的可能，女性经验的共同性及可传承性，悄然呈现了女性写作的轨迹与潜能，女性视点中的历史与女性创作的力量。于是盘瑟俚艺术与女性写作成为在男性权力的践踏与蹂躏下女人反抗与发声的利器，成为记录女性的苦难，女性的反抗、挣扎，以及女性的自觉与内省的工具与载体。正是女性记忆/技艺之传承，提供了一个全然不同的历史进程和记忆线索，即重写或曰改写了呈现在历史之中又显影于历史之外的关于女人们的故事，或者说为那些过分稔熟的故事/叙事成规提供了一些截然不同的版本。

由此可以说，比之《红肚兜》中雪静对女性写作自剖式的自省的冷静与悲观，金仁顺的《春香》显现出了一种别样的乐观，在她的笔下，历史中原本喑哑无声的女性，可以通过编织传奇的方式自救，这无疑显现出作者对女性写作的自信，而“70后”作者这份难得的自信并非空穴来风，而是源自文本中对“同类”的发现与相认。在《春香》中，香夫人与太姜的创作、书写并非“女书”式的女性独创并且只限于同性之间的私相流传，也不是如当代的“私人化”写作那般拒绝外面的世界而沉溺于一己女性、私人的空间，而是有着更为庞大的野心与更为实际的盘算，融入人群、汇入声势浩大的市井并在其中牢牢占据属于自我、女性、边缘的一席之地。并且更为重要的是，她们不是孤军奋战地面对男权/父权社会中的诸多权势者，而是有了可信可靠的同盟与伙伴。那是抛掷万贯家产、一生沉迷于杯中物却又天真质朴、常怀赤子之心的饱学之士凤周先生；是被科考制度抛弃也抛弃了这一制度、以生花妙笔编造传奇而不再去求取功名的书生；无疑还有那些和太姜一样携带着各种动人的故事穿梭往来于首尔与南原府之间，漂泊无定、风餐露宿的盘瑟俚说唱艺人。这些社会中的边缘人、自我放逐者，他们与那些为人不齿的“操贱业”的女子却有着天然的亲近。因为作为被主流社会放逐或无法容纳的残片而存在的流浪者，作为政治、文化或语言、精神上的无家可归者，他们在社会结构中的边缘位置与那些底层女性是如此的靠近。于是同声相应、同气相求，“我们”忽然发现与“他们”竟是如此相像与

① 翟业军、周玲玲：《魅，洒满整个世界——金仁顺〈春香〉读札》，《文景》2008年第9期。

亲近,可以相互理解、帮助、造就,成为同一个故事与传奇的补充与延续。而“我们”与“他们”之间的这种联系无疑是一种“主体间”的关系,是建立在相互尊重、理解的基础之上的边缘力量的结盟与互助。正是这份难能可贵的相逢相认与相互追寻,给了作者一份难得的自信、乐观与淡定。而联系作者“70后”美女作家的身份,对发现“同类”的渴望既可以说是一种女性作者对女性写作与记忆的自我指涉性的思考,也未尝不可以说是后现代时空中孤独个体对自我与他人关系的重新体认。正如一股淡淡的却是始终萦绕不去的孤独感构成了全书的基调,叙事者春香也在一定程度上成了金仁顺的化身,那既是一个力图艰难地了解自我身体、性欲与身份的前现代少女,也同时是一个时刻体会、吞咽着孤独、寂寞与迷茫的后现代个体。

二、双重镜像与自恋主体:满族女性的记忆—写作—生产

在满族女作家赵玫的长篇家族小说《我们家族的女人》中,爱情、写作与女性记忆呈现出别样的面目。作为一部“差不多是自传体的小说”,作者在其间袒露属于现代知识女性的诸多情感困境,以及那些源于爱情的幻想与创伤,其间家族、血缘成为一种不可抗拒、无法规避的宿命,如作者在文本中反复陈述的,家族、血缘成了一种悲剧式的宿命,一种无法逃脱的“惘惘的威胁”:

> 一个人,你怎么就能摆脱那牢牢控制着你的那千丝万缕的联系呢?每一滴每一滴家族的血。每一个每一个家族中的也是你身边的亲近的女人。尽管你与她们远离你与她们久违,但是你难道就不能在她们已走过的路程在她们已写完的历史中,看穿你的那个命吗?
>
> 你可真傻。
>
> 你徒劳地挣扎。
>
> 你已经处处与她们不同,但那个深刻的血脉你拗不过。[①]

类似的表述在文本中反复出现,成为纠缠叙事者、主人公的梦魇般的存在。“我”被嵌入一种“血脉的历史”当中,而所谓的不可逃脱的血脉,在

---

① 赵玫:《我们家族的女人》,春风文艺出版社1992年版,第5页。

文本中不过是一种宿命的指称，同时是家族女性遗留下来的某种遗产，一种集体记忆与情感结构，即作为女性所遭受的诸多有无名目的剥夺、丧失、侵害及各种无谓的奉献与牺牲。而这样惯性的痛苦与丧失却作为“遗产”被过分书写/铭刻进女性的集体身份及集体记忆当中，形成一种结构性的存在，致使今日的叙述者“我”除了将自身悖论性地嵌入这一悲剧链条当中，别无选择。虽然作者对自我情感、身体及性体验的坦率自白与直陈，使其类似于林白、陈染的“私小说”，但她始终自觉地把自己置入一个“集体”及家族女性的系谱当中，作为集体的一员而存在，而不仅仅是一个沉浸于“私人生活”的没有历史与记忆的都市游魂。因为虽然家族及血缘意味着一种延续的且无法逃遁的悲剧性宿命或曰陷阱，但“它同时是被血肉模糊地撕裂开来的母体，是来处与归所，是根和源。如果它曾是个人的囚牢，那么它同样是庇护的天顶，尤其是在历史的暴力曾改写并抹平一切之后，尤其是在孤独无助的个人独自面对着现代世界斑斓而扁平的风景之时”[①]。因此，“我”不停地书写家族女性情感及婚姻悲剧的行为便类似于一种“疗伤”或者自救，但无疑集体的痛苦并不能缓解与分担“我”个人的痛苦，集体的不幸与无望并不能印证我的“幸存”，家族女性的集体痛史与代价并不能成为从历史、家史中将“我”赎出的筹码，叙事虽然可能成为自曝伤口的行为，却并非一定能够带来缓解与愈合。

但是与《红肚兜》《春香》相比，虽同为女性家族史写作，《我们家族的女人》却无疑缺乏那份对女性命运的深刻内省及质询，缺乏足够的洞察力与思考的深度，而轻易地滑向了一种自恋式的沉溺与“貌似优雅的虚弱”。对于“家族中的女人”，“我”的同性至亲们，除了等待、忍耐与背负，从未有任何行动及反抗的可能。面对不公的命运，她们从未曾试图僭越，甚至丧失了自己的欲望，或者说她们所有的欲望都是为迎合男性的需求而产生的，所有主动的欲望表露其实都仅止于迎合，对男性欲望的被动迎合。并且在这个由女性亲属所组构的女性世界中，男性总是作为君临者与征服者俯瞰着这些虚弱的、渴望被宠爱的、“应该把她看管起来保护起来”的茫然无措的小女人，她们所有的快乐与满足都源自男人的渴慕、欲望与需要。作者仅止于控诉的情感宣泄，无疑使作品缺乏一种质询历史与现实的冷峻及自我解构的力度与勇气，始终将爱情当作一切痛苦的根源，难以拒绝、不可避免的宿命与天谴。因此她们的悲剧缺乏力度，仅止于一种展览，对不同时代形形色色不幸婚姻及情爱的展览。如美丽的姑母因“三寸金莲”而被新

---

① 戴锦华：《拼图游戏——〈花城〉1996 年小说概览》，《当代作家评论》1999 年第 1 期。

婚丈夫——一个五四青年遣送回家,从此开始了她身为女性的落寞人生;曾经是文工团员的小姑嫁得炙手可热的革命权贵,原本前程似锦,却在“文革”中成为“反革命”的家属,从此颠沛一生;“我”爱上有妇之夫,成为不光彩的“第三者”,但经历了情感的迷狂之后,“他”最终决定远赴大洋彼岸与妻子重叙人伦。这是些何其稔熟或曰老套的故事、叙事,与主流文化关于旧女性及新女性的表述及想象若合符节。这是一群丧失了可疑的内面与“深处”的女人,对于父权/男权社会而言不具备任何威胁性的女人,只是作为纯粹的被动者而存在,因此其所有的价值不在于对女性命运的深刻揭示、对女性创痛的触摸,而是不期然地成了对主流男性话语及叙事成规的应和,或者说作为一位女性知识分子,作者的想象力却并没有超越男性历史及叙事所规约的陈词滥调。而令作者、叙事人耽溺其间的对“血”及“血脉”的非理性恐惧,并非被洞悉了女性命运的恐怖所压倒,而不过是对被时代主流话语所塑造与规定的关于婚姻及婚变的叙事成规及滥套的某种略显夸大其词的反应。并且作者将家族女性的悲剧人生简单地归结为“血”与宿命,与其说这是对历史中女性宿命的体认,不如说是借此一劳永逸地放逐所有行动、实践及反抗的可能。不可否认,在男权社会中,女人的天空是“低矮的”,但正如汉娜·阿伦特的宣言“政治仅仅与‘行动’相关”,而“当人们先在地追寻和体认‘不可能性’,便会拒绝另一个曾经开敞的空间——‘没有什么是不可能的’”。[①] 但在文本中,作者/叙事人对家族女性反抗行为及能力的消除,并非仅仅陷入男权文化的叙事陷阱,而是有着更为深层、隐秘的动机,正如文本中作者/叙事者一段关于写作的独白:

> 慢慢地我终于知道了我的主题。如果要我为我的小说做一个总结的话,那么我知我旷日持久所孜孜寻求的,原本只是维持爱情的艰难。甚至几乎是不可能的。所以分离、男女的分离才成为永远的主题。满心柔情所获取的,只是寂寞忧伤和阴郁。你作为女人永远是牺牲品;而你作为生存者,却又总勇敢地破坏着温情与和谐。[②]

此处暴露了叙事人之所以过度地书写家族女性的所有不幸及今日

---

① 提摩太·贝维斯:《犬儒主义与后现代性》,转引自戴锦华主编:《光影之隙:电影工作坊2010》,北京大学出版社2011年版,第111页。

② 赵玫:《我们家族的女人》,春风文艺出版社1992年版,第26页。

"我"的情感遭遇及困惑的真实意图,"我"原本所孜孜以求的,正是"维持爱情的艰难",是使爱情在"我"的叙事中成为"不可能",因为唯有这样,"我"的小说才能够有一个足够吸引人的"永远的主题"。因此,"寂寞忧伤与阴郁"将注定作为代价而存在,"我"始终在生产与复制这些情感悲剧、关于女人命运的悲剧,只是为了"写作"的需要,并且"我"作为自传的主体,故事的讲述者,也要借助对各种无奈的"男女分离"这样的永恒主题的反复渲染、复制、改写,才能完成"我"叙事及通过叙事建构身份及主体性的工作。因此,与其说"勇敢地破坏着温情与和谐"是出于"生存者"的必需,不如说是因为"写作者"的策略与需要。因为自传并非仅仅是一种体裁而更是一种实践,"涉及历史中的自我再现的实践","讲述故事和由讲故事建构的自我都是身份的叙事建构。自传性讲述是施为的;它本身展现出'自我',但却说是这一'自我'产生了'我'"。[①] 作者自觉的自传式写作,不仅仅是为以小说形式记录下家族女性苦难而沉默的过去,为那些落魄的、为历史与时代遗忘的被损害的女人"呐喊"几声,更为重要的是,她们形形色色的悲剧生涯无疑将为当下的、写作的"我"提供各种"镜像",为"我"今日的爱情及写作提供一个清晰完整的历史坐标图与参照系,从而使"我"今日的爱情和关于爱情的想象及写作能够成为一个脉络清晰、完整的叙事链条。而在这个意义上,在文本中为"我"以莫名其妙的非理性恐惧反复渲染强调及夸饰的关于家族"血""血脉"的"宿命",不过是想借助"血脉"这种不言自明的生理性延续来完满一种叙事的完整与稳定,以一种明确的、历史的、主观的,以及具体化的自我表述行为及自我叙事行为,建构完整的关于"我"的身份故事。而此处的"我",将不再是分裂的、不完整的、临时的现代主体,而是有着统一、稳定的身份。

可以说,对于写作者而言,"家族女性"形形色色的人生悲剧都是在"我"的视野中被呈现,她们的命运只是为"我"提供了诸多或有效或无效的镜像与认同。但在文本中,除了"家族女性"这一女性镜像序列,无疑还存在另一种对叙事人而言更为重要、更具询唤力的镜像,那就是以玛格丽特·杜拉为代表的,包括伍尔芙在内的西方知名女作家。在叙事语境中始终与家族女人的命运相平行的,是杜拉的作品序列对身为作家的"我"所产生的巨大影响,并且"我"无疑在以"我"的情感及生命模仿玛格丽特·杜拉的

① 西多尼·史密斯、茱莉亚·沃森:《自传的麻烦:向叙事理论家提出的告诫》,[美]James Phelan、Peter J. Rabinowitz 主编,申丹、马海良、宁一中等译:《当代叙事学理论指南》,北京大学出版社 2007 年版,第 412—413 页。

小说及人生。似乎可以说“我们家族的女人”与玛格丽特·杜拉共同构成了“我”生命中的两面镜,她们相向而立,映照出不同然而相似的“我”。杜拉的名作《乌发碧眼》被叙事人反复提及,成为“我”的故事中一个至关重要的“潜文本”,且在文本的后半部分,“我”甚至按照杜拉的叙事与一个长着“蓝眼睛”的中国男人将“乌发碧眼”的故事做了中国式演绎。荒唐地长着一双蓝眼睛的中国男人只不过是为了印证面临遭男友遗弃的、早已不再年轻的“我”此刻仍不容置疑的魅力与风华,或者说他的存在只是为了缓解“我”因不够自信而产生的焦虑。“我”以叙事者这一文本中的上帝权威造出他,并让他只是因为“我”的冷漠拒绝便蹈海而死,只不过是为了向“我”三心二意的情人证明“我”尚存对异性的堪称强大的魅力与吸引力,而这样过分的自恋表述背后无疑掩藏着深刻的脆弱、分裂及自我怀疑。可以说,叙事者的自恋并非对女性自我的欣赏与迷恋,而是以假想的男性目光为镜,重塑理想自我,符合男性及主流文化价值标准的自我。这一叙事部分无疑具有一种愿望满足的结构,一种类似于白日梦的幻想结构,而主体正是把自己的形象投射到了这种白日梦般的情欲幻想之中。如艾德里安娜·里奇所说:“想象力可以将任何东西变成其对立面,或赋予它另一个名称。因为写作即重新命名。”[①]这无疑是另一种“命名”式,而最后渴望完满的却不是女性记忆及写作传统的接续,而是成就了一个女性/知识分子既“虚”且“美”的“镜像”,并且是一种毫无僭越性的,可以在男权/主流意识形态及知识系统的庇护与认可之下安然无虞的女性形象。并且对于叙事者而言,虽然家族女性与杜拉等西方女作家共同构成了生命中的“镜像”,但无疑,杜拉及西方文学史上诸多极具个性及天才创造力的女作家,才是“我”毋庸置疑的理想镜像序列:

> 我喜欢杜拉。并想成为她。她把人生中的爱无论进行到哪一步都是很透彻的。她并且不顾一切。自己毁灭自己把一些事看得很尖刻但又常常爱感动。有所谓永恒的感情吗?杜拉是怎么了?
>
> 我还喜欢《呼啸山庄》。喜欢疯狂。有人说我很像那个不论年轻的还是老了以后的弗吉尼亚·伍尔芙。我的玻璃板下至今压着她的一张钢笔画。是一位朋友画好后寄我的。她最后投水

---

① [美]艾德里安娜·里奇:《当我们彻底觉醒的时候:回顾之作》,张京媛主编:《当代女性主义文学批评》,北京大学出版社 1992 年版,第 133 页。

而死。也是壮举。……

而我由此变得美丽。

…………

我写小说。[①]

叙事者在对这群不同凡响的女人的“生命的模仿”中试图完成自我身份的另一种建构过程。“写作”由此成为“我”区别于家族中其他女人的生存方式，它赋予“我”其他家族女性所无法企及的高度及自由，赋予“我”一种特殊的身份。书写的能力成为一种特权，使“我”能够避免家族女性喑哑无声的被无限度牺牲的历史宿命，成为一叶救渡之舟，使“我”能够驶向由杜拉所象征的另一种无疑更具吸引力的、更为优雅高贵的生命及情感体验，一种将更为持久、明确且更具说服力的身份。对于作者笔下的“我”而言，写作提供了一面自恋的镜像，可以让写作者无限沉溺于其中的幻象。但事实却是，“我”虽然对杜拉极尽模仿之能事，但无疑缺少杜拉那种“无尽繁复却又惊人洗练的女性告白”，能让人，尤其是女人“体味那种近于肉体痛楚的生命经验，在其中经历那份几近窒息的生命炼狱之旅”，迷人而优雅的文字在可以令人“如同沉迷梦魇般地往返穿行”[②]的同时，让人体味整个20世纪的痛楚与绝望，人类主体心灵的震颤迷失及无法化解的痛苦和忧郁。而“我”的写作，甚至并不能在任何层面上构成对男性文化及社会的任何“冒犯”，而只是一种可以容忍甚至是玩赏的“特殊”，不仅不会危及他们的特权及传统，反而会成为一种可以被浪漫化的微不足道的特殊性。于是此处的写作行为、实践已成为填补与遮蔽女性人生空白的方式，成为一种朝向自己的虚构与谎言。在这个意义上似乎可以说，“我”对家族女性的书写并非是一次复原、复活的尝试，而是一种“谋杀”，让她们彻底地停留在她们宿命的位置，没有任何改变的裂隙及可能，一切尝试都将被“血缘”及“命”否定。而她们的“死亡”是为了“我”的新生，是为了给杜拉及伍尔芙等留下足够的空间与位置。可以说，赵玫的文本正是为我们展示了一个女性知识分子如何表达对爱情、文学、自我与西方的想象，并通过这些想象获得确认自身的方式。其间对自我的自恋式解读的缺陷，使写作无法对自我及女性之谜提供任何解答，而只能陷入封闭的语义循环，且无意中成为男性中心的两性逻辑至为虔诚的守护者与践行者，因为在作者、叙事者处，唯有

---

① 赵玫:《我们家族的女人》,春风文艺出版社 1992 年版,第 144—145 页。

② 戴锦华:《印痕》,河北教育出版社 2002 年版,第 154 页。

在西方及男性的双重注视中,“我”才能获得真正的自我意识。正如詹姆逊所言,这样的文本,“其叙事方式的构成特征,较之作者的全知或作者的干预是更基本的东西,可以称之为‘力比多’的投入或作者的愿望满足,在这种象征的满足形式当中,传记式的主体、‘隐在的作者’、读者和人物之间的有效区分实际上已被抹去”①。正是一种愿望的满足与幻想的投入,将自传式写作化为某种乌托邦表述,成为投射自己欲望及“白日梦”的场域,通过女性创伤经验的集体升华而实现自我的精神重构,并在“表征历史的同时彻底放逐历史”。

由此可见,金仁顺、雪静与赵玫关于“女性系谱”的作品,以两种截然不同的叙事,提供了女性主体与历史、记忆、生活的两种关系及可能的结局。金仁顺与雪静的女性写作以批判、否定的主题倾向于自我取消的性质,却以一种真诚的贫困,面对着女性历史及现实生存与女性写作的困境。而赵玫的家族史写作传递的却只是一份幻觉,一个镜像,一种构造与填充自我的必需。女性自传式的家族史写作无疑可以构成质询、竞争以及重构女性历史、记忆、文化及权力的机会,但同样可能成就一个关于女性的虚假镜像或是多重镜像互映间的身份政治,而并非一定能够获取关于女性的“真相”。当一种代表了主体身份的话语与更具“优越性”的西方女性知识分子产生了某种想象中的认同之时,她便从原先所归属的本土属下女性群体中脱离出来,进而成为拥有特殊的个性化身份的个体,其间“家族女性”的苦难史不过成为额外的文化资本,提供了建构中产阶级知识女性主体身份的一种行之有效的策略。

第二节　表象时代的跨国书写:少数民族女作家的都市写作

如果说对一切具有霸权统识色彩的整合性叙事,抗拒与颠覆是女性写作一贯的姿态与策略,那么,对资本主义全球化的批判,将成为女性写作重要的环节。20世纪末,随着奔向全球化脚步的加速,一个日渐蓬勃的消费社会正在中国兴起,而所谓的“消费社会”同时是指“后工业社会”,“在这样的社会里,消费成为社会生活和生产的主导动力和目标”,而“‘消费文化’这个术语是用于强调商品世界及其结构化原则对理解当代社会来说具有

① [美]弗雷德里克·詹姆逊:《政治无意识》,中国社会科学出版社1999年版,第141页。

核心地位”[①]。而在一个由形象的生产与消费所主导的社会里，“奇观”的侵入遍布生活的每一个角落，如居伊·德波所言：“奇观乃是意识形态的顶点，因为遍地开花的奇观揭示和显现了整个意识形态系统的本质：对现实生活的剥夺、奴役和否定。”[②]当文学日益成为消费文化的一部分之时，如何在全球化的时代发掘潜藏的历史与记忆，在被表象主导的时代努力开掘出自身存在的文化空间，如何在“景观社会”中捕捉、发现并再现尚未被彻底遮蔽的真实，成为社会关注的点。在此意义上，本书关于几位少数民族女作家创作的阐释，一定程度上分享了其对文学如何在消费社会制造的表象世界中突围的思考与想象。壮族旅美女作家晓牧的《旧金山的新移民》与蒙古族女作家包丽英的《蒙古帝国》系列历史小说的写作凸显了消费社会现实及历史写作的某种困境，其间消费社会中影视媒体对写作的影响并非仅仅体现在作者将“直接可感的表象代码编制进文学叙事的描写性组织，在文学文本中建构一个庞大的消费社会的符号体系”[③]，而恰恰是写作者原本严肃的现实主义追求与文本凸显的现实及历史感的匮乏的实际效果之间所构成的裂隙，成为我们思考“景观社会”[④]中文学创作的一个契机。而朝鲜族女作家金仁顺与蒙古族女作家额特鲁·珊丹的写作却再度凸显出“女性写作”的力量，其自觉地疏离于主流文化的边缘立场，成就了撕裂由消费社会中主流媒体与文化工业联手制造的华丽“表象”世界的精彩瞬间，并以女性、边缘的话语揭示着延续于后现代都市景观中的男权逻辑与话语。

一、旧金山的壮族人：表象时代的跨国书写

出自壮族旅美女作家晓牧之手的《旧金山的新移民》，似乎可以为我们探究与思索全球化时代的写作这一问题提供分析的契机与入口。这是一

① 陈晓明：《表意的焦虑——历史祛魅与当代文学变革》，中央编译出版社 2002 年版，第 425—426 页。

② [美]查尔斯·伽罗安、伊冯·高德留：《视觉文化的奇观》，吴琼编：《视觉文化的奇观——视觉文化总论》，中国人民大学出版社 2005 年版，第 204 页。

③ 陈晓明：《表意的焦虑——历史祛魅与当代文学变革》，中央编译出版社 2002 年版，第 465 页。

④ 出自居伊·德波的《景观社会》，其书中第一段文字也是最著名的一句断言是：“在现代生产条件无所不在的社会，生活本身展现为景观(spectacles)的庞大聚集。直接存在的一切全都转化为一个表象。”“景观”，作为德波社会批判理论的关键词，指“愿意为一种被展现出来的可视的客观景色、景象，也意指一种主体性的、有意识的表演和作秀”。

部具有鲜明全球化色彩、来自大洋彼岸的作品,作者的本意似乎是要为新世纪的"新移民"作传写史,而作者以现实中硅谷工程师的身份来写那些投身硅谷的华裔IT人才的人生故事自是轻车熟路、信手拈来,有着难能可贵的生活经验打底。那些面对极度竞争压力、身处多元文化的激荡环境之中的"旧金山新移民",他们的跨国经历与经验自然具备不同凡响的吸引力。然而原本应该拥有"真切体验"的作者,却在叙事的过程中不经意地陷入"讲故事"的冲动之中不能自拔,于是一部长篇小说成为一个故事的盛宴,正如文本中准侦探平良对"私人侦探交流大会"的总结:一个"故事大会"而已。在文本中,随着心理医生四季与乃兄、私家侦探林冰洋的闪亮登场,以明月、东舟为代表的年轻工程师、新一代移民们在经济危机中左冲右突艰难创业的事迹逐渐淡出,取而代之占据文本中心的则是心理医生与私家侦探的一系列颇具戏剧性的奇遇。如果说以成功敬业的女医生四季作为线索串联起的形形色色的精神病患者的叙述,尚在揭示现代都市对人性的异化、扭曲、制造各种心理疾患方面留存了一些可贵的现实感的话,那么关于私家侦探林冰洋与助手平良的一系列故事则令人啼笑皆非地成为日本动漫《名侦探柯南》的成人化亚裔翻版,且不说文本中的情节设置,就是二人的性格特征也明显地与动漫人物的扁平性、喜剧感如出一辙。可以说,这两个终日游逛在现实的圣何塞市中的动漫人物,将整个文本拖入无比滑稽怪诞的境地。对于一个生活在典型的后现代时空中的新生代作家而言,在作品中掺入动漫或游戏因子也许无可厚非,但不可否认的是作者的现实主义诉求,即"以真切的体验,全新的发现,写就中国一代代移民的成长史",而在一部一定程度上有着现实主义诉求的叙事作品中如此贸然地出现一对动漫人物,与其说是令作品意欲传达的移民经验的可信度大打折扣,不如说对于生活在后现代都会、从事IT事业的作者而言,也许现实与动漫并无太大区别。或者说并非作者在现实中生硬且不负责任地插入动漫元素,而是现实本身就是某种意义上的动漫与游戏——一种程序设计的某种延伸而已。于是出现在文本中的只能是一些摈弃了任何深度的叙事,即使是最具现实感的部分,如留学生们在面对经济危机时的艰难,都仅止于对生活表象的记录,但更为令人担忧的是,作者所作所为也许并非刻意地弃绝深度与真实,以尝试后现代的另类叙事,而是根本不知何为"深度"与"真实",甚至以为她所记录——仅止于记录而无法名之以叙述——的都是"真实"。换句话说,可怕的尚不是拒绝深度,放弃对现实的体认与经历,而是误把虚幻的由各种动漫、影视、媒体共同打造建构而成的"海市蜃楼"当作可以抵达的美好目标,将后现代社会制造的诸多幻象当作真实的生活与生活的真实。而这正是后现代主义、晚期资本主义文化对现实及经验“入侵”的结果:“后现代主义以它对终极意义、深度模式的消解,以它零散化、表象化的呈现,托出一个消灭了差异、痛楚或焦虑的‘准伊甸’。后工业社会无名的、‘孤独的人群’似乎成了一些蓝天上五彩缤纷而无处附着的气球。”① 而在旅美作者笔下,这些“孤独的”、为全球化时代批量生产出的“单子化”个人,甚至不曾体察到这一深刻的、哲学意义上的“孤独”,而是沉醉于“五颜六色”的梦,正如在现实中,他们的创业梦想不过是附着在美国“泡沫经济”之上的海市蜃楼。但吊诡的是,如果说他们是一群典型的后现代文化及经济全球化的产物,那么我们似乎难以理解在文本的叙事语境中他们那无比的自豪感、充实感甚至崇高感,他们以迥异于嬉皮士的“不务正业”的严肃进取为自我身份标识,而这一文化身份认同无疑构成他们建构主体性的重要借镜。在文本中,作者将这群年轻人与众不同的奋发与自苦,归因于华裔移民优秀文化传统的承传,但实际上在叙事语境中,构成这群年轻人奋斗动力的却是另一套价值体系及话语系统的变体,那就是老旧的“美国梦”。这一为美国主流社会的文化逻辑所精心建构的社会神话,原本不过是为了遮蔽存在于美国社会中的严重种族、阶级及性别歧视,而文本中这群年轻的、涉足高科技领域的亚裔移民却将这一套代表中产阶级利益的保守价值体系奉为圭臬,他们的自信、充实其实建立在这一十分老套的神话表述/叙事之上,由此也注定了他们的未来无疑将是中产阶级坚实且忠诚的后备军。正是这个主流文化及社会立场的选择,使他们不仅无视美国社会中无比真切地存在的,甚至他们也深陷其中的种族歧视与阶级分野——种种有无名目的精神疾患及与之伴生的暴力与侵犯,都无法动摇或哪怕一瞬间撕裂他们的美国梦幻。更令人担忧的是与之相伴生的记忆及历史感的严重丧失,他们对华裔移民曾经的艰难、渗透血泪的移民史,那些关于爷爷奶奶们在严重种族歧视的环境中艰辛挣扎的痛史、泪史,在作者这位“新移民”的表述中,剩下的唯有轻描淡写的只言片语、一笔带过的语焉不详,甚至于主人公东舟的祖辈竟然是在一个逃亡美国的德国纳粹、雅利安贵族的无私帮助下方得以事业有成、扎根美国。这一过分理想化的叙事及想象,不仅抹杀与遮蔽了昔日旧金山的华裔移民、劳工,那些跨国流浪者在种族歧视严重的世界上所可能遭遇的一切艰险、悲辛与孤独,并且以今日全球化时代文化生产的娱乐性、大众化想象,对华裔移民的经历在价值与意义上进行肥皂剧似的篡改,在其乐融融的好莱坞情节剧似的轻松愉

① 戴锦华:《镜与世俗神话——影片精读18例》,中国人民大学出版社2005年版,第222页。

悦、暖意融融的表象之下,成就了一则关于种族、阶级大和解的叙事,以同质的、被抽空历史及现实内涵的主体,取代了新移民劳动阶层千差万别的、由文化族群记忆所形成的差异。

在全球化资本的现代语境中,这些新移民的价值及伦理观,与中产阶级的私有观念和价值不无关联,体现出一种“游牧国际主义”,而这一概念主要由出身第三世界的跨国文化精英提出,“它曾主动地和被动地与一种被激活的多国资本结合在一起——许诺了一种最终的全球非领土化”[①],而跨文化的消费社会新的物质与政治环境决定“在这个消费社会里,霸权趋于内化,而且采用了合作、挪用、消费、自我流亡、自我离散和自由等形式”,在这样的全球霸权体系内部,因为文化及主体资源上的不平衡,“地方性(主要是非西方的)历史和文化不得不内化其自身的离散——此时,祈求于一个集体的过去或是乌托邦形象的任何企图都会由于种种原因和禁忌而变得彻头彻尾的可耻——以便被接纳进后现代、全球文化(一个现代历史的盛大聚会)的多元文化协奏中”[②]。但在晓牧的文本中,地方性文化似乎获得了某种正面积极的表述与评价,如作者多次流露出亚裔移民对传统文化及美德的承传正是构成“旧金山新移民”今日之成功的重要内在因素,但类似勤奋、耐劳、上进等等所谓儒家文化因子的表象似的存在,不仅仅构成了一种自我东方主义式的表达,并且在文本中一个未曾言明却显而易见的事实是,这些地方性文化因素正是因其与美国主流社会对中产阶级富有清教色彩及保守主义特征的文化特质的话语建构具备了某种程度上的相似,才被认为是有价值的。此处一个毋庸置疑的事实是,西方资产阶级的文化及价值观才是具有“普世性”价值的“原价值”,是衡量、评价及取舍地方性文化的一个重要且唯一的标尺,而“在‘全球文化’的意识形态保护伞下,不同的‘地方性’文化和社会的主体性(或自我身份)在全球化面前被迫悬置起来,这些文化和社会的本体论的(也即是精密地建构起来的)生存模式和价值体系也被迫简化为种族‘身份’的一种标签”[③]。在全球化的消费社会的语境中,第三世界文化被化约为一种符号,例如文中关于越南的想象仅限于“越南牛肉米粉”,印度则是一个迫害妇女、崇尚男性对女性身体管制的不开化的国家,而与此平行的则是亚裔吃苦耐劳、敬谨勤奋的儒家传统

---

① 张旭东:《批评的踪迹:文化理论与文化批评:1985—2002》,生活·读书·新知三联书店2003年版,第132页。

② 同上,第133页。

③ 同上,第134页。

美德，而居于其上的无疑是经久不衰的西方神话——美国梦，即只要足够努力，便可以取得个人的成功，而所谓的成功不过是跻身中产阶级的阵营，并且成为一个真正的“美国人”，除此之外，不再有其他可供选择的主体位置。至此我们可以说，《旧金山的新移民》这部出自旅美华人之手的作品，正是第三世界的文化精英对本民族及其他第三世界国家的东方主义想象及完全内化的西方资产阶级价值观的一个文本化佐证。

但即使是在这样一个“表象”化的文本中，现实或曰“真实”仍然可以为自己寻找到出路，透过那些为写作者刻意营造的、无比光滑精致的表象，仍可以感受到其下涌流的残酷甚至狰狞的“现实一种”。那是隐藏在美国社会光彩迷人的后现代幻象之下的不那么光彩的现实，是形形色色的精神疾病在畸形异变的现代都市中的不断复制再生产。中产阶级高尚、保守、进取的面具之下掩藏的是可怕的心灵扭曲与家庭暴力，无法化解的种族歧视与阶级差距，以及与之相伴生的种种可怕的性暴力及性侵犯，如此种种，不一而足，而这些正是美国主流社会讳莫如深的“柜橱里的骷髅”。文本中的女主角明月便是一个因少年时代的创伤经历而不断逃离爱情，甚至有着自毁倾向的女孩；学业有成、聪明英俊的本土白人菲力之所以甘愿陷入自闭与抑郁的惨淡境遇，只是为了向同伴们掩盖自己身上的黑人血统。即使是奉行“美国梦”这一美国社会主流逻辑的作者及与作者类似的年轻的硅谷工程师、新一代华裔移民，也难以彻底忽视或逃离这个残酷真相。而正是透过敬业到近乎偏执地步的心理医生四季的眼睛，美国社会，尤其是堪称社会中坚的中产阶级群体，似乎都是形形色色的精神疾患的携带者，潜伏在中产阶级“正常”、体面的面具之下的往往是扭曲、异变的灵魂。

无独有偶，同样的表象叙事倾向存在于另一位本土女作家的历史写作当中，可以说其与晓牧时尚的跨国写作构成了一组有趣的偶句。蒙古族女作家包丽英在推出她的长河系列五卷本《蒙古帝国》后，在新世纪开始了她《蒙古王妃》系列的写作，在写罢草原男性英雄的铁马金戈、弯弓射雕的雄性历史之后，作者有意为这些雄才伟略的男人身后默默无闻却不同凡响的女人作传。但如果仔细检视这些具有史诗追求的“长河”小说，意欲呈现“蒙古史的繁复、沉重、冗涩”的作品，却不难发现，贯穿其中的却是西方价值观的“普世性”及所谓的“人性”话语，其间文化差异与历史主体都被现代世界的文化逻辑及个人主义话语所渗透，成为脱去地域与文化习俗痕迹及历史气息的准现代个体。这些原本应无比“厚重”的长卷历史小说却始终以一种轻逸的视觉形象呈现那些斑驳厚重的历史及战争场景，以镜头式的语言营造戏剧化的视觉与情感景观，以视觉表象的形式轻松地穿越历史与战争的艰难历程，这其实正是透露出一种非历史的倾向。并且更为严重的是，其通篇情节剧式的结构方式，正体现了全球化时代文化生产的娱乐性、大众化倾向，以及通俗肥皂剧如《还珠格格》、各色"清宫秘史""穿越"系列对文学生产及长篇小说创作所产生的刺激、影响与渗透，甚至一定程度上可以说，正是文本平滑顺畅的写作方式不经意间显现了多集连续剧式的叙述模式。而作者之所以在她的创作中多选取女性人物作为叙事主人公及行动主体，也许并非为了以女性的立场与视角重写历史或是还原那些名垂青史的女人的真实历史处境与人生经验，而是与当下文化工业及消费主义对女性表象的生产与消费的热衷有着直接、内在的联系。或者说女性作为通俗言情剧中的女主角，为一种类似于传统鸳蝶派文学式的俗艳且滥情的表达方式，提供了一种易于被大众理解与接受、适合大众观赏与消费的原材料，并方便视觉与影像的加工与实践。其间作者对蒙古帝国的开创者成吉思汗形象的更为"人性化"的描写，更是呈现出某种鲜明的文化症候，与其说作者是试图借助戏剧化的方式对传统英雄史诗及正史写作做出一种更为个人化与情感性的改写，试图还原更为真实与人性的成吉思汗及蒙古帝国的其他英雄儿女，不如说是全球化时代消费社会中长篇小说的创作一定程度上加入资本主义文化工业的生产与复制的某种表征或曰佐证，以所谓的具有"普世价值"的"人性"书写来达到对民族、族群话语的超越。对这一状况，当前全球化时代"世界文化的标准化"规则注定难辞其咎，而同样难辞其咎的还在于一种文化"混杂性"的出现，即文化在今天已成为日常生活的一部分，而消费文化"事实上是一种特殊的日常生活方式，是社会结构组织的一部分"①，因此，也必将导致"特定……生活方式在这种文化标准化的过程中将被淘汰"②。并且更为可怕的是，一切都是在消费过程中不知不觉地发生的，人们会把它作为日常生活方式接受下来，而缺少必要的反思，其表征是特定的民族及族群认同与商业意识形态的混同性。正是在这个意义上，全球化所具有的意识形态色彩往往更具欺骗性和隐蔽性，而对其保持必要的警惕和批判也就显得更为艰难和紧迫。具体到《蒙古帝国》与《蒙古王妃》的写作者，可以说正是她的严肃态度及舍我其谁的使命感与作品实际凸显的历史感匮乏甚至消失的现实效果之间所构成的吊诡，才对研究当下少数民族作家的历史写作更具启发意义。当后现代社会中历史衍

---

① [美]弗雷德里克·詹姆逊著，王逢振译：《论全球化影响》，转引自李惠斌主编：《全球化与公民社会》，广西师范大学出版社 2003 年版，第 26 页。

② 同上，第 22 页。

易之时，严肃的历史写作与历史思考是否仍旧可能，写作者的探究与实践究竟成就了一种演义/演绎还是衍易？当历史与记忆在消费社会中成为历史通俗剧式的演绎，英雄美女、阴谋武侠等模式或曰滥套被依次搬演，被包装成“奇观”以供消费，只能彰显出消费社会中个体的历史想象的单调、贫乏与有限。于是这部具有史实追求的“长河”小说系列，与王斑所定义的“散文时代”的特征不谋而合，“散文时代”表征着文学开始“走向离散、零碎的感官经验，注重个体感觉、快感，欣赏意象营造和趣闻轶事。零散、随意的个人记忆，代替了历史叙述和文化记忆的整合逻辑。作为一个从历史叙述中退却的症候，散文心态轻飘飘地迎合商品消费文化的兴起，满足都市消费者日常的、世俗的感觉”①。可见，与其说这是一些具备史诗性追求的小说，不如说它们是适合这个消费社会的散文更为贴切。

二、金仁顺的“地下电影”：话语界限的消失与重构

如果说旅美壮族女作家晓牧的“移民”写作与蒙古族女作家包丽英的历史写作，无意间落入视觉文化的窠臼，成为消费社会的一道景观的话，那么朝鲜族女作家金仁顺的《松树镇》及其他“小镇叙事”与蒙古族女作家额特鲁珊丹的《包袱里面是斧子》，则提供了另外一种关于全球化时代“表象世界”的叙事与想象，以戏仿的方式批判了表象世界对现实的入侵与殖民，并以个人的、女性的方式巧妙地完成撕裂表象的精彩瞬间。金仁顺的短篇小说《松树镇》延续着其小镇叙事，几个电影学院的学生为拍一部“地下电影”而来到松树镇取景，文本通过几位来自大都市的时尚艺术工作者的眼睛，观察这边远、粗陋、遍布煤窑的小镇上的众生相。从煤窑主、乡镇干部到煤矿工人、小镇的中学生们，作者重复着关于小镇故事的叙述，并且似乎在通过叙事者之口告知读者，她的《五月六日》与《恰同学少年》中的情节设置及人物的虚构想象正是出自这个“松树镇”，而文本中那部有始无终的“艺术电影”的情节构思无疑正是出自《恰同学少年》，至此两个文本之间构成了极为有趣且意味深长的互文性。

《松树镇》与其他文本中的“小镇”如出一辙，贫乏粗陋且危机四伏，危机来自层出不穷的“矿难事件”，其间死亡、淫逸的气息成为笼罩着一切的氛围，而在这一处赤裸得几乎狰狞的现实场景中，那些介乎脆弱敏感与冷酷无情间的青春少年的青春故事，成为撕裂了所有关于青春的美好想象的

---

① 王斑：《全球化阴影下的历史与记忆》，南京大学出版社2006年版，第123页。

一处“化冻的沼泽”。文本中“地下电影”成为一个重要且极具意味的能指，正是这一未曾付诸实施的艺术实践成功唤起了一位小镇少女的“明星梦”，撩拨起这个如此贫乏的小镇之中潜伏的野心与欲望，而文本、影像世界中未及发生的少年杀人惨剧却暗中启动了命运的轮盘，于是现实与文本中的欲望和暴力相互呼应与成就，虚构的谋杀成就真实的谋杀，文本的暴力唤生现实的暴力，作者借此让我们看到，真实与虚幻之间的界限竟是如此不堪一击。或者说在数码影像无所不在、弥漫着景观幻象的后工业社会，现实与幻象、虚构之间的界限早已“内爆”。正如有评论者慧眼独具地发现：“如果仔细考察小说的结构，它更深隐着一种整体性的张力，即艺术虚构与社会现实之间的呼应、对照以及由此生成的反讽。——想一想，那部‘艺术电影’何尝中途夭折，它其实直接搬演到了现实之中，并且演得更真实、更生动、更触目惊心。而谁又能说艺术的想象力无远弗届？在我们这个与时俱进急剧变动的社会里，它已被远远地抛在了后面。”[①]生活被影视媒介所构造的“景观”融化，直接改变了人们感受世界的方式，或者说生活与欲望被媒体制造的图像建构、折射与扭曲，媒体不仅“侵入、压抑、强暴和勒索”，还要注定接受它们的“诱导、渗透，以及没有道理的暴力”。相对于主流媒体所刻意营造的精致华丽、行云流水般的表象世界，艺术电影则试图捕捉那一瞬间弥散、碎裂的真实的残片，尚未被文化符号彻底渗透与涵盖的“现实”。其反景观的实践，试图以一种不透明的晦涩与灰暗，透视被主流文化忽略的底层现实，并开启消费娱乐景观之外的社会及政治潜能。而有趣的是，金仁顺的小镇故事正是采用了类似“地下电影”或者纪录片的风格，或者说“地下电影”这一艺术形式构成了金仁顺创作的某种自指，除却“高丽往事”的古典怀旧，金仁顺的都市及小镇题材基本上都延续着某种“地下电影”及纪录片的风格，以目击者冷静得近乎残酷的目光逼近现实或曰现场，以一种令人战栗的残酷诗意掩盖起所有的柔情、怜悯与矫揉造作的自恋。那些干净得近乎凛冽的文字以近乎自虐与施虐的方式逼近现场，推出那些赤裸而狰狞的生活场景，那些不加修饰的青春残酷，在给读者带来创伤及震惊体验的同时，也目睹着一个熟悉的经验世界的碎裂与分崩离析。可以说，金仁顺的作品正是用这冷峻而诗意的纪实风格讲述了一幕幕令人战栗的新人类的“青春残酷物语”。正如“地下电影”是对主流商业电影，尤其是好莱坞电影模式的某种旗帜鲜明的反叛，是一种反主流文化、反景观的艺

---

① 段乔木:《在艺术与现实之间——评〈松树镇〉》，http://blog.sina.com.cn/s/blog-79 cele 6[7]0 100 t 8 sb. html。

术实践，它试图穿透主流媒体及文化工业包装制造的各种景观的表象，触及社会中那些被遮蔽、被无视的沉默的现实[①]，金仁顺的“小镇故事”也正是有着类似的追求。这一个看似处于现代都市之外却早已被全球化时代纳入瓮中的小镇，正是一个扭曲、畸形的现代性内部所孕育的怪胎，其间现代文明成了一种不伦不类的拼凑与低俗、粗陋的展览，是日渐增多的小煤窑与层出不穷的矿难事件，是新开的录像厅中充满暴力与色情的港台录像，以及“南方女人”与矿工在暗处上演的“真人秀”。而文本中那群稚气未脱的中学生不仅对弥漫在小镇上空的各种死亡威胁与暴力因子无动于衷，并且早已加入各种暴力的表演，他们是如此不伦不类却又无比娴熟地搬演着来自港台录像中的一切：抢劫、绑架、谋杀、强奸。如果说《旧金山的新移民》这样的作品是将“历史包装成供消费的奇观，将复杂多变的现实化解为情节剧、悲喜剧、肥皂剧”的话，金仁顺的小镇故事则提供了一种“赝品”式的粗劣混杂、难以名状的气氛与场景，而这样的“赝品”感正是撕裂与解构了资本全球化构造的各种赏心悦目的商业景观，“症候性地反映了全球现代化和残存的传统生活世界的各种因素七拼八凑，标示着一个急速现代化、与国际资本接轨的国家中触目惊心的不平衡发展”[②]。

《月光啊月光》是金仁顺都市题材小说中十分成功的一篇，其中撕裂“景观”的努力与智慧却与《松树镇》如出一辙，这确是在这个“故事枯竭的时代”产生的“令人惊异”的好故事[③]。并且这里再度出现了《松树镇》当中的情节，如果说《恰同学少年》中的青春残酷构成了《松树镇》中虚拟的谋杀案的蓝本，那么《月光啊月光》则成为《松树镇》中现实谋杀案的另一次搬演。但正如金仁顺的一贯手法，这又是一次不折不扣的戏仿、颠覆与嘲弄，如果说《松树镇》中的孙甜谋杀男友的可怖行径背后掩藏的是在这个时代屡见不鲜的权色交易、关于女性的各色行业“潜规则”的话，那么在《月光啊月光》当中，作者却以她一贯的狡黠与轻灵的智慧解构了这一为时代造就、为媒体渲染的世俗“神话”。于是这一具备女性主义特征的文本形成了众多关于在权力的威胁及诱惑之下堕落女人故事的消解，构成了对男权社会及商业文化之下古旧性别秩序与女性真实地位的揭示与调侃。与孙甜类似，“我”是一个青春美貌却无任何背景也无学历的女孩，却意外得到电视

① 王斑：《全球化阴影下的历史与记忆》，南京大学出版社 2006 年版，第 182—189 页。

② 同上，第 182、185 页。

③ 陈晓明：《表意的焦虑——历史祛魅与当代文学变革》，中央编译出版社 2003 年版，第 380 页。

台台长的垂青,从此平步青云、名利双收,于是人们理所当然地认为"我"是台长的情妇,"我们"之间有着龌龊可耻的权色交易。可令人啼笑皆非的是,台长之所以对"我"如此厚爱,只是因为其患有严重的失眠症,并且莫名其妙地认为"我"是那个可以让他"睡得着"的女人,而"我"对台长的全部意义就在于为他提供一个能"睡觉"的地方。但在强大的主流文化逻辑及人们为时代训练而成的惯性思维的规约下,"我"不可能不是台长——拥有权势的男性的情妇,"我"和他之间不可能没有性交易,正如男友的"肺腑之言":"像你这样的女孩子,能够吸引男人的原因,除了利用你的身体以外不可能再有别的了。"[①]于是,"我"首先要面对的,不是男性权力直接、赤裸的掠夺与剥削,而是男权文化关于女人的叙事,是无所不在的语言陷阱与话语罗网,一旦陷入便绝无逃脱的可能。而作者的策略正在于体现了自20世纪90年代以来女性写作的一种趋向,即"自觉而有力地对经典的男性叙述与关于女性之话语的越界",从而开启"女性文化的有力突围"。[②] 而在此意义上,金仁顺与另一位出色的女作家蒋子丹不无相似之处,她们都擅长书写"文明社会的危险四伏、生命的脆弱",同时"是对男性欲望及文化的反讽及对宿命般'镶嵌'在这一文化与话语现实中的女性命运的勾勒"。[③] 如果说《松树镇》中那个意欲依靠姿色换取台长的欢心,从而实现"向上爬"的野心,并为实现计划不惜设计谋杀男友的孙甜,正是男性及商业话语的绝好佐证的话,那么"我"的故事则是对这一话语的反抗与颠覆,但如若换一个角度,难道不可以说孙甜也可能是另一个"我"?她为时代造就并注解时代神话/成规的行为,这个以身体做赌注的野心家、"堕女",难道不可能有着"我"一样难以向外人道的隐秘与遭遇?只不过在男性话语的规约与统驭之下,孙甜与"我"均无发声的机会与可能,只能成为被故事陷害的无辜女性。因为男权文化与商业逻辑早已设计、规划、安排好了她们的生命及生命的叙事,即使死亡与谋杀也无法反抗,而只能更加完满这一叙事及成规。如果说《松树镇》与其他的小镇故事一起以准纪录片似的风格,寻找这个充斥着唯美表象与炫目奇观的时代中被刻意隐藏起来的粗俗、丑陋甚至狰狞的镜头,从而试图撕裂表象世界而使那些不尽如人意却可能"真实"的场景浮出水面的话,那么,《月光啊月光》则揭示出男权文化与商业社会合

---

① 金仁顺:《爱情冷气流》,珠海出版社1999年版,第7页。

② 戴锦华:《涉渡之舟——新时期中国女性写作与女性文化》,陕西人民教育出版社2002年版,第521页。

③ 同上,第523页。

谋制造出关于女性的各种“表象”与叙事的诡计，其间以台长为代表的男性/权力是如何借助制造、利用这些“表象”轻而易举、肆无忌惮地侵入并摧毁女性的生活与生命。于是作者在借助这篇具备鲜明女性色彩的都市小说完成对《松树镇》的反转性叙事的同时，再度成就了撕裂表象世界及男权文化的瞬间，使关于现代社会及辗转其间的女性的“真实”浮出水面，而这样一处创伤性“真实”的显影，凸显的正是因无法言说、难以名状而不可能存在的某种“存在”。

在这个意义上可以说，蒙古族女作家额特鲁·珊丹的短篇小说《包袱里面是斧子》提供了另一则类似的关于“生活模仿电视剧”式的叙事。正如金仁顺以“地下电影”指涉一桩模仿艺术的现实谋杀案，这个发生在东北地区的妙趣横生却又暗藏杀机的小故事，无论是在情节设置还是在语言风格上，都在刻意模仿风靡全国的赵本山小品《卖拐》及类似《东北一家人》的东北方言搞笑剧。故事几乎是在几位主人公——某建筑公司的下岗工人与公安局的探员们——之间的对话中展开的，在几位操持着一口顺溜东北话的主人公一段段几乎百无聊赖的神侃中，一桩扑朔迷离的“夜游”杀人案却渐渐浮出水面并最终水落石出。建筑工人马六子、二毛、穆木先后下岗，生活陷入难堪的窘境，聚在一起唠嗑打牌成为唯一的避难方式，假公济私、为富不仁的公司经理楚新立成为他们同仇敌忾的目标。而当楚忽然死于谋杀之后，吸引人的尚不在于东北味十足的小品式对白的幽默及悬念设计的离奇曲折又入情入理，而在于真凶马六子如何在家常的、贫嘴贫舌的语言涌流中巧妙顺利地将憨直的穆木、不明就里的工友、缺乏经验的年轻探员，甚至是读者，均“绕入”其即兴设计的圈套之中，从而几乎让所有的人认为凶手是患上夜游症的穆木。马六子虽然是一桩堪称血腥残忍的谋杀案的凶手，但在文本中他最重要的行动似乎不是谋杀而是“忽悠”，或者说，正是他成功的、不乏喜剧色彩的“忽悠”，才将一桩扑朔迷离的刑事案件“整”成了“一出绝妙的小品戏”，在警察局的门里门外导演了一出“卖拐”；正是他的成功表演令各个角色各归其位、各尽其职，将一出戏的火候拿捏得恰到好处，成为“生活模仿小品戏”的绝佳例证。正如文本结尾真凶兼导演马六子——鬼子六——在篇末的一语道破：

啥呀，你整大发了，不是我忽悠得好，都是本山大叔胳肢得好，把咱东北人的喜剧细胞都给胳肢出来了。眼下实行说东北人个个都是活雷锋，这话诧异，也邪乎大劲儿了，说东北人个个都是赵本山,这还八九不离谱儿![①]

在这里,真实与虚拟之间似乎不再有区别,因为它们在发生之前就已经铭刻在文化工业所制造的各种产品、幻象当中了,它们拥有相似的符码、逻辑与程序,有着相似的再现场景与可能的结果或预期。也就是说,在真实的谋杀、绑架、忽悠、嫁祸于人发生之前,它们便已经在媒体的制码与解码中无数次地"发生"了,于是现实成了虚拟的某种重复或回声,而最终现实与幻象之间的界限也彻底消失,存在的只是符号与符号之间的交换与增衍。也许最为可怕的,并非幻象无休止的自我复制与增衍,而是这样模仿幻象的"真实"的生产与再生产。正如鲍德里亚所说:"没有一个社会懂得如何去哀悼真实、权力,以及社会自身——就在相同的沦丧中,它们被复杂化了。而且,正是通过所有这些事物的人工性复兴过程,我们试着要逃避那个事实。"[②]而在对现实的"人工性复兴"、符号化建构的过程中,被放逐的正是难以正视的"事实"本身。但作者此处实践的并非仅仅是后现代的戏仿游戏,而是以戏仿为媒介,在解构与颠覆被"景观"反身建构的"现实"的同时,尝试另一种介入现实的途径与可能,或者说,这两位后现代姿态十足的作者其实都有着某种现实主义的抱负。正如掩藏在这桩看似非理性的凶杀案背后的是有名目的仇恨与毋庸置疑的阶级压迫,是滥用职权、张狂跋扈的楚新立对工人肆无忌惮的侮辱与压榨,而诱发马六子行凶的直接原因正是楚经理借"帮忙"之名占了自己妻子的便宜,男性自尊的受挫与屈辱感是他砍下那致命的"一斧子"的直接动因。在文本中那些看似漫无目的、百无聊赖的神侃背后,是以一种戏谑的口吻表达了一种积极而正面的反抗精神,是对一种早已不合时宜的话语及价值观的再度引入,而这一切是通过穆木这一人物体现出来的。

与文本中其他热衷于神侃、打麻将,多少沾上一些痞气与流气的下岗工人相比,穆木是一个极为特殊的人物,作为公司里的"先进标兵",他自尊、自重,对"自己的厂"有着极强的认同感,这使他成为一个不合时宜的人物,成为众人取笑的对象。在别人或曰常人眼中,他最令人费解之处,正在于其奉行的是另一个时代的价值观与行为准则,在于其在当下的社会中卑微的客体地位与其充满尊严感与力量感的主体定位之间存在的深刻差距,

① 额特鲁·珊丹:《包袱里面是斧子》,《民族文学》2009年第3期。

② [法]让·鲍德里亚:《拟象的进程》,雅光·拉康、让·鲍德里亚等著,吴琼编:《视觉文化的奇观——视觉文化总论》,中国人民大学出版社2005年版,第107页。

其间隐藏的事实正是两套分属不同时代的主流话语之间的冲撞与较量。但正是这个似乎来自另一个时代的逆时悖流之人的存在，客观上使这两套原本不相容的话语系统被不可思议地、恶作剧式地并置一处，反倒成为开启一层不同的想象空间的契机，体现出作者身处资本主义全球化时代仍然试图在追索已被忘怀的文化记忆的构成中进行身份认同之斗争的努力。显现出未放弃社会责任感的作家，如何在一个“历史感消失”的时代，尝试以某种方式去恢复文学的历史记忆，如何重新寻求它的文化资源和思想方位。

第三节　精神分析与女性话语：少数民族女作家的先锋写作

周蕾在分析凌淑华作品时提出了一个极为有趣且颇为智慧的概念，即女性作家和语言之间的“良性交易”：“为了显得不具有威胁性，女作家看起来信守着与父权制及其写作规则的契约，但她又在暗中微妙地破坏了这种霸权。”[①]如果如杰奎琳·罗斯所说，“在语言之外没有女性”的话，那么利用叙事成规的同时，从内部瓦解叙事也许是一则适合女性写作的行之有效的策略。作为理论话语，弗洛伊德的精神分析理论无疑具有内在压迫性，其间女性毋庸置疑的补充及衍生的地位，暗示或明示着女性只是作为男性的对应物、反射结构而存在。而当女性作为写作者与符号的使用者，而非精神分析理论任意阐释的符号—客体之时，如何面对并反转女人作为符号及分析对象的身份，在写作及语言中以一个主体的身份呈现自我的欲望及欲望的能力，无疑是一项极具挑战性的写作试验及实践，而女作家钟晶晶的一系列运用精神分析理论的作品则为我们考察女性写作对男性/理论的运用提供了一个极好的范本。她的创作让我们看到女性写作可以如何巧妙且策略地在沿用以往叙事惯例的同时颠倒其价值内涵，离析与讽喻着经典密码，如何颠覆并消解两性之间的权力模式，以及试图分解一切严格且不容僭越的二元对立的努力。

---

① ［美］史书美著，何恬译：《现代的诱惑——书写半殖民地中国的现代主义（1917—1937）》，江苏人民出版社2007年版，第251页。

一、造梦与写作的女人:精神分析的"倒错"场景

《你不能读懂我的梦》是一篇以"释梦"为核心事件的作品,其间作者显出自己对精神分析及弗洛伊德释梦理论的高超且娴熟的把握及运用能力,并以此继续着她直视人类心灵及欲望深渊的勇气。更具深意的则是,身为女性的作者在文本中借用精神分析这一原本极具男权色彩的理论,却实践了一种属于女性的反控制叙事方式。具体言之,在文本叙事表层上的故事,似乎是弗洛伊德释梦理论的某种文本化的演绎与阐释,即关于女人的非理性恐惧与男性的理性分析,以及女人/病人的困境与男性/医生的拯救,且构成梦境及阐释之核心的无疑是一桩被社会及女性心灵藏匿多年的连环强奸案。在文本的叙事语境中,一个美丽忧郁、略带几分神秘的女人对一个优秀的男性精神分析师讲述了缠绕自己多年的三个噩梦,精神分析师则按部就班地对这些充满性隐喻的梦境进行抽丝剥茧的精准分析,最终发现了那个被隐藏的、导致痛苦的原初场景,一处"内室的秘密":因少女时代被强奸而导致的心灵创伤及对自身欲望的压抑与恐惧。至此,这篇关于梦境的小说似乎都还只是弗洛伊德释梦理论的某种更为戏剧化的演绎,即女性作为一个黑暗记忆与创伤情境的心灵被囚者,弗洛伊德经典场景之中的少女杜拉——一个为男人分析、定义进而拯救的无助少女。但随着象征光明与理性的男性/分析师对女病人梦境的深入开掘,对那桩远年连环强奸案的追踪探索,他却发现自己正逐渐卷入试图侦查的故事或曰梦境之中。在文本中,与对女病人梦境程式化、理性冷静的阐释及对强奸案按部就班的调查相平行的,是分析师失陷其中的非理性梦魇丛林,受害者因被虐而产生的恐惧与创伤,竟然成为唤起与启动治疗者/分析师犯罪及施虐渴望的触媒。在他那些无比诡异且邪恶的梦及"梦中之梦"里,读者不难发现,不是别的,正是女病人的梦境与强奸案的资料,成为他为自己"造梦"的原始素材。于是他在自己的"造梦空间"——竹林中一次次与那个"更加自由、放荡"的自己——本我——"劈面相逢",目睹他无节制地宣泄非理性的兽性欲望——对未成年少女肆意窥伺、觊觎并策划实施可怖的性侵犯。

在此意义上可以说,《你不能读懂我的梦》正是构成了一个"反精神分析"的文本,其间女性叙事者、作者以极为策略且巧妙的方式对男性叙事、理论及阐释施之于女性的控制进行了有力且有效的反击。在文本中从始至终都是男性在用理论——理性、抽象的知识分析一个女人的心理与梦境,试图潜入她的潜意识领域,探索未能被理性之光穿透的"黑色大陆",并

且这个被分析、阐释的女病人同时成为男性心理医生的欲望对象。但最终，无疑是男医生而非女病人失陷于无休止的梦魇，成为自身无意识的俘虏，他对病人及欲望对象梦境的分析与控制最终唤醒了身体中沉睡的恶魔。作者用这样的方式让读者看到，男性、理性、知识不仅不能成功地分析与控制女人，甚至无法用来理解与面对自身的非理性与潜意识。女人/病人的噩梦却唤生了男性的梦魇，他在梦中为自己制造了对应于女病人叙述的神秘幽深、充满未知的威胁与恐惧的花园及花园深处的"交叉小径"。女人对来自男性暴力侵犯的创伤与恐惧，却再度唤起了男性的侵犯欲望，分析师取代曾经的罪犯成了梦中的"觊觎者"、一个阴郁可怕的强奸犯，在梦中为他的女病人，可能在少女时代曾经遭受性侵犯的不幸女人布下了天罗地网。可以说，分析师梦中的竹林在作者笔下再度成为博尔赫斯的"交叉小径的花园"——迷宫，而在这迷宫或曰梦魇的深处，与其说是男性理性的另一重分身或曰本我在向道貌岸然的理性自我坦然宣告"你不能读懂我的梦"，不如说这同时也是女性/少女杜拉们男性/精神分析师们的宣言。如果说精神分析这种试图反映性别他者的理论不过是一种自我指涉性的游戏，最终是男性试图指涉自我的产物，那么在此处它原本试图成为一面尝试捕捉他者女性的镜子，最终却只照出了自我/男性的面孔。男性/分析师按照女人的梦境、梦魇为自己构造了一处欲望的丛林，释放了久被压抑的欲望野兽，那惊心动魄的"内心深处的黑暗"。而作者模仿博尔赫斯的"迷宫叙事"为她文本中的男主人公建造那诡谲神秘、暗藏玄机的"交叉小径"，不过是想让这些标榜理性的男人与自己的灵魂或是至深的隐秘欲望"劈面相逢"——他必须直面自己体内的他性，或者说，直面自己体内的怪物/女人，而最终醒悟"也许该治疗的是医生自己"。

一个无须赘言的事实是，在经典、常规的精神分析场景中，其言说、剖析、揭秘的主体无疑是一位男性，而女人只能作为需要被治疗与拯救的客体而存在。在《你不能读懂我的梦》中，作者不仅暗中颠覆了男性分析者一贯的理性形象，同时完成了对"少女杜拉"形象的某种篡改或曰"增补"①。在文本中，"少女杜拉"的形象逐渐出现某种微妙且危险的"变异"，这不仅仅是一个有着隐秘心理创伤、无助且有着自闭倾向的弱女，同时也是一个

---

① 据德里达的概念，"增补之物是边缘的，附加到中心或源头上的……增补玷污了整一和完满的世界秩序，使其陷入过度和失衡"，"德里达重新阐释了增补的地位，……以此来挑战西方形而上学的众多建构物"。参见[美]帕特里克·富瑞:《危险的增补与凝视的妒羡》，克里斯蒂安·麦茨、吉尔·德勒兹等著，吴琼编:《凝视的快感——电影文本的精神分析》，中国人民大学出版社2005年版，第108页。

神秘美丽，带几分怪诞、桀骜与不羁的“吉卜赛”女人。这一女性形象最为令人费解之处便在于她可以在“神秘、尖锐的女巫气质”与“女学生”的温和、拘谨之间转换自如，或者说她象征着一种属于女性的流动与扮演的气质，正如她可以随意更改的姓名与身份。并且对于男性/医生而言，她最为危险之处正在于她对精神分析理论及术语的熟悉，对医生的整套分析流程及模式的了然于胸，或者说正是她始终秘密地、不动声色地引导着医生的分析走向，并暗暗唤起他潜藏的欲望。在文本的谈话场景中，最令精神分析师感到不安的是他的女病人似乎于不经意间表现出的“敏锐”与“思想的穿透力”，而这样具备男性特征的品质与她对精神分析理论的熟悉程度无疑使她具备了某种僭越性，僭越了自己作为分析客体——少女杜拉的身份及位置，并令男性/医生逐渐丧失了熟识与惯常的优越与安全。更有甚者，犹如医生自己的猜测，那些色彩艳丽、充满诸多隐喻的梦境也不过是她心血来潮或蓄谋已久的虚构与创作。那些与弗洛伊德的释梦理论如此若合符节的“标准梦”，那些充满性暗示及隐喻色彩的细节与精神分析话语如此严丝合缝地接榫与暗合，这几乎是一处陷阱，或者说这些不同凡响的梦境正是成为诱使男性/医生陷落自己无意识黑海的一处危险的陷阱。一定意义上可以说那个不知名的、神秘莫测的女病人才是一个真正的造梦者，正是她恰如其分地扮演着女病人/杜拉的角色，并在关键时刻扭转或打断叙事即阐释的方向，在协助男性/分析者制造逼真的控制幻觉的同时，不无狡黠地拆解或增补这一完整的叙事链条。而如果说以“谈话”作为主要治疗方法的精神分析必然是“叙述性的”，或者说，“在它的理论表达上必然是一种‘叙述学’：一项关于如何进行叙述的研究”[①]的话，那么一个患有某种精神疾病的女性不尽完善的叙述背后，也许是一个深谙游戏规则与理论操作的“玩家”的一次成功策划，一次颇为成功的装扮。同样，一个男性分析师理性、冷静面具之后，在可以轻易地重组起一个完整、连贯的叙事能力之后，掩藏的也许是一个脆弱、分裂、充满施虐与受虐渴望的精神病患。并且作者在颠覆“少女杜拉”这一经典的分析客体形象的同时，以那些似是而非的梦境指涉着小说本身的叙事结构，将其揭示为一则精巧的谎言、一种逼真的幻觉与巧妙的虚构。文本以开放式结尾所预留的三种可能的结局，提示着男性/理论的释梦工作不仅没有解决关于女性及无意识的问题，反而引发了一幕幕更加无法破译的梦魇；释梦及侦查无意识领域的工作没有带

---

① ［美］彼得·布鲁克斯著，朱坚生译：《身体活——现代叙述中的欲望对象》，新星出版社2005年版，第280页。

来光明与理性，反而陷入了更深的无意识黑暗；没有预先想象的安全的莅临与罪恶的放逐，相反衍生了更多的恐惧、压抑与焦虑。

在《你不能读懂我的梦》中，无论是拥有叙事权的写作者、叙事人，还是深谙精神分析理论、神秘莫测的女主人公，这些拥有知识的女性的虚构或是写作犹如赛壬的歌声或是美杜莎的凝视，对男性/理性充满了杀伤力，成为"阉割恐惧"的象征。而她们意欲"阉割"的，不仅仅是作为性别的男性，更是理论、知识、权力。由此可以说，《你不能读懂我的梦》是女性对男性知识、理论、欲望凝视的一次意味深长且不无狡黠的"回看"，对视点、话语及控制权的一次全方位的颠覆与篡取。无论是作者、叙事人还是女主人公，这些女性如此娴熟地应用这原本属于男性大师的理论话语，构成了一种极为智慧的戏仿与反讽，颠覆了其间以压抑女性为前提的男性自恋式狂想。这无疑也是女性写作的一种方式——当我们无法在男权的天空下另辟苍穹之时，应用属于他人的语言，在其间投注反抗的因子，或者说以一种屈从的姿态反抗，也许是一种可行的选择。正如在文本中，精神分析这一原本建立在男性中心话语之上的理论，却成为作者逃脱男性写作成规控制的手段。或许女性主义对精神分析的兴趣正是在于"它准确地描绘出了女性在菲勒斯中心秩序下所体验到的挫折。它使我们更接近我们受压制的根源，使我们更接近对问题的分析，使我们面对最终的挑战：一方面要像语言一样与被结构的无意识做斗争，另一方面却依然困在父权的语言之中。我们没有办法从这里生产出另一种替代的语言来，但是我们可以通过利用父权制所提供的工具来考察父权制而寻求突破，在这方面，精神分析不是唯一的方法，但却是重要的手段"①。

二、致命的飞翔：对性本质的质疑

《正午的姿态》是钟晶晶另一部优秀的中篇小说，故事的主人公仍然是一对男医生与女病人，只不过此处的医生操控的是另一套更权威也更为科学的医学话语，即居高临下、拥有上帝视角的人体解剖学。而如果说作者在《你不能读懂我的梦》中以女性写作的智慧巧妙地颠覆了精神分析情境中隐藏的性别歧视及菲勒斯中心主义，那么在《正午的姿态》中，作者在试图解构男性中心的医学、科学话语的同时，也质疑了本质主义的女性表述

① [美]詹尼特·A.克莱妮编著，李燕译校：《女权主义哲学——问题，理论和应用》，东方出版社2006年版，第415页。

并自曝女性写作及虚构行为背后更为隐秘复杂的叙事动机。其间正是一种女性特定的潜意识的流露与对女性“宿命”的潜在怀疑,构成了文本内部的深刻裂隙,使《正午的姿态》成为一个更为复杂且更具症候性的文本。

比之《你不能读懂我的梦》,《正午的飞翔》更多地显现了“元小说”或曰“后设小说”的写作形态,即作者跨越了文本中“真实”与“虚构”的界限,让患有失眠症的叙事人出场,让她看见被“我虚构的人物”——梅。并且正如文本中一个秘而不宣且意味深长的事实,整个虚构过程源自“我”即叙事者对母亲昔日的学生、一名出色且英俊的外科大夫那双“轮廓优美而又有力的男人的手”的痴迷。叙事者记忆中那个瘦弱而“多愁善感”的小男孩,与眼前这个高大强壮、矜持自信的成年男性之间的巨大反差,连同那双性感优美却充满力度的手一同唤起了叙事者的女性欲望,而这隐秘的欲望正是驱动“我”虚构或曰创造了“梅”这个美丽女人的原初驱动力——“于是我知道,她的故事作为一棵美丽的藤萝早已破土而出,并将与我眼前这个名叫欧阳的一生交织在一起”。如果说在属于男性的写作行为中,女性形象创造的动力发生学更多地体现着男性的欲望驱力,是男性欲望在文化及写作中的印痕,那么,在这篇由女作家虚构的作品中,作者让叙事者现身说法,套用并反转了这一内在于文化常规中的游戏规则,将女性的虚构及叙事行为呈现为一种女性性幻想及欲望的某种转化。在文本中,被“我”虚构的女性人物“梅”,之所以顺从医生欧阳并违心地选择堕胎,与其说是出于无私的爱及“为爱牺牲的伟大精神”,不如说是源于对欧阳这样冷酷暴虐,拥有话语、知识、权力的男性的某种非理性欲望,源自女性对男性暴君的臣服及受虐渴望。而正是作者及叙事人在将自我女性的欲望投射在为她们塑造的女主人公“梅”身上之时,却似乎失陷于某种本质主义的女性想象。

在文本中,关于“手术”的一幕似乎成为作者陷落于性别本质主义之窠臼的一处明证,当赤身裸体、恐惧绝望地躺在手术台上的梅将自己幻想成石头祭坛上的女奴,一个暴虐却迷人的男性君主的祭品与牺牲时,这种强烈的受虐幻想在令其感到耻辱的同时又令其深深迷醉,而正是在这样赤裸的受虐场景中梅发现自己“爱上了这个冷酷的,将要主宰和杀戮自己的”男人。这一幕无疑是劳伦斯《骑马的女人》中一幕的翻版,具有“厌女症”的男性作家在文本中施加在女性躯体之上的男性暴力却在一个女性作家的文本中再度出现,此处的叙事者似乎臣服于一种男性中心主义所建构的性想象,其将笔下的女主人公置于受虐狂的、完全被动的位置上,塑造了一个处于男性权力的情色凝视之下的、怀有强烈受虐狂想的女人。而如果联系钟晶晶的其他作品,则会发现被严重本质化的女性形象其实不乏其人,最为鲜明的例证便是革命历史题材小说《拯救》中的女主人公“两瓣”，一个喑哑的因丧失了语言能力而彻底沦为肉体及身体性存在的女人，在文本中她唯一一次获取语言能力竟成为其死亡的前奏。在这个关于信仰的作品中，结尾那极具象征意味的“赶尸”一幕成为历史中两性差异的某种缩影。当文本中死于非命的三个男女怀着童稚的快乐走向将驶向未知彼岸的“黑色独木船”时，行走在年轻的革命者与蓝眼睛神父当中的风骚女人“两瓣”正成为历史中女性形象与宿命的绝好隐喻与象征。正如他们三人手中寓意鲜明的遗物，“花朵、福音书，还有那颗心”，对于神父和革命者而言，福音书与“红心”（同时也是“红星”的谐音，彼时红军与革命的象征）是他们的理想，是他们宁可牺牲生命也无法割舍的信仰，而“两瓣”手中握着的则是一束海棠花，一段模糊的或许是莫须有的爱情遗留，而这个在死后尚留恋着爱情与男人的女人正是死于生育。可以说，这是一个代表着自然与原始生命欲力的女人，她丰硕而无意识的肉体构成一个鲜明的隐喻与能指，指涉着自然与生命的原初。而作者之所以将她死于生育的女性身体与神父、革命者死于刑戮的残破尸身并置一处，正是暗示在面对生命的原初与自然的能量时，所有的理想与信仰，曾经为激情充溢的社会、集体行为与拯救梦想，不过是某种不切实际的虚妄——原初、自然的生命自在地经历着孕育与生死的循环，不需要任何来自外界的拯救与干扰。如果说在萧红的《呼兰河传》中那些在生死线上挣扎的生育的女人形象代表着历史的盲目与惰性，那些死于生育的女性动物般的麻木状态急切呼唤着某种来自现实的拯救与改变的话，那么钟晶晶笔下这个同样经历了孕育与死亡的女人却显现出别一般的安详、自足甚至神圣，她可以跻身那些足以彪炳史册的英雄与殉道者的行列内而毫无惧色。这自然体现了不同时代知识、话语形态及意识形态实践的巨大差异，体现了新历史小说写作的某种颠覆或曰改写宏大叙事的策略与姿态，但这样将女性本质化的做法无疑会失陷于另一处话语窠臼与陷阱，而沦陷为文化象征系统建构性别秩序的策略性行为。如波伏娃分析存在主义厌女症时指出：“‘主体’一直就是男性的，它等同于普遍的事物，与女性‘他者’有所区别；女性‘他者’外在于人格的普遍规范……具化为肉身，被宣判是物质的存在。……身体与女性的联系，以一种神奇的互动关系作用：女性由此被局限于她的身体，而悖论地，被全盘否定的男性身体成为承载一个表面上彻底自由的非物质性工具。”[①]神父与革命青年，他们作

① [美]朱迪斯·巴特勒著，宋素凤译：《性别麻烦——女性主义与身份的颠覆》，上海三联书店2009年版，第16页。

为历史、时代的参与者与实践者，无疑以主体的身份存在于历史及叙事当中，正是他们残破的、受到凌虐的可怖尸身，成为他们否定与弃绝行为的标志，而正是通过这样的否定性实践，他们获得了超越肉身具现的普遍性，而成为“存在主义”意义上的主体。“两瓣”——女人则始终是纯粹肉体性与物质性的存在，她始终外在于历史与时代，作为客体与身体漂浮于历史叙事的边缘地带而无由跻身历史及时代的主潮，而作为历史及社会主体存在的男性则无疑可以确认对权力、资源及社会地位的垄断。作为新历史小说的《拯救》，无疑体现了当社会象征系统中性别秩序重建之时，本质化的性别模式所具有的强大的历史与逻辑合法性。但如果说在《拯救》当中女性作者失陷于新时期以来重要的话语型，即在人道主义及人性关怀的路线上最终导致对性别等级的本质化建构的话，那么在《正午的姿态》中，她则开始更为深入地思索女性与身体、自然，男性与理性、文化之间似乎“天然”的联系或曰合谋，在认可女性坚忍、博大的同时深感女性身体性、物质性的存在与主体性之间无法重合的裂隙及困惑。

在《正午的姿态》中，所谓“正午的飞翔”正是一种属于男性的生活姿态，与属于女性——梅的匍匐在地、向上生长构成一组二元对立式的表述——“生活是躺下，是承受，是在坚忍和痛苦中向上生长；而正午的姿态却是解脱，是向下纵身一跃，是飞翔”。钟晶晶在一次访谈中更为明确地表达了其写作的初衷：

> 女性因为牺牲，因为爱获得了新生，她是一个胜利者，而作为男人的欧阳医生站在一种科学的角度，面对女性为爱而牺牲的伟大精神，他无法承受，最后走向崩溃。正午的姿态就是一种不堪承受的飞翔下落和解脱。女人为爱而能忍受，扎根在大地上，她是强大的，不可战胜的。[①]

虽然作者的表述无疑认同着属于母性、女性的博大、坚忍、真淳及柔韧的生命力，并试图用母性及女性的牺牲精神构成对科学、理性的男性/医学话语及逻辑的某种拯救或曰颠覆，但在文本中却不难发现其间潜在而深刻地传达出对生育与母职的某种厌恶与怀疑及对女性宿命的深刻质疑。正如叙事者怀抱刚满月的女儿，在眺望阳台之下的街道时所产生的“不可遏制”的“纵身跃下”的冲动——“正午的姿态强烈地诱惑着我。当我听到那

① 钟晶晶：《战争童谣》，长江文艺出版社 2001 年版，第 364 页。

个站在楼顶的男人的故事时,我便对这个姿态深深着迷,我觉得,这是我所见过的最最优美的姿态。在我的设想中,梅也应该这样想”①。此处作者及叙事人的立场或位置发生了某种可疑的游离,她近乎毫无保留地认同的无疑是“正午的姿态”,那种对生命的决绝的舍弃中所呈现的“自由”,因代价高昂而无比迷人高贵的“自由”。更有深意的是,在文本的叙事语境中,叙事者之所以产生这样的非理性冲动,直接动因正是初为人母的巨大压力,是“许多烦躁不堪疲惫难熬的不眠之夜”叠加累积的结果。作为生命的养育者与守护者,叙事者在此处却无疑流露出些许对神圣母职的厌弃,而更为向往着属于男性的“正午的姿态”。同样,为作者及叙事人虚构的“梅”虽然有着“为爱而牺牲的伟大精神”,但她毕竟放弃了做母亲的天职而选择了堕胎,与其说这是源自男性及医学的无情,不如说是在天职与欲望之间,她选择了后者,虽然这样的欲望不过是“他人的欲望”的投影。正如在梅将现代医学知识的场域、冰冷机械的手术台上的理性操作幻想成为古代祭祀仪式上的一幕饱含性意味的施虐/受虐场景之后,叙事人不动声色地交代了这一幕虚构背后的叙事动力正是出自于自己与“母亲的学生”进餐时,被他修长优美然而坚定有力的手而再度唤起的欲望与想象,于是“我在这一刹那看到他握着手术刀站在你的面前,梅”。但关键处在于,“我”对这双手的迷恋并不全在于女性情欲的唤起,更在于它具备掌控全局的力量与能力,或者说“我”所欲望的是男性所拥有的掌控权力的能力。但如果说在此处身为女性的作者在质疑了女性本质主义话语的同时又跌入了无保留认同强权的男性叙事逻辑的话,那么,叙事者的另一重叙事及虚构的心理契机或曰叙事原动力却又在臣服的同时解构了这一理性、强权逻辑。

在文本中,叙事人是在两个男人的故事之上开始她的想象与虚构的,而另一个无名的、自杀的男人的故事在延续与补完了医生欧阳的故事与人生的同时,也消解与撕裂了属于欧阳的叙事逻辑。在公车上袭击年轻文静的长发女孩的神秘男子,最终选择自杀这一“正午的姿态”结束自己阴暗的生命。可以说这个无名男子正是欧阳的另一重假面与分身,是他生命深处那片不可示人的幽暗,代表着其陷入疯狂之后的另一种可能。正如《你不能读懂我的梦》中的心理分析师,外科大夫欧阳同样也被一个美丽神秘的女子唤起内心深处潜藏的施虐狂想,于是释放出的邪恶欲望成为一个四处窥伺、攻击年轻女孩的侵犯者或是强奸犯,最终陷入疯狂与死亡的深渊。无名男子所表征的所有非理性的情欲与疯狂,都是对男性世界所推崇与标

---

① 钟晶晶:《战争童谣》,长江文艺出版社2001年版,第272页。

榜的启蒙、理性、科学话语的撕裂与解构,或者说它们正是这些现代性话语内部孕育的恶魔,因为启蒙、理性之于纵欲、疯狂不过是一枚硬币的两面。可以说,《正午的姿态》作为一个极具症候性的文本,作者在撕裂虚构所营造的"真实"幻觉或曰表象的同时,也自曝其女性叙事的欲望动力学;在感叹女性的牺牲奉献精神、母性的博大悲悯的同时,质疑了这一匍匐在地、"向上生长"的坚忍然而屈辱的姿态,而不惜暂时认同原本属于男性/"正午"的"致命飞翔",以及其所带来的逃脱内在本性而向往超越、牺牲甚至是自我毁灭所带来的"飞翔"的快感,但就在即将认同这一"男性姿态"的时刻却又无比清醒地解构了这一曾使其无比迷恋的"姿态"。可以说,作者的写作行为正是一个不断"越界"的过程,是在面对男权社会为女性设置的诸多话语网罗与陷阱的边缘处一次次滑脱的历险与逃亡。

如果说在《你不能读懂我的梦》及《正午的姿态》这两部寓意深刻的作品中,作者是在符合男权话语的经典虐恋场景的呈现中以巧妙且智性的策略暗中解构了其间潜在的性别秩序的话,那么《冬日》则以一种"元写作"的方式,在更为彻底地颠覆了内在于上两个文本中的虐恋叙事及性别/权力界定的同时,解构了写作与虚构行为本身;在更为清晰地交代了女性创作背后的欲望运作方式与隐秘的欲望动力学的同时,拆解着更多的权力话语与权威的二项对立。《冬日》是一次极具自觉意识的写作实验,是关于书写行为的书写,这个精巧的短篇典型地体现了博尔赫斯式的"迷宫叙事"与时间主题,而"'迷宫叙事'最重要的特征是分叉叙事。其实每一次叙事的分叉都有可能造成分叉之间的裂缝"①,从而打破了幻想和现实的边际关系。在《冬日》中,正是那些不断交叉、分叉的叙事如迷宫、梦境一般,令人无法确定"存在""真实"与"幻想""虚构"之间的界限,或者说幻想与现实、真实与梦境之间的界限在作者的文本世界中早已不复存在。但如果剥离出博尔赫斯"交叉小径"的形构,则不难发现,这又一个关于爱情或曰虐恋的故事,集中营里的(纳粹?)军医与女囚、俄罗斯白桦林中被俘的白军军官与苏维埃女游击队员,这样跨越阶级、敌我的情爱无疑可以成为"禁恋"或曰虐恋的经典范本。但钟晶晶笔下的施虐者与受虐者的位置在故事中不断地发生转换与移置,而这样近乎无限制的位移无疑打破了S/M游戏中固有及恒定的性别/权力设置。而那种施虐与受虐、主动与被动的对立观念,那些被视为单义、同质的行为将同时受到修正、改变与质疑,读者不得不将这些

---

① 吴晓东:《从卡夫卡到昆德拉——20世纪的小说和小说家》,生活·读书·新知三联书店2003年版,第205页。

向他们敞开的情节段落视为一种幻象来加以重读，并且与这样流动的、跨越边界的虐恋模式相平行的，则是女性写作者对自己写作行为的“凝视”与反思。或者说，与赵玫对权力逻辑的臣服和受虐式迷恋相比，钟晶晶的虐恋书写则借情色场景探寻主体疆界，试图毁坏人我、主客界限，最终以自我指涉式的写作方式同时构成对叙事法则的挑战，因为“充满不确定性的叙述，本身就具有打破权威和传统规范的女性特色”①。

一个毋庸置疑的事实是，“在传统、主流的话语中，写作，仍是经典的男性的事业与特权；仍然是男人，可以成为真理与话语的执掌者”，而女性占据写作者的位置则构成了对男性自然且合法的写作特权的某种质疑与颠覆，那些拥有知识的、写作的女性，她们的智慧及对人性与世界深刻的智慧与理解力，都构成了男权社会内部潜在的可疑且危险的力量。如同在《你不能读懂我的梦》中，正是一个过分谙熟精神分析理论的女人颠覆并改写了关于“少女杜拉”的叙事，《正午的姿态》中是暴露的女性叙事人过多地介入文本，以理性的写作者姿态消解了另一个合乎男性文化想象的“受虐的”、牺牲的女人与地母形象。在《冬日》中，则是女性写作者、造梦者直接现身说法，以女性的写作姿态消解了虐恋幻想中可能出现的权力等级，使被固定的文化成规与性别界限暴露出其建构性。虽然无论是处于施虐者还是受虐者的位置之上，那个神秘英俊、深不可测的男人似乎都是性爱局面的掌控者，但那个旷野中的等待者及木屋中的写作者都明确地传达着一个信息：他们无论有多么强大，都不过是女性之笔的造物，是女性性幻想的产物。但那个被“看不见的手”逐渐擦拭掉的“写作的女人”与神秘脱落的书稿却又同时传达着一个信息，即写作行为也是极为脆弱与不稳定的，写作者的权威亦不过是一种被建构出来的文化幻想。可见作者在消解男性、理性秩序和性别本质主义话语及其他权威话语的同时，也是对自我—写作者话语权力的揭示、质疑与重构，从而试图消除女性写作行为中的任何自恋倾向。可以说，荒野中独自等待的女人，在小木屋中写作、记录下这不可思议的一切的女人……“迷宫叙事”使其中的任何一重叙事都成为无限移置的叙事链条上的一环，不存在一个权威的、起源性质的叙事，而作者在放弃写作者的特权时，同时解构了男性/女性、施虐/受虐、写作/材料之间根深蒂固的二元对立，使它们都成为无限移置的指涉链中的一环，或者说每一组预设的叙事空间都获得了一个额外的附加维度，都开启了不同的空间及想象的可能。

---

① 陈顺馨：《中国当代文学的叙事与性别》，北京大学出版社 2007 年版，第 94 页。

通过以上的分析，不难看出钟晶晶作品的力量，她“反控制”叙事的能力，正在于她总有能力在任何看似处于被控制的时刻暗中攫取主动的控制权，不仅能够跳出男性支配欲望的控制，并且可以在这样的支配场景中汲取力量，并最终反转、颠覆整个权力体系与等级。在她的文本中，我们看到了女性写作的智慧、力量及前景，在不断跨越边界的、不断自我质疑的过程中实现一次次的超越，其间对写作、虚构行为自身的反思，在为自己虚构的人物身上发现了自我及自我的欲望，同时也是对自身理想主义及女性英雄崇拜意识的某种自省与否定，而“当作家的生命与作品的生命汇合一处，消除了主体与客体之间、写作的妇女与被写的妇女之间、阅读的妇女与被读的妇女之间的种种界线，生命才得到最充分的展现”①。

在当下日益多元混杂的文化、社会语境中，少数民族女作家的民族身份可能消解于女性身份之中，这是当前少数民族女作家的创作中出现的一种文学追求。全球化时代多元文化的渗透，都市文化影响之下的少数民族女性创作，可能更为关注自己的女性及都市知识分子的身份，或作为后现代社会的孤独个体的更为私人化的感受，与其说这种创作倾向在当下不仅仅存在于少数民族女性作家的创作中，毋宁说已构成一种明显的创作潮流与趋势。女性写作、文化批判的浪潮，是女性文学与现代主义思潮的共语状态。在现代文学浪潮之下，就进入当代主流批评的视野而言，先锋写作具备一定的优势，犹如跻身“新历史”小说写作队伍的满族女作家钟晶晶，作为“70后”代表作家之一的金仁顺，以“唐宫三部曲”为代表作、专心从事女性主义写作的满族作家赵玫，还有善于模仿博尔赫斯的达斡尔族女作家孟晖。在这样的文化语境中，面对少数民族女作家多元繁复的创作实绩与其文本世界呈现的不同视界，将其纳入研究视野，也许是一个更为尊重具体、当下的创作现实的选择与尝试。女性写作，是少数民族女作家在全球化时代的一种文化追求，它不应该被忽视，而应该得到足够的重视。

---

① ［美］玛丽·雅各布斯：《阅读妇女》，张京媛主编：《当代女性主义文学批评》，北京大学出版社1992年版，第39页。

第五章
跨民族视域中的身份认同、性别意识与交互主体的建立

在全球化时代，面对多元混杂的文化语境，民族身份认同已呈现出日益多元化的态势，少数民族主体的经验一定程度上已经散布到各种全新的文化经验与体验当中，而需要在现代/传统、全球/本土等坐标轴上重新定位。民族身份认同、民族共同的经验也需要在散布、融合的过程中重组与更新。更为重要的是，面对全球化时代来自民族文化内部的挑战，以及与异质文化的接触均愈发频繁这一当下情境，不同民族之间的文化交流之重要性也日益凸显。通过文化交往与交流行为而达成新的一致与理解，将是不可回避的社会文化现实，因为“任何文化都不会因自身或为自身而存在：文化只能在有区别的全球体系内部才能自我构建，让人认可。不同文化相互回应，相互质疑，相互补充，并非简单地叠加各自的所得成果，而是相互比较，某种程度上说还是相互交流各自的缺陷和不足”①。

在日益全球化的文化背景中，各民族如何在文化交流的过程中重新界定并重构，如何在与他者文化的接触过程中，在不同层面消解、重建、拓展与僭越自我文化的边界，对于各个民族来说，都将是不可回避的问题。当下少数民族女作家的创作实践，她们在多元文化语境中作为民族主体的书写行为及实践，一定程度上为两种或多种文化之间的互补融合提供了某种可行的且更具想象力的途径。佤族两代女作家及藏族女作家永基卓玛、央珍、格央的文本为我们提供了不同的与他者文化进行对话、交流、协商的方式，将他者文化吸收、融合、转译成自我文化之一部分的方式，其间各种民族文化的差异性在得到表述的同时被尊重、认可与接纳。可以说，她们的

① [法]皮埃尔·马舍雷著，张璐、张新木译：《文学在思考什么?》，译林出版社 2011 年版，第 45 页。

写作行为与实践成为建立在主体间性[①]之上的良性的文化交流模式的表征，以极具想象力的文本与故事建立起两种及多种民族文化之间的连接。本章将首先从一些汉族女作家以少数民族为题材的创作入手，通过分析她们作品中出现的对其他民族文化的浪漫化想象与“误读”，发现存在于当下民族文化交流过程中可能出现的某些问题，进而探寻改变及改进的方式。

第一节 自然化的文化他者：作为欲望客体的“原生态”

关于汉族作家以少数民族为写作对象这一文学现象，有评论者以“汉写民”这一术语加以概括。在《“汉写民”现象论——以迟子建的〈额尔古纳河右岸〉为例》这篇文章中，“汉写民”现象基本上是指汉族作家的那些以少数民族文化、民族精神及宗教民俗等文化资源为书写题材的作品，代表作家如马原、马建、范稳、红柯、迟子建等。也有研究者称这种现象为汉族作家的少数民族文学创作。[②] 但“汉写民”这一术语却并非中性化的、对某一文学现象及创作群体的学术化概括，而是指涉着当下具体的现实语境，且有着鲜明的价值判断。写作者认为“汉写民”现象的出现与盛行，其直接动因是面对当下现代性及全球化的发展困境及文化转型危机，“汉族作家自然地向边远少数族群文化寻求自救方案，以缓解现代性的挤压和逼迫，少数民族文化便被浪漫化处理为与主流文化截然相反的一种镜像，汉族作家开始通过书写他者以达到自我文化的反思和重建”[③]，由此产生的一系列文本被批评者称为“汉写民”文学，而将这一借助他者文化建构自我的书写现象称为“汉写民”现象。可以说，“汉写民”现象所凸显的问题，正在于一部

---

① “主体间性也称为交互主体性，指主体与主体间相互交往的特性，是人的主体性的重要组成部分；主体以主体间的方式存在，其本质又具个体性；主体间性就是个性间的共在。”见朱慧敏：《继承与发展：从言语行为理论到交往行为理论》，《同济大学学报（社会科学版）》2010 年第 4 期。

② 陕西师范大学张雪艳在其 2010 年的博士学位论文《中国当代汉族作家的“少数民族文学创作”》中，对汉族作家的“少数民族文学创作”这一现象及对这一现象的研究现状进行了详细的梳理，并对这一概念进行了界定，指出：“汉族作家的‘少数民族文学创作’主要是指汉族作家创作的少数民族题材文学作品。这是一种在特定语境中的特指，具有相对明确的含义。”其对这一文学现象与创作趋势基本持肯定态度，强调汉族作家的创作对少数民族文化资源的发现、保存及所开启的文化交流过程所具有的积极正面意义。

③ 李长中：《“汉写民”现象论——以迟子建的〈额尔古纳河右岸〉为例》，《中国图书评论》2010 年第 7 期。

分汉族作家的少数民族题材作品，是将少数民族文化作为汉族主流文化建构自我的一面镜像，最终完成的是自我身份的象征与复制。虽然这样的分析也只是一家之言，并非没有偏颇之处，但它毕竟提出了一个存在于汉族作家的少数民族文学创作过程中的一些有待发现、修正、改进的问题，因为将少数民族视为文化他者的做法只能加固自我与他者之间泾渭分明的界限，而无法实现一种更为平等、合理的民族文化之间的对话与交流。

具体到当下女作家的创作，在一些汉族女作家的少数民族题材作品中，一定程度上也存在一些将少数民族文化浪漫化、他者化的做法，包括个中翘楚迟子建的某些作品，而当这样的文本与少数民族女作家的相似题材作品并置一处时，这一倾向便会愈加鲜明地凸显出来。因此本节选取了几部分别由汉族与少数民族女作家创作的、题材相似的作品。对这些作品进行比较阅读，期望的是发现"汉写民"现象中存在的问题，进而探讨对于写作者来说，如何跨越自身文化的疆界与阈限，如何在文化交流的过程中尝试消解、重建、拓展文化疆界的问题。

少数民族女作家的少数民族身份及本民族独特的历史、文化、宗教所赋予她们的特殊经验，使她们的文本呈现出与主流汉族女作家不同的面貌，尤其体现在一些写作者于文本中透露出文化身份认同的焦虑感上。并且她们以自己的民族写作试图干扰既定的文化成规，同时表达被边缘化的文化感知与身份焦虑。具备如此文化诉求的文本中蕴蓄着对本民族文化复杂性与差异性的揭示，对存在于某些汉族作家少数民族题材创作中的简约化、浪漫化与一体化的表述，试图做出纠偏与挑战，同时，对差异性的表述，呼唤着变革文化交流模式的实践与想象。在蒙古族女作家黄薇的《冬天的风》《演出到此结束》中，作者让叙事人以言辞激烈的嘲讽与近乎刻薄的揶揄，讥讽着汉族主体对少数民族的过度浪漫化、简约化想象，而在叙事者那情绪激烈的话语涌流背后，掩饰的其实是一种对难以建立合理交往行为的忧虑，是希望获得对方真正理解的努力总是落空后产生的失落与激愤。虽然这样强烈的失望情绪在文本中被隐藏在一个爱情叙事的表象之后，以爱情所导致的伤害与背叛掩盖了另一重更为隐秘的精神创伤，即对建立一种合理的、建立在平等基础上的、最终可以达成真正意义上"理解"的文化交流模式的希冀、渴望及求之不得时的失落与感伤。与黄薇相似，更多的少数民族女作家试图以自己的创作扭转作为被浪漫化的他者的位置，而从内部视角尽力还原本民族文化不可化约的真实，以一种"原画复现"式的表述，绘制一种也许不尽如人意但毕竟丰满鲜活的真实。

一、"自然化"的文化他者:作为欲望客体的原生态

作为汉族作家书写少数民族题材者中的翘楚,迟子建以鄂温克猎民的传统文化及生活情境为创作对象的作品受到诸多好评,尤其是享誉文坛的《额尔古纳河右岸》。诚如评论者的赞赏:"迟子建叙写的中国东北端少数民族生活的一系列作品如《微风入林》《额尔古纳河右岸》等,将生活的历史、生命的际运和少数民族的特性糅合得出神入化,虽然作者是汉族人,但作品却可谓是典型的少数民族文学作品。"①比之《额尔古纳河右岸》,迟子建的短篇小说《微风入林》虽未引起过轰动效应,但作为一部极具症候性的作品,却正是凸显出"汉写民"现象背后的权力机制及其运作方式。

作为有着强烈隐喻色彩的文本,从《微风入林》中不难看出,作者试图以尚未被现代文明驯化的鄂温克原生态文化拯救已遭现代文明"阉割"的都市人的企图与用心。小镇上的汉族女医生方雪贞与丈夫陈奎陷入情感危机,这个在淡漠、无爱的婚姻生活中逐渐丧失了生机与欲望的矜持的中年知识女性,却被一个具有几分原始气息的鄂温克猎民孟和哲的强悍、率性及雄强的男性伟力所吸引,并在后者强大的"性启蒙"攻势之下,最终恢复了生命力并唤回了只属于女性的隐秘暗流。在文本中,与对孟和哲及方雪贞之间充满激情、生命力,达到与自然融为一体之境界的性爱场面的描摹相平行的,是对方、陈二人之间淡漠乏味的婚姻生活的渲染,其间现代婚姻犹如萨特笔下的重叠地狱,成为对一对男女的残酷囚禁,让他们在自虐与虐人的无尽循环中逐渐消磨掉残存的青春与生命。正如评论者细致的分析:"文中,喜欢山林生活的鄂伦春猎人孟和哲显而易见是尚带有原始意味的少数民族的化身,被看作是健康生命和自在人性的代表。少年老成的教师陈奎则无疑成为受儒教浸染、现代文明束缚的汉民族的化身。迟子建对现代文明的这种忧虑感,在她的《汉语的迷失》一文中有着直白的流露。她幻想以带有原始意味的民族文化的入侵来改变汉文化的暮气沉沉,给颓靡的汉民族文化注入新鲜的汁液。从孟和哲身上,我们可以看出迟子建亲近自然,返回原始,从大自然中找回被现代文明和道德扼杀的生命力和激情的希冀。"②在文本中,孟和哲作为鄂温克文化的象征自然是毋庸置疑,但对应的男性角色陈奎虽然有着汉族人的身份,却并非仅仅象征着"汉文化",而是一个被孱弱伪善的现代文明同化或曰"阉割"的同样孱弱、苍白、

①② 罗四鸰:《当代少数民族作家的身份建构与小说创作》,复旦大学博士学位论文,2011年。

贫血的现代人，一个丧失了所有血性与激情的男人。在这个精巧的短篇中，不可否认，其间仍透露出迟子建那一如既往的深切丰满的人文关怀，但以性能力作为一种文化隐喻无疑是有问题的。在文本中，孟和哲依靠其强大的性能力治愈了知识女性方雪贞的“闭经”，将她重新塑造成一个“女人”，而方的非常态的“闭经”与冷感正是源自夫妻感情不和及长期的性压抑。这样的情节布局无疑会让人想起劳伦斯的《查泰来夫人的情人》①，而如果说《查泰来夫人的情人》中关于性爱场景的描写有着毋庸置疑的“菲勒斯崇拜”的情结，那么在《微风入林》中，这样的倾向似乎也无法避免。正如孟和哲与方雪贞的性关系是以前者的一次准“强暴”行为作为序曲的，而后者却在对方的强迫行为中发现并感受到了某种难以言喻的快感，这无疑符合并复制了男权文化对女性有着天生的受虐倾向的定型化想象。但此处更为重要的问题并非是孟和哲这个男性人物身上所可能隐藏的“菲勒斯崇拜”情结，而是他作为一个鄂温克猎手所体现的文化上鲜明的他者性，使其在文本中成为“自然”的表征，或者说这个男性形象在文本中被直接化约成了“自然”。“自然”在此处之所以成为被“化约”式的存在，是依据其在文本中的“功能”作为参照的。作为被情欲化的“自然”之象征的孟和哲，其之于汉族女性方雪贞的作用，如张英进在《影像中国》中对少数民族题材电影《青春祭》的批评：“与其说《青春祭》关注的是傣族，不如说它是一场关于汉族少女如何重新找回失落的或被压抑的自我的叙述。傣族在影片中仅仅被作为异域化的或是情欲化的他者，通过与他们对比，李纯得以重新确定她自己的主体位置。……而作为他者的傣族文化尽管富于田园风光与异域习俗，仍然不得不完全从世间被抹去，以永远留给汉族主体从她的记忆片段中去进行追忆和重构。”②与此相似，孟和哲健康“自然”的性能力成为救治一个陷入危机之中的现代家庭及两个被现代文明异化、日益丧失“自然”机能的知识分子的一剂良方。文本中陈奎在跟踪方雪贞并窥见二人“奸情”之时，强烈的嫉妒与男性自尊的受挫在刹那间唤醒了他被文明深刻压抑的、一息尚存的血性与冲动，他在愤怒中杀死了孟和哲的坐骑，也是在象征意义上手刃了自己的情敌，而这一意外的非理性之举却阴差阳错地挽救了自己濒临死亡的婚姻。文本最终结束在这个由现代文明所缔造的、作

① 李馨宁：《女性的失语与救赎——迟子建〈微风入林〉的解读》，《作家杂志》2009 年第 10 期；王洪志、于海博：《性爱的方舟与药剂——〈查泰莱夫人的情人〉与〈微风入林〉文本比较》，《沧州师范专科学校学报》2006 年第 3 期。

② [美]张英进著，胡静译：《影像中国——当代中国电影的批评重构及跨国想象》，上海三联书店 2008 年版，第 194 页。

为其基础的核心家庭破镜重圆的一幕中，在虽然依旧脆弱、充满变数却不乏温情的家庭生活场景里，方雪贞在承受着丈夫如昨日重现般体贴关爱的同时，始终在暗暗怀念再度消失于丛林的微风之中的孟和哲。不管孟和哲曾经并将继续对方雪贞产生怎样的影响，故事的结局终结于一对现代城市夫妻的破镜重圆的完满，终结于一对知识分子夫妇主体性的重构，而孟和哲作为一个文化他者，在完成或曰履行了自己的文化功能——以自然之神秘的伟力帮助他们重获性欲与生命力的正常表达——之后，便悄然隐退，化身为“消逝的林间微风”，而将文本与世界再度交还给重新界定或曰修订了主体位置的“现代人”及知识分子，从而为他人的救赎而抹去了自己的真实体验。犹如贺桂梅对寻根文学中关于少数民族文化表述的评价，“与其说真实地呈现了这些边缘族群的文化，不如说它再度凸显的是这种关于少数民族文化的书写机制当中隐含的权力关系。因此，完全可以将这些对于少数族群文化的呈现，看作主流或中心文化的自我形象的投射”[①]。

可以说，《微风入林》作为一部表达汉族主流知识女性现代性焦虑的寓言，无疑有着精彩与丰满的表述方式，但其间的失衡处仍然值得指出与纠正。文本中过分渲染孟和哲/文化他者与自我/文明之间那不可思议、别如天壤的差异与距离，只能令这样的差异过分扩大化，成为彻底、纯然异质性的存在，其间一方被认为是彻底疏离于另一方。二者被认为具有完全不同的本质与规律，不具有任何类似的属性，从而不可能出现任何重叠、相似性或者延续性，这无疑会构成过分简单的甚至是霸权式的表述，成为对事物复杂面向的遮蔽。可以说，作者对孟和哲所表征的少数族裔文化做出的绝对化、理想化的表述完全忽略了在现代性及全球化无孔不入的进程中，并不可能存在任何一种绝对意义上的文化“保留地”。而在文本中为了达到使女主人“痊愈”的目的，小镇与原始森林被浓缩成了同样的文化生态偶像般的静态、固化的存在，作者借此展开了选择性、成规化且不无伤感怀旧色彩的描写，并对狩猎文化进行了某种想象性、浪漫化的处理。虽然对他者的尊重无疑需要承认他们的不同及差异，但将这些差异简单化、单义化及绝对化，却只能形成一种认识论上的霸权表述。按照自己的知识谱系与资源确定的规范来观照、创造、商榷他者文化的意义，贬损他者性或将之浪漫化，或者说以一种浪漫化的过度认同削弱他者的复杂性，最终不过以他者文化作为象征与镜像，完成的只能是自我身份的生产、建构与复制。这样

---

① 贺桂梅：《“新启蒙”知识档案——80年代中国文化研究》，北京大学出版社2010年版，第193页。

的反思与重建所实现的仍然是一种主体中心的表现，借助文化他者与自我绝对的差异性而完满自我的故事与人生，他者被异域化与性爱化，而并非一个与自我出于平等位置的主体，无法走向真正的对话与交流。

如果说类似《微风入林》这样的作品是汉族写作者在其情节内部运用主流文化的文化模式与文化符码完成对他者文化的过度浪漫化认同，最终成就的却是自我身份的象征与复制的话，那么由蒙古族女作家黄薇创作的短篇小说《冬天的风》，却为我们提供了一种以少数民族主体为言说主体的叙述与表达。这个创作于20世纪90年代初的作品似乎成为《微风入林》的一次戏仿式的改写，成为一个反转性的、倒置或曰祛魅的文本。同样是一个汉族女性希冀从心仪已久的蒙古族男性那里获得富有激情与血性的拯救力，本文中却阴差阳错地只找寻到一个向往城市生活的、已被文明异化的城市蒙古人。贯穿全文的是一种强烈的反浪漫、反怀旧的情绪，而叙事者自虐般充满嘲谑的口吻更是将一种反讽的情绪与氛围推向了顶点。叙事者“我”是一个蒙古族的年轻男性，大学毕业后被分配到了最为边缘的牧区，成为那里唯一的一名兽医。不同于类似题材中通常会出现的强烈的脱离浮华喧嚣的都市，融入自然与草原的热切“寻根”渴望，“我”却始终念念不忘“车水马龙的街道，灯红酒绿的舞场，娇嫩漂亮的姑娘”[①]。作为一个严重不称职的蒙古族后裔，“我”无疑对父辈“回归”草原的冲动感到难以理解，甚至觉得那是一种不乏虚伪与矫饰，甚至是充满表演性的做作与姿态，一种“站着说话不腰疼”的罗曼蒂克想象。与充满理想主义色彩与“寻根”激情的父辈相比，被现代文明浸染的“我”无疑过分犬儒与孱弱，但无法否认的是，正是这份疏离与冷漠，使“我”以自己的方式洞悉了父辈那些隐秘且难以示人的真相。透过“我”那带几分都市型青春残酷的冷漠、叛逆与冲动躁狂的表述，原生态的牧区却被化约成一处丧失了所有诗意的单调所在，没有浪漫、怀旧的牧歌情调，没有对自然伟力的陶醉与赞美，有的只是作者、叙事人深陷其中的源自身份认同的无止境的焦虑。通过这个由蒙古族作家创作的文本，我们可以看到当写作者不再试图从遥远神秘的他者文化中寻找主流文化所缺失的诸多品性与价值，印证自我的身份建构，而是不无痛楚地意识到自己身处文化的裂隙与夹缝中之时，文本中所可能充满的焦虑与分裂感，将达到最强烈。有论者指出，黄薇的“这些小说都有一个共同的主题，那就是表现古老的草原文明向现代文明演进的过程中在两个民族文化不断交往、融合的状态下，主人公对于自身血脉里的那种原始文

---

① 黄薇：《冬天的风》，《民族文学》1990年第2期。

明精神的失落的痛苦以及寻找皈依的过程里自身内部处于的悖逆、矛盾的两难处境”[①]。与此相对应的是，比之《微风入林》中对自然景观极具诗意甚至梦幻色彩的礼赞，《冬天的风》中却出现了对草原景观的反浪漫化的描写。在“我”这个热衷于都市生活的城市蒙古人的视域中，雄浑壮丽的草原美景被化约成夏季草丛中让人丧失“接吻”欲望的可怕蚊虫，冬季牧区中足以令人窒息的狂风与暴雪。然而就是在“我”带有几分施虐倾向的刻薄调侃中，牧区恶劣的自然环境、牧民粗粝艰辛的生存状态却得到了无比真实的呈现。并且正如叙事人“我”在文本中反复重申的一个事实，对于偏远的蒙古族聚居的牧区而言，现代化或曰文明早已并非外在的、全然异质性的存在，而是早已成为其传统社群生活内在且有力的组成部分：

> 挣钱在牧区早已不是新鲜事了，蒙古人的算盘也拨得让人眼花缭乱。
>
> …………
>
> 她没有想到这儿有街道，有砖房，姑娘要烫发，牧民的商品意识丝毫不比她家乡逊色；她没有想到我竟会不情愿待在牧区，而最让她没想到的是她发现自己根本无法在这儿生活下去，城市对她的引力太大了。
>
> …………
>
> 难道人们真的希望我们这儿是一块印第安人的保留地么？我对那些华丽的辞藻感到失望，因为那种爱不是真的。然而我更失望的是我自己，我不愿待在牧区，我喜欢城市。我没法改变自己，尽管我是牧民的子孙。[②]

这些居住在边远牧区的蒙古人并未能如孟和哲一般成为被排斥在人类文明之外的反文化的存在，相反却已经在现代化的道路上走得很远了，且在“我”看来，他们对现代的一切不仅不排斥，反而始终保持着充足的兴趣与好奇。于是《冬天的风》似乎与《微风入林》一道构成了互文本网络中的一组寓言与反寓言，它让那些尝试从少数民族文化中发现某种完好无损的、足以对抗现代性的原生态的人们知道：“地方意识就是一种一系列地方经验的羊皮纸重写本”，“地方本身也在变化。它不是实体的——像一个奠

① 魏占龙：《走出历史的轮回——评黄薇小说近作》，《民族文学》1992 年第 6 期。

② 黄薇：《冬天的风》，《民族文学》1990 年第 2 期。

基地方必须的那样——而是事件性的、处于进程中的事物”。[①]《冬天的风》以一种强烈的同时性与多样性并存的混杂感、粗俗感，提示着人们不存在一个“不知有汉，无论魏晋”的桃花源，有的只是相互竞争的意识形态和生活方式，以及不断滑动、交叠与重塑的界限。因此文本不再是对一个已“被人遗忘的世界”和“消失了的生活方式”的怀旧式记录或曰美学化描述，而是试图显示出多元文化相互作用的复杂性，这种对混杂性的认可使一种要求多样化的文化阐释成为可能。蒙古族女作者在为我们提供一幅出自“内部”视角与立场的关于蒙古草原生活的“原画复现”般的图景之时，也以叙事者那冲动、青春郁躁的口吻传达出一个“城市蒙古人”身份认同的焦虑，揶揄的口吻中隐隐传达出一种愤怒，一种平等交流的欲望总是遭到合理拒绝之后的愤怒。那是一种貌似尊重，甚至是无保留地认同背后那隐而不彰的优越感，一种居高临下的俯瞰，一种自我感觉良好的悲天悯人，而这一切都是为叙事人、少数民族叙事主体所极力拒斥的。

如果说《微风入林》这样的作品是以将他者文化过度浪漫化而实现自我一主体身份的建构的话，那么《冬天的风》就是弱势文化群体文化身份认同焦虑的某种表征，可以说二者之间的差异正体现了“内”“外”视角的不同。这样源自书写位置及视角的差异，在迟子建的《额尔古纳河右岸》与佤族女作家董秀英的《马桑部落的三代女人》这两部关于前现代生产条件之下少数民族女性生存的作品中，有着更为鲜明的体现。如果说《冬天的风》构成了对《微风入林》的某种解构与祛魅式表述，那么《马桑部落的三代女人》则成为《额尔古纳河右岸》的某种“原画复现”。

《马桑部落的三代女人》是佤族女作家董秀英的代表作，自诞生起便受到极高的赞誉，其“作为我国第一个佤族女作家写自己民族的第一部中篇小说，在佤族文学发展史上具有拓荒性价值”[②]。如果说佤族“这一民族的历史、文化、生活的本质，必须依赖身在其中，有着民族血缘的文化代言人，以‘在场者’的身份进行深入表现”[③]，那么董秀英及其作品的价值正在于“第一次为读者展示了一个民族真实、生动的历史过程和鲜为人知的民俗生活画卷。它不再是外族人充满猎奇的眼光和视角，而是由佤族文化代言

① [美]劳伦斯·布伊尔著，刘蓓译：《环境批评的未来——环境危机与文学想象》，北京大学出版社2010年版，第81—83页。

② 杨建军：《试评〈马桑部落的三代女人〉在佤族文学史上的地位和影响》，《民族文学研究》1988年第3期。

③ 黄玲：《佤族作家文学的第一声木鼓——董秀英小说论》，《职业大学学报》2008年第2期。

人对世界发出的自我倾诉与表达”①。不同于迟子建在《额尔古纳河右岸》中对鄂温克民族狩猎文化充满深情与诗意的描写，对女性与大自然之间天然真淳之关联的礼赞，董秀英却让我们看见，仍然生活在刀耕火种的原始生产力状态下的阿佤人，尤其是阿佤女人无比艰难的生存状态，还原了其间女性艰辛甚至惨烈的生存困境。从叶嘎到娜海，马桑部落的三代女人，这些美丽的阿佤女人，她们短暂的青春与梦想总是在现实的厚障壁上撞得粉碎。丰饶美丽的阿佤山对于她们而言首先是危机四伏的“生死场”，隐藏着难以预料的灾难与恐怖，是无情夺取她们亲人生命的伤心地。其间作者以真实到令人战栗的笔触书写着这群佤族女人的人生，对这些在老雕的利爪、猛兽群猴的威胁下讨生存的女人来说，感叹自然的壮丽与诗情无疑是痴人说梦，因为对于叶嘎与娜海而言，她们首要的生存问题只是如何避免“被野兽吃掉”，而在这样极端艰难与险恶的生存条件下，男人便成为她们唯一的庇护与依靠：

> 娜海想，她总有一天，也得死在山上。要么被老虎豹子吃掉，不然就是像断腿蚂蚱，被这些小虫虫，拖来拖去，喂这些大头蚂蚁。
>
> …………
>
> 娜海望着岩块，她明白了，一个女人是难得活下去的。
>
> …………
>
> 阿佤人世世代代靠着老林生存。从阿佤人的祖先开始，他们全是靠男人跟野兽打斗。男人们打死野兽，把兽肉拿回家来，养活全家老小。
>
> 女人们在老林里不但打不过野兽，反而被野兽伤害。就连猴子这个小东西都来欺负女人。②

作者以这种原始、酷烈得近乎狰狞的“原画复现”式的描写，让我们看到了自然对女性的限制是何等的可怖。那些囿于低下的部落生产力、虎狼横行的自然环境的女人，只能更为深刻地局限于自身肉体性、生物性的存在，陷入一种惰性的宿命循环。因此不难理解，对于第三代女人妮拉来说，政府的马帮、老师的钢笔、通往县城的马路都成为拯救力量的指称与象征，

---

① 黄玲：《佤族作家文学的第一声木鼓——董秀英小说论》，《职业大学学报》2008 年第 2 期。

② 董秀英：《马桑部落的三代女人》，云南人民出版社 1991 年版，第 126、134 页。

而依靠“进步”“科学”与教育的力量，走出部落，走进县城，逃离缠绕阿婆、阿妈的宿命，是怎样一种幸运。

诞生于20世纪90年代初的《马桑部落的三代女人》与产生于新世纪的《额尔古纳河右岸》，对前现代原始部族生活的想象，之所以出现如此悬殊的偏差，与孕育她们的社会文化语境的变迁不无关联。或者说文本的差异正是不同时代知识/话语形态及意识形态实践变迁的投影。毕竟在董秀英开始她的文学创作时，在现代化进程刚刚起步的中国，其间现代化仍然是人们心中巨大的希冀与渴念。彼时现代性尚未显露出其狰狞酷烈的面目，尚未制造出令人难以想象的诸多挤压、焦虑与创伤，以及对人性、自然与梦想的残酷压榨与剥夺。可以说，这些产生于不同历史时刻的作品，并不能摆脱由历史形成的语境对其表述及思考方式所施加的限制。但于今日的语境中重读《马桑部落的三代女人》，虽然不能忽视其背后凸显的社会语境与文化心态的变迁，却也无法不为作者本真、原始、粗粝地只属于马桑部落的真实生活而震惊。虽然我们不能说出自本民族作者之手的《马桑部落的三代女人》就一定比《额尔古纳河右岸》这样由汉族主流作家创作的作品更为真实可靠，但毕竟它为我们提供了一种完全不同的、关于前现代原始生产力条件下女性生存的想象，一种源出“内部”视角的叙述，一份截然不同的“民族志”。[①] 或者说《马桑部落的三代女人》成为《额尔古纳河右岸》的祛魅式表述，让我们看到，剥离出理想主义及浪漫想象之后的某种不尽如人意的斑驳的历史真相，以及为其所掩盖、忽视的属于自然的、真实的暴力与残酷。而这样一种没有掺杂任何怀旧与自恋色彩的文本只能是真正来自马桑部落的女人之手，传达出对那些在如此恶劣的自然条件下挣扎着求生的同类那饱含切肤之痛的深情与悲悯，并发出丰富、深刻、振聋发聩的文化质询与追问。虽然这并不意味着只有具备少数民族身份的作者才能拥有书写少数民族题材的权力，但对于非本民族的作者而言，如果无法较为深刻地理解他者文化，对于其他文化资源的阅读与

---

① 董秀英在其作品中对佤族人民新中国成立前生存状态的描写是符合历史事实的，因为“人口三十余万的佤族，解放前处于带有浓厚原始公社残余的奴隶社会，少部分杂居区进入封建社会初期。由于帝国主义侵略，历代反动统治阶级和土司头人的压迫剥削，民族械斗频繁，瘟疫猖獗，文化落后，生产力水平低下，阿佤人过着‘刀耕火种一面坡，收来不满一背箩，身穿兽皮芭蕉叶，吃的山茅野菜批把果’的悲惨生活，宗教信仰是原始的图腾崇拜，村村寨寨都在神林中供奉木鼓，残存着猎头祭谷的恶习。解放后在党的阳光照堆下，阿佤人开始摆脱愚昧落后，走向繁荣进步，佤族地区发生了翻天覆地的变化”。杨建军：《试评〈马桑部落的三代女人〉在佤族文学史上的地位和影响》，《民族文学研究》1988年第3期。

借用便会导致一种以本文化为参照的诠释或曰转译，甚至产生某种带有“自恋”倾向的自我心理投射，跌入将他者浪漫化为幻象和神话的成规与窠臼。①

二、建构他者：汉族都市女性的藏族想象

正如上文的分析，如果一位汉族作家与一位少数民族作家同时从事同一题材的创作，那么源自“内”“外”视角的差异会同时影响到对文本中出现的“他者”的评价与阐释。下文将引入两位不同族别的女作家以“藏婚”这一藏民族传统婚俗作为题材的作品，让我们看见，叙事运作过程中出现的差异将如何导致两种不同的“藏婚”故事的出现。

关于藏民族独特的婚姻制度，中外诸多人类学家及民俗学者都做过细致的考察并得出了各种不同的结论。学者马戎在论文《论藏族“一妻多夫”婚姻》当中，详细梳理罗列了西方学者对“藏婚”的各种社会学、民俗学解释，其中较有代表性的一种是：“阿齐兹认为，藏人把‘一妻多夫’婚姻基本上看作是一种经济安排，土地和房产不致分割，这种婚姻还可以保持家庭的劳动力不外流，这些劳动力可使家庭的经济活动多样化（兄弟们分别从事农业、畜牧业、商业等），从而增加致富的机会。她与戈德斯坦一样，强调‘一妻多夫’这种婚姻安排是人们‘经济理性’的结果。”②定居拉萨多年的汉族女作家羽芊的长篇小说《藏婚》，便是以藏族独特的传统婚姻制度与其间的女性生存状态为题材，其对女主人公婚姻生活的详细描述近乎以文学化的方式演绎着这些人类学家的理论阐释：对于《藏婚》中那些仍然延续着古老婚俗的藏族传统社群而言，虽然现代化及都市化的进程对牧区的渗透力日益强化，但家族的团结与富裕仍然是那些传统藏族家庭最为看重的价值。这部作品自问世以来便受到诸多好评，认为其“没有停留在表现一妻多夫猎奇的层面，而是把重点放在了这种婚姻形态带给家庭和人物之间的矛盾冲突之上，使我们在体会一种另类生活的同时，被人物的命运所感动。这就是这本小说的价值所在”③。虽然作者并非藏族身份，但其文本一定程度上摆脱了文化猎奇与展示民俗的色彩，较为真实地反映了这一古老的婚

---

① 参见加布丽埃・施瓦布著，陶家俊译：《文学、权力与主体》，中国社会科学出版社 2011 年版，第 58 页。

② 马戎：《试论藏族“一妻多夫”婚姻》，《中国民族》2000 年第 6 期。

③ 金志国：《〈藏婚〉书评》，见多吉卓嘎：《藏婚》，西藏人民出版社 2010 年版，封底页。

俗在现代社会中的存在状况，揭示了它延续的合理性及面临的诸多难以为继的困境。但如果与藏族女作家格央关于“藏婚”的小说做一比较的话，那么不难发现，《藏婚》在叙事过程中因话语/权力运作的不均衡而导致的某种“失真”，这主要体现于《藏婚》以诠释性的叙事语言阐释藏族传统女性心理的方式。

具体言之，《藏婚》采用双线叙事的方式平行讲述两个女性的情感故事，她们分别是来自藏族牧区的牧羊女卓嘎与来自北京的都市白领好好，分别代表束缚于亲族传统之中的藏族女性与现代化、都市化的时尚“新女性”，二人同时成为传统与现代的象征。她们在文本中互为参照、互为镜像，在对方的形象中印证着自我的匮乏与短缺。文本采用第一人称的叙事方式，使两位女主角同时获得无保留地展示内心的机会，表面上看来这样的叙事方式使这对性格、境遇迥异的女性在文本中获取了平等展示自我内在的机会，但问题的关键在于这样的叙事方式无疑将给读者造成一种错觉，那就是我们获得了某种“真实”，即卓嘎内心的真实想法，她真实的情感与思想都毫无保留地被投注在文本中，呈现在我们眼前：

> 这段时间跟莲在一起，听她讲了外面的不少事情，特别是那种一夫一妻的家庭生活，也更深地理解了嘉措和扎西的痛苦。原来，我们的这种家庭形式跟爱情本身所具有的排他性和独占性是如此的矛盾。“爱情”这个词第一次出现，在我心里无异于引起了八级大地震。不是这个词本身有多奇特，而是这个词衍生出来的瑰丽才是我最关注的。那是多么美好的、让人心驰神往的生活啊。彼此相爱着的两个人，一生相伴，两情相悦，相扶相携着牵手一生。
>
> …………
>
> 我知道，对于那样的生活，自己只能向往一下。既已形成的格局，如想打破重来，谈何容易。这种传承了千年的婚姻形式，所涉及的不仅仅是我们个人，而是一个地方的风俗习惯。如果仅我一人，做出再怎么样自私的决定也是可以原谅的，因为伤及不到他人。但如果一个决定牵涉到父母、亲友、家族中的其他人，那就不应该只考虑个人的得失了。①

---

① 多吉卓嘎（羽芊）：《藏婚》，西藏人民出版社 2010 年版，第 201—202 页。

不难看出，这样的语言方式与卓嘎这个未受过教育、生长于边远牧区的藏族牧羊女并不相称，但“其中的‘真实性’不在于她的内心，而是在于诠释性的叙事语言之中”，并且“这样的叙事语言‘从内在’以一种制式的复杂沉思去形容一个未受教育且心思单纯的角色，因此这样的叙事语言弥平了阶级与性别上的差异，让这些差异变得无足轻重或是缺乏意义”。① 透过叙事者平滑顺畅的叙述过程与诠释语言，我们几乎看不到卓嘎与好好的任何区别，虽然这两个女人在生长环境、教育背景上差距悬殊，且不提二人之间明显的民族、阶层差异，叙事声音已使她们之间如此重大的差异显得“无足轻重”。作为读者的我们可以同时理解她们俩，而她们无疑也可以互相理解与体谅，即使她们甚至听不懂对方的语言。作者以这样理想化的方式，彻底排除了两位女性主人公之间原本难以弥合的差异与可能存在的冲突的痕迹。并且，正是由于她们的内在都是以近似的方式呈现，“这些角色于是都成为同一个叙事声音的不同面向，如此一来，此叙事声音成为‘自传式’，仅书写自身而非他者”②。作为一种叙事行为，它同时暴露了叙述者自身主体立场的虚幻性，或者说卓嘎这个藏族女孩只是成为作者/叙事人的另一重假面或曰分身，只是作为好好/汉族都市白领所“不是”的一切而存在于文本中。最终获得表达、得到释放的只能是叙事者也即现代都市女性所遭遇的种种焦虑与压力，以及徘徊在传统与现代之间无法为自己找到稳固立足点的彷徨与迷茫。

相比之下，藏族女作家格央收录于《西藏的女儿》中的几篇关于藏婚的短篇小说，在叙述语调上却显得更为保守与谨慎，因此反而透露出一种能够打动读者的平和的张力。与黄薇关于内蒙古牧区的反浪漫化表述类似，作者以本民族“内部”的视角，摒弃了所有关于西藏及拉萨可能产生的浪漫想象，而使自己的作品成为一种“纪实”，将笔触直接伸向藏族传统女性的日常琐事、生活起居与不无艰辛的谋生劳作。《我是琼的拉萨朋友》以一个已经都市化了的藏族知识女性的口吻对这一古老且颇多争议的婚俗表明态度：“我的本意是要写一种古老的、流传至今的婚姻制度的本身，这种制度也许从法律的角度来讲是不合理的，但事实却是：它不仅存在，而且有它存在的合理的一面。但就这种婚姻制度本身来讲，它曾经是很多人所追求的许多美德的象征，它即是人们向往的直到现在还有人从积极方面来看待

---

①② ［美］周蕾著，蔡青松译：《妇女与中国现代性——西方与东方之间的阅读政治》，上海三联书店 2008 年版，第 153 页。

这种婚姻，因此，我并不想否定这种婚姻制度。”[①]在文本中，作者并没有从正面描写“一妻多夫”的藏族传统婚姻，而是用惯常的平和淡定、波澜不惊的语调娓娓地叙说着“我”——一个生活在拉萨的知识女性眼中一个传统藏族女性琼的生活及情感状态。在“我”充满好奇却又不乏迷惘与费解的眼光中，这一为诸多人类学、民族学者孜孜探求的奇异、神秘、古老的风俗却仅仅构成了一个极为普通的藏族女人简单人生中的杯水风波。虽然在叙事者眼中，琼这个具有乐天知命气质的女人始终是一个快乐且满足的主妇，但她的不幸也似乎始终与其身处其间的婚姻制度并无多大关联。

与羽芊描写藏族女性心理时的大胆直露相比，藏族作家格央则出于某种对写作及“代言”行为的警惕与自知，而拒绝给出一个关于“藏婚”制度之下作为个体的藏族女性情感及心理状态的“真实”，以及关于她们是否能够获取幸福的答案。与此相对应的是，在文本的叙事层面，作者回避了对叙事逻辑线索的诠释，而试图以臆测的方式猜测其内心的波澜，平静地写出她们的忧虑与担心。但无论其抒情处理如何接近于他人的世界，作者深知，她对她们其实并无多大的把握，即使身为写作者的她拥有叙事与写作的特权。颇有自知之明的写作者并不回避与被叙对象之间的差异性，并且没有试图去消弭这样的差异，或者说她拒绝以知识者同情却居高临下的眼光洞穿、分析她的观察及书写对象，而是尊重她们在现实中本来可能拥有的行为和梦想，无论这些行为及梦想看起来是何等的不可思议甚至琐屑、卑微。因此比之《藏婚》中第一人称叙事所营造的叙事对象的“透明”幻觉，格央作为叙事者对自己与自己观察、写作行为的对象均充满了不确定性：

> 然而，我想要知道的却是：在结婚前万籁无声的深夜里，她是否和自己不平静的心情斗争过？是否悲伤怨恨？是否充满温情地想象过从未谋面的丈夫们的模样？如果有，那么在踏进婆家的第一刻，她对丈夫们的外表是失望还是满意？……如果十年前，她心里的那颗爱情的种子是自由的，她的命运又会怎么样？当然，还有另一种可能，她关心的只是是否能够嫁出去，至于婚姻的实质，她连想也不曾想过。[②]

在《西藏的女儿》中，无论是“我”与琼（《我是琼的拉萨朋友》），还是“我”与玻珀（《牧场主的妻子》）之间，都难以确立如此透明且确定的联系。

---

①② 格央：《我是琼的拉萨朋友》，《西藏民俗》1999 年第 4 期。

面对这些来自边远牧区的、在另一种截然不同的文化氛围之中成长的女性，叙事者感到明显的困惑，并且无从测度与揣摩对方的心理，这样的不确定性无疑造成了文本内部、叙事过程中的空白及她们心理和情感真实体验的缺席，同时却也避免了存在于《藏婚》中的主体透明度的主导幻想。其实这也是格央的作品一贯的风格，也是格央与另一位优秀的藏族女作家央珍的相似之处，那就是作品中始终萦绕着一缕渗透淡淡忧郁气息的温情与源自宗教情怀的淡定。也许正是她们源自宗教信仰的淡定与宽厚，使她们即使在面对混乱、惨淡的生命时，面对道德、伦理秩序中难以回避的矛盾之时，也能传达出诗意的镇定与温暖的希冀。

与格央《西藏的女儿》相比，《藏婚》存在的问题是被叙对象的过分清晰性与透明性，而更为重要的是存在于"清晰"背后的某种叙事运作所体现出的权力关系。面对这样不存在任何"剩余"的过分清晰的文本与形象，我们必须调动批判性的怀疑精神，追问"'清晰'的符号下暗渡的是什么？……谁涉及了'清晰'的准则，这些准则又是为了谁的利益服务"，并且搞清楚谁为这样的"清晰"付出了代价。如果说"坚持透明度是所有沟通的必要条件，这样狭隘的标准排除了些什么？'透明'又遮蔽了什么"[①]。这样的文本运作方式背后所潜藏的仍然是一种将文化他者彻底"自然化"、差异化与透明化的企图，一种自我中心主义的表述，它最终未能打破自我与主体的边界，反而使这一界限更加泾渭分明。犹如张英进在研究十七年少数民族电影时所提出的观点，即那些影片与文本强化了既存的权力/知识结构，来自优势的汉族/知识主体掌控着中心视点，将那些处于边远的少数民族地区的独特的文化习俗置于不断的监控之下，而这种表述的潜台词是："客体绝不可能成为一个认知的完全主体。"[②]

从以上的分析不难看出，对于汉族主流作家来说，在借用少数民族文化资源之时，按照自我文化基础之上形成的知识结构与情感模式来想象性地塑造他者文化，在看似浪漫化的、近乎无保留的认同背后，实际上隐藏着一种对他者文化及差异性更为深刻且隐秘的拒绝与排斥，并且类似这样想象性的运作往往会导致"对他者、自我及自我在遭遇中的作用的扭曲和错

---

① [美]朱迪斯·巴特勒著，宋素凤译：《性别麻烦：女性主义与身份的颠覆》，上海三联书店2009年版，第13页。

② [美]张英进著，胡静译：《影像中国——当代中国电影的批评重构及跨国想象》，上海三联书店2008年版，第191—192页。

误认识为代价”[①]。因此对于汉族写作者来说，以少数民族的差异性文化作为写作对象之时，怎样解释在描写并“转换”他者时涉及的通常意义上的语言暴力和修辞暴力？写作过程也许是一个需要不断自我反思、质疑与解构的过程，如何跨越自身文化的疆界与阈限，在文化交流的过程中如何尝试消解、重建、拓展或僭越文化疆界，都必须被纳入写作者的考量范围。

第二节　自我与他者之间：消融的界限与开放的历史

可以说，在上文所分析的汉族作家创作的少数民族题材的作品中，存在着将他者文化彻底差异化与浪漫化的倾向及表述，在某些文本中甚至可以说，少数民族的文化资源已成为汉族知识主体建构自我的媒介与手段。如果说这样的阅读他者文化的方式，以一种过度浪漫化的想象与认同，遮蔽了他者与自我之间的延续性与相似性，实际上是建立在自我与他者之间严格的、暗藏等级与褒贬的二元对立之上，其间自我与他者之间仍然壁垒森严，而真正的基于主体间性的平等交流与交往并未实现的话，那么在少数民族作者作为创作主体的作品中，那些由少数民族写作主体自己讲述的关于本民族历史文化的文本，能否为我们重新思考自我与他者之间的关联提供一种迥然不同的表述与想象？

藏族女作家央珍的《无性别的神》与白玛娜珍的《复活的度母》是两部优秀的长篇历史小说，均以女性主人公的视角带出藏民族在革命历史大背景下的世事变迁。故事的主人公均是贵族出身的少女，《无性别的神》中的央吉卓玛是拉萨显贵德康家族的二小姐，《复活的度母》中的琼芨白姆是美丽的希薇庄园的女继承人。这两部以贵族女性视角讲述的历史、宫廷、家族故事为我们开启了怎样的历史想象，提供了怎样的历史景观？在叙事语境中这两位身份尊贵但性格迥异的主人公都在文本世界中与底层的下人—家奴有着不一般的关联，尤其是在《无性别的神》中，主人公与自己身边的奴仆产生的微妙情感关联竟然构成重要的叙事动力。对于这些被赋予或曾被赋予贵族特权的骄子/骄女而言，底层及奴隶的世界是全然陌生的存在，奴隶的劳动与服务成为他们生活中不可或缺然而又是不可见的

① ［德］加布丽埃·施瓦布著，陶家俊译：《文学、权力与主体》，中国社会科学出版社2011年版，第116页。

"非存在"。对于主人而言,奴隶正是他者与差异的表征,而按照黑格尔的主奴逻辑,主人以奴隶作为他者而确立自我的主体性,因此主人的真理正是隐藏在奴隶的身上。这两个有趣的文本似乎是在用不同的方式实践着主人—奴隶、自我—他者之间的权力关系式,开启了两种不同的关于主体建构的想象与实践。其间正是主人对奴隶的态度一定程度上决定了书写者/主人进行历史叙事的基调、取舍及侧重。可以说,这两个历史文本为探寻与再度质疑自我与他者之间的关系开启了思考的契机与空间——在文本中是否存在自我与他者的某种认同,而这样的认同又是如何发生的?经过了怎样的心理机制?叙事者及作者对他者的不同想象是如何影响及决定着其历史想象及现实、社会实践的?

一、自我与他者的位移:跨越民族与阶级的认同

《无性别的神》以谣曲式的节拍讲述了拉萨的贵族小姐央吉卓玛的人生,被诸多评论者誉为藏族的《红楼梦》,但也许说它像《简·爱》更为合适,因为其提供了一则女性成长的历史记录,且是一个幼年时因不被亲人关爱而留下心理创伤的"问题女孩"的成长故事。主人公央吉卓玛身为显赫的拉萨贵族德康家族的二小姐,因出生后不久哥哥与父亲相继过世,便被视为"不吉",从而成为家族败落的替罪羊,小小年纪便背负莫须有的滔天罪责,不仅要忍受来自至亲包括自己母亲的冷落、白眼与苛责,还过早地体味了家道中落时的世态炎凉、人情冷暖。但如简·爱一般,这个敏感而倔强、饱经忧患的小主人公却在近乎无休止的磨难与挫败中成长为一个自尊、自爱、独立的主体。诸多的女性主义理论家曾在女性主义及后殖民主义立场上对《简·爱》这部维多利亚时代小说进行再解读,从苏珊·格巴、吉尔伯特的《阁楼上的疯女人》到斯皮瓦克的《三个女性的文本与帝国主义批判》,延续着一种极富智识及批判性的阐释。在斯皮瓦克看来,《简·爱》在表面上极为符合女性主义的表象之下,情节发展却构成一系列的"家庭/反家庭的二元对立图示",而小说"正是叙述了简如何从反家庭向合法家庭转换,而帝国主义意识形态提供了这一转换语境,作者不自觉地陷入了殖民主义意识形态泥淖"①。而伯莎梅森这一"阁楼上的疯女人"成为"土著女性"的表征,成为简·爱主体性建构过程当中必须予以排除的"他者",同时也正是这个"土著女人",卑微的东方/他者的存在,作为白人中产阶级女性的简

① 林树明:《多维视野中的女性主义文学批评》,中国社会科学出版社2004年版,第208页。

才能确立自我的主体性。虽然后殖民女性主义理论并不适宜于这部“本土”历史小说，但阶级压迫与种族歧视之间无疑遵循着相似的权力运行逻辑，或者说在权力结构上阶级压迫与帝国主义及殖民主义相同构。那么在这部“本土”的、充满了藏民族浓郁的文化气息的作品当中，是否存在着与《简·爱》当中相似的帝国主义逻辑及运作规则？是否存在着主人，尤其是贵族按照“帝国主义”的认知及实践逻辑，将自我的主体性建立在对奴隶、他者的拒斥之上？

让我们回到《无性别的神》，在文本中，央吉卓玛与德康府中的汉族奴仆罗桑及她姑母贝西庄园中的女奴拉姆之间的关系非比寻常，由此入手也许可以考察主/奴、自我/他者关系式的运行及变奏。作为家族中备受冷落的一员，央吉卓玛对那些下人仆从，那些被视为天生的贱民与奴隶的人产生了一种天然的亲近与体谅，她同情他们被侮辱、被损害的命运，同情他们在无望的命运的碾压下日渐忧郁绝望的眼神，但那并非仅仅出自人道主义的、居高临下的怜悯，而是一种类似感同身受、伤筋动骨的悲恸。在文本中，幼小的央吉喜爱捉弄来自汉地的罗桑，但当她听到罗桑在纺线时所哼唱的一首汉地歌谣时，便生出一股莫名的忧伤，并随之开始同情这个离乡背井的瘦小、早衰、总是郁郁寡欢的四川男人，作者用深情且忧郁的语调描述了这动人的一幕：

> 央吉又听到了那首奇妙古怪的歌，她每次听到那歌声，总有一种莫名的不安。尽管大奶妈不允许，她还是跑到仆人房，好奇地看着那个叫汉人罗桑的人用竹针编织毛衣、毛裤，听他翕动着嘴唇唱歌。央吉卓玛觉着他唱得凄凉婉转极了，听得心也渐渐浮了起来，似乎还看到了那双眯缝眼里的泪影。①

这支曲子之所以如此吸引幼年的央吉，并使其产生“共鸣”，是因为这曲子令她忆起在“帕鲁庄园里孤苦无依的情景”。有趣的是，这支她听不懂的汉族民谣正是《苏武牧羊》，一个在几千年前离乡背井、漂泊万里，得不到爱与理解的孤独人的伤心故事。黄昏时的德康府，一个寂寞的小角落里，一个汉人奴仆与一个藏族贵族女孩共同为一支古老的民谣而忧伤，这一时刻正是跨越了阶级、性别、族群、历史的理解与认同开启的时刻，是两个孤独灵魂抱团取暖、互相抚慰的时刻，是一个被忧伤铭刻却仍美好且充满希

① 央珍：《无性别的神》，中国青年出版社 1994 年版，第 191 页。

望的瞬间，其间盈溢的是一份真正因懂得而生的慈悲。

正是在这样的氛围下，随着叙事的推进，央吉与拉姆，这对主奴之间产生的“友谊”逐渐构成了全书中最为动人的篇章。在家中备受冷落、尝尽孤独滋味的央吉曾在叔叔的帕鲁庄园度过一段美好的时光，但叔叔的病逝与随之而来的一系列变故，却使央吉刚有起色的人生重新陷入更为悲惨的境遇。新主人的苛刻寡恩、暴虐狡狯，使寄人篱下的央吉经历了难以承受的精神与身体的双重炼狱，最终在奶妈的帮助下才得以逃出生天，千辛万苦地来到姑妈的贝西庄园。正是在有过这样一番堪称惨痛的经历后，央吉与拉姆相遇了。这对年龄相仿、地位悬殊的女孩之间，真正平等意义上“友谊”的产生经历了一个微妙的过程。经历了帕鲁庄园的磨难与丧失尊严的屈辱之后，姑母的关怀令央吉重新体会到了身为小姐的高贵与优越，而这份优越无疑更多地源自贴身女仆拉姆的卑贱与顺从，每当拉姆毕恭毕敬地出现在央吉的身边：

> 央吉卓玛的心中就会涌出一种消失已久的优越感，她意识到自己又成了小姐，又得到了别人的照料和尊敬。于是，她总是要想法子使唤拉姆……①

这对主仆似乎顺利地进入了主奴关系的逻辑链，主人将一个优越、完整的自我建立在奴隶残缺的他者想象之上，而拉姆的形象也无疑极为符合主人对奴隶的定型化想象：肮脏、蒙昧、逆来顺受。二人之间似乎不存在建立“友谊”的可能，因为那样“平等”的关系是两个有差异却平等的主体之间订立的一种情感契约，一种确定无疑的主体间性的体现，而对于即将在主奴关系式中各就各位的小姐/妮啦与女奴而言，无疑并不存在建立这种主体间关系的可能。转机出现于一个堪称残暴的主人/男人的介入，姑母的儿子、央吉的表兄是一个不折不扣的纨绔子弟，而折磨丑陋木讷的女奴拉姆成为他打发空闲的最好消遣。但这在贝西庄园屡见不鲜且无人问津的施虐场景却极大地刺激了外来的、拥有善良敏感天性的央吉，她无法容忍那些可怕的暴虐场面再度在自己眼前上演。于是央吉开始了一系列从表兄的魔爪之下救出拉姆的拯救行动，这几乎构成了她在贝西庄园每日的功课。每当拉姆被无故毒打与虐待，她总是奔走呼号，那近乎歇斯底里的护卫甚至招来了下人们的不解与嘲弄。但正如对汉人罗桑歌声的反应或曰

① 央珍：《无性别的神》，中国青年出版社 1994 年版，第 128 页。

"共鸣"一般,那并不只是一种仁慈的主人赐予下人的居高临下的施舍式的救助与同情,而是有着别样的、更为复杂的心理机制与情感投射的参与。对于央吉而言,拯救拉姆是她的别无选择,不仅仅是因为加诸在拉姆身上的诸多持续不断的非人折磨与凌虐着实令人发指,还因为这样赤裸裸的施虐场景无疑会唤起央吉那些尚还鲜明的不堪回忆——那些刚刚经历过的不幸,那些无故强加在弱者/自我身上邪恶而残忍的伤害。面对拉姆的受虐,刚刚开始试图在主奴逻辑的支配下建构主体位置的央吉开始动摇,或者说她的主体位置与认同开始出现了某种偏移,并从此开始了她背叛本阶级的叛逆之旅。此处央吉与表兄的矛盾与对抗,并非是仁慈的主人与一个邪恶主人的斗争,而是一个同样受过伤害的弱者为自己的同类向滥权暴虐的强者发出的抗议与声讨,或者说对于央吉而言,需要被拯救的不仅仅是拉姆,还是曾经的自己,需要对抗的不仅仅是表哥,更是自己遭受创伤的记忆。当表哥只因一点小小的过失便毫无人性地将马粪火倾倒进拉姆的衣服里,可怜的拉姆在挣扎与惨叫中昏厥过去时,目睹这惊心动魄的一幕,央吉受到了极大的震撼:

> 从此,那股刺鼻呛人的焦臭腥味伴随着拉姆痛苦扭曲地僵躺在污水中的形象,一直留在央吉卓玛的记忆中。以致一闻到焦臭的煳味,总使她情不自禁地想起自己受挫折的命运。[①]

此处央吉的记忆经历了一次转换与移置,在一种潜意识的认同与自居中,受虐的拉姆化身为记忆中曾经的"自己",于是污水中扭曲的拉姆的悲惨形象,与央吉在帕鲁庄园所遭受的所有侮辱和伤害以及她短暂一生中所有的痛苦经历叠加在了一起,或者说,此时拉姆的苦难形象成了央吉所有不堪、痛苦回忆的鲜明"外化"。对于饱受精神创伤的央吉而言,拉姆经历的侮辱性的伤害触动了她的创伤记忆,同时也为她提供了再现与回到那一创伤性情境的契机,这也是央吉近乎疯狂的拯救行动所暗含的更为内在、深刻的动机——救出被动受虐的弱者,救出拉姆,救出自己,从而结束心理固置,治愈创伤。[②] 与倾听《苏武牧羊》的场景一般,这一时刻也成为她与低阶层的、被侮辱与被损害的他者相互认同的关键时刻。正是这一刹那所产生的电光火石般的认同感,使一种真正平等的跨越阶级的交流、体谅成为

① 央珍:《无性别的神》,中国青年出版社 1994 年版,第 128 页。

② 参见戴锦华:《镜与世俗神话》,中国人民大学出版社 2004 年版,第 246—247 页。

可能。这样灵犀相通的同情与认同无疑解构了主奴逻辑，从此之后，二人的关系出现了某种质变，从人道宽容的主人—忠实蒙昧的仆人变成了一对相亲相爱、抱团取暖的小伙伴。央吉与拉姆这样一对诞生于既定的权力—身份结构当中的主人与奴隶，却打破了这与生俱来的“天然”情境，打破了这一结构的内部规则。而央吉卓玛的勇敢之处，正在于在一个似乎只能重复一个古老的、属于他人的故事的时刻，她力不胜任却无比执拗地试图讲述“自己的故事”及“我们的故事”。不管这个小女子的努力在不公道的人世是多么的微不足道，但毕竟为在主奴逻辑之中延续的历史带来了另一种前景，另一种发展的可能。

此处如果引入另一部藏族女作家的历史小说中类似的场景，与《无性别的神》做一比较的话，则可以发现，另一种截然不同的实践自我—他者之间权力关系的方式及关于主体建构的想象与实践。《复活的度母》是藏族女作家白玛娜珍继《拉萨红尘》之后的又一部力作，故事以一个西藏的贵族之家——希薇庄园——在新中国成立后的各种革命风潮中风流云散的经历为背景，讲述庄园的女继承人琼芨白姆一生的坎坷际遇及与丈夫、子女之间的恩怨勃豁。琼芨白姆这个出身高贵、天生丽质的天之娇女，却在青春初绽的年纪为革命洪流所裹挟，历经种种人生磨难。作者通过琼芨白姆坎坷艰难的一生，写出西藏在近半个多世纪的历史风云、革命运动及在刚刚开启的全球化进程中无可挽回的改变与“堕落”，一定程度上接续着《拉萨红尘》中的思考及写作方式。如果说央珍在《无性别的神》中传达出一种对自我—他者之间平等交流的可能，那么白玛娜珍的《复活的度母》则始终为一种对他者/底层阶级的区隔与拒斥的负面情感所充斥，或者说正是对他者的蔑视与恐惧的非理性情感及价值判断，构成了主人公一生不幸的根源。开篇伊始，《复活的度母》中就出现了与《无性别的神》中相似的主/奴的场景，但呈现的却是一种截然不同的叙事与想象方式。新中国成立初期，希薇庄园因男主人叛逃印度而成为新政府管控、打击的对象，在庄园遭到查封之前，女主人公——此时尚无比美丽与高贵的妮啦——琼芨白姆已感觉到即将逼近的不可知的威胁，对她而言，这样的威胁是从奴隶/仆从那反常且怪异的举止中蔓延开来的：

> 镜子里的少女显得扑朔迷离，娇贵的双手，那十指的指尖被太阳光照得透亮。琼芨望着自己，突然很想给自己拍一张照片，因为，这时她也感到时光正在与另外的一起，分分秒秒地消逝；村子里，分到耕地的人们摇摇晃晃，自己酿的酒，把自己灌醉了，或

> 者一群人一整夜围着篝火在树林里歌舞,歌声忽高忽低,像迷途的羊儿的咩叫;啄食谷粒的鸟群渐渐绝迹,收割了的土地上,长柄镰、羊角叉、木手耙等农具丢弃在地里,太阳下像四散的尸首无人认领——
>
> 女仆一直木桩子似的立在琼芨的身后。一会儿,女仆换了一只手替琼芨撑伞,又望着远处发呆,神色迷茫似乎还透露出一丝压抑着的、非同往日的狂喜。琼芨回头狐疑地瞟了她一眼,这个女仆自琼芨出生以来一直跟在她身旁,已年近四十。琼芨心想,如果有一天,女仆脱离这种与希薇族人依存的关系,笨拙的仆人靠什么生活下去……[①]

此处主人公的观看方式无疑与央吉看拉姆、罗桑的方式大相径庭,在整个与奴隶共同存在的场景中,她只看得到自己,并且将自己的形象/镜像固着在“娇贵”与“扑朔迷离”的特质上。这无疑是一种极为自恋的观看方式,并且这样的观看排斥他者,因为在她看来,底层世界正是摧毁自我脆弱而完美的镜像的潜在威胁。自恋性的投射中只能看见自己,“向内投射所获得的不是同情的回应,而是自恋式的自我闭锁”,因此,她“观看”他者/奴隶最终“反身性的‘反求回到’自身”,并非央吉卓玛式的“透过与痛苦的其他人有所认同”,而是“透过观看,想象着其他人来观看作为物神的自己”,最终的结果是“自我可被视为完全的封闭”,[②]且这样的自我封闭也决定了其历史视域及想象空间的封闭。琼芨白姆对他者的反应停留在一种“想象秩序”阶段,其特征正在于其对他者的“认知以及情感意图是由客体化和侵犯性构成的”[③]——他者不过成为主体的表象,成为后者自我异化的表征、自我消极部分的投射物,而他者只被认为差异的形象,无疑可以成为主体充满自怜、自恋的表达之镜。

引文中琼芨白姆自我阅读的方式,犹如将奴隶—他者作为一面镜子,由他们的粗陋、笨拙、“贫贱与贪婪”反射出自我—主人的娇贵、优雅与血统及道德上的优越感,而下层世界无法控制、混沌蒙昧、绝难认识,最终是邪

---

① 白玛娜珍:《复活的度母》,作家出版社 2006 年版,第 30—31 页。

② 此处关于情感投射的精神分析借鉴周蕾对现代女性文学作品中受虐及幻想的分析,见周蕾著,蔡青松译:《妇女与中国现代性——东方与西方之间的阅读政治》,上海三联书店 2008 年版,第 208—209 页。

③ [美]阿布都·R. 简·默哈默德:《殖民主义文学中的种族差异的作用》,张京媛主编:《后殖民理论与文化批评》,北京大学出版社 1999 年版,第 199 页。

恶危险的。文本中的叙事人茜玛始终将自己所有的堕落及贵族气质的丧失归咎为底层的“贫贱与贪婪”者及外来者的侵蚀：

> “好好好！请喝热汤，尊贵的拉萨妮啦……”洛泽和他的朋友们调侃道，一面给我们几个盛肉汤。听到他们以古老的尊称“妮啦”，即从前的贵小姐称呼我们，我们不禁乐得笑起来。妮啦，多么美妙的发音啊！昔日里，拉萨那些打着阳伞的尊贵又窈窕的淑女！可现在，我们身上，我们多少都染上了大蒜的气味……[①]

这种朝向自我的充满优越与自恋又不乏感伤色彩的语言体现出一种鲜明的欲望，即“把自己强加于人并且要被他人承认的欲望”[②]。在文本的叙事语境中，逐渐取代琼芨白姆对下人与奴仆的拒斥而占据文本中心的是茜玛对外来者或曰他人的近乎歇斯底里的非理性厌憎，而二人对奴隶、他者即差异的拒斥将一种非辩证的对立物恋化与固置了。将原本是社会与文化的差异之产物作为一种“血液”或者说血统的高下及道德的优劣，或者说其将饮食及生活习惯上的差异向道德及形而上学的差异转变，将文化、社会差异自然化。在此意义上，奴仆与外来者占据相似的结构性位置，都是全然陌生且异己的他者，携带着未知的威胁，是对其所谓的高贵的血统/阶级地位及“天性”的威胁。[③] 而这样近乎充斥全文的非理性情感涌流影响到叙事层面，便是全文基本停留在情感宣泄的水平而缺乏必要的节制，叙事者经常性地与主人公一同陷入歇斯底里的境地而无法自拔。在这样一系列以差异为基础产生的对峙之上，面对他者文化的不可理解性、可变性及诸多无法把握的他性，究竟是选择认同还是拒斥来作为基本的反应？可以说，这正是《无性别的神》与《复活的度母》这两部处理类似题材对在基调、风格上大相径庭的作品最为重要的差异。

二、间性主体：消融的自我界限与开放的历史视野

通过上文的分析，《无性别的神》推翻了自我与他者、主人与奴隶之间

---

① 白玛娜珍：《复活的度母》，作家出版社2006年版，第136页。

② 张京媛主编：《当代女性主义文学批评》，北京大学出版社1992年版，第201页。

③ 参见[美]阿布都·R. 简·默哈默德：《殖民主义文学中的种族差异的作用》，张京媛主编：《后殖民理论与文化批评》，北京大学出版社1999年版。

的传统辩证法,而为一种新的、更为合理的主体间关系的开启打开了想象的路径与可能。其间对他者的认同不仅仅是提供道德和心理上的满足,同时成为建构自我的一个重要步骤。对于央吉卓玛而言,自我已经是双重的了,他人在自我身上,外在的成为内在的。在《无性别的神》中,下人罗桑寄人篱下、背井离乡的孤独与忧郁,拉姆所遭受的所有非人的虐待与凌辱,成了饱受心灵创伤、异常敏感的央吉的一个镜像,同时也给了她一个机会,让她意识到自己也是一个受害者,一个遭受到各种精神虐杀与凌辱的对象。审视着罗桑与拉姆,央吉所看到的使她意识到自己也有可能被那样对待和摧残。正是这种对自己的审视,对自己易受伤害状态的审查,使她与罗桑和拉姆即与底层社会之间的认同感油然而生。正因为她寻得了新的自我认知的外在表征,她才获得并表达出了她的主体性,并且是与一种并非建立在对他者即差异性的承认而非压抑之上的全新的主体性。但文本并没有结束在一个全新的主体成长之后的骄傲与喜悦之中,而是让其在一种强烈而模糊的渴望中,再度踏上寻找并实践"平等"的艰难旅程,从而令一个西藏女性的私人心路历程、成长经验与宏大历史叙事展开了某种别具一格的对接及对话。在这个意义上,《无性别的神》正是以对待来自不同民族与阶层的他者/差异的一份难得的理解、包容、宽谅,构成了文本中开放而流动的历史视野。因为对于主体来说,"只有当他自己能够设法做到否定或者至少严格地不予考虑自己的文化的价值观、前提假设和意识形态时,对他性的真正的彻底的理解才有可能"①,同样,对于历史的理解也将成为可能。

央吉卓玛在与母亲一同朝拜圣湖之时看见了自己的命运——象征着佛法的白塔与修行的寺院,于是便在母亲的安排下削发为尼、皈依佛门。对于另存私心的母亲,这可能是为家族省却一笔庞大的嫁妆费用的绝好借口,但对于忧郁善良、对世间一切心存悲悯的央吉而言,这无疑是一个求之不得的理想归宿。但随后的两件事却让刚刚自信、快乐起来的央吉再度陷入了迷茫与忧伤,一是对母亲不光彩私心的洞悉,而更为重要的原因则是对自己的一名法友——出身铁匠之女的梅朵的同情。梅朵虽然美丽善良,却因为低贱的出身常被自己的师父斥责辱骂,并最终寻得一个因由将梅朵逐出师门。央吉博大的同情心此时再度发作,而这一次对弱势的他者之认同最终将她引入了对曾视为救赎、笃信不疑的佛法的困惑,既然众生平等,

① [美]阿布都·R.简·默哈默德:《殖民主义文学中的种族差异的作用》,张京媛主编:《后殖民理论与文化批评》,北京大学出版社 1999 年版,第 199 页。

为何梅朵只因出身贱民便得不到众神的庇护呢？而正当此时，拉萨解放，“红汉人”进驻拉萨，一时成为街谈巷议的唯一热点，这些他者的绝对陌生之处在于他们的身体表征及话语完全越出了彼时人们的常识系统，构成一种全然陌生、难以译解的文化及意识形态符码。且无论历史还是神话体系都无法提供任何一套相似的可供辨识、类比的意义符码，因而他们成为无法辨识的“存在”。但正是这些往往令彼时的拉萨藏人谈虎色变的“红汉人”却为央吉的人生带来了另一种契机与可能，她最终决定离开寺院而追随“红汉人”，走异地、寻异路，勇敢地尝试一种全然陌生的别样人生。而在文本中，促使原本内敛沉静的央吉做出这般看似草率的举动的，正是她对“平等”的发现、辨识与认同，而此处的“平等”首先是性别上的“平等”或曰“平权”。

当央吉与她的法友们——几个同样天真无邪的小姑娘——一起，初见“红汉人”之时，她们的第一反应便是这是一群“无性别的人”，与其说这是对“红汉人”们过分禁欲的生活方式的某种略带孩子气的嘲弄，不如说是对一种她渴求已久的“平等”的发现与指认，因为对于央吉而言，“无性别”并非泯灭性别、丧失自我，而是直接唤起了她第一次对自己性别的反思，对自己身为女人而经历的各种尴尬、不便、挫败并将承受的诸多限制的记忆。

> 她想起在帕鲁庄园咒师说的话：女人是脏物是罪恶，不能乱摸东西；也想起母亲说的话：女人的责任是结婚生育，料理家务。[①]

> 女人就是罪恶，所以女人的东西就是丑恶的。[②]

对于彼时的藏族女性而言，无论是传统、宗教还是世俗的家庭生活内部，身为女人就意味着一系列暗含歧视的限制、规矩将如枷锁一般毕生难以挣脱，而对于身处这般境遇的女人，哪怕是相对拥有自由与身份的贵族小姐、出家女央吉，“男女都一样”都是一个令人振奋的发现。并且，对央吉来说，更令她鼓舞的并非仅仅是男女平权，而是一种真正的平等，从性别而至阶级再推之而及众生的“平等”——“当官的给当兵的补袜子，男人可以给女人斟茶倒水。曲珍第一次在生活中实实在在地发现了佛经上所说的众生平等”[③]。且

---

① 央珍：《无性别的神》，中国青年出版社 1994 年版，第 338 页。

② 同上，第 92 页。

③ 同上，第 339 页。

这样的平等并非只是抽象意义上意识形态建构及官方话语，而是体现在已成为解放军战士的罗桑与拉姆的脸上，当她与罗桑和拉姆再度重逢之时，最令她诧异与惊叹的是那曾经固着在他们眼中、令央吉感同身受、百转愁肠的“忧郁”消失了。平等，始终是央吉毕生不懈的追求，就像她在圣湖祈求看见自己的未来时耳边浮现的祈祷声：

愿所有的生灵随幸福
和幸福的源泉而得以增强
愿所有的生灵从痛苦
和痛苦的来源得以解放
愿所有知觉的生灵摆脱愁恨和奢望
协力同心　以平等的思想①

面对那么多人间不义、天地不仁，那么多难以化解的忧伤、孤独，亲情不及之处，宗教或可有解脱之道，而当在宗教中亦寻不到解脱之法，社会政治革命、共产主义的大同理想——乌托邦是否可能成为另一重拯救的契机与可能？作品终止在央吉随“无性别的神”出走那一瞬间，牛皮筏子将载走西藏的女儿，“女子今有行，大江溯轻舟”，一出一唱三叹的谣曲于此处戛然而止，却是此时无声胜有声。她能寻找到她心目中的“平等”吗？她会幸福吗？读者不得而知。彼时的央吉只凭一种上下求索的精神、一股为众生求平等的热情，可能尚不知“布尔什维克”、共产主义究竟为何，但熟知当代史的我们却无法为央吉勾画出一个可能明朗的未来。因为那段历史早已被证实或者说被今日之主流意识形态指认并书写为是荒谬的、失败的，更不提“文革”中的登峰造极、是非颠倒，因此央吉此去怕是吉凶难测。但作者的高明之处在于，在故事中真正的、最终的拯救并未实现，而只是结束在一个救赎的愿望、希冀之上，央吉卓玛对爱与平等百折不挠的上下求索将再度引领她踏上未知的征程，她可能会失败，但叙事已在她再次行动之前戛然结束。但正是这缺席的“未来”充满了未实现的愿望，一份悲悯与宽容，构成了某种向希望和拯救敞开的叙事模式，从而使一种已遭质疑甚至审判的意识形态，在主人公纯真的凝眸中成为一种曾经合理的、对某些阶级而言携带着至为有效、有力的拯救力的意识形态，一种曾经是可愿望与设想的社会——历史乌托邦。

---

① 央珍：《无性别的神》，中国青年出版社 1994 年版，第 227 页。

如果说《复活的度母》中的主人公因为始终将主体的建构固着，对他者/差异物恋化与彻底排斥，最终将自我陷入完全封闭的社会历史空间，对他者的拒斥最终变成了对自我的囚禁，自我最终沦为被投射表象的囚徒的话，那么《无性别的神》则以一种属于女性的温情与悲悯，在不经意间解构了传统、经典的黑格尔式主奴逻辑与他者想象，提出了人与人之间未实现的可以相互理解的潜力和需要的同时，以一种开放流动的历史及现实视野，展现了一个拥有不间断生成潜力的世界，一个向着未来运动的世界。女主人公在保持其人格与价值观的同时，始终不间断地渴望和想象其他一些人群及迥异的生活方式，其他认知和体验差异的方式，从而不断获取超越现有社会边界的想象性能量。通过打破那看似不可更动的主奴关系式，那些被驱逐和被剥夺的人，找到了他们情感的共鸣地带和行动可能性的汇聚区域，把他们的困境，连带着既具体相关又特定不同的处境和语境，表述为一种揭示所受痛苦之连接性的场域，以某种方式把握住了属于自我的特定历史时刻，并且拒绝了人类权力关系如此运作与重复的认知合理性。[①]

第三节　走向交互主体性的文化交流与民族写作

通过上文的分析，在类似蒙古族女作家黄薇的《冬天的风》《演出到此结束》《流浪的日子》，达斡尔族女作家萨娜《伊克沙玛》等作品中，她们用自己的方式与那些汉族写作者展开对话，在试图用自己的写作实践对那些暗含贬斥的浪漫化表象做出某种质疑与纠偏之时，也在她们的文本中尝试建构或想象一种更为合理、健康、平等的主体间文化交流行为与模式。藏族女作家央珍的长篇力作《无性别的神》，永基卓玛的《雪线》《记忆中的绿松石》，格央的《西藏的女儿》等一系列作品，则以别样的包容与宽和的心态书写自我与他者的关联，体现出对建立一种更为平等的文化交流方式的呼唤与希冀，同时证明了少数民族作家的文化身份认同建构与各民族之间，尤其是汉族与少数民族之间的文化交流并不存在矛盾与冲突之处。相反，自我与他者之间界限的僭越与消融，可以为一种主体间良性、互动的文化交流模式的建立开启有效的路径。那么当一个少数民族写作者在以其他民族文化，尤其是汉民族文化作为自己的观察与写作对象之时，其文本会出

---

① 参见颜海平:《中国现代女性作家与中国革命:1905—1948》,北京大学出版社 2011 年版,第 2—21 页。

现怎样的一种情形？在这个意义上，佤族继董秀英之后的第二代女作家袁智中的一系列关于“佤乡”的作品，为我们提供了一个少数民族叙事主体对文化他者/汉族文化的“凝视”图景，以及试图建立一种更为合理健康的、走向主体间性的交流模式的有效尝试。

一、交互主体性与良性文化交流模式的建立

作为佤族第二代作家，袁智中自觉接续着由英年早逝的、优秀的第一代作家董秀英传下的文学薪火。从她的作品中不难看出，这是个极富使命感的、以佤族文化的书写与承传为己任的作者，她的《欲望的飞翔》提供了一个颇具启发性的、与不同的民族文化进行交流的有价值的个案。

《欲望的飞翔》是一篇都市题材小说，虽不像《落地的谷种，开花的荞》《奔流的血》《消失的木鼓》等作品那般充满了如古歌、神鼓等民族文化元素，但“寻根”的渴望却巧妙地隐藏在文本中各种都市时尚元素之内。女主人公依瑶是一个自幼随汉族父亲在昆明长大的佤族女孩，少年时期曾回到自己佤族妈妈身边度过了一生中最为难忘的日子，成年后回到昆明并在那里成为一个颇为成功的自由职业者——文化写手。虽然沉浸于都市五光十色、纸醉金迷的生活方式，但在依瑶的心中，佤族妈妈所在的佤乡才是她最难以割舍的精神家园。回归的渴望无时无刻不在困扰着这个看似潇洒独立的白领丽人，她可以在酒吧迷离暧昧的灯影下、在俄罗斯美女脱衣舞表演所引发的欲望涌流之中，因忆起佤乡的木鼓与歌谣而顷刻间泪如雨下。在这个意义上可以说，《欲望的飞翔》与藏族女作家梅卓的《幸福就是珍宝海》极为相似，都是一个为密集到令人窒息的、浓得化不开的乡愁所充盈与溢满的文本。但作者的文化企图却并非仅止于描写都市佤族人的文化身份认同的焦虑与分裂，而是有着更为深层的文化诉求，在文本中作者以一种特殊的方式建构着一种文化交流的方式，这体现在依瑶与一个成功的商界人士、汉族女强人徐谦之间某种复杂微妙的情感牵连之中。徐谦是一个成功的民营企业家，功成名就的她雇用自由写手依瑶为自己写一本自传，二人之间原本不过是在商言商的合作或曰契约关系，而徐谦为自己“作传”的冲动似乎不过是大款名流以金钱购买重构甚或虚构个人历史的庸俗自恋之举。但是在酒吧昏暗的灯光下，借助酒精的感染，当徐谦开始向依瑶讲述个人历史之时，二人之间的关系及整个事件的进程、走向与性质却发生了某种令人始料未及的逆转。原来徐谦“写书作传”并非为了以一种“忆苦思甜”的方式炫耀今日的成功，而是为了纪念曾经与自己一起参加对

越自卫反击战并不幸牺牲的战友，那些青春、美好的却因战火而夭厄的生命。但更为重要的是，如果联系二人的民族身份，则可以发现她们的历史与经历之中有某种典型性，这使她们之间的情感交流方式为当下语境中不同民族进行文化交流提供了某种有益的启示。她们源自个人经历而产生的关怀角度和叙述对象之间的差异，如果联系她们身份的典型性或曰代表性来看，无疑给时代与其历史脉络提供了一个贴切的注释。尚未到不惑之年的徐谦的人生经历堪称传奇：童年时经历"文革"岁月，父亲被打进牛棚、迫害致死，少女时代背着母亲从军，参加了对越自卫反击战，复员后上了大学，改革开放来临时又下海经商。通过这一番陈述，不难辨别徐谦的经历正是特定时代主流文化通过多种途径建构、生产、复制的"神话"之一，一些耳熟能详的故事或曰叙事，是典型的青少年时期经历"文革"的一代人从不同的渠道逐渐入主中国社会的政治、经济舞台的典型经历，从中亦不难看出徐谦无疑代表着20世纪80年代精英文化的主部与中坚。如果说经历"文革"创痛、战争创伤，并在改革开放的大潮中抓住机遇，积累了第一桶金，从而顺利蜕变为一个身家千万的企业家的徐谦，正表征着一个时代的主流价值观的话，那么依瑶的经历似乎也在少数民族的现代性及全球化体验当中具备某种典型性：生在佤乡，却成长在大都市昆明，为故乡的木鼓声魂牵梦萦、泪如雨下，却始终难以拂去城市在心灵上留下的印痕。这不仅仅是新一代佤族人的普遍心灵困境，更可以说是面临现代性、全球化进程的少数民族需要面对的某种"经典时刻"。因此，在此意义上徐谦与依瑶的相会与相识便具备了某种也许并非清晰的寓言色彩，成为两个拥有迥然有别的历史与现实记忆的民族之间开启文化交流的时刻：

> 依瑶的心又一次紧缩了起来，她无法确定徐总会让她写一本怎样的书。这时，徐总把一本很厚的打印稿推到了她的面前，依瑶看见封面上有一排黑体字：记忆的河。依瑶的心动了一下，这一排黑体字激发了她的热情和想象，拉动了她记忆深处最敏感的神经。①

由书名引发的对记忆的呼唤与书写行为成为联系二人的纽带，并且成为启动一种文化交流行为的有力契机。交流行为始于对方心中那份深深潜隐却又无限萦回、缠绕不去的怀念与追忆，一处深深沉溺却又不敢碰触

① 袁智中：《欲望的飞翔》，《边疆文学》2003年第12期。

的依恋与禁忌的开启。随着徐谦的讲述，一个被封存在记忆深处的激情澎湃而又残酷壮烈的大时代逐渐浮出水面，将一段因“血染的风采”而无法褪去猩红底色的个人化的历史记忆，一段金戈铁马、充满血污与创痛的人生经历，推到仍有几分不知所措的依瑶面前，从而造成了一种“震惊体验”。虽然二人此刻有着相似的叙事视角与抒情缘起，但无疑有着不同的历史背景与知识谱系，自然带出迥异的思考维度与情感体验方式。然而意味深长的是，她们却都被一种记忆行为启动了内心至为创痛的隐秘，并将其呈现为一种鲜活的、正在被体验的、具体可见的切肤之痛。虽然徐谦的一切对于依瑶而言全然陌生，是似乎只会存在于书本或影像之中的场景，但她却可以从陌生的经历与记忆中离析出某种她至为熟识的东西，那便是一种隐秘的创伤体验，而她也在无意间找到了把自己那些曾刻骨铭心的经历和记忆整理爬梳一遍的契机与心境。并且依瑶此刻产生的心理活动更凸显出一种意味深长的文化意蕴，涉及在与其他异质文化的接触过程中自我心理可能出现的某种情感投射方式，以及对他者文化的理解及其挪用问题，这一切使二人之间极为私密、个人的情感交流成为跨越文化、民族与语言空间的关键时刻：

> 依瑶又听见了久违的木鼓声，听见了阿妈呼唤她的声音。这种声音从她十三岁那年就植在了她的记忆深处。……
>
> 这种联想，打破了依瑶内心的沉寂，加快了她血液的流动，她的心也被自己制造的冲动所涨满。依瑶点燃了一支烟，用腾起的烟雾来掩盖她此时的感情。依瑶这时也才发现，徐总的眼前早已被腾起的轻烟所笼罩，将她们之间的距离拉近的同时，又坚定地护卫着她们各自心灵深处最为柔软的角落。
>
> …………
>
> 徐总的声音从烟雾中间缓缓升起，又重重地压在俩人的头上，把依瑶带回远久的梦中去。……依瑶努力在想她们见面时的第一感觉。但她什么也没有想起，只觉得她们从认识的那一刻起，就坐在这里喝酒。透过酒杯，她听见阿妈叫她的声音，她又感觉到心撕裂的疼痛。[①]

此处作者以极为周密的匠心运思，将依瑶的回忆与徐谦的讲述严丝合

---

① 袁智中：《欲望的飞翔》，《边疆文学》2003 年第 12 期。

缝地交叉串联起来，从而达到了一种类似“蒙太奇”的叙事效果。依瑶此时产生的联想活动构成一种类似于移情的心理机制，其以自己的、属于阿佤人的世界作为参照，来理解他人的、对自己而言几近全然陌生的故事与经历，而这样的异质文化及情感体验的持续交换过程，肯定了其间的相似性而非差异，或者说其间的差异性并未被绝对化，而是构成一种有趣且有益的文化商榷行为中可以接受甚至欣赏的因素。如果说阅读他者“总是需要一定程度的他者性商榷、两种不同的文化或历史语境以及文本与读者之间的协调”[①]，那么面对陌生的、来自他者文化的文本，如何阐释、交流与协商，关键在于能否从他者性中发掘某些能引起我们反响、能融入我们自己的文化或自我的东西。无疑，在阅读他者文化的过程中极易产生自我心理投射与“自恋”的特征，在上一节所列举的“汉写民”的作品中，这样的现象并不鲜见。然而此处的交流场景中，对于依瑶及徐谦二人而言，对他者的阅读、对他者经验的接触不仅没有成为建构自我的契机与资本，反而开始逐渐瓦解自我的心灵防线与文化疆界。这段文字精心地描述出了二人接触、交流过程中所显现出的相似与差异，但接受这一他者经验的自我/依瑶却无疑拒绝了选择对立或简单忽视差异性的立场。可以说，这场文化接触与交流的结果，是在不放弃自我的同时，承认对方的、对自我而言从认知角度可能无法真正了解的差异性，并尊重这种差异的在场，从而达到了一种真正意义上的平等。犹如布朗肖在他的《俄耳普斯的注视》中对自我与他者关系的某种辩证否定式描述：“我倾听这两个声音，与它们距离相当……在这种关系中……一个永远不会被另一个所包含，不会与他构成一个整体，一种二元性，或一个可能的统一体；一个与另一个格格不入，没有不可思议地赋予其中任何一个特权。”[②]

通过上文的分析，可以说，这两个族别不同且人生经历迥异的女性的情感与记忆的交流及交换过程，为一种更具启发性的、更为开放的文化接触及交流模式开启了构思与想象的契机与可能。在文本的叙事语境中，二人创伤记忆之间的可互换与可协商性，使一种也许看似全然陌生的他者性成为引发强烈而深刻的共鸣的触媒，一种全然陌生却又如此亲切熟稔的共鸣。可以说，这样的良性交流共同开启了一种曾经被二人共同压制的、心

---

① [德]加布丽埃·施瓦布著，陶家俊译：《文学、权力与主体》，中国社会科学出版社 2011 年版，第 56 页。

② 转引自[美]卡伦·雅各布：《对映的两面镜子：弗洛伊德、布朗肖和不可见性逻辑》，陈永国主编：《视觉文化研究读本》，北京大学出版社 2009 年版，第 363 页。

灵深处的强烈的情感涌流。无论是对对越自卫反击战中年轻战友的哀悼与怀念，对这个逐渐淡忘了所有理想与激情、背叛与抛弃了所有英雄的时代的失望甚至绝望，还是出于对佤乡与阿佤妈妈的怀恋与愧疚，对民族文化在现代社会中逐渐流失的焦虑与痛楚，那都是双方心中不可承受之重、不可碰触之痛。对于徐谦而言，这种无法平复的心灵创伤源自强烈的自责，作为幸存者无法面对那些英年早逝的灵魂，他们消逝的生命成为她一生走不出的精神沙漠，而对于依瑶来说，创伤体验源自离弃了自己的阿佤妈妈与阿佤山寨，实现了自我的意义与价值之后，无法释怀的漂泊感。可贵的是，她们可以把这些对自己而言极为陌生的文化代码转化成他们自己的文化情景中可认知的符码，并且更为在意两种文化之间的连接而非仅仅强调差异。其间二人的叙述，都是以缝合个人心理创痛为目的，成为探索历史与记忆的一个契机与入口，都在无意间找到了将自己的经历与记忆整理、重温一遍的机会，于是二人开始遗忘外在的喧嚣而纵情于记忆与想象营造的心境，同时成为对方理想的倾听者，以包含同情、尊重的耐心与专注帮助对方释放压抑积蓄已久的情感，释放封闭到几近萎缩的想象。以其极为私密的、个人的体验的叙述，不断引起伤痛，同时激起想象和回忆的事件或经历，最终唤回了尽管残损，却永远无法拒绝与超越的情感认同与经验方式。强烈的情感共鸣渗透并逐渐瓦解了双方作为文化主体的疆界，而产生了可贵的同一与融合的瞬间，同时使她们身上对对方而言全然陌生的、潜在的他者性也自然地被对方吸收。可以说，在她们源自相似“创伤体验”而产生的文化接触过程中，双方共同跨越了自身文化的疆界与阈限，或者说在文化交流的过程中同时消解、拓展、重建了原先划定的疆界。

如果说对于依瑶与徐谦而言，记忆的开启成为交流的开始，并通过这样的建立在主体间性之上、承认差异的交流方式获得了正视那些一度曾遭压抑的记忆与情感的力量的话，那么过往的记忆与历史为她们提供的，绝不仅仅是面对机械、刻板的都市生活及日渐冷漠苍白的人性之时为自己建构、营造一处规避与想象的、虚幻的庇护空间，因为对越自卫反击战对于徐谦、佤乡记忆之于依瑶，都是她们自我身份的根源之一，是在当下的全球化都市空间中建构文化身份认同的重要资源。而正是对这种资源的发现与发掘，使她们在一切都不那么清晰的当下语境之中确立了自己的主体性，或者说记忆行为与过往经验的发现造就了两个反思、自持的主体，而各种独立且鲜明的主体性成为二人之间开启真正健康平等的交往模式的前提。因此文本中她们二人看似突兀的、“一见钟情”似的友谊绝不仅仅是为了以所谓的人性与真情想象性地消解冰冷隔膜的后现代空间，借文化的他者性重新解读、界定自我，更是要寻求一种主动、积极的突破，可以说在真正平等的交流结束之时，二人将同时收获更为丰富的自我。

二、文化交流视域下的身份认同与民族写作

通过以上的分析可以看出，对于佤乡后裔依瑶而言，心中潜藏的关于佤乡的记忆，成为其日后探寻自我身份、寻找归属与认同感的动力与路径。正是通过这样正视内心的分裂与创伤，并将其转化为一种探寻历史记忆的原动力及充满想象力的诗意语言，她才从心灵的自我囚禁状态中摆脱出来，开始直面自己的创痛与焦虑，并尝试去真正地改变与疗救。在这个意义上，可以说，依瑶与徐谦对于对方而言，同时充当了心理分析情境中"想象的倾听者"的角色，用耐心而同情的沉默来帮助对方开拓、释放内心的创伤体验与记忆，并最终发而为语言。但无疑此处不存在分析师与患者之间的权力等级与二元对立，而是二人互为患者与治疗者，同时作为对方的倾诉人与倾听者，同时成为被文本叙述与塑造的开放型主体，呈现出一种真正的主体间的联系。在文本中，虽然二人的经历与创伤不存在任何进行对比的可能，但其间不可否认的共同点却是，作为一种主观情绪或者心理状态的持久的伤痛与忧郁，并最终通过交流、对话转化为探寻自我历史的原动力，转化为释放想象的诗意语言。这样自我与他者互救、互助的交流模式，在一种精神分析式的谈话方式中，最终达成的却是一份建立在主体间性之上的良性、平等的文化交流模式。但文本并没有在此刻结束，而是将故事再度延伸下去，精神治疗、文化交流的结果不仅仅止于创伤的发现与疗救，身份根源的发现与认同，更为民族主体书写行为及实践创造了某种可贵契机。

如果说在文本中依瑶的佤乡记忆成为全球化时代某种可以调用的文化资源，构成抵抗的空间与场所，那么这一构成身份认同与反抗全球化的文化资源将以怎样一种方式呈现？和徐谦选择以文字作为祭奠那些逝去的青春与生命、理想与激情的方式相同，依瑶也将写作视为皈依民族身份及自我拯救的终极方式。在这个意义上，可以说，依瑶与徐谦表征的与其他民族文化之间的良性交流模式的开启，最终成为身为写作者的她对民族记忆与历史的书写契机，而对书写行为及实践的自觉与热望，始终是内在于袁智中创作中的重要情感线索。

在《落地的谷种，开花的荞》及《奔流的血》等以佤乡独特的民俗风情为题材的作品中，读者虽然不免会被那些奇特的宗教习俗所吸引，但仍然可

以辨认出其作品字里行间由叙事、写作主体传达出的一种极为强烈的书写与创作的热望与冲动。并且如果将对书写意义的强烈热情与冲动、疑惑与焦虑和佤族具体的历史及现实语境联系起来,便不难理解背后所凸显出的民族身份认同及如何保存民族文化资源的命题,甚至可以解读为对于当下少数民族写作实践而言极具代表性的困境之呈现。因为对于只有语言而无文字的佤族而言,如何保留世代流传、被视为民族精神纽带的“阿佤理”,始终是困扰作者及叙事人的心结。犹如《欲望的飞翔》中的写作者依瑶与摄影师伟然,用他们的文字与画面记录下佤乡那些正在消逝的一切,是他们人生至高的使命与责任。然而透过他们“徒步走完佤山的每一个角落”与急于为即将逝去的民族记忆拍照、记录存证的迫切感,不难发现,这些生长在城市中的佤族后代在文化身份认同上强烈的焦虑与不安。依瑶之所以对佤乡、对阿妈存有强烈负疚之情以至于成为一种精神创伤,不仅仅因为她流连于都市的灯红酒绿而遗忘了民族传统,更在于“她答应过阿妈要把阿佤的故事用汉人的文字写成一本本的书,把佤山中断的历史用字串起来,把佤山的故事讲给更多的人听”[①],因此她的回归,不仅仅是一种情感与身份的皈依,更重要的是一种自觉地担负起传承民族文化之任的使命感,是一种对“书写”、对依靠书写为佤族文化存亡继绝的渴念与执拗。这才是她们被都市文明所掩盖、囚禁的想象、憧憬与欲望,是她们企盼能够放飞的激情与向往。如依瑶、伟然那般惶惶地试图书写、铭刻部族身份的佤族后裔的行列中,无疑有作者袁智中的身影,而如果说《欲望的飞翔》是作者袁智中借助依瑶这个形象抒发自己身为少数民族写作者、作为文化传承者的使命感,那么这样的使命感本身也是一种文化承袭的结果。或者说袁智中借助依瑶形象折射出的书写民族历史、记忆的热望与冲动,本身便铭刻着另一个更为自觉的以民族写作为生命的佤族作家的人生印痕。在《欲望的飞翔》中,依瑶的同族好友董董同样是一个女作家,正是在她的影响与感召之下依瑶开始了写作的生涯,而当董董积劳成疾,不幸故去之后,依瑶接过她未竟的事业,要将董董未写完的佤族故事写下去。熟悉佤族文学的读者自然会辨认出董董的原型便是著名的佤族女作家董秀英。可以说,袁智中在这部篇幅不长的小说中,以特殊的方式在向佤族第一代优秀女作家董秀英致敬,并深情地描述或曰记录了与董秀英相识、相知的经过,以及董秀英身染沉疴、缠绵病榻之际仍不忘提携文学后辈、心念佤族文学与文化之成长的感人事迹。而借助文字与写作的力量将董董/董秀英的形象永远封

① 袁智中:《欲望的飞翔》,《边疆文学》2003 年第 12 期。

存、铭刻在自己的作品中，意味着袁智中也在借此秘而不宣地传达着自己对民族写作事业的决心与信念，以及缅怀所来之路、记录民族历史的冲动与尝试。

虽然在《欲望的飞翔》中作者让依瑶最终选择了回归，并要用文字回馈生养自己的佤乡与阿佤妈妈，但佤族毕竟是一个只有语言、没有文字的民族，于是如何保留世代流传的"阿佤理"，将是任何一个民族写作者都不得不面对的困境与症结。如果说《欲望的飞翔》为写作欲望与冲动驱遣的依瑶尚未顾及关于书写及文字本身的问题，那么在袁智中另一篇优秀的小说中，这一问题便以一种更为诗意、激情与民族的方式得以凸显，她在《落地的谷种，开花的荞》中透过女性叙事人叶隆姆之口一再透露出某种深切的忧虑与疑惑：

> 汉人吴说，阿佤写在牛皮上的文字被大火烧成灰，被汉人一点点捡了起来。汉人要把文字还给阿佤，汉人要教阿佤把装在肚子里的阿佤理写出来，传给后人。
>
> ……
>
> ……汉人吴说，用文字写下来的故事就像山上的石头，几世几代都还在；用心记下来的故事就像河里的水一样会流走。[①]

作为一寨的头人，阿爸也觉出没有人认字的难处。他和阿妈是全寨子最懂得阿佤理的人，但是，一旦他和阿妈死掉，就把全部的阿佤理带走了。不懂阿佤理还叫什么阿佤？但他没有办法，他也知道，阿佤的文字被火烧成了灰。就是这样，他也不想让他的阿佤用别族人的文字来写阿佤理。

如何在没有文字的情境中述说源远流长的民族传统、记忆与经验，并付诸后之来者，对于依瑶或者说袁智中这样的写作者便永远是一个极为艰难的挑战，一种或许化解不了的困惑，同时也是佤族祖先与长者们向这些执着于民族写作、文学实践的后裔寄托的殷切厚望。正是在没有文字、无以记载的情状下，这些写作者反倒更有着一股不能已于言的冲动与执拗。但对少数民族作家中的汉语写作而言，他们毕竟是在用他人的话语讲述自己的故事，对于像佤族这样没有文字的民族则更多了一份别无选择的无奈。对于董秀英与袁智中这样的作家，汉族或熟识汉语的阅读者无疑是她们的理想读者，因此，文化翻译是内在于她们创作中的必要环节。此处的

① 袁智中：《落地的谷种，开花的荞》，《边疆文学》2002 年第 11 期。

文化翻译,并非严格语言学意义上的语言之间的转换,而更多地指涉不同文化之间的互译,民族文化及传统的传递与转译。因此与文化他者的交流不仅仅是对创作效果的期待,更是内在于创作过程的构成性环节,或者说如何与他者交流的问题早已内化于她们的写作过程之中。从上述引文中应该不难看出,对于作者与叙事人而言,最为困惑的是如何用汉语即他人的语言记录那些从祖先处世代相传的"阿佤理",阿佤的古歌、故事,犹如文本中"阿爸"们的执拗与无奈,相信这也是曾经困扰第一代写作者董秀英的问题。然而不可否认的是,对于立志让全世界倾听阿佤声音的董秀英[①]而言,让阿佤的故事与古歌变成文字,印成书籍,走出佤山,走向世界,始终是她坚持的志业与深切的向往。或者说对于第一代写作者董秀英而言,以后天习得的汉语书写能力写作并不仅仅源自一种无奈的因应,或者说她的写作行为绝不仅仅止于"记录",为没有文字的阿佤保留下珍贵的关于过往与当下的"见证实录",更是为了实现一种交流,与其他民族、文化甚至是与世界的交流、对话与融入。可以说,文化接触、沟通、交流的渴望是内在于佤族第一代作家创作过程与文化翻译过程的重要因素,而对于可以更为娴熟地运用汉语及写作策略的第二代作家,袁智中面对这一少数民族写作者似乎难以回避的问题时,又是怎样回应的?少数民族女作家的创作实践,能否为两种或多种文化之间的互补融合提供某种可行的,且更具想象力的途径?

犹如在《欲望的飞翔》中,作者以一种宽厚、包容、平和的心态,以文化接触过程中自我、他者之间的可互换与商榷性,以不同文化资源之间的可挪用与协商性,为我们呈现出一种建立在主体间性之上的更具启发式的文化交流模式,在《落地的谷种,开花的荞》中作者又一次使她的民族写作成为关于文化间交流、互译及互渗的文本。这篇犹如民族叙事长诗一般唯美神奇的作品,讲述的是一个"火红"的爱情故事,但与其说这是一段青年男女跨越族别的浓郁情事,不如说作者是借助关于爱情的描写,传达并展开对两个民族之间如何开启互补性的交流,民族文化及内在于文化、风俗、宗教中的类似于"集体无意识"的情感如何转译,并被他者顺利接受与体验的某种更为宏大的文化命题的思索。具体到文本的叙事语境中,体现出叙事者及女主人公对"汉字"的痴迷。一个极为有趣的文本症候在于,对于爱情

---

① 董秀英曾经说过:"我相信,阿佤人终究要走出老林。阿佤人多姿奇异的生活画面,将和世界上最美的画面连结在一起。"转引自郑海:《董秀英敲响的佤山木鼓》,《云南民族大学学报(哲学社会科学版)》1992 年第 3 期。

故事的女主角、美丽的佤族少女叶隆姆而言，她的汉族情人最为吸引她的地方正是其作为汉族知识分子体现出的对书写能力的娴熟掌握，或者说叶隆姆对汉人吴的痴恋竟是源自对“像画一样的汉字”的好奇。这个土生土长的佤族女孩对文字的痴迷程度及对书写能力的强烈追求甚至压过了少女情窦初开之时的情感与欲念，这明显有悖情理之处，不禁让我们怀疑叶隆姆也许是另一个依瑶，或者说是写作者的另一重假面与分身，而借助这个真正体现“原初”情境的形象，我们看到两种民族文化在最初接触的一刹那时产生的，交织着紧张、不安、震撼却也不乏诗意与美感的“震惊体验”。或者说借助叶隆姆这一颇具现代思维的前现代少女形象，作者巧妙地传达出没有文字只有口传故事的佤族在初识书写功能之时那难以言说的焦虑、兴奋、恐惧与不安。因此我们可以说，叶隆姆这一形象成为文化交流过程中多重情绪投射的反映与场域，成为由期待、焦虑、欲望、需要及不安、恐惧等复杂情感体验交织形成的网络。如果从文化接触的视角重新审视这段佤汉之恋，则两种文化之交流初启之时特殊的多层情绪体验在文本中正是借助两性之爱的面具得到曲折隐秘的传达。具体言之，在文本中有一段关于情窦初开的叶隆姆梦境的生动描绘，其间汉字、情欲及文化他者性之间的转移置换过程极具启示意义，让我们看见，恋爱中少女的情爱心理如何与民族传统、民间传说神秘地衔接，并与他者文化之间极富诗意与想象、充满欲望与激情地转换或曰互译：

> 那天晚上，我在梦里见到，班箐山的草和树、班箐寨的每一样东西还有天上的星星月亮、每个人的脸上都被画上了像画一样的文字，就连每个人讲出的话也变成了一幅幅怪模怪样的画来。画飞起来贴在天上，挡住了太阳三木洛，挡住了月亮娥并。娥并见不着三木洛的影子，把眼泪变成了雨；三木洛听不见娥并的歌声，把思念变成了雨。①

作者在此处让我们看到了一种极具想象力的文化翻译及交流过程，汉人吴所教授的汉字成为一种媒介，让叶隆姆这个佤族女性借助这些于她而言犹如画一样的文字，在想象中再度重温或曰重构了本民族的起源爱情神话，那些从幼年起便被母亲与寨中老人一遍遍复述的民间神话与传说。这个古老的爱情神话此时的重现，固然暗示着少女那尚还模糊的欲望怦然开

---

① 袁智中：《落地的谷种，开花的荞》，《边疆文学》2002 年第 11 期。

启的时刻，同时也是一个民族主体在与一种全然陌生、异质的文化接触之时，感受、体验事物的方式随之出现了某种转变的体现，是文化交流之时想象力开启的象征，是在他者性之中惊奇且不乏欣喜地发现了某些可以融入自己的文化与自我的成分。于是这一刻成为以一种新的方式或曰语码重新阐释、重读自我文化的时刻，也是他者文化被吸收、融合、转译成自我文化之一部分的时刻，更是固有的文化疆界被渗透与打破的时刻，而这样一种全新的阐释方式正印证了佤族文化本身所具有的开放性及交流渴望。并且这一过程不仅是挪用他者文化资源实现对自我文化的某种改写与重新阐释，同时也是通过对他者、异质文化的某种富有想象力的重读而构成的对他者文化既有或曰限定空间的拓展与增生，从而一定程度上在改写自我的同时也实现了对他者文化的扩充、修订、重塑。[①] 在文本的叙事语境中，这样建立在主体间性之上的良性文化交流模式是借助汉字这一陌生的书写工具作为媒介的，而在这个意义上，汉字所代表的书写工具在文本中的功能在于成功诱发了某种民族文化之间的互动渴望，或者说这种对另一种文化全然陌生、差异的存在反而成为开启一种极具想象力与投入性的交流欲望的契机与触媒。欧阳可惺在他的《谈少数民族文学中的本土意识》这篇文章中对少数民族文化间话语规则形成及再阐释之建构过程的分析在此处同样适用："不同的民族文化发生关系、相互影响，每一个民族的话语规则正是在对他者的关系过程中，在矛盾中逐渐地发生变化，形成新的话语规则。同时，用新的话语规则去阐释自己本民族的过去，即对过去历史的重新阐释。按照福科的新历史主义观点也可以说，阐释即是一种实践。每一次成功的阐释即是赋予阐释对象以新的历史生命。在新的话语规则的形成和对过去的重新阐释中，一个民族的本土意识不断地被修正和补充，新的意义既来自'本土'又超越'本土'。"[②]

在文化交流的意义上重新审视两代佤族女作家对汉语书写能力的热衷、追求、使用及反思、改造、重构，便会发现，那不仅仅是一种用他人语言讲述自己故事的无奈之举，而是始终追求一种积极主动的交流与互动的开放、包容且极富想象力的文化姿态。可以说，她们以汉语创作的文本成为两种文化之间相互"凝视"的场域，而相互凝视的主体发现自己"在通向'他

① [德]加布丽埃·施瓦布著，陶家俊译：《文学、权力与主体》，中国社会科学出版社 2011 年版，第 56—59 页。

② 欧阳可惺：《谈少数民族文学中的本土意识》，《新疆大学学报(社会科学版)》2000 年第 1 期。

者'的边界上或在'边界之外'的他者之中"，从而彻底打破了自我与他者之间所有可能的边界与阈限，而成为一处高度流动、开放的场所与空间，犹如巴赫金的分析，这种打破边界的文本之所以充满生机与活力，正在于其"文学语言形式本身就是对话式的，保留着他者性或'异质声音'的印记……包含着有关文化无意识、身体的他者（重复主体的异在体验的怪异身体）的记忆"①。

蒙古族作家黄薇，达斡尔族女作家萨娜，佤族两代女作家董秀英、袁智中，以及藏族女作家永基卓玛、央珍、格央的文学创作，以少数民族女性知识分子的立场为在多元文化语境中，民族主体如何与其他民族文化、他者话语进行主动、积极的交流、对话与协商，提供了极富包容性与想象力的文本实践。其间各种民族文化的差异性在得到表述的同时被尊重、认可与接纳。她们的创作实践显现了少数民族写作主体的文学表述试图通过对话、协商与交流寻求自我定位、改变现状的努力与极富想象力的尝试。与其他民族文化的交流，尽管可能避免不了对彼此意义的误读及理解上的偏差，可能无法达到预期的效应，但交流的行为一旦开启，便为各自的文化在全新的社会、文化语境中的发展、更生、创新增加了某种可能。因此，不同民族文化之间的固有疆界被渗透、僭越与打破的时刻，也是借用他者文化资源实现对自我文化的某种改写与重新阐释的时刻，由此印证了民族文化传统本身所具有的开放性。

---

① ［德］加布丽埃·施瓦布著，陶家俊译：《文学、权力与主体》，中国社会科学出版社 2011 年版，第 69—71 页。

结　语

本书在女性主义及性别研究的视野下重新处理新世纪少数民族的女性书写问题，探讨性别话语与民族、国家、阶级、身份等话语之间或隐秘或外显的联合、博弈甚或耦合，试图对多元话语中的多重主体位置的形成、分裂及弥合等问题进行纵深发掘。本书自始至终都想说明，当下少数民族女作家的文学创作是由一系列充满活力的复杂协商运作构成的，它充满了矛盾与冲突，而且能以多种形式伸展并导致多种形式的结局。

性别研究及文化研究的视野和实践，无疑将会明确以性别、民族、国家、阶级为基本坐标的思考及批判之立足点。然而在性别将成为本书最重要的基点与视角的前提下，如何在警惕性别视点会于不期然间遮蔽对阶级和民族等其他重大命题的思考与表达的同时，又保持一份女性主义的洞察力与批判性，如何思考与再现当代中国本土，尤其是当代少数民族女性生存的历史语境与西来的理论资源之间的张力，如何估价少数民族女性创作的实践对全球化语境的意义，是本书所要着重思考的问题。需要强调的是，欧美女性主义资源的借用过程中始终不能忽略的事实是，西方理论只是开启思维与视野的方法与中介，而不能成为最终的目的，尤其是产生于其他社会文化语境与历史脉络中的理论资源，始终只是“他人的话语”这一事实，而借重与引用的目的始终只能是为产自本土文化语境之中的理论及文化困境的解决提供某种有益的方法与可能。本土的、民族的文化语境与困境，本土实践领域的需要才是最终的目的。当女性意识与少数民族的文化身份相联系之时，其产生的表述与实践，便显然不同于欧美女性主义的话语动员与实践。但少数民族话语内部亦并非高度同质，而毋宁说也是充满裂隙、诸多差异性的体系，对于内在的文化父权结构，女性经验与话语是否仍然具有洞察力与颠覆性能量？这样的颠覆性与批判性的潜能又是怎样，且以什么样的方式体现出来的？其间将透露出怎样的认同与分裂、臣服与反抗交织并行、你来我往、讨价还价的复杂路径？为我们考察与分析全球化时代各种文化身份认同的发生、改变与扩充打开了怎样的想象空间？这些思考始终贯穿于本书的写作过程。毕竟在文化实践与文化经济运作日益全球化和多层次化的时代，应该提倡最大限度地表达和关注有关差异性的多重话语，用对话的眼光看待似乎是异质性的表述，同时又将貌似统一的声音看成是本来就具有异质性、抗争性和协商性的表达方式。

在当下多元文化语境中，女性意识与民族经验都不再是一个超稳定的能指，而是一个争论与协商的场域。其在散布到不同的历史及文化语境中，与各种不同的范畴交互作用之时，便会产生一个论争场域与空间，其间上演着多重话语与身份间的协商、耦合、论争与交换的戏剧，并在这样的过程中被重新建构与意指，在不同的文化和历史语境内它们之间会产生不同的互动关系。因此，面对身份政治不可避免的局限性，需要保持充分的警惕，拒绝固化的身份范畴，性别与民族身份的固化，而不能不加置疑地对任何一种经验范畴进行本质主义的调用。因此本书在进行文本细读时，努力使对这些文本的阐释，成为对女性、经验、性别这些范畴去自然化及进行调动的过程，发现这些概念本身容许了另一些可能性，一些重新流通的可能性。犹如朱迪斯·巴特勒所说："女性主义在回溯一个想象的过去的时候，必须谨慎不要在揭穿男性中心权力的自我物化的主张的同时，也促使了妇女经验的物化，因为这在政治上来说是有问题的。"①

在当下，随着现代性及全球化进程的加剧，各个民族之间、各个民族国家之间的交流已经渗透到各个领域，不再有纯粹的属于少数民族的具有"原初"性质的经验。民族经验与民族身份认同有其自身的历史性与社会性，在新的文化语境之中，它们已不在最初生成的范式中起作用。并且更为重要的是，无论是女性经验，还是少数民族经验，都是可以融合与交流的。从女性经验的角度探讨少数民族身份，考察少数民族的文化身份认同、女性经验与全球化、现代性、政治、社会及阶级话语之间的融合、分散的复杂进程，正是本书的理论预设与问题意识。

在全球化时代，面对多元混杂的文化语境，与女性经验类似，民族身份认同已体现出日益多元化的趋势。少数民族主体的经验一定程度上已经散布到各种全新的文化经验与体验当中，而需要在现代/传统、全球/本土、阶级、性别等坐标轴上重新定位，民族身份认同、民族共同的经验将在散布、融合的过程中重组与更新。在这样的文化社会情境之下，面对全球化语境中日益混杂的经验，面对相互竞争的意识形态和生活方式与不断滑

---

① ［美］朱迪斯·巴特勒著，宋素凤译：《性别麻烦：女性主义与身份的颠覆》，上海三联书店2009年版，第49页。

动、交叠、重塑的界限，少数民族创作主体需要发掘潜藏的、属于特殊集体与族群的记忆资源，作为主体抗拒当下历史与记忆的危机之时所能仰赖、挪用的有力的抗拒资源，以应对扑面而来的历史情境。更为重要的是，面对全球化时代来自民族文化内部的挑战及与异质文化的接触愈发频繁这一当下情境，不同民族之间的文化交流之重要性也日益凸显。在日益全球化的文化背景中，各民族如何在文化交流的过程中重新界定并重构，如何在与他者文化的接触过程中在不同层面消解、重建、拓展与僭越自我文化的边界，对于各个民族来说，都将是不可回避的问题。当下少数民族女作家的创作实践，她们在多元文化语境中作为民族主体的书写行为及实践，一定程度上为两种或多种文化之间的互补融合提供了某种可行的且更具想象力的途径。当下少数民族女作家丰富的创作实践，从她们自己的角度和立场，对这一主题贡献出不同的阐释，扩充并传播了这一主题。

附　录
当代少数民族女作家作品目录（1978—2012）

蒙古族

齐·敖特根其木格:

《巍巍罕山》,内蒙古人民出版社 1998 年版;

《阿尔查河畔》,民族出版社 1988 年版。

黄薇:

《冬天的风》,《民族文学》1990 年第 2 期;

《血缘》,《民族文学》1990 年第 11 期;

《影子》,《民族文学》1991 年第 10 期;

《樱》,《民族文学》1991 年第 11 期;

《生活像条河》,《民族文学》1992 年第 7 期;

《无言的结局,太匆匆》,《民族文学》1993 年第 2 期;

《一日长如岁》,《民族文学》1995 年第 4 期;

《流浪的日子》,《民族文学》1995 年第 12 期;

《李君的故事》,《民族文学》1997 年第 5 期;

《秋天的故事》,《民族文学》2000 年第 7 期;

《明白不明白都得活着》,《鹿鸣》2000 年第 8 期;

《系里的故事》,《骏马》2002 年第 5 期;

《请不要让我孤独》,《草原》2003 年第 12 期;

《梦中人》,《鹿鸣》2001 年第 11 期。

乌兰:

《泥沼地》,《草原》1998 年第 2 期;

《外祖父的毡房》,《草原》1999 年第 11 期;

《弯弯的老哈河》,《草原》2000 年第 5 期;

《猪年的山杏》,《草原》2002 年第 6 期;

《玛涅格尔部落》,《民族文学》2006 年第 12 期;

《黑狐狸洼》,《草原》2006 年第 1 期;

《蛇蛊记》,《草原》2006 年第 9 期;

《滩狼》,《草原》2008 年第 3 期;

《遥远的阿穆哈河》,内蒙古教育出版社 2011 年版。

包丽英:

《我遥远的蒙古草原》,《民族文学》2008 年第 3 期;

《明月心》,《草原》1998 年第 7 期;

《无怨的黄玫瑰》,《草原》2001 年第 3 期;

《纵马天下》,《草原》2005 年第 3 期;

《吴钩残雪》,《鹿鸣》2007 年第 3 期;

《蒙古帝国》五部曲,云南人民出版社 2011 年版;

《纵马天下:我的祖先成吉思汗》,解放军文艺出版社 2005 年版;

《蒙古王妃・女真岐国卷》,南海出版社 2009 年版;

《蒙古王妃・高丽河月卷》,南海出版社 2009 年版。

韩静慧:

《将谎言进行到底》,《民族文学》2008 年第 8 期;

《双重面孔》,《民族文学》2009 年第 2 期;

《俗家弟子》,《草原》2002 年第 9 期;

《额吉和罂粟花》,《民族文学》2010 年第 8 期;

《恐怖地带 101》《阴错阳差》,内蒙古人民出版社 2001 年版;

《绿草青春》,四川少年儿童出版社 1997 年版;

《从延安到莫斯科》《十五岁才见到父亲的女孩》,四川少年儿童出版社 1999 年版;

《为谁活着》,中国华侨出版社 2010 年版;

《小河马卡拉》系列,连环画出版社 2011 年版;

《河马卡拉和它的一家》系列,现代教育出版社 2007 年版;

《神秘女生》系列,二十一世纪出版社 2011 年版;

《M4 青春》,作家出版社 2003 年版;

《呸!我不想作》,作家出版社 2005 年版。

额鲁图・珊丹:

《安巴的命运》,《民族文学》2004 年第 9 期;

《遥远的额济纳》,《民族文学》2006 年第 7 期;

《包袱里面是斧子》,《民族文学》2009 年第 3 期;

《宫廷情猎》,中国社会出版社 2000 年版;

《大野芳菲:丹麦探险家与蒙古女王》,吉林音像出版社 2000 年版。

萨仁图雅:

《静静的艾敏河》,人民文学出版社 2002 年版。

王娟瑢:

《勐力板之梦》,江苏文艺出版社 2007 年版。

多日娜:

《情到深处》,《民族文学》1996 年第 3 期。

阿荣高娃:

《雾中草原》,《民族文学》2007 年第 10 期。

塔娜:

《小小说两题》,《草原》2003 年第 6 期。

包岚:

《缘来缘去》,《草原》2004 年第 2 期。

苏林娜:

《断臂》,《草原》2005 年第 4 期。

包建美:

《苟沃里戈》,《骏马》2004 年第 1 期;

《生灵》,《骏马》2004 年第 6 期;

《云彩》,《草原》2009 年第 2 期;

《葵花儿》,《草原》2008 年第 1 期。

达斡尔族

孟晖:

《夏桃》,《芒种》1987 年第 7 期;

《苍华》,《人民文学》1994 年第 3 期;

《春纱》,《钟山》1994 年第 3 期;

《有树的风景》,《钟山》1994 年第 3 期;

《千里行》,《钟山》1994 年第 3 期;

《画屏》《谍影》,入选女性小说集《世纪之门》,社会科学文献出版社 1998 年版;

《十九郎》,《钟山》1998 年第 3 期;

《盂兰变》,作家出版社 2001 年版。

萨娜：

《红罂粟》,《民族文学》1992 年第 5 期；
《风尘》,《民族文学》1993 年第 7 期；
《鞭仇》,《民族文学》1994 年第 2 期；
《残歌》,《草原》1996 年第 8 期；
《械斗》,《民族文学》1997 年第 6 期；
《流失的家园》,《民族文学》2000 年第 9 期；
《皈依》,《草原》1998 年第 5 期；
《结局》,《中国作家》2000 年第 11 期；
《金色牧场》,《收获》2007 年第 1 期；
《前沿》,《中国作家》2003 年第 6 期；
《废墟与神话》,《草原》2003 年第 2 期；
《感情理想主义者》,《大家》2001 年第 2 期；
《走向遗忘的深处》,《山花》2005 年第 9 期；
《红尘档案》,《大家》2006 年第 1 期；
《西斜》,《百花洲》2004 年第 1 期；
《敖鲁古雅的咒语》,《作家》2006 年第 2 期；
《你脸上有把刀》,大众文艺出版社 2003 年版。

阿凤：

《姑奶奶》,《民族文学》1990 年第 11 期；
《长大》,《民族文学》1996 年第 12 期；
《那天》,《民族文学》1998 年第 8 期；
《普通人家》,《民族文学》1998 年第 11 期；
《那片甸子》,《民族文学》2003 年第 3 期；
《猎村悠悠》,《草原》1999 年第 5 期；
《胎动》,《草原》2002 年第 1 期；
《咳,女人……》,《草原》2008 年第 7 期。

苏华：

《小镇舞会》,《草原》2006 年第 9 期；
《深秋》,《骏马》2010 年第 1 期；
《仫乌热》,《民族文学》1991 年第 3 期；
《牧歌》,《民族文学》1994 年第 3 期；
《缀满秋香的山坡》,《民族文学》1986 年第 9 期。

苏莉：

《红鸟》,《上海文学》1988 年第 3 期；

《牧人》,《民族文学》1989 年第 10 期；

《秋日》,《民族文学》1992 年第 10 期；

《松松和晨生在某一年春秋之间》,《民族文学》1992 年第 3 期；

《仲夏夜之温凉时分》,《边疆文学》1996 年第 4 期；

《牛的故事》,《民族文学》1997 年第 5 期；

《草原深处》,《民族文学》2005 年第 9 期；

《温顺表舅如今以及旧有的生活》,《民族文学》2008 年第 3 期；

《岁末故乡行》,《草原》2008 年第 7 期；

《尽善的勇气》,《骏马》2005 年第 4 期。

苏雅：

《小舅》,《民族文学》2001 年第 11 期；

《波斯菊》,《民族文学》2008 年第 6 期。

昳岚：

《上帝不是耶和华》,《民族文学》1993 年第 11 期；

《兰嫂》,《草原》1997 年第 3 期；

《大女人和小女人》,《草原》2001 年第 3 期；

《望》,《草原》1999 年第 9 期；

《霍日里河啊，霍日里山》,《骏马》2006 年第 5 期。

苏晓英：

《为谁辩护》,《民族文学》2007 年第 4 期；

《女人的心事》,《草原》2003 年第 2 期。

敖文华：

《残荷与落叶》,《草原》1996 年第 5 期；

《此情绵绵》,《草原》1997 年第 4 期；

《小马架里的疯女人》,《草原》2008 年第 7 期。

雪梅：

《对爱说抱歉》,《草原》2003 年第 11 期。

娜恩达拉：

《庭院落花雨》,《民族文学》2012 年第 3 期；

《哭娃》,《骏马》2012 年第 1 期；

《一只手镯》,《杉乡文学》2011 年第 2 期；

《玛吉阿米》,《西藏文学》2011 年第 3 期；

《行走在金界壕的两只脚》,《草地》2011 年第 3 期;
《拎着酒壶的女人》,《民族文学》2011 年第 9 期;
《冷河》,《青年作家》2011 年第 10 期;
《乌日玛的风声》,《草地》2010 年第 1 期;
《亲吻过的草》,《骏马》2010 年第 2 期;
《母亲的扎恩达勒》,《民族文学》2010 年第 10 期。

鄂温克族

杜梅:
《我们仍然独身》,《民族文学》1992 年第 10 期;
《山那边》,《民族文学》2000 年第 7 期;
《北方丢失的童话》,《民族文学》1997 年第 4 期;
《那尼汗的后裔》,《民族文学》1998 年第 7 期;
《女人之间》,《草原》2001 年第 9 期;
《银白的山带》,作家出版社 1999 年版。
敖蓉:
《一个家族的故事》,《民族文学》2009 年第 11 期;
《爱的过程》,《草原》2008 年第 7 期;
《天使的诱惑》,《鹿鸣》2008 年第 1 期;
《桦树叶上的童话》,《骏马》2010 年第 6 期;
《古娜洁》,《青年文学》2009 年第 16 期;
《草原深深处》,《民族文学》2007 年第 4 期;
《飘逝的手帕》,《骏马》2002 年第 1 期;
《寄往天国的一封信》,《骏马》2006 年第 5 期;
《阿尔塔姨妈》,《骏马》2009 年第 2 期。
德纯燕:
《初夜》,《草原》2003 年第 1 期;
《取暖》,《民族文学》2010 年第 7 期;
《旅行者》,《民族文学》2011 年第 11 期;
《喜宴》,《民族文学》2012 年第 2 期;
《荒野》,《草原》2011 年第 2 期;
《初长成》,《西湖》2011 年第 5 期;
《好时光》,《西湖》2010 年第 9 期。

鄂伦春族

阿黛秀：

《星》,《民族文学》1982 年第 12 期。

锡伯族

雷志芬：

《猫的悲剧》,《草原》2008 年第 7 期；

《美人迟暮》,《骏马》2006 年第 1 期；

《潜网》,《骏马》2006 年第 5 期；

《雾锁楼台》,《骏马》2008 年第 2 期。

藏族

梅卓：

《雪果》,《民族文学》1990 年第 10 期；

《曲桑和洛洛》,《民族文学》1995 年第 9 期；

《魔咒》,《民族文学》2005 年第 3 期；

《在那东山顶上》,《大家》2005 年第 3 期；

《月亮,月亮,我想和你说个话》,《民族文学》2010 年第 3 期；

《出家人》,《红豆》2009 年第 9 期；

《麝香之爱》,西藏人民出版社 2007 年版；

《人在高处》,陕西师范大学出版社 2002 年版；

《月亮营地》,敦煌文艺出版社 2009 年版；

《太阳部落》,中国文联出版公司 1995 年版；

《太阳石》,太白文艺出版社 2005 年版。

永基卓玛：

《今夜,远方有雪飘落》,《民族文学》2007 年第 3 期；

《九眼天珠》,《民族文学》2008 年第 5 期；

《象牙发环》,《边疆文学》2006 年第 1 期；

《记忆的绿松石》,《边疆文学》2006 年第 3 期；

《唱歌的月亮》,《西藏文学》2008 年第 6 期；

《雪线：永基卓玛小说集》,云南科技出版社 2010 年版。

白玛娜珍：

《白桃花》,《民族文学》2008 年第 3 期；

《贪爱》,《民族文学》2009 年第 3 期;

《生命的颜色》,西藏人民出版社 1997 年版;

《在心灵的天际》,民族出版社 1995 年版;

《心箍》,《西藏文学》2004 年第 6 期;

《复活的度母》,作家出版社 2006 年版;

《拉萨红尘》,西藏人民出版社 2002 年版。

央珍:

《无性别的神》,中国青年出版社 1994 年版;

《白经幡,在夕阳中》,《民族文学》1987 年第 10 期;

《尼姑寺》,《西藏文学》1994 年第 3 期;

《时光静止的拉萨》,《西藏文学》2007 年第 6 期;

《拉萨的时间》,《民族文学》2009 年第 3 期。

格央:

《天意指引》,《西藏文学》2000 年第 5 期;

《小镇故事》,收入中短篇小说集《月光里的银匠》,西藏人民出版社 2002 年版;

《灵魂穿洞》,《西藏文学》1999 年第 2 期;

《一个老尼的自述》,收入小说集《聆听西藏——以小说的方式》,云南人民出版社 1998 年版;

《西藏的女儿》,人民文学出版社 2003 年版;

《让爱慢慢永恒》,太白文艺出版社 2005 年版。

丹增曲珍:

《狼毒》,云南文学出版社 2006 年版。

桑丹:

《黑夜里的安魂曲》,《西藏文学》2002 年第 6 期;

《小城中的酒徒》,《西藏文学》2004 年第 5 期。

扎西措(阿兰):

《启明星》,《民族文学》2009 年第 10 期;

《摇曳的格桑花》,《四川文学》2004 年第 12 期。

琼吉:

《纯情年华》,《西藏文学》2004 年第 2 期。

格桑玉珍:

《我的故事》,《西藏文学》2007 年第 3 期。

回族

霍达：

《霍达文集》五卷，北京十月文艺出版社 1999 年版；

《未穿的红嫁衣·浮沉》，人民文学出版社 2009 年版。

白山：

《日月痕》，《民族文学》1995 年第 1 期；

《血线——滇缅公路纪实》，云南人民出版社 1992 年版；

《冷月》，云南人民出版社 2001 年版；

《会唱歌的老屋》，云南人民出版社 1992 年版。

陈玉霞：

《女儿有个小小心愿》，《民族文学》1991 年第 3 期；

《酸甜苦辣都是诗》，《民族文学》1994 年第 3 期；

《爱之彷徨》，山东文艺出版社 1992 年版；

《心约》，中国文联出版公司 1995 年版；

《心祭》，中国文联出版公司 1997 年版；

《心斋》，山东文艺出版社 2001 年版。

马忠静：

《福尔马林之味》，《湖南文学》1999 年第 10 期；

《七叶一枝花》，《民族文学》2002 年第 9 期；

《女孩的名字，还有那管牙膏的牌子》，《山花》2001 年第 12 期；

《月饼的四分之一》，《朔方》2005 年第 7 期；

《水雾红尘》，《百花洲》2002 年第 2 期；

《清清女儿香》，《百花洲》2003 年第 2 期；

《颠覆》，《百花洲》2004 年第 2 期；

《一夜没动静》，《百花洲》2005 年第 3 期；

《断脉》，《百花洲》2006 年第 1 期；

《夏天，没有诱惑》，华夏出版社 2000 年版。

讴阳北方：

《故乡在芦苇深处》，《民族文学》2005 年第 3 期；

《穿过歌声的门》，《民族文学》2007 年第 5 期；

《好好活着》，《民族文学》2009 年第 6 期；

《生活让你沉默》，《民族文学》2010 年第 11 期；

《无人处落下泪雨》，作家出版社 2006 年版。

马金莲：

《富汉》，《朔方》2007 年第 3 期；

《拾粪》，《朔方》2007 年第 5 期；

《糜子》《方四娘》，《朔方》2007 年第 11 期；

《庄风》，《民族文学》2009 年第 3 期；

《尕师兄》，《民族文学》2010 年第 3 期；

《坚硬的月光》，《民族文学》2010 年第 3 期；

《父亲的雪》，阳光出版社 2010 年版。

毛毛：

《游历西藏》，陕西旅游出版社 1998 年版；

《宁夏纪行》，中国旅游出版社 2001 年版。

祁文娟：

《化石走廊》，《民族文学》2000 年第 4 期。

满族

叶广芩：

《黄连·厚朴》，《湖南文学》1997 年第 2 期；

《大登殿》，《民族文学》2008 年第 12 期；

《采桑子》，北京出版社 2009 年版；

《青木川》，太白文艺出版社 2007 年版；

《全家福》，北京出版社 2001 年版；

《注意熊出没》，山东文艺出版社 1998 年版；

《战争孤儿》，华岳文艺出版社 1990 年版；

《乾清门内》，未来出版社 1986 年版；

《黑鱼千岁》，中国广播电视出版社 2005 年版；

《小放牛》，中国工人出版社 2012 年版；

《醒也无聊》，浙江文艺出版社 2011 年版；

《山鬼木客》，西安出版社 2000 年版；

《豆汁记》，中国盲文出版社 2009 年版；

《逍遥津》，文化艺术出版社 2007 年版；

《日本故事》，昆仑出版社 2005 年版；

《老虎大福》，太白文艺出版社 2004 年版；

《梦也何曾到谢桥》，华文出版社 2002 年版；

《谁翻乐府凄凉曲》，新世界出版社 2002 年版。

赵玫：

《苦旅》,《民族文学》1991 年第 11 期；

《来吧,夕阳》,《民族文学》2006 年第 1 期；

《她的心给谁》,《大家》2000 年第 3 期；

《上帝也知道梦不可追》,《大家》2005 年第 4 期；

《与陌生人相爱》,《山花》2000 年第 11 期；

《爱又如何》,《山花》2002 年第 2 期；

《像羽毛一样飞翔》,《山花》2005 年第 9 期；

《婚礼》,《四川文学》2006 年第 1 期；

《突然一片黑暗》,《长江文艺》2006 年第 1 期；

“唐宫女性三部曲”《武则天》《高阳公主》《上官婉儿》,天津人民出版社 2010 年版；

《朗园》,春风文艺出版社 2010 年版；

《紫丁香园》,长江文艺出版社 1997 年版；

《林花谢了春红》,重庆出版社 2011 年版；

《八月末》,作家出版社 2010 年版；

《漫随流水》,江苏文艺出版社 2009 年版；

《阮玲玉》,新华出版社 2008 年版；

《蝴蝶》,新华出版社 2008 年版；

《秋天死于冬季》,四川文艺出版社 2006 年版；

《说好了做朋友》,春风文艺出版社 2002 年版；

《世纪末的情人》,长江文艺出版社 1999 年版；

《天国的恋人》,作家出版社 1993 年版；

《我们家族的女人》,春风文艺出版社 1992 年版；

《寻找伊索尔德》,作家出版社 2011 年版；

《我的灵魂不起舞》,四川文艺出版社 2007 年版；

《天空没有颜色》,南海出版公司 2001 年版；

《和英雄舞蹈》,江苏文艺出版社 1998 年版；

《当另一个人走进来》,江苏文艺出版社 1998 年版；

《岁月如歌》,今日中国出版社 1996 年版；

《太阳峡谷》,河北教育出版社 1995 年版；

《囚禁》,春风文艺出版社 1993 年版；

《流星》,春风文艺出版社 1993 年版。

庞天舒：

《大海对我说》，新蕾出版社 1982 年版；

《星彩蓝宝石》，宁夏人民出版社 1985 年版；

《少女眼中的战争》，作家出版社 1989 年版；

《落日之战》，人民文学出版社 1994 年版；

《生命河》，解放军文艺出版社 1998 年版；

《王昭君·出塞曲》，新华出版社 2007 年版；

《红舞鞋》，解放军文艺出版社 2003 年版；

《白桦树小屋》，解放军文艺出版社 2002 年版；

《两匹老马的回忆》，大众文艺出版社 2001 年版；

《吉祥花园》，大众文艺出版社 2001 年版；

《陆军特战队》，新世界出版社 2007 年版；

《特战营》，中国社会出版社 2007 年版；

《探险神秘之地——一位军中女作家穿越罗布泊的手记》，长虹出版公司 1998 年版；

《1949——最后的角逐》，沈阳出版社 1998 年版。

颜一烟：

《盐丁儿》，湖北少年儿童出版社 2007 年版；

《八女投江》，天津人民美术出版社 2011 年版；

《机智的小马倌》，北京科学技术出版社 2009 年版。

白玉芳：

《神妻》，重庆出版社 2006 年版；

《秋霄落雁女儿情》，内蒙古大学出版社 2001 年版。

吴秀春：

《同在太阳下》，《民族文学》1994 年第 6 期；

《山女出嫁》，《民族文学》1996 年第 9 期；

《梁山躲债》，《中国作家》1994 年第 1 期；

《郎家旧事》，《吐鲁番》2005 年第 4 期；

《山女野情》，南海出版公司 1990 年版；

《半路夫妻》，春风文艺出版社 1993 年版；

《生命部落》，中国文联出版公司 2003 年版；

《隐情·都市祭坛》，中国文联出版公司 2003 年版；

《宦海浮沉》，中国文联出版公司 1994 年版；

《风尘岁月》，中国文联出版公司 2003 年版。

洛艺嘉：

《我们抱歉地通知您》,《民族文学》2000 年第 8 期；

《中国病人》,华夏出版社 2000 年版；

《同居的男人要离开》,中国电影出版社 1999 年版；

《马德里美人帮》,新星出版社 2008 年版；

《资本爱情现在时》,北京十月文艺出版社 2002 年版。

边玲玲：

《丹顶鹤的故事》,《民族文学》1984 年第 1 期；

《在边远小镇》,《民族文学》1984 年第 9 期；

《弦外音》,《人民文学》1984 年第 12 期；

《白杜鹃》,《民族文学》1985 年第 8 期；

《蓝月亮湖》,《民族文学》2003 年第 7 期；

《德布达理》,《民族文学》1986 年第 1 期；

《牧歌》,《人民文学》1986 年第 4 期。

何双及：

《麻刀》,《民族文学》2004 年第 10 期。

京梅：

《七夕》,《民族文学》2006 年第 2 期；

《藤萝花落》,人民文学出版社 2000 年版。

雪静：

《口碑》,《民族文学》2006 年第 3 期；

《城里没有麦子》,《民族文学》2007 年第 10 期；

《从白天到夜晚》,《大家》2005 年第 6 期；

《笑容也寂寞》,《青海湖》2003 年第 2 期；

《红肚兜》,花山文艺出版社 2004 年版；

《天墨》,作家出版社 2012 年版；

《官夫人》,湖南人民出版社 2011 年版；

《从白天到夜晚》,中国华侨出版社 2009 年版；

《匿名信》,中国华侨出版社 2009 年版；

《粉领儿》,作家出版社 2006 年版；

《旗袍》,作家出版社 2006 年版；

《半杯红酒》,花城出版社 2006 年版；

《苍蝇粉》,时代文艺出版社 2003 年版。

阿满：

《老陈和他的青花瓷瓶》,《民族文学》2008 年第 3 期。

匡文立：

《昨夜西风》,甘肃人民出版社 1989 年版；

《白刺》,敦煌文艺出版社 1994 年版。

朝鲜族

金仁顺：

《秋千椅》,《民族文学》2009 年第 4 期；

《爱情走过夏日的街》,新世界出版社 2010 年版；

《玻璃咖啡馆》,春风文艺出版社 2010 年版；

《彼此》,山东文艺出版社 2009 年版；

《月光啊,月光》,吉林人民出版社 2004 年版；

《爱情冷气流》,珠海出版社 1999 年版；

《绿茶》,北京出版社 2003 年版；

《春香》,中国妇女出版社 2009 年版；

《妈妈的酱汤馆》,作家出版社 2007 年版。

千华：

《黑兰——〈高丽女人〉系列之二》,《民族文学》1990 年第 5 期；

《没有你的日子里——〈高丽女人〉系列之五》,《民族文学》1990 年第 9 期；

《妈妈的吻——〈高丽女人〉系列之六》,《民族文学》1991 年第 2 期；

《飘蓬》,《民族文学》1992 年第 10 期。

许莲顺著,金莲兰译：

《都市伤痕》,《民族文学》1996 年第 12 期；

《她身上十只猫》,《民族文学》2007 年第 3 期；

《跟屠宰场里的肉块儿搭讪》,《民族文学》2009 年第 3 期；

《回来吧,妈妈》,《民族文学》2009 年第 11 期。

权善子著,李玉花译：

《愿做你身边的风景》,《民族文学》2004 年第 3 期。

李惠善著,李玉花译：

《空缺的位置》,《民族文学》2000 年第 4 期；

《炳在家的晾衣绳》,《民族文学》2003 年第 3 期；

《礼花怒放》沈胜哲译,《民族文学》2007 年第 11 期；

《红蝴蝶》,民族出版社 2000 年版。

成珍淑著,李庸殷译:

《人生舞台》,《民族文学》2002 年第 3 期。

赵星姬著,金莲兰译:

《蛤蜊料理》,《民族文学》2006 年第 10 期。

朴草兰著,张春植译:

《当心狗狸》,《民族文学》2010 年第 7 期。

哈萨克族

叶尔克西·胡尔曼别克:

《永生羊》,新疆人民出版社 2003 年版;

《草原火母》,新疆人民出版社 2006 年版;

《黑马归去》,新疆少年出版社 2006 年版。

玛尔孜娅·萨合多拉:

《耳环船》,《民族文学》2009 年第 6 期。

维吾尔族

哈丽黛·依斯拉音:

《鸿雁湖》,《民族文学》1990 年第 10 期;

《轨道》,《民族文学》1995 年第 4 期;

《城市静悄悄》,《民族文学》1996 年第 9 期;

《石头城》,《民族文学》2002 年第 10 期;

《城市没有牛》,《民族文学》2002 年第 11 期;

《沙漠之梦》,《民族文学》2004 年第 6 期;

《温泉》,《民族文学》2005 年第 9 期;

《那些眼睛》,《民族文学》2006 年第 3 期;

《火炬手》,《民族文学》2007 年第 12 期;

《城市没有牛》,新疆青少年出版社 2006 年版。

乌尔尼莎·吐尔迪:

《夜酒辛酸泪》,《民族文学》1992 年第 3 期。

哈依霞·塔巴热克:

《魂在人间》,《民族作家》1989 年第 2 期;

《魂在草原》,《中国西部文学》1992 年第 6 期;

《魂在大地》,《新疆回族文学》1994 年第 3 期。

祖合莱古丽·阿不都瓦依提：

《苇湖不了情》,《民族文学》1995 年第 12 期。

古丽尼萨：

《夏迪艳》,《民族文学》1997 年第 11 期。

阿娜尔古丽：

《馋老头和他的儿女们》,《民族文学》2007 年第 11 期；

《大女人和小女人的故事》,《民族文学》2009 年第 3 期。

古丽巴哈尔·纳斯尔：

《石城女人》,《民族文学》2008 年第 3 期。

哈丽黛·伊斯拉依里：

《民族文学》,《心中的故事》2008 年第 6 期。

努蕾亚·阿不都克里木：

《悲从中来》,《民族文学》1996 年第 11 期。

古丽尼沙·加玛勒：

《好梦成真》,《西部文学》2000 年第 12 期。

壮族

岑献青：

《蝗祭》,《民族文学》1990 年第 1 期；

《天孕》,《民族文学》1993 年第 2 期；

《裂纹》,广西民族出版社 1994 年版。

陶丽群：

《回家的路亮堂堂》,《广西文学》2007 年第 2 期；

《上邪》,《广西文学》2007 年第 11 期；

《一个夜晚》,《广西文学》2006 年第 10 期；

《醉月亮》,《广西文学》2008 年第 5 期；

《工地上的狮子舞》,《红豆》2009 年第 2 期；

《童话世界》,《民族文学》2010 年第 2 期；

《行走在城市里的鱼》,《边疆文学》2010 年第 4 期；

《忧郁的孩子》,《广西文学》2010 年第 7 期；

《一塘香荷》,《民族文学》2012 年第 3 期；

《恍惚之间》,《民族文学》2010 年第 10 期；

《漫山遍野的秋》,《民族文学》2011 年第 3 期；

《冬日暖阳》,《广西文学》2011 年第 10 期。

黄夏斯榕：

《玉佩裤带》,《民族文学》1994 年 12 期；

《牛王归来》,《广西文学》2009 年第 9 期；

《持灯女郎》,广西民族出版社 1997 年版。

唐樱：

《爱的驿站》,《民族文学》1990 年第 9 期；

《似幻非幻》,《民族文学》2006 年第 7 期；

《唐樱中篇小说选》,中国文联出版社 2001 年版；

《少年阿山》,湖南儿童文学出版社 2009 年版；

《男生跳跳》,湖南出版社 2005 年版；

《南方的神话》,天津教育出版社 2008 年版。

陈多：

《故人在天涯》,《民族文学》1987 年第 8 期；

《寂寞街头》,《民族文学》1988 年第 3 期；

《沟》,《民族文学》1988 年第 11 期；

《谐和难求》,《民族文学》1994 年第 5 期；

《三字师》,《民族文学》1994 年第 12 期；

《人生情话》,《民族文学》1995 年第 11 期；

《教授爷爷》,《民族文学》1996 年第 6 期；

《你我方圆》,《当代》1995 年第 2 期。

刘永娟：

《玻璃樽》,《广西文学》2006 年第 4 期。

谭慧娟：

《挂在脖子上的石头》,《广西文学》2007 年第 12 期。

晓牧：

《旧金山的新移民》,作家出版社 2008 年版。

梁志玲：

《纠缠》,《广西文学》2009 年第 1 期；

《虚设桥梁》,《民族文学》2010 年第 7 期；

《青苔人家》,《民族文学》2011 年第 11 期；

《被凌迟的风景》,《红豆》2012 年第 2 期；

《微凉的逃逸》,《山花》2011 年第 6 期；

《惜缘》,《广西文学》2011 年第 6 期；

《如草木般清宁》,《民族文学》2009 年第 8 期；

《猫的心情》,《广西文学》2006 年第 9 期;
《突然四十》,《广西文学》2006 年第 11 期。

白族

景宜:
《谁有美丽的红指甲》,文化艺术出版社 1989 年版;
《茶马古道和一个白族女人》,民族出版社 2005 年版;
《茶马古道》,民族出版社 2005 年版。
桑桑:
《泸沽湖的女人》,《民族文学》1990 年第 3 期。
红霞:
《栏杆》,《民族文学》1992 年第 8 期。

苗族

贺晓彤:
《婚前体检》,《民族文学》1991 年第 11 期;
《贝妮的故事》,《民族文学》2000 年第 10 期;
《午夜感伤专线》,《民族文学》1997 年第 1 期;
《美丽的丑小丫》,湖南少年儿童出版社 1986 年版;
《贺晓彤小说选》,民族出版社 2008 年版;
《钢铁是这样炼成的》,湖南文艺出版社 2008 年版;
《美女如云》,人民文学出版社 2001 年版。
龙宁英:
《挑灰人》,《民族文学》1992 年第 7 期;
《地地菜》,《民族文学》1994 年第 11 期;
《淡淡的桐子花》,《民族文学》1997 年第 4 期;
《苗山雨水》,《红豆》2007 年第 19 期;
《山上有座庙》,《江河文学》2010 年第 5 期;
《疼痛的河流》,《江河文学》2009 年第 6 期;
《神树》,《骏马》2008 年第 5 期;
《妹相思》,《民族团结》1994 年第 1 期;
《美丽的嘎比戈》,《民族文学》2004 年第 4 期。
《女儿桥》,《湖南文学》1991 年第 2 期。

刘萧：

《乡女魂》,《民族文学》1989 年第 5 期；

《大大》,《民族文学》1993 年第 3 期；

《苗寨日子》,《民族文学》1994 年第 2 期；

《一生牵挂》,《民族文学》1995 年第 12 期；

《乡事难调》,《青年文学》1997 年第 10 期；

《乡嫁》,《民族文学》1997 年第 3 期。

石继丽：

《天堂里没有陆地》,《民族文学》2004 年第 11 期；

《过的去的河,过不去的夜》,《边疆文学》2011 年第 8 期；

《清清的五溪水》,远方出版社 2004 年版。

丘陵：

《野女》,春风文艺出版社 1993 年版。

杨彦华：

《嫁接爱情》,《长江文艺》2000 年第 4 期。

姚筱琼：

《亡命 2009》,《安徽文学》2009 年第 2 期；

《杀人动机》,《安徽文学》2008 年第 3 期；

《五月的乡愁》,《民族文学》2007 年第 3 期；

《夏夜流星》,《理论与创作》2011 年第 6 期；

《除夕》,《安徽文学》2010 年第 10 期。

彝族

段海珍：

《红妖》,《边疆文学》2005 年第 9 期；

《杏眼》,《边疆文学》2007 年第 3 期；

《桃花灿烂》,《金沙江文艺》2008 年第 2 期；

《蛊之惑》,《金沙江文艺》2006 年第 5 期；

《鬼蝴蝶》,云南民族出版社 2007 年版。

李云华：

《土豆商人和月光》,《民族文学》1998 年第 5 期；

《风景》,《滇池》2003 年第 12 期。

冯良：

《西藏物语》,作家出版社 1998 年版；

《秦娥》,云南人民出版社 2006 年版；

《彝娘汉老子》,天地出版社 2005 年版。

黄玲：

《鹤之舞》,《民族文学》2001 年第 3 期；

《疼痛的记忆》,《边疆文学》2001 年第 10 期；

《鹤影》,《民族文学》2002 年第 3 期；

《玫瑰芬芳》,《边疆文学》2008 年第 7 期；

《芙蓉花开》,《长城》2006 年第 3 期；

《孽红》,北方文艺出版社 2000 年版。

阿蕾：

《瓦薇的家事》,《民族文学》2002 年第 6 期；

《嫂子》,四川人民出版社 1997 年版。

李纳：

《李纳小说选》,四川人民出版社 1982 年版；

《刺绣者的花》,人民文学出版社 1981 年版。

土家族

田平：

《我的冬儿》,《民族文学》1999 年第 2 期；

《想不想再嫁一次》,《民族文学》2003 年第 3 期；

《小城是真实的》,华艺出版社 2001 年版。

叶梅：

《回到恩施》,《民族文学》2001 年第 4 期；

《最后的土司》,《民族文学》2003 年第 4 期；

《乡姑李玉霞的婚事》,《民族文学》2008 年第 11 期；

《撒忧的龙船河》,《中国作家》1992 年第 2 期；

《花树花树》,《人民文学》1992 年第 11 期；

《黑蓼竹》,《十月》1993 年第 3 期；

《厮守》,《长江文艺》2002 年第 5 期；

《山上有个洞》,《长江文艺》2002 年第 5 期；

《青云衣》,《文学界》2008 年第 12 期；

《妹娃要过河:女性小说选》,作家出版社 2009 年版；

《五月飞蛾》,中国文联出版社 2004 年版;
《回到恩施:叶梅小说选》,中国摄影艺术出版社 2009 年版。

白雪:

《病房里的鲜花》,《民族文学》2003 年第 10 期。

冉冉:

《离开》,《民族文学》2007 年第 3 期;
《妙菩提》,《民族文学》2008 年第 3 期。

雨燕:

《这方凉水长青苔》,湖北人民出版社 2010 年版。

米米七月:

《隔夜仇》,《民族文学》2008 年第 10 期;
《肆爱》,万卷出版公司 2010 年版;
《小手河》,河南文艺出版社 2007 年版;
《他们叫我小妖精》,民族出版社 2005 年版。

仡佬族

肖勤:

《棉絮堆里的心事》,《民族文学》2009 年第 5 期;
《好花红》《金宝》,《民族文学》2010 年第 8 期;
《暖》,《十月》2010 年第 2 期;
《蝴蝶的爱情》,《新青年》1997 年第 7 期;
《我叫玛丽莲》,《时代文学》2010 年第 1 期;
《谷雨的月光》,《长江文艺》2010 年第 11 期;
《上善》,《山花》2010 年第 15 期;
《一截》,《北京文学》2012 年第 4 期;
《长城那个长》,《民族文学》2011 年第 12 期;
《亲爱的钻石》,《上海文学》2012 年第 3 期;
《残笛》,《杉乡文学》2011 年第 6 期;
《魔镜》,《边疆文学》2011 年第 8 期;
《丹砂的记忆》,《民族文学》2009 年第 10 期;
《丹砂的味道》,《山花》2009 年第 2 期。

王华:

《紫色泥偶》,《民族文学》2008 年第 10 期;
《村小》,《山花》2001 年第 7 期;

《梦里的名字》,《厦门文学》2001 年第 11 期;
《拔手爪爪和他的狗》,《山花》2001 年第 12 期;
《石头的故事》,《山花》2002 年第 5 期;
《乡村医生和他的狗》,《厦门文学》2002 年第 6 期;
《新媳妇》,《山花》2002 年第 9 期;
《缘分的边缘》,《青春》2002 年第 11 期;
《一只名叫奄耳的狗》,《民族文学》2002 年第 11 期;
《杨柳溪》,《当代小说》2003 年第 4 期;
《眼睛》,《春风》2003 年第 4 期;
《被打湿的阳光》,《延安文学》2003 年第 5 期;
《天上没有云朵》,《当代》2003 年第 7 期;
《田妈妈享福的日子》,《当代小说》2003 年第 8 期;
《曹赛是条狗》,《山花》2003 年第 8 期;
《石头曾呆》,《厦门文学》2004 年第 11 期;
《哑溪》,《厦门文学》2004 年第 11 期;
《挽留爱情》,《山花》2005 年第 4 期;
《白猫黑猫》,《山花》2005 年第 8 期;
《逃走的萝卜》,《山东文学》2005 年第 10 期;
《傩赐》,《当代》2006 年第 3 期;
《雪豆》,中国电影出版社 2007 年版;
《天上没有云朵》,作家出版社 2008 年版。

黄华娟:

《盼》,《民族文学》2005 年第 6 期;
《洪渡河畔的女人》,《民族文学》2008 年第 11 期。

纳西族

和晓梅:

《有牌出错》,《民族文学》2006 年第 5 期;
《雪山间的情蛊》,《民族文学》2006 年第 10 期;
《深深古井巷》,《边疆文学》2000 年第 3 期;
《女人是"蜜"》,《边疆文学》2001 年第 10 期;
《蛊》,《边疆文学》2004 年第 10 期;
《情人跳》,《边疆文学》2006 年第 8 期;
《水之城》,《中国作家》2003 年第 2 期;

《连长的耳朵》,《大理文化》2012 年第 3 期；
《我和我的病人》,《民族文学》2011 年第 3 期；
《昌青街记事》,《长城》2010 年第 1 期；
《来自一条街的破碎》,《金沙江文艺》2010 年第 2 期；
《未完成的成丁礼》,《边疆文学》2009 年第 1 期；
《女人是"蜜"》,作家出版社 2008 年版。

蔡晓龄：

《寻找灿丹》,《边疆文学》2010 年第 2 期；
《种植神话》,《民族文学》2010 年第 9 期；
《情人节的礼物》,《民族文学》2011 年第 11 期；
《在你的城市里飞》,《杉乡文学》2011 年第 7 期；
《是小地方,也是全世界》,《长篇小说选刊》2010 年第 4 期；
《天边女儿国》,四川人民出版社 1998 年版。

佤族

董秀英：

《马桑部落的三代女人》,《大西南文学》1985 年第 7 期；
《马桑部落的三代女人》,云南人民出版社 1991 年版；
《摄魂之地》,云南人民出版社 1992 年版。

袁智中：

《落地的谷种,开花的荞》,《边疆文学》2002 年第 11 期；
《失落的木鼓》,《民族文学》2003 年第 4 期；
《奔流的血》,《民族文学》2004 年第 7 期；
《最后一封情书》,《民族文学》1994 年第 7 期；
《妻》,《民族文学》1996 年第 7 期；
《猎王》,《边疆文学》1997 年第 1 期；
《丑女秀姑》,《边疆文学》2001 年第 1 期；
《欲望的飞翔》,《边疆文学》2003 年第 12 期；
《最后的魔巴》,《边疆文学》2004 年第 9 期；
《流淌的古歌》,《民族文学》2008 年第 4 期；
《小城的魅惑》,《边疆文学》2009 年第 3 期；
《最后的魔巴》,云南大学出版社 2006 年版。

哈尼族

黄雁：

《樱花乐》,《大西南文学》1989 年第 2 期；
《无量的大山》,《民族文学》1989 年第 12 期；
《胯门》,《边疆文学》1995 年第 1 期；
《奶鹿》,《边疆文学》1996 年第 3 期；
《谷魂》,《边疆文学》2000 年第 7 期；
《无量的大山》,云南民族出版社 1998 年版。

拉祜族

娜朵：

《猎虎人》,《民族文学》1996 年第 2 期；
《要药》,《边疆文学》1994 年第 1 期；
《骑楼里的女人》,云南民族出版社 2011 年版；
《疯兰》,中国文联出版社 1999 年版；
《边地民族花》,中国文联出版社 2009 年版；
《绿满拉祜山》,中国文联出版社 1999 年版。

李梦薇：

《闯入者》,《民族文学》2010 年第 3 期；
《扎拉木》,《民族文学》2011 年第 3 期；
《卧底》,《时代文学》2010 年第 1 期。

杨金焕：

《狗闹花》,《大西南文学》1989 年第 7 期；
《蕨蕨草》,《大西南文学》1990 年第 10 期。

布依族

杨打铁：

《碎麦草》,贵州人民出版社 2004 年版。

傈僳族

司华仙：

《鬼哨鹰骨笛》,《滇池》2007 年第 8 期。

独龙族

罗荣芬：

《在路上》,《边疆文学》2010 年第 2 期。

参考文献

一、专著部分

[1] 阿里夫·德里克.跨国资本时代的后殖民批评[M].王宁,等,译.北京:北京大学出版社,2004.

[2] 奥特拜因.比较文化分析:文化人类学概论[M].章智源,张敦安,译.郑州:河南人民出版社,1990.

[3] 彼得·布鲁克斯.身体活:现代叙述中的欲望对象[M].朱生坚,译.北京:新星出版社,2005.

[4] 柏棣.西方女性主义文学理论[M].桂林:广西师范大学出版社,2007.

[5] 波伏娃.第二性[M].陶铁柱,译.北京:中国书籍出版社,1998.

[6] 柄谷行人.马克思,其可能性的中心[M].中田友美,译.北京:中央编译出版社,2006.

[7] 柄谷行人.日本现代文学的起源[M].赵京华,译.北京:生活·读书·新知三联书店,2006.

[8] 贝尔·胡克斯.激情的政治:人人都能读懂的女权主义[M].沈睿,译.北京:金城出版社,2008.

[9] 贝尔·胡克斯.女权主义理论:从边缘到中心[M].晓征,平林,译.南京:江苏人民出版社,2001.

[10] 白薇.对苦难的精神超越——现代作家笔下女性世界的女性主义解读[M].北京:民族出版社,2003.

[11] 白烨.演变与挑战[M].北京:作家出版社,2009.

[12] 白烨.热读与时评:90年代以来的长篇小说[M].北京:中国社会科学出版社,2005.

[13] 本雅明.单行道[M].王才勇,译.南京:江苏人民出版社,2006.

[14] 汉娜·阿伦特.启迪:本雅明文选[G].张旭东,王斑,译.北京:生活·

读书·新知三联书店,2008.
[15] 本雅明.写作与救赎[M].李茂增,苏仲乐,译.上海:东方出版中心,2009.
[16] 陈方.全球化、性别与发展[M].天津:天津大学出版社,2009.
[17] 陈惠芬,马元曦.当代中国女性文学文化批评文选[G].桂林:广西师范大学出版社,2007.
[18] 陈顺馨.中国当代文学的叙事与性别[M].北京:北京大学出版社,2007.
[19] 陈顺馨,戴锦华.妇女、民族与女性主义[M].北京:中央编译出版社,2004.
[20] 陈义华.后殖民知识界的起义:庶民学派研究[M].北京:中央编译出版社,2009.
[21] 戴锦华.涉渡之舟:新时期中国女性写作与女性文化[M].北京:北京大学出版社,2007.
[22] 戴锦华.性别中国[M].台北:麦田出版社,2006.
[23] 戴锦华.雾中风景:中国电影文化1978—1998[M].北京:北京大学出版社,2006.
[24] 邓敏文.中国多民族文学史论[M].北京:社会科学文献出版社,1995.
[25] 多诺万.女权主义的知识分子传统[M].赵育春,译.南京:江苏人民出版社,2003.
[26] 戴庆中,王良范.边界漂移的乡土:全球化语境下少数民族的生存智慧与文化突围[M].北京:中国社会科学出版社,2008.
[27] 弗里德曼.女权主义[M].雷艳红,译.长春:吉林人民出版社,2007.
[28] 弗洛伊德.弗洛伊德文集[G].长春:长春出版社,2004.
[29] 弗洛姆.被遗忘的语言——梦、童话和神话分析导论[M].郭乙瑶,宋小萍,译.北京:国际文化出版公司,2007.
[30] 弗洛姆.精神分析与宗教[M].孙向晨,译.上海:上海人民出版社,2006.
[31] 弗洛姆.梦的精神分析[M].叶颂寿,译.北京:光明日报出版社,1985.
[32] 弗洛伊德.精神分析引论[M].高觉敷,译.北京:商务印书馆,2009.
[33] 弗洛伊德.论文明[M].徐洋,何桂全,张敦福,译.北京:国际文化出版公司,2007.
[34] 福柯.疯癫与文明:理性时代的疯癫史[M].刘北成,杨远婴,译.北京:生活·读书·新知三联书店,2003.

[35] 福柯. 规训与惩罚:监狱的诞生[M]. 刘北成,杨远婴,译. 北京:生活·读书·新知三联书店,2007.

[36] 福柯. 性经验史[M]. 佘碧平,译. 上海:上海人民出版社,2005.

[37] 福柯. 知识考古学[M]. 谢强,马月,译. 北京:生活·读书·新知三联书店,1998.

[38] 福柯. 主体解释学[M]. 佘碧平,译. 上海:上海人民出版社,2005.

[39] 费瑟斯通. 消解文化:全球化、后现代主义与认同[M]. 杨渝东,译. 北京:北京大学出版社,2009.

[40] 葛尔·罗宾,等. 酷儿理论:西方 90 年代性思潮[M]. 李银河,译. 北京:时事出版社,2000.

[41] 格勒. 藏学、人类学论文集[G]. 北京:中国藏学出版社,2008.

[42] 关纪新,朝戈金. 多重选择的世界——当代少数民族作家文学的理论描述[M]. 北京:中央民族大学出版社,1995.

[43] 何春蕤. 台湾性/别研究演讲集[M]. 北京:九州出版社,2007.

[44] 姜飞. 跨文化传播的后殖民语境[M]. 北京:中国人民大学出版社,2005.

[45] 简·盖洛普. 通过身体思考[M]. 杨莉馨,译. 南京:江苏人民出版社,2005.

[46] 黄华. 权力、身体与自我:福柯与女性主义文学批评[M]. 北京:北京大学出版社,2008.

[47] 黄玲. 高原女性的精神咏叹:云南当代女性文学综论[M]. 昆明:云南人民出版社,2007.

[48] 荒林. 中国女性主义[M]. 桂林:广西师范大学出版社,2004.

[49] 荒林. 花朵的勇气:中国当代文学文化的女性主义批评[M]. 北京:九州出版社,2004.

[50] 荒林. 情色之美[M]. 北京:九州出版社,2007.

[51] 马文·哈里斯. 文化人类学[M]. 李培茱,高地,译. 上海:东方出版社,1988.

[52] 基辛. 当代文化人类学[M]. 于嘉云,张恭启,译. 台北:巨流图书公司,1986.

[53] 江原由美子. 性别支配是一种装置[M]. 丁莉,译. 北京:商务印书馆,2005.

[54] 弗雷德里克·杰姆逊,三好将夫. 全球化的文化[M]. 马丁,译. 南京:南京大学出版社,2002.

[55] 凯特·米利特.性政治[M].宋文伟,译.南京:江苏人民出版社,2000.
[56] 卡罗尔·帕特曼.性契约[M].李朝晖,译.北京:社会科学文献出版社,2004.
[57] 凯瑟琳·A.麦金农.迈向女权主义的国家理论[M].杨广俊,译.北京:中国政法大学出版社,2007.
[58] 卡丽娜.驯鹿鄂温克人文化研究[M].沈阳:辽宁民族出版社,2006.
[59] 克里斯托·巴托洛维奇,尼尔·拉扎鲁斯.马克思主义、现代性与后殖民研究[M].影印本.北京:北京大学出版社,2007.
[60] 罗钢,刘象愚.后殖民主义文化理论[M].北京:中国社会科学出版社,1999.
[61] 刘禾.跨语际实践:文学,民族文化与被译介的现代性(中国,1900—1937)[M].北京:生活·读书·新知三联书店,2009.
[62] 刘禾.帝国的话语政治:从近代中西冲突看现代世界秩序的形成[M].北京:生活·读书·新知三联书店,2009.
[63] 李鸿然.中国当代少数民族文学史论[M].昆明:云南教育出版社,2004.
[64] 林惠祥.文化人类学[M].北京:商务印书馆,1991.
[65] 刘健芝,等.抵抗的全球化[M].北京:人民文学出版社,2009.
[66] 劳拉·穆尔维.恋物与好奇[M].钟仁,译.上海:上海人民出版社,2007.
[67] 林树明.多维视野中的女性主义文学批评[M].北京:中国社会科学出版社,2004.
[68] 梁庭望.中国少数民族文学[M].太原:山西教育出版社,2003.
[69] 梁庭望.中国少数民族文学概论[M].北京:中央民族大学出版社,1998.
[70] 骆晓戈.尴尬的温柔:女性学与本土经验[M].北京:九州出版社,2007.
[71] 李应志.解构的文化政治实践:斯皮瓦克后殖民文化批评研究[M].上海:上海三联书店,2008.
[72] 李云忠.中国少数民族现代当代文学概论[M].沈阳:辽宁民族出版社,2006.
[73] 李子贤.多元文化与民族文学:中国西南少数民族文学的比较研究[M].昆明:云南教育出版社,2001.
[74] 巴特·穆尔-吉尔伯特.后殖民理论:语境实践政治[M].陈仲丹,译.

南京:南京大学出版社,2007.
[75] 马尔库塞.爱欲与文明:对弗洛伊德思想的哲学探讨[M].黄勇,薛民,译.上海:上海译文出版社,2008.
[76] 马尔库塞.审美之维[M].李小兵,译.桂林:广西师范大学出版社,2001.
[77] 迈克尔·赫茨菲尔德.人类学:文化和社会领域中的理论实践[M].刘珩,石毅,李昌银,等,译.北京:华夏出版社,2009.
[78] 玛丽·沃斯通克拉夫特.女权辩护[M].王瑛,译.北京:中央编译出版社,2006.
[79] 玛丽·伊格尔顿.女权主义文学理论[M].胡敏,等,译.长沙:湖南文艺出版社,1989.
[80] 马学良.中国少数民族文学比较研究[M].北京:中央民族大学出版社,1997.
[81] 马学良.中国少数民族文学史[M].北京:中央民族学院出版社,1992.
[82] 孟悦.人·历史·家园:文化批评三调[M].北京:人民文学出版社,2006.
[83] 孟悦,戴锦华.浮出历史地表:现代妇女文学研究[M].北京:北京大学出版社,2007.
[84] 马元龙.雅克·拉康:语言维度中的精神分析[M].北京:东方出版社,2006.
[85] 奈奥米·R.高登博格.身体的复活:女性主义,宗教与精神分析[M].李静,高翔,编译.北京:民族出版社,2008.
[86] 诺曼·N.霍兰德.后现代精神分析[M].潘国庆,译.上海:上海文艺出版社,1995.
[87] 佩吉·麦克拉肯.女权主义理论读本[M].艾晓明,柯倩婷,译.桂林:广西师范大学出版社,2007.
[88] 普鲁姆德.女性主义与对自然的主宰[M].马天杰,李丽丽,译.重庆:重庆出版社,2007.
[89] 齐格蒙特·鲍曼.全球化——人类的后果[M].郭国良,徐建华,译.北京:商务印书馆,2004.
[90] 秦美珠.女性主义的马克思主义[M].重庆:重庆出版社,2008.
[91] 乔纳森·弗里德曼.文化认同与全球性过程[M].郭建如,译.北京:商务印书馆,2004.
[92] 乔以钢.中国女性的文学世界[M].武汉:湖北教育出版社,1993.

[93] 乔以钢.低吟高歌:20世纪中国女性文学论[M].天津:南开大学出版社,1998.

[94] 乔以钢.多彩的旋律:中国女性文学主题研究[M].天津:南开大学出版社,2003.

[95] 乔以钢.中国当代女性文学的文化探析[M].北京:北京大学出版社,2006.

[96] 乔以钢.女性文学教程[M].石家庄:河北教育出版社,2007.

[97] 齐泽克.快感大转移:妇女和因果性六论[M].胡大平,等,译.南京:江苏人民出版社,2004.

[98] 齐泽克.意识形态的崇高客体[M].季广茂,译.北京:中央编译出版社,2002.

[99] 齐泽克.实在界的面庞:齐泽克自选集[M].季广茂,译.北京:中央编译出版社,2004.

[100] 容观夐.文化人类学与南方少数民族[M].南宁:广西人民出版社,1990.

[101] 任一鸣.解构与建构:中国女性文学与美学衍论[M].北京:九州出版社,2004.

[102] 任一鸣.抗争与超越:中国女性文学与美学衍论[M].北京:九州出版社,2004.

[103] 任一鸣.中国当代女性文学简史[M].桂林:广西师范大学出版社,2009.

[104] 萨福安.结构精神分析学:拉康思想概述[M].怀宇,译.天津:天津社会科学院出版社,2001.

[105] 施旻.英语世界中的女性解构[M].北京:九州出版社,2004.

[106] 苏红军.西方后学语境中的女权主义[M].桂林:广西师范大学出版社,2006.

[107] 斯皮瓦克.从解构到全球化批判——斯皮瓦克读本[M].陈永国,译.北京:北京大学出版社,2007.

[108] 苏珊·鲍尔多.不能承受之重:女性主义、西方文化与身体[M].綦亮,赵育春,译.南京:江苏人民出版社,2009.

[109] 苏珊·S.兰塞.虚构的权威:女性作家与叙述声音[M].北京:北京大学出版社,2002.

[110] 萨义德.世界·文本·批评家[M].黄必康,译.北京:生活·读书·新知三联书店,2009.

[111] 萨义德. 东方学[M]. 王宇根,译. 北京:生活·读书·新知三联书店,1999.
[112] 萨义德. 文化与帝国主义[M]. 李琨,译. 北京:生活·读书·新知三联书店,2007.
[113] 陶家俊. 思想认同的焦虑:旅行后殖民理论的对话与超越精神[M]. 北京:中国社会科学出版社,2008.
[114] 陶丽·莫依. 性与文本的政治——女权主义文学理论[M]. 林建法,赵拓,译. 长春:时代文艺出版社,1992.
[115] 田泥. 走出塔的女人:20 世纪晚期中国女性文学的分裂意识[M]. 北京:中国社会科学出版社,2005.
[116] 王斑. 全球化阴影下的历史与记忆[M]. 南京:南京大学出版社,2006.
[117] 王逢振. 性别政治[M]. 天津:天津社会科学院出版社,2001.
[118] 文洁华. 美学与性别冲突:女性主义审美革命的中国境遇[M]. 北京:北京大学出版社,2005.
[119] 王丽华. 全球化语境中的异音:女性主义批判[M]. 北京:北京大学出版社,2008.
[120] 魏开琼. 中国:与女性主义亲密接触[M]. 北京:九州出版社,2004.
[121] 汪民安. 尼采与身体[M]. 北京:北京大学出版社,2008.
[122] 汪民安,陈永国. 后身体:文化、权力和生命政治学[M]. 吉林:吉林人民出版社,2003.
[123] 王明珂. 华夏边缘:历史记忆与族群认同[M]. 台北:允晨文化出版社,1997.
[124] 王铭铭. 西方与非西方:文化人类学述评选集[M]. 北京:华夏出版社,2003.
[125] 王铭铭. 想象的异邦:社会与文化人类学散论[M]. 上海:上海人民出版社,1998.
[126] 王宁. 文学与精神分析学[M]. 台北:洪叶文化事业有限公司,2003.
[127] 王宁,薛晓源. 全球化与后殖民批评[M]. 北京:中央编译出版社,1998.
[128] 吴琼. 凝视的快感:电影文本的精神分析[M]. 北京:中国人民大学出版社,2005.
[129] 吴新云. 身份的疆界:当代美国黑人女权主义思想透视[M]. 北京:中国社会科学出版社,2007.

[130] 王岳川.后现代后殖民主义在中国[M].北京:首都师范大学出版社,2002.
[131] 西慧玲.西方女性主义与中国女作家批评[M].上海:上海社会科学出版社,2003.
[132] 禹建湘.徘徊在边缘的女性主义叙事[M].北京:九州出版社,2004.
[133] 叶舒宪.文学与人类学:知识全球化时代的文学研究[M].北京:社会科学文献出版社,2003.
[134] 叶舒宪.性别诗学[M].北京:社会科学文献出版社,1999.
[135] 杨文炯.传统与现代性的殊相:人类学视阈下的西北少数民族历史与文化[M].北京:民族出版社,2002.
[136] 朱迪斯·巴特勒.性别麻烦:女性主义与身份的颠覆[M].宋素凤,译.北京:生活·读书·新知三联书店,2009.
[137] 朱迪斯·巴特勒.权力的精神生活:服从的理论[M].张生,译.南京:江苏人民出版社,2009.
[138] 朱迪斯·巴特勒.偶然性、霸权和普遍性:关于左派的当代对话[M].胡大平,等,译.南京:江苏人民出版社,2004.
[139] 朱迪斯·巴特勒.消解性别[M].郭劼,译.北京:生活·读书·新知三联书店,2009.
[140] 张广利,杨光明.后现代女权理论与女性发展[M].天津:天津人民出版社,2005.
[141] 章辉.后殖民理论与当代中国文化批评[M].北京:民族出版社,2010.
[142] 张京媛.当代女性主义文学批评[M].北京:北京大学出版社,1992.
[143] 张京媛.后殖民理论与文化认同[M].台北:麦田出版社,2007.
[144] 周蕾.妇女与中国现代性:西方与东方之间的阅读政治[M].上海:上海三联书店,2008.
[145] 周蕾.原初的激情:视觉、性欲、民族志与中国当代电影[M].台北:远流出版公司,2001.
[146] 朱丽娅·克里斯蒂娃.反抗的意义与非意义[M].林晓,宦征宇,等,译.长春:吉林出版集团有限责任公司,2009.
[147] 朱丽娅·克里斯蒂娃.反抗的未来[M].黄晞耘,译.桂林:广西师范大学出版社,2007.
[148] 朱丽娅·克里斯蒂娃.恐怖的权力:论卑贱[M].张新木,译.北京:生活·读书·新知三联书店,2001.

[149] 张旭东. 全球化时代的文化认同:西方普遍主义话语的历史批判[M]. 北京:北京大学出版社,2006.
[150] 张旭东. 批评的踪迹:文化理论与文化批评[M]. 北京:生活·读书·新知三联书店,2003.
[151] 赵稀方. 后殖民理论[M]. 北京:北京大学出版社,2009.
[152] 张岩冰. 女权主义文论[M]. 济南:山东教育出版社,1998.
[153] 张英进. 影像中国——当代中国电影的批评重构及跨国想象[M]. 胡静,译. 上海:上海三联书店,2008.
[154] 张直心. 边地寻梦[M]. 北京:人民文学出版社,2006.
[155] 赵志忠. 20 世纪中国少数民族文学百家评传[M]. 北京:民族出版社,2007.
[156] 赵志忠. 萨满的世界:尼山萨满论[M]. 北京:民族出版社,2001.

二、论文部分

[1] 韩锦春,李毅夫. 汉文"民族"一词的出现及其初期使用情况[J]. 民族研究,1984(2).
[2] 朝戈金. 中国双语文学:现状与前景的理论思考[J]. 民族文学研究,1991(1).
[3] 杨继国. 认同与超越:回族长篇小说发展论[J]. 民族文学研究,1993(2).
[4] 伊斯哈格·马彦虎. 葬礼为谁举行?——评《穆斯林的葬礼》[J]. 民族文学,1993(3).
[5] 阿布杜勒·贝·詹穆哈默德. 走向一种少数话语的理论:应该做什么?[J]. 外国文学,1994(4).
[6] 黄薇. 关于描述文学历史之我见[J]. 草原,1994(4).
[7] 李跃红. 理想价值的极地之光——论《穆斯林的葬礼》及在当前文学中的意义[J]. 云南学术探索,1995(5).
[8] 温希良. 史的透视,诗的折光——长篇历史小说《落日之战》放谈[J]. 民族文学研究,1996(1).
[9] 耿予方. 央珍,梅卓和她们的长篇小说[J]. 民族文学研究,1996(3).
[10] 黄薇. 自省小说的反省意识:传统与现实的冲突[J]. 草原,1996(8).
[11] 托娅. 试论崛起于新时期的内蒙古女性文学[J]. 内蒙古大学学报:人文社会科学版,1999(5).

[12] 李鸿然.少数民族文学:概念的提出和确定[J].民族文学研究,1999(2).

[13] 欧阳可惺.谈少数民族文学中的本土意识[J].新疆大学学报:社会科学版,2000(1).

[14] 朱育颖.同一民族壮歌的两个音符——《心灵史》与《穆斯林的葬礼》之比较[J].民族文学研究,2000(1).

[15] 梁庭望.新中国少数民族文学研究之发展[J].民族文学研究,2000(4).

[16] 王芳.论少数民族女性文学女性意识的蒙昧和觉醒[J].广西民族学院学报:哲学社会科学版,2000(4).

[17] 吴相顺.中国朝鲜族女性文学的特点[J].黑龙江民族丛刊,2001(2).

[18] 吴相顺.朝鲜族女性文化与女性文学[J].满族研究,2001(1).

[19] 蔡晓龄.21世纪中国少数民族作家的角色定位及其深化[J].民族文学研究,2002(1).

[20] 托娅.试论达斡尔族女作家阿凤小说的女性意识[J].民族文学研究,2002(4).

[21] 徐其超.回民族心灵铸造范型——《穆斯林的葬礼》价值论[J].西南民族大学学报:人文社会科学版,2002(9).

[22] 田泥.对女性生命价值的探寻——读白玉芳女士的《秋霄落雁女儿情》[J].满族研究,2002(3).

[23] 周静.优雅的背后是虚弱——论赵玫的小说创作[J].南方文坛,2002(5).

[24] 黄薇.性别的文本和文本的性别——对三位女性作家作品的解读[J].广播电视大学学报:哲学社会科学版,2003(3).

[25] 吴道毅.寻索土家族文化的秘密——论叶梅的土家族文化小说[J].民族文学,2003(5).

[26] 亚嫱.新时期藏族女性小说发展轨迹[J].民族文学,2003(9).

[27] 刘志中.萨娜小说的神秘色彩[J].民族文学研究,2004(1).

[28] 袁美华.云南少数民族女作家笔下的少数民族女性形象[J].滇池,2004(3).

[29] 周立民.被囚禁的欲望——谈金仁顺及七十年代出生作家的创作[J].当代作家评论,2004(5).

[30] 戴宇立.盐水女神——几位鄂西女作家的小说解读[J].民族文学,2004(4).

[31] 于若冰.金仁顺:孤独的棋手[J].当代作家评论,2004(5).
[32] 田泥.谁在边缘地吟唱?——转型期中国当代少数民族女性写作[J].民族文学研究,2005(2).
[33] 刘大先.当代少数民族文学批评:反思与重建[J].文艺理论研究,2005(2).
[34] 曹顺庆.三重话语霸权下的少数民族文学研究[J].民族文学研究,2005(3).
[35] 苏芸.含而不露的女性视角与民族书写——回族女作家马玉梅小说解读[J].昌吉学院学报,2005(4).
[36] 沙蠡.想象力如何起飞——关于纳西族女作家和晓梅的中篇小说[J].民族文学,2006(1).
[37] 苏芸.感悟回族女作家的生命意识[J].昌吉学院学报,2006(2).
[38] 朝戈金.少数民族文学概论[J].中国民族,2006(5).
[39] 卢义.民族概念的理论探讨[J].云南民族大学学报:哲学社会科学版,2006(4).
[40] 德吉草.失落与重构——《复活的度母》中的多重意义解读[J].西南民族大学学报:人文社会科学版,2006(9).
[41] 任一鸣.多元视角的文化优势与困惑——从哈萨克女作家哈依霞、叶尔克西的创作谈起[J].民族文学研究,2006(2).
[42] 任一鸣.双语创作的文化优势(上篇)——从哈萨克女作家哈依霞、叶尔克西的创作谈起[J].吉昌学院学报,2006(4).
[43] 任一鸣.双语创作的文化困惑及其意义(下篇)——从哈萨克女作家哈依霞、叶尔克西的创作谈起[J].吉昌学院学报,2007(1).
[44] 凌津奇."离散"三议:历史与前瞻[J].外国文学评论,2007(1).
[45] 潘超青.艰难掘进的女性主体性建构——从三部满族女作家的家族史小说谈起[J].民族文学研究,2007(1).
[46] 张懿红.梅卓小说的民族想象[J].民族文学研究,2007(2).
[47] 张懿红.梅卓:民族立场与民族想象[J].青海社会科学,2007(2).
[48] 苏芸.感悟回族女作家的生命意识[J].昌吉学院学报,2006(2).
[49] 孙桂芝.以文字构建女性角色的历史长河——论当代新疆少数民族女作家作品中的性别角色反思[J].昌吉学院学报,2007(2).
[50] 张懿红.生死爱欲:梅卓小说的民族想象[J].南方文坛,2007(3).
[51] 李静.欲望世界中的《青木川》[J].西安文理学院学报:社会科学版,2007(3).

[52] 晁正蓉.对维吾尔女性命运的深刻关注与透视——评维吾尔当代女作家哈丽黛·伊斯拉依尔的创作[J].民族文学研究,2007(4).

[53] 姚新勇.多样的女性话语:转型期少数族文学写作中的女性话语[J].南方文坛,2007(6).

[54] 田泥.可能性的寻找:在民族叙事与女性叙事之间——20世纪80年代以来少数民族女性小说的叙事追求[J].民族文学研究,2007(4).

[55] 孙桂芝.游弋在民族意识与城市现代性之间——试析哈丽旦·依斯热依勒小说集《城市没有牛》[J].昌吉学院学报,2007(5).

[56] 姚新勇.多样的女性话语:转型期少数民族文学写作中的女性话语[J].南方文坛,2007(6).

[57] 王志萍.新时期新疆少数民族女作家之女性意识[J].西北民族大学学报:哲学社会科学版,2007(6).

[58] 黄玲.玉龙雪山的精灵——两代纳西族女作家的文学之旅[J].边疆文学,2007(8).

[59] 吴刚.达斡尔三姐妹的文学风景[J].民族文学,2007(10).

[60] 李永东.戏剧家族与家族的戏剧性解体——解读满族作家叶广芩的家族小说[J].民族文学研究,2008(1).

[61] 叶梅.寻找爱和生命快乐的民族女性话语[J].民族文学研究,2008(2).

[62] 吴道毅.巴楚文化与女性书写的阐释——叶梅文学作品学术研讨会综述[J].民族文学,2010(3).

[63] 彭卫鸿.论叶梅小说的女性意识[J].小说评论,2008(6).

[64] 刘小新.论文学的民族性与民族主义[J].福建论坛,2008(2).

[65] 张学昕.民间生命的狂歌与失重——评萨娜的中篇小说《黑水民谣》[J].小说评论,2008(3).

[66] 张华.新疆少数民族女作家叙事策略之比较——以哈丽黛《轨道》和哈依霞《魂在人间》为例[J].吉昌学院学报,2008(3).

[67] 董锋,张英魁.当代女作家家族小说中女性形象分析[J].南京师范大学文学院学报,2008(4).

[68] 白晓霞.白玛娜珍小说的叙事方式[J].民族文学研究,2008(4).

[69] 卓玛.等待者:《麝香之爱》中的女性形象原型[J].民族文学研究,2008(4).

[70] 欧阳可惺.当代少数民族文学批评理论的整合与边缘性批评姿态[J].当代文坛,2008(5).

[71] 郭冰茹. 女性主义批评中国化之反思[J]. 当代作家评论,2008(6).
[72] 王金山. 内蒙古文学批评三十年——对审美自律的诉求与疏离[J]. 内蒙古大学学报:哲学社会科学版,2008(6).
[73] 赵志忠. 民族文学三十年评述[J]. 社会科学家,2008(10).
[74] 董丽敏. 历史语境、性别政治与文本研究:对当代"女性文学史"写作格局的反思[J]. 社会科学,2008(11).
[75] 颜柄香. 当代少数民族文本的消费变异与文化生态[J]. 江汉论坛,2008(11).
[76] 林晓云. 中国当代女性主义文学批评的本土思想资源[J]. 福建论坛:人文社会科学版,2008(12).
[77] 刘宝昌. 民族文化精神的再现与重铸:土家族文学创作实际与困境[J]. 西南民族大学学报:人文社会科学版,2008(12).
[78] 王鹏程,袁方. 在历史的缝隙里窥视"土匪"的秘密——论叶广芩的《青木川》[J]. 民族文学研究,2008(1).
[79] 王春林. 超越了意识形态立场之后——评叶广芩长篇小说《青木川》[J]. 小说评论,2008(3).
[80] 金文野. 区域女性文学研究的价值与意义——以黄玲《高原女性的精神咏叹:云南当代女性文学综论》为例[J]. 吉林师范大学学报:人文社会科学版,2009(1).
[81] 白晓霞. 西部少数民族文学中的文化意识[J]. 当代文坛,2009(1).
[82] 阎丽杰. 民俗生活场域中的满族风俗与东北作家群创作[J]. 满族研究,2009(1).
[83] 贺桂梅. 当代女性文学批评的一个历史轮廓[J]. 解放军艺术学院学报,2009(2).
[84] 刘巍. 新世纪女性文学的缺憾与未来趋向[J]. 当代文坛,2009(2).
[85] 孙桂荣. 女性主义的当代分歧及其在文学批评中的展开方式[J]. 理论与创作,2009(3).
[86] 刘卫东. "女性文学":繁荣背后的危机[J]. 文艺理论与批评,2009(3).
[87] 叶舒宪. 中国文化的构成与"少数民族文学":人类学视角的后现代关照[J]. 民族文学研究,2009(2).
[88] 欧阳可惺. 中国当代少数民族文学批评与族性文化、民族主义[J]. 新疆大学学报:哲学·人文社会科学版,2009(2).
[89] 徐其超. 文学史观与少数民族文学主体地位的缺失和建构[J]. 民族文学研究,2009(2).

[90] 常智奇.表现历史本体论的一部佳作(代序):论长篇小说《青木川》的艺术价值[J].海南师范大学学报:社会科学版,2009(2).

[91] 王金茹.论“女神崇拜”在萧红小说中的变形——以《后花园》《呼兰河传》为例[J].吉林师范大学学报:人文社会科学版,2009(3).

[92] 陈淑梅.叙事主体与修辞取向:20世纪80年代至90年代女性小说研究[J].海南大学学报:人文社会科学版,2009(3).

[93] 罗小凤.广西“70后”女性小说家话语方式探究[J].南方文坛,2009(3).

[94] 肖惊鸿.山那边传来大地的气息:与叶尔克西关于《黑马归去》的对话[J].民族文学,2009(3).

[95] 栗军.时代巨变时期的不同书写方式文化多元化下的自觉审美追求——对小说《格桑梅朵》《无性别的神》《尘埃落定》的比较[J].西藏民族学院学报:哲学社会科学版,2009(3).

[96] 刘兴禄.当代湘西少数民族文学中的民族志特征探析[J].中央民族大学学报:哲学社会科学版,2009(3).

[97] 王晓丹.云南文学中的少数民族女性象形[J].文艺理论与批评,2009(4).

[98] 刘俐俐.汉语写作如何造就了少数民族的优秀作品——以鄂温克族作家乌热尔图的作品为例[J].学术研究,2009(4).

[99] 丛鑫.突围的陷阱:女性写作反思[J].西南大学学报:社会科学版,2009(4).

[100] 王春荣.女性叙事与“底层叙事”主体身份的同构性[J].辽宁大学学报:哲学社会科学版,2009(4).

[101] 何京敏.颠覆与构建——透视当代女性小说的后现代气质[J].理论月刊,2009(8).

[102] 王志萍.他者之镜与民族认同——简析新疆少数民族女作家作品中的民族意识[J].民族文学研究,2009(4).

[103] 徐鸿.“法规”之外的艺术突围:中国当代民族作家现代主义书写的语言范式[J].社会科学研究,2009(5).

[104] 青果.金仁顺的魔法盒[J].当代文坛,2009(5).

[105] 初清华.秋千、蛇与刀——金仁顺《春香》的“知识场”批评[J].当代文坛,2009(5).

[106] 谭桂林,马媛.深情熔铸钢铁魂——读贺晓彤长篇小说《钢铁是这样炼成的》[J].理论与创作,2009(5).

[107] 陈冲.对一个浪漫主义文本的解读——读赵玫长篇小说《漫随流水》[J].小说评论,2009(5).

[108] 刘大先.中国少数族裔文学的认同与主体问题[J].文艺理论研究,2009(5).

[109] 朱霞,宋卫红.身份·视角·对话——浅论当代藏族作家的汉语创作[J].西藏民族学院学报:哲学社会科学版,2009(5).

[110] 王炜.现当代文学史观念与云南少数民族文学[J].文艺理论与批评,2009(5).

[111] 肖晶,邱有源.边缘的崛起——论文学桂军的女性书写与文化内涵[J].学术论坛,2009(8).

[112] 朗伟.新世纪以来宁夏少数民族作家创作扫描[J].民族文学,2009(8).

[113] 雷鸣.危机寻根:民族文化的认同与现代性反思——对少数民族作家生态小说的一种综观[J].前沿,2009(9).

[114] 王志萍.伊斯兰宗教情怀与新疆少数民族女作家创作[J].昌吉学院学报,2009(4).

[115] 陈鸿雁.用爱漂染的生命之色——浅论西部少数民族散文女作家叶尔克西·胡尔曼别克、白玛娜珍的生命阐释[J].兰州学刊,2009(10).

[116] 朱华.人生与文学的二重奏——叶梅、叶广芩创作观念与文学风格比较[J].湖北民族学院学报:哲学社会科学版,2010(2).

[117] 黄玲.高原意识与女性意识的坚守者——论白族女作家景宜及其创作[J].云南大学学报:哲学社会科学版,2011(1).

[118] 任淑媛.论马金莲小说中的西部回乡女子形象[J].昌吉学院学报,2009(2).

[119] 董芳.男权在女性世界的消解——读金仁顺长篇小说《春香》[J].佳木斯大学社会科学学报,2011(1).

[120] 王新惠.论《穆斯林的葬礼》对月象玉象的创造性运用[J].河南社会科学,2011(5).

后 记

《跨民族视域中的性别书写与身份建构——新时期以来少数民族女性创作研究》这本书的写作终于告一段落,有疲惫,有喜悦,但更多的是一份深深的愧疚与自责。本书的选题,窃以为是个较好的尝试,也自信做了充足的准备,但真正敷衍成章之时,却备感捉襟见肘的无力与无奈,知识储备如此薄弱的我实在没有能力驾驭这个堪称宏大且富有挑战的命题。面对眼前这粗糙而不成型的作品,心中是难以言说的沉重——它原本应该是另一个样子!

2008 年的夏季,仍沉浸在奥运氛围中的北京是那么的时尚美丽又大气雍容。从一个偏僻安逸的小城来到北京,一切意味着一个新的开始。但那时候,尚且预料不到我还会经历一段充满激情的求学过程,回首读博的三年,犹如和学术谈了一场虽不轰烈却也难忘的恋爱。虽然愚钝如我,至今尚未登堂入室,但毕竟曾经真诚执拗地爱过、付出过。京城深厚的文化底蕴、浓郁的学术氛围,让彼时的我发现原来曾视为天书的理论竟然可以用来分析日常经验与知识结构,更可以关注、介入现实与社会,于是在工作之余开始再度拾起书本。2009 年,经历了一场艰难的考试,我幸运地被中央民大"收留",成为文传院的一名博士研究生。更为幸运的是,遇到了美丽、温和、治学严谨的白薇老师。三年来,是她给我打开了一片新的天地,从此开始了对少数民族女性写作的研究。对我而言,这是一个充满吸引力却也全然陌生的领域,是在白老师的帮助与指导下我才力不胜任地完成了至今仍然极不成熟的论文,其间许多观点来自老师的启发。感谢老师在百忙之中抽出宝贵时间,不厌其烦地修改我的书稿,从整体结构到论述方式,甚至是病句与错别字,这些都让我在心生惭愧的同时备感温暖。我深知,若没有白老师的悉心指点,资质如此浅陋、基础如此薄弱的我不可能完成如此具有挑战性的研究议题。老师严密的思维、深厚的学养及严谨认真的科研精神,都令我衷心敬服。恩师的言传身教,真的可以让学生终身获益!感谢中央民大的刘淑玲与徐文海老师,初识他们是在博士入学考试的面试考场，他们可能尚不知彼时正是他们亲切、温和的面容，和蔼、温暖的声音，在瞬间便缓解了我过度紧张疲惫的神经，从而顺利地渡过了面试的那一关，谢谢你们！感谢曾经给我授课的杨天舒老师与敬文东老师，如学生一般清纯秀丽却治学谨严、学养深厚的杨老师，才华横溢、落拓不羁，带几分名士气的敬老师，你们创造的自由、活跃的课堂曾经是我放飞思想的天空！感谢同样年轻的刘震与冷霜老师，你们的学术思想开拓了我的思维与视野。

感谢社科院的白烨老师，在百忙之中抽出时间阅读我如此粗陋的书稿，并为我写序。白烨老师曾经是我博士论文答辩时的主席，他治学严谨、为人谦和，他对我的帮助与鼓励我会终生铭记在心；感谢中国传媒大学戏剧影视学院刘晔原老师，在博士论文答辩的时候给我许多宝贵建议，使我至今受益。

感谢北京大学的商金林老师，曾经有幸成为他的学生（作为校外生选修过他的课程），至今仍清楚记得和商老师的博士生们在北大现代文学教研室中一起探讨学术问题时的激动与快乐；感谢张颐武教授、戴锦华教授、韩毓海教授、贺桂梅教授，他们的大名与专著曾让我高山仰止，但当走进他们的课堂，却发现他们原来是那么的平易、亲切与随和，他们深厚的学养、自由的思想深深地影响了我，多希望能再有机会聆听他们天籁般的声音！

感谢我的师兄师姐、师弟师妹们，中央民大的颜炼军师兄、邓芳宁师弟、孔莲莲师妹，北京大学的李斌师兄，西华师范大学的傅华大师姐、李长生师兄，感谢你们曾经给我的帮助，怀念我们曾一起走过的青春岁月，曾经分享的学术激情……

感谢《民族文学研究》的编辑周翔老师，从读博期间就给予我这个普通的博士生以无私的帮助；感谢《文艺争鸣》的编辑王双龙老师，《新疆大学学报》的编辑汪娟老师，《枣庄学院学报》的张伯存老师等，正是因为他们的帮助，我的研究成果才能在出书以前幸运面世。

在这里，要特别感谢浙江师范大学人文学院现当代文学学科的高玉、李蓉老师，感谢自工作以来他们给予我的各种无私的帮助与教诲；感谢浙江工商大学出版社的郑建老师，是他的认真与敬业，使我的这部专著能够顺利出版。

最后，我要感谢我的硕士生导师傅宗洪老师，一直给予我亲人般的关怀；感谢我的父母，如果没有他们多年来的理解与支持，我很难将这份在这愈发功利的时代里显得过分奢侈的事业进行到底；感谢我的爱人徐勇，他对学术的虔诚与刻苦专研的精神潜移默化地感染了我，使原本浮躁懒散的我也能够在艰辛寂寞的求学道路上行走至今。

这是一个结束，也希望是一个新的开始……

2015 年于浙江金华浙江师范大学